HOW
BOURNE

Anna K. Rhodes

BOOKAPI
VERLAG

Bibliografische Information der Deutschen Nationalbibliothek:
Die Deutsche Nationalbibliothek verzeichnet diese Publikation in der Deutschen Nationalbibliografie; detaillierte bibliografische Daten sind im Internet über http://dnb.dnb.de abrufbar.

1. Auflage

Wallgrabenstraße 27, 89340 Leipheim

Cover: Nina Hirschlehner
Lektorat & Korrektorat:
Jacqueline Luft – Lektorat Silbenglanz
Buchsatz: Stefanie Scheurich

Druck: booksfactory
ISBN: 978-3-9821-4835-9

Für meinen großen, großen Bruder.
Es ist schön zu glauben, dass es einen Ort gibt,
an dem dein Herz schlagen kann.

Und für meinen Vater.
In meinem Herzen wirst du immer leben.

Dein Leben wurde mir versprochen.
Doch es rann durch meine Finger.
Ich konnte dich nicht beschützen,
dich nicht halten.
Mir bleibt nur noch ein Traum von dir,
in den Sternen zerbrochen.

Eins

»Amelia?«

Das junge Mädchen versteifte sich, als es die Stimme seiner Mutter hörte.

Mist, seit Mom krank ist, schläft sie nicht mehr gut.

Amelia schob sich so lautlos wie möglich durch die Terrassentür. Vielleicht würde ihre Mutter sie gar nicht sehen. Es war dunkel im Wohnzimmer des kleinen Reihenhauses.

»Ames, hör auf zu schleichen. Ich sehe dich doch.« Ein amüsierter Ton schwang in der Stimme ihrer Mutter mit. Lächelnd knipste sie die Tischlampe neben sich an.

Amelia ließ die Schultern sinken und atmete laut aus. »Hi, Mom. Was machst du hier unten? Kannst du wieder nicht schlafen? Du sollst dich doch nicht allein über die Treppe quälen.«

Valerie, Amelias Mutter, klopfte mit der Handfläche neben sich auf das Kissen und nickte ihrer Tochter zu. »Komm, Kleines, setz dich eine Weile zu mir.«

Amelia ging zu ihrer Mutter und ließ sich neben ihr auf

das Sofa fallen. Ein kalter Schauer lief ihr bei dem Anblick der kranken Frau über den Rücken. Ihre Mutter war, um ehrlich zu sein, nur noch ein Skelett, überzogen mit fahler Haut. Die Augen lagen tief in den Höhlen, waren von dunklen Schatten umgeben. Ihre ehemals vollen Lippen waren nun schmal und rissig. Die Finger wirkten unwirklich dünn wie die Beine einer Spinne. Amelia befürchtete manchmal, sie würden bei der kleinsten Berührung brechen. Der Krebs hatte in den letzten Monaten seine Spuren hinterlassen. Die ersten zwei Jahre nach der Diagnose hatten noch vielversprechend ausgesehen. Valerie machte die Chemo zu schaffen, aber es ging ihr abgesehen davon einigermaßen gut. Es hatte kurzfristig sogar so ausgesehen, als würde sie den verfluchten Krebs besiegen. Doch dann schlug er mit aller Macht zurück. Als wäre es irgendein krankes Spiel: Erst Hoffnung machen und diese dann erbarmungslos zerschlagen. Innerhalb weniger Monate riss er Valerie an den Abgrund zwischen Leben und Tod.

»Wo bist du gewesen, meine Kleine?« Valeries Stimme klang heiser und müde. Aber voller Liebe für ihre Tochter.

Amelia überlegte kurz, ob sie flunkern oder die Wahrheit sagen sollte. Entschied sich dann aber für die Wahrheit. »Bei Mick war eine Party.« Sie hatte ihren Vater um Erlaubnis gefragt, doch er hatte ihr nicht gestattet hinzu-gehen.

»Hattest du Papa gefragt?«

Amelia nickte.

»Hat er Nein gesagt?«

Amelia nickte wieder und Valerie lächelte. »Ich werde dich nicht verraten, mein Schatz. Aber, Süße?« Valeries dünne Finger schlossen sich um Amelias Hand. »Ihr müsst euch vertragen, hörst du? Sei ein bisschen nachsichtig mit ihm. Ihr werdet bald allein sein und ich möchte nicht, dass ihr euch verliert. Kannst du mir das versprechen?«

Amelias Augen begannen zu brennen. Sie spürte, wie sich die Tränen ihren Weg bahnten. Um sie zurückzuhalten, starrte sie auf das gelbliche Licht der kleinen Lampe neben dem Sofa. »Mom, ich … Du wirst …«

Es strengte Valerie sichtlich an, doch sie beugte sich zu ihrer Tochter und legte einen Arm um das Mädchen. »Ames, mein Liebling. Ich habe nicht mehr so viel Zeit. Das weißt du. Bitte akzeptiere es. Es wird dich sonst zerstören, mein kleiner Engel. Du bist mein ganzes Glück in diesem Leben gewesen. Und ich möchte, dass du glücklich wirst. Dein Vater wird anders trauern als du. Bitte nimm es ihm nicht übel.«

Amelia konnte ihre Tränen nicht mehr zurückhalten und kuschelte sich an den knochigen Körper ihrer Mutter. Hemmungslos schluchzte sie, während Valerie sie einfach hielt. »Ich habe dich lieb wie verrückt«, murmelte sie, die Lippen auf dem Scheitel ihres Kindes. So verbrachten sie die Nacht gemeinsam im Wohnzimmer.

Eine Woche später tat Valerie ihren letzten Atemzug. Der Krebs hatte sein Spiel gewonnen.

Zwei

Amelia betrat das alte, etwas renovierungsbedürftige Eckhaus. Von der Doppelschicht im Restaurant brannten ihre Füße, obgleich sie in bequemen Sneakern steckten. Sie sehnte sich nach einer heißen Dusche und einem warmen Kaffee. Die hölzerne Stiege knarrte unter ihren Schritten. Es drang kaum Tageslicht in das Treppenhaus und ein muffiger Geruch lag in der Luft. Vor einem Jahr hatte Amelia hier eine winzige Einzimmerwohnung gemietet.

Als sie den Schulabschluss in der Tasche hatte, war sie zunächst auf den Campus ihrer Universität gezogen. Kingston Upon Hull war zwar ihre Heimatstadt und sie hätte zu Hause bei ihrem Vater bleiben können, aber das Verhältnis war in den fünf Jahren nach Valeries Tod immer schlechter geworden.

Neben dem Studium der Erziehungswissenschaften kellnerte Amelia in einem Restaurant, um sich eine Wohnung außerhalb des quirligen und lauten Universitätsgeländes leisten zu können. Finanzielle Hilfe von ihrem Vater konnte sie nicht erwarten. Zum einen, weil er selbst nicht in Geld schwamm. Und zum anderen, nun ja, das Verhältnis zwischen Vater und Tochter war seit Jahren eisig. Valerie hatte recht behalten. Sie betrauerten auf unterschiedliche Weise ihren Verlust.

Während sich Amelia verkrochen und niemanden an sich herangelassen hatte, war ihr Vater nach einer Weile wieder ausgegangen. Hatte Dates und verliebte sich nach nur wenigen Monaten in eine neue Frau. Amelia war fassungslos und hasste diese Frau. Genau wie sie ihren Vater dafür hasste, dass er ihre Mutter so schnell ersetzte und die Erinnerung an sie aus seinem Leben strich.

Beatrice, die neue Frau, bemühte sich um Amelia. Sie verstand, wie schwer die Situation für das junge Mädchen war. Dennoch gab Amelia ihr nie eine Chance. Sie wusste auch nicht wozu. Als Beatrice schließlich bei ihnen einzog, entbrannte ein hitziger Streit zwischen Amelia und ihrem Vater, der darin gipfelte, dass Amelia ihre Sachen packte und das Haus verließ. Dies war nun fast vier Jahre her und seitdem hatte sie ihren Vater ungefähr fünfmal gesehen.

Amelia stockte, als sie ein Päckchen vor ihrer Wohnungstür liegen sah. Sie verdrehte die Augen bei dem Gedanken daran, im Haus nach dem richtigen Empfänger zu suchen. Während des Jahres, in dem sie nun hier wohnte, hatte sie ihre Nachbarn noch nicht kennengelernt. Einige kannte sie vom Sehen, aber im Grunde war sie froh, wenn ihr niemand über den Weg lief. Sie ging vor ihrer Tür in die Hocke und sammelte den Karton auf. Auf der Suche nach einem Empfänger drehte sie ihn in alle Richtungen. Es war ein schlichtes Paket in braunes Packpapier eingewickelt. Darauf waren weder Empfänger noch Absender vermerkt. Nur ein Wort stand in schnörkelloser Handschrift darauf: *Ames.*

Eine unsichtbare Faust presste Amelias Magen zusammen. Ames. So hatte ihre Mutter sie immer genannt. Ihr Vater auch, aber ihm hatte sie es nach Valeries Tod verboten. Sie wollte diesen Kosenamen in liebevoller Erinnerung behalten und nicht mit dem Groll auf ihren Vater verbinden.

Ihre Augen brannten und sie blinzelte, um die Tränen zurückzuhalten. Die schnörkellose Handschrift war die ihrer Mutter.

Sie wendete das Päckchen hin und her, schüttelte es leicht, doch es war kein Geräusch aus dem Inneren zu vernehmen. Und auch sonst war kein Hinweis auf den Inhalt erkennbar.

Amelia schloss die Wohnungstür auf und trat ein. Der winzige Flur war kaum größer als eine Telefonzelle und bot gerade ausreichend Platz für eine Garderobe. Sie befürchtete jedes Mal, die Metallstange würde aus der Wand gerissen, wenn sie eine Jacke oder einen Schal daran platzierte. So auch heute, aber zum Glück hielten die Dübel abermals.

Mit dem Paket in den Händen ließ sich Amelia auf dem dunkelgrünen Sofa unter dem Fenster nieder. Es war dasselbe Sofa, das früher im Wohnzimmer des Familienhauses gestanden und auf dem sie so viele Stunden mit ihrer Mutter verbracht hatte. Beatrice hatte es kurz nach ihrem Einzug gegen eine modernere Couch ausgetauscht. Amelia hatte dafür gesorgt, dass es nicht auf den Sperrmüll kam.

Sie hatte es gleich aus der Garage ihres Elternhauses befreit, als sie in ihre kleine Wohnung gezogen war.

Amelia zog ihre Beine hoch und setzte sich in den Schneidersitz. Das Päckchen ruhte in ihrem Schoß. Mit glasigen Augen starrte sie auf die Handschrift ihrer Mutter. Mit den Fingerspitzen fuhr sie die Buchstaben immer wieder nach. Als ob sie sich ihr so näher fühlen könnte. Um dem erneuten Brennen ihrer Augen Einhalt zu gebieten, blickte sie aus dem Fenster.

Gegenüber auf der anderen Straßenseite lag ein großer Friedhof. Der Northern Cemetery. Anfangs war es ihr komisch vorgekommen, neben einem Friedhof zu wohnen. Inzwischen hatte sie sich daran gewöhnt, auch wenn die im Herbst kahler werdende Hecke nun den Blick auf einige Gräber freigab. Es beruhigte sie jedoch, dass ihre Mutter nicht auf diesem Friedhof begraben lag. Das hätte dann doch zu morbide angemutet.

Sie seufzte und blickte zurück auf das Päckchen. Amelia drehte es, um das Klebeband zu lösen. Das Packpapier fiel zu Boden und zum Vorschein kam eine hübsche Holzkiste. Sie war etwas größer als ein normales Blatt Papier und etwa fünfzehn Zentimeter hoch. Der Deckel war mit geschnitzten Blumen versehen. Die hübsche kleine Kiste wirkte beinahe antik.

Mit ihren Fingerkuppen zeichnete Amelia die feinen Linien der Schnitzereien nach. Sie kramte in ihren Erinnerungen, ob sie das Kästchen jemals bei ihrer Mutter gesehen hatte. Ihr fiel jedoch nichts ein. Stirnrunzelnd öffnete sie den Deckel. Im Inneren befanden sich ein Bündel sorg-

sam zusammengeschnürter Briefe, ein Ring, ein Parfumflacon, Babyschuhe und ein Ultraschallbild. Amelia nahm den Stapel Briefe aus dem Kästchen. Darunter lag ein Foto. Ein bereits stark verblichenes Polaroid.

Amelia stutzte, nahm das Bild in die Hände und betrachtete es. Ein junger Mann war darauf zu sehen. Er war ein Teenager von vielleicht sechzehn Jahren. Seine blonden Haare fielen ihm wellig in die Stirn. Die Kleidung wirkte altmodisch, als würde das Bild aus den Siebzigerjahren stammen. War er ein Freund ihrer Mutter? Amelia musterte den Jungen. Sogar durch die verblasste Fotografie fühlte sie eine sonderbare Verbindung zu ihm. Keine sexuelle Anziehung, eher eine Vertrautheit.

»Wer bist du? Kenne ich dich?«, murmelte sie. Auf der Suche nach einem Hinweis drehte Amelia das Bild um. In einer ihr unbekannten Handschrift stand dort nur ein Wort: *Howbourne.*

»Howbourne? Was soll das denn sein?«

Sie drehte das Foto hin und her. Versuchte, auf dem Bild irgendwelche Hinweise zu entdecken. War das ein Krankenzimmer, in dem er stand? Sehr merkwürdig. Amelia legte die Fotografie neben sich aufs Sofa und nahm das Ultraschallbild in die Hand.

07.07.1995

Dieses Datum stand in der unteren Ecke. Amelia wurde Ende September 1995 geboren. Dann müsste es logischerweise ein Ultraschallbild von ihr sein.

Himmel, wie soll man denn darauf jemals etwas erkennen können? Ich sehe nur schwarz-weiße Flecken.

Sie schmunzelte, bevor das kleine ausgedruckte Bild zurück in das Kistchen flog.

Nun nahm sich Amelia die Briefe vor. Es waren ungefähr zehn Umschläge, die allesamt verschlossen waren. Sie waren sorgsam mit einem Band aus weißer Spitze zusammengebunden. Sie öffnete die Schleife und als sie sah, was auf dem obersten Umschlag stand, stockte ihr der Atem.

Ames

Fest presste Amelia die Hand auf ihren Mund und unterdrückte ein Schluchzen. Ein Brief ihrer Mutter!

Mit zitternden Händen nahm sie den Umschlag hoch. Unwillkürlich führte sie das Papier an ihr Gesicht und roch daran. Vage hatte sie die Hoffnung gehabt, der Umschlag würde nach dem Parfum ihrer Mutter duften, doch er roch einfach nach altem Papier. Sie seufzte. Mit zitternden Fingern öffnete sie den Briefumschlag und zog einen gefalteten Briefbogen heraus. Tief sog sie Luft in ihre Lungen ein, bevor Amelia das Papier auseinanderfaltete.

Meine Ames, meine Süße, Du Glück meines Lebens.

Es ist ein Klischee, aber wenn Du diesen Brief liest, dann bedeutet es, dass ich nicht mehr lebe. Dann bedeutet es, dass ich meinen Kampf gegen den Krebs verloren habe.
Meine Süße, verzeihe mir, dass ich Dich verlassen muss. Aber ich bin mir sicher, Du wirst auch ohne mich Deinen Weg finden. Du bist eine starke, kluge, wunderschöne junge Frau geworden und es erfüllt mich mit Stolz, Deine Mutter sein zu dürfen. So gerne hätte ich Dich länger begleitet.

Ames, eine Sache möchte ich Dir erzählen und es fällt mir schwer. Ich bin zu feige, es Dir selbst zu sagen. Aber, hey, ich kann die Krebskarte ausspielen. Dann darfst Du mir nicht böse sein.

Als ich damals erfuhr, dass ich schwanger bin, erfüllte sich mein sehnlichster Wunsch. Ich würde eine Mutter sein. Ich würde DEINE Mutter sein. Und das hat mich unfassbar glücklich gemacht!

Aber, meine Kleine, es gibt etwas, das Du nicht weißt. Ich war mit Zwillingen schwanger. Meine Ames, Du hattest einen Bruder. Hast Du das Ultraschallbild schon gesehen? Es ist ebenfalls in der Kiste, die ich für Dich gepackt habe. Auf dem Bild siehst Du ihn. Dies ist sein letztes Bild. Das letzte Bild von Euch beiden. Bei der nächsten Untersuchung stellten die Ärzte fest, dass sein kleines Herzchen nicht mehr schlug, und sie wussten nicht warum. Meine Welt brach zusammen.

Erst, als ich Dich kurz darauf in meinen Armen halten konnte, begann ich zu heilen.

Meine Ames, es tut mir leid, dass ich es Dir nie erzählt habe. Ich habe Dir Deinen Zwillingsbruder vorenthalten. Dein Vater und ich dachten, es wäre besser für Dich, wenn Du es nicht weißt. Es wäre besser für Deine kleine Seele. Ich, WIR wollten Dich beschützen. Bitte sei Deinem Vater nicht böse. Er liebt Dich, er kann es nur nicht immer richtig zeigen. Du kennst ihn, er ist das emotionale Äquivalent zu einem Fisch.

Kleines, in dieser Kiste habe ich Dir die Briefe eingepackt, die ich an Deinen Bruder geschrieben habe, um seinen Tod zu *betrauern. Um meine Wunden verschorfen zu lassen. Ganz geheilt sind sie nie. Ich möchte, dass Du diese Briefe hast. Lese sie, oder auch nicht. Die Entscheidung überlasse ich Dir. Vielleicht helfen sie Dir, solltest Du jemals in der Situation sein, in der ich war. Was Gott verhüten möge!*

Eine Sache möchte ich Dir noch erzählen. Hast du das Polaroid gesehen? Ich habe es Dir ebenfalls mit in die Kiste gepackt. Als ich das letzte Mal im Krankenhaus war, kam ein junger Mann in mein Zimmer. Sicher war er ein Pfleger und ich denke, ich habe fantasiert. Das Morphium hat mir vermutlich einen Streich gespielt. Aber ich war mir an dem Tag ganz sicher, dass er Dein Bruder ist. Schau Dir das Bild an, das ich von ihm machen durfte. Er sieht Dir so ähnlich, oder nicht? Ich weiß, es ist nicht möglich, aber mein Herz sagte mir, dass es stimmt. Vielleicht habe ich mir nur gewünscht, ihn noch einmal zu sehen. Wer weiß es schon? Schau auf die Rückseite. Das wird Dir helfen.

Ich kann nicht mehr schreiben. Es strengt mich zu sehr an.

Meine Ames, meine Süße, Du Glück meines Lebens. Ich habe Dich lieb wie verrückt.

Mom

Amelias Augen füllten sich mit Tränen. Es gab diesmal keine Möglichkeit, sie aufzuhalten. Ihre Schultern bebten.

»Ich habe dich auch lieb wie verrückt«, flüsterte sie und presste den Brief an ihre Brust. Eine Weile blieb sie auf dem Sofa gekauert sitzen und weinte um ihre Mutter. Nach einiger Zeit wischte sie sich die Tränen mit dem Ärmel ihres Pullovers ab und las den Brief noch einmal.

Ich hatte einen Bruder?

Amelia angelte nach dem Ultraschallbild und schaute es sich eingehend an.

Wie sollte irgendjemand darauf jemals etwas erkennen? Das ist doch unmöglich!

Dann nahm sie die Fotografie zur Hand. Der junge Mann darauf sollte Ähnlichkeit mit ihr haben? Zumindest die Haarfarbe stimmte. Aber alles andere? Trotzdem war da diese sonderbare Vertrautheit, die sie spürte.

»Oh, Mom. Was hast du dir nur dabei gedacht?« Amelia kramte in der Kiste. Die Babyschuhe kannte sie. Auf der Kommode an der Wand stand eine gerahmte Fotografie von ihr. Es war an Amelias erstem Geburtstag entstanden. Auf diesem Foto trug sie diese Schuhe.

Sie nahm den Parfumflacon heraus und öffnete ihn vorsichtig. Augenblicklich strömte der bekannte, zarte Duft nach Lavendel und Vanille in ihre Nase. Dieses Parfum hatte ihre Mutter stets getragen. Sogar an ihrem letzten Tag in dieser Welt hatte sie Amelia darum gebeten, ihr ein paar Spritzer auf die Haut zu geben. Sie schloss die Augen und sog den Duft ein. Ihr Magen krampfte sich zusammen. Wieder stiegen Tränen hinter den Lidern auf und quollen als dicke Tropfen hervor, die sich ihren Weg über Amelias Wangen bahnten.

Mit zitternden Fingern verschloss sie den Flacon und legte ihn vorsichtig zurück in die Kiste. Ein paarmal atmete sie tief durch, um nicht wieder in Tränen auszubrechen. Ihr Blick fiel auf den Ring, der sich noch in dem Kästchen befand. Ein schlichter Ring aus Silber mit einem kleinen blauen Stein in der Mitte. Er sah genauso aus wie der Ring, den Amelia trug. Sie unterschieden sich lediglich durch die Farbe des Steins. In Amelias Ring befand sich ein kleiner Rubin. Ihre Mutter hatte ihn von ihrem Vater geschenkt bekommen, als sie geboren worden war.

»Ein blauer Stein, ein roter Stein. Ein Junge und ein Mädchen?« Sie schob den Ring auf ihren Ringfinger und betrachtete beide Schmuckstücke nun nebeneinander. Sie waren genau gleich.

Noch einmal schnappte sich Amelia das Polaroid. Es war eindeutig in einem Krankenhauszimmer entstanden. Aber nichts deutete darauf hin, dass der Typ ein Pfleger gewesen sein könnte. Er trug weder einen weißen Kittel noch ein Namensschild. Vielleicht hatte er nach Dienstschluss nach Valerie gesehen? Aber diese Kleidung. Kein Mensch lief nach den Siebzigerjahren noch in Schlaghosen und orangenen Hemden rum.

Amelia drehte das Foto um und las erneut die Aufschrift: *Howbourne.*

»Ein merkwürdiger Name«, murmelte sie.

Sie richtete sich auf, ging zur Kommode und schnappte sich ihr Tablet von der Ladestation. Howbourne war schnell in Google eingegeben. Doch die Suche ergab keine aufschlussreichen Treffer. Lediglich eine kleine Auswahl Häuser wurde angezeigt, die sich in einer Straße namens Howbourne Lane befanden. Amelia runzelte die Stirn. Nach kurzer Überlegung gab sie den Namen direkt im Browser ein. Vielleicht würde das mehr Ergebnisse zu Tage fördern. Wieder nichts. Amelia legte das Tablet zurück auf die Kommode. Nachdenklich tippte sie sich gegen die Unterlippe. Sie schnappte sich ihren Rucksack, zog zögernd das Handy aus der kleinen Seitentasche und atmete tief ein. Sie rief die Kontakte auf und scrollte, bis sie zur Telefonnummer ihres Vaters kam. Eine Weile starrte sie auf sein Foto. Es war ein älteres Bild. Amelia fragte sich, wann sie ihren Vater zuletzt gesehen hatte. Zu ihrem Geburtstag im letzten Monat hatte er ihr eine Karte mit einem Gutschein darin geschickt. Sie war sich sicher, dass Beatrice den Gutschein besorgt hatte. Ihr Vater wäre niemals auf die Idee gekommen, einen IKEA-Gutschein zu kaufen.

Amelia ließ den Daumen auf das grüne Hörersymbol sinken. Nach kurzer Stille vernahm sie ein Tuten. Kurz überkam sie die Befürchtung, Beatrice würde ans Telefon gehen. Nervös kaute sie auf ihrer Unterlippe. Es klingelte fünfmal, dann sprang die Mailbox an. Amelia seufzte. Sie wusste nicht, ob sie erleichtert oder enttäuscht sein sollte.

»Dad … Ruf mich mal an. Es ist wichtig. Ähm … hier ist Amelia.« Dann legte sie auf. Ein paarmal klopfte sie das Telefon gegen die Handfläche, ging zur Garderobe, schnappte sich den Rucksack und schlüpfte in ihren blauen Parka.

Drei

»Hallo. Mein Name ist Amelia Forster. Ich bin auf der Suche nach einem Mann, der hier eventuell arbeitet.« Nervös trat Amelia von einem Fuß auf den anderen. Mit leicht zitternden Fingern schob sie das Polaroid des Unbekannten unter der Glasscheibe hindurch.

Die ältere Dame auf der anderen Seite warf einen flüchtigen Blick darauf und schaute Amelia dann stirnrunzelnd an. »Und wie kommen Sie darauf, dass das Foto hier entstand?«

»Er muss wohl Pfleger gewesen sein, als meine Mutter hier Patientin war. Valerie Forster. Sehen Sie, dies ist in ihrem Krankenzimmer entstanden. Sie hat ihn in einem Brief erwähnt, den ich erst heute erhalten habe. Sein Name ist Howbourne.«

Die alte Dame klackerte ein paarmal mit ihrem Kugelschreiber. »Valerie Forster, sagen Sie?« Sie begann, auf der Tastatur ihres Computers zu tippen. »Wann soll das gewesen sein?«

Amelia lächelte erleichtert. »Vielen Dank! Meine Mutter war zuletzt vor fünf Jahren hier.«

Die Dame blickte auf und schaute Amelia an. »Vor fünf Jahren? Oh, das ist aber dumm. Unser neues Computerprogramm haben wir erst seit drei Jahren. Dann kann ich leider nicht herausfinden, ob der Mann ein Pfleger ihrer Mutter war.«

Amelia atmete enttäuscht die Luft aus, die sie vor Spannung angehalten hatte. »Schauen Sie sich das Foto bitte noch einmal an? Kennen Sie ihn vielleicht?« Sie schob die Fotografie wieder unter der Glasscheibe hindurch.

Die Mitarbeiterin der Klinik nahm es stirnrunzelnd in die Hand. »Nein.« Sie schüttelte langsam den Kopf. »Tut mir leid. Den habe ich noch nie gesehen. Hier im Krankenhaus ist allerdings ein stetiger Personalwechsel. Viele bleiben nur kurz hier.« Sie gab das Bild zurück und lächelte Amelia mitleidig an.

»Kann mir sonst jemand helfen? Eventuell auf der Onkologie? Dort lag meine Mutter. Oder in der Personalabteilung?«

Die Dame nickte nachdenklich. »Ja, die Personalabteilung müsste Ihnen helfen können. Das könnte schon sein. Die ist im vierten Stock. Aber da werden Sie heute niemanden mehr finden. Die Kollegen arbeiten nur bis sechzehn Uhr.« Sie nahm sich einen Zettel und schrieb eine Telefonnummer darauf. »Rufen Sie am besten morgen früh dort an und fragen nach Nicole. Sie ist die Netteste dort oben.«

Amelia nahm den Zettel entgegen, bedankte sich und verließ das Krankenhaus. Vor der Tür atmete sie ein paarmal tief ein. Die frische Luft durchströmte ihre Lungen und vertrieb den beißenden Krankenhausgeruch.

Unschlüssig schaute sie auf den Zettel in ihrer Hand. Was könnte sie heute noch ausrichten? Nach Hause gehen und das Internet gründlicher nach Howbourne durchforsten? Noch einmal versuchen, ihren Vater zu erreichen?

Sie kramte ihren Fahrradschlüssel aus der Hosentasche. Sie hatte gerade das Schloss durch die Speichen gezogen, als sich der Vibrationsalarm ihres Handys meldete. Sie angelte in ihrem Rucksack nach dem Telefon. Ein Kloß bildete sich augenblicklich in ihrem Hals, als sie das Foto ihres Vaters auf dem Display sah. Einen Moment lang zögerte sie, wischte dann aber mit dem Daumen über das Display und führte es ans Ohr. »Hallo, Dad.« Ihre Stimme klang kühl und distanziert.

Sie hörte ihren Vater durch das Telefon seufzen, bevor er sich meldete: »Hallo, Ames.«

Amelia stöhnte ärgerlich auf. »Du sollst mich nicht so nennen«, fuhr sie ihren Vater an, bemühte sich aber augenblicklich um einen freundlicheren Ton: »Dad, danke für Moms Päckchen. Ähm. Ich habe den Brief gelesen. Keine Ahnung, ob du ihn kennst. Mom hat mir von meinem Bruder geschrieben. Warum habt ihr mir das nie erzählt?«

Erneut hörte sie ihren Vater auf der anderen Seite der Leitung laut atmen. Wahrscheinlich musste er sich erst einmal sammeln. Amelia konnte sich vorstellen, dass diese Information viel für ihn war. Er hatte vermutlich nicht gewusst, was sich in dem Kästchen befand.

»Welches Päckchen?« Die Stimme ihres Vaters klang

unbeteiligt. Fast so, als würde er Essen bestellen oder an einer langweiligen Umfrage teilnehmen.

Amelia spürte einen brennenden Schmerz in ihrem Magen. Dieser Schmerz breitete sich früher oder später bei jedem Gespräch mit ihrem Vater aus. »Moms Kästchen, Dad. Es lag heute vor meiner Wohnung, als ich nach Hause kam. Wer soll es sonst dorthin gelegt haben?«

»Keine Ahnung.« Wieder ergab sich eine längere Gesprächspause. »Wolltest du sonst noch etwas, Ames?«

Zornig ballte Amelia ihre freie Hand zur Faust. »Sagt dir Howbourne etwas?«, fauchte sie in ihr Telefon.

»Noch nie gehört«, gab ihr Vater ohne den Anflug einer Emotion zurück.

Amelia zögerte, überlegte, ob sie etwas Versöhnliches sagen sollte. Entschied sich dagegen und legte wortlos auf. Ärgerlich feuerte sie ihr Telefon in den Rucksack. Sie schwang sich auf ihr Fahrrad und fuhr los. Die kleine Radtour durch den Westpark auf dem Weg nach Hause würde ihr guttun.

Tagsüber war es an diesem Mittwoch im Oktober ungewöhnlich sonnig und mild gewesen. Doch nun, da sich der Nachmittag dem Ende neigte, wurde die Luft feucht und kühl. Ein kalter Wind wehte vom Hull hinauf. Amelia zog den Reißverschluss ihres Parkas höher und trat kräftiger in die Pedale. Sie durchfuhr den Park, vorbei an Familien auf den Spielplätzen, an Spaziergängern und an Hunden, die über die gepflegten Rasenflächen jagten.

Sie konnte ihre Gedanken beim Radfahren immer ausblenden. Wenn sie auf ihrem Drahtesel unterwegs war, nahm sie nur den kühlen Wind auf ihrer Haut wahr. Sie genoss es, ihren Kopf abschalten zu können.

An diesem Tag funktionierte es nicht. Ihre Gedanken kreisten um ihren toten Bruder, von dem sie bis heute nichts gewusst hatte, um den Brief ihrer Mutter, den Mann auf dem Foto und um Howbourne.

In ihrem Wohnzimmer schnappte sich Amelia ihr Tablet und begann, das Internet noch einmal nach dem Begriff Howbourne zu durchsuchen. In allen möglichen Kombinationen gab sie es ein. Sie loggte sich bei allen sozialen Netzwerken ein, die sie kannte. Aber nichts von alledem half ihr weiter. Die einzigen Ergebnisse drehten sich allesamt um die Howbourne Lane in Uckfield, einer kleinen Stadt irgendwo in Südengland. Amelia öffnete den Kartenausschnitt und betrachtete die Karte. Die Howbourne Lane war eine winzige, schmale Straße zwischen Buxted und Hadlow Down, die in einem Waldgebiet mitten im Nirgendwo endete. Vereinzelt zeigte das Satellitenbild Häuser am Wegesrand.

»Eine Straße mitten im Nichts?«, murmelte Amelia.

Vielleicht ist es nicht sein Name, sondern tatsächlich der Name der Straße.

Sie kramte das Foto aus der Kiste, die noch immer auf dem Sofa stand. »Wer, verdammt noch mal, bist du?«

Sie scrollte aus der Karte raus. Die Howbourne Lane befand sich deutlich weiter im Süden als Kingston Upon Hull.

Der Routenplaner verriet ihr die Distanz: Fast vierhundertfünfzig Kilometer.

Mit dem Fahrrad wären das ungefähr zwanzig Stunden reine Fahrtzeit. Amelia schüttelte den Kopf. Das war selbst ihr zu viel. Sie rief die mögliche Bahnverbindung auf. Wenige Sekunden später ließ sie resigniert die Schultern sinken. Dreizehn Stunden unterwegs und fünfmal umsteigen. Dann doch lieber das Fahrrad.

Sie öffnete erneut das Fenster mit dem Routenplaner. Mit einem Auto würde sie ungefähr fünf Stunden brauchen. Eine überschaubare Zeit.

Das Problem: Sie hatte kein Auto.

Flink rief sie die Seite einer Autovermietung auf. Das günstigste Auto – und auch das könnte sie sich kaum leisten – wäre erst am Montag wieder verfügbar. Frustriert schmiss Amelia das Tablet neben sich aufs Sofa. Es hüpfte ein paarmal auf und ab. Zum Glück fiel es nicht auf den Boden.

Sie griff sich den Brief ihrer Mutter und las ihn abermals. Dann nahm sie den Stapel mit den Briefen an ihren Bruder. Die Umschläge waren allesamt verschlossen. Auf jedem stand in der Handschrift ihrer Mutter nur ein Wort: *Max.*

Vier

Verschlafen rieb sich Amelia mit der flachen Hand über das Gesicht. Ihr Nacken schmerzte. Ihr Körper fühlte sich an, als hätte sie tagelang nichts anderes getan, als Pflastersteine zu schleppen. Fahles Morgenlicht drang durch die Fenster der kleinen Wohnung. Sie rappelte sich auf und blickte an sich hinunter. Jeans, Pullover, Socken. Offensichtlich war sie gestern auf dem Sofa eingeschlafen. Das erklärte die verfluchten Schmerzen.

Amelia blinzelte ein paarmal gegen die bleierne Müdigkeit an, dann angelte sie sich ihr Handy und kontrollierte die Uhrzeit*: 07:48 Uhr*

Welcher Wochentag ist heute? Mist! Donnerstag!

Donnerstags müsste sie um acht Uhr bei der ersten Vorlesung sein. Das würde sie nie im Leben schaffen. Hektisch sprang sie auf. Mit dem kleinen Zeh stieß sie gegen den Couchtisch und stöhnte auf. Ihr Blick fiel auf die Kiste ihrer Mutter, die darauf stand. Egal! Sie hatte Wichtigeres zu tun, als zur Uni zu gehen.

Sie nahm sich ihr Handy. Mit fliegenden Fingern tippte sie eine Nachricht an Jess:

Amelia: Fühl mich nicht gut. Bleibe heute zu Hause.

Sie fuhr mit der Hand in die Hosentasche und zog ein Stück Papier heraus. Eine Telefonnummer und der Name Nicole standen darauf. Sie wählte die Nummer der Personalabteilung. Amelias Herz klopfte schnell und hart gegen ihre Rippen. Fieberhaft suchte sie in ihrem verschlafenen Kopf nach den richtigen Worten.

»Guten Tag. Sie sind verbunden mit dem Hospital Hull Royal Infirmary, Resort Personal. Leider rufen Sie außerhalb unserer …«

Amelia legte auf. Gedankenverloren trommelte sie mit den Fingerspitzen gegen ihr Kinn. Gut, dann doch erst eine Dusche nehmen und Kaffee kochen.

Mit einem Handtuch um das feuchte Haar gewickelt und einem Becher heißen Kaffee versorgt setzte sich Amelia auf das Sofa. Die nackten Beine schob sie unter das viel zu große T-Shirt, in das sie nach dem Duschen geschlüpft war.

Sie hatte es als Andenken an ihren Freund Sebastian behalten, als er an die Uni in Vancouver gewechselt war. Etwas länger als ein Jahr war es nun her, dass sie ihn bis nach London begleitet hatte. Am Flughafen hatten sie sich innig verabschiedet, bevor er das Flugzeug nach Kanada bestiegen hatte. Sie hatten sich geschworen, es zu versuchen. Eine Fernbeziehung über eine Distanz von fast fünftausend Meilen zu führen, ist schwierig. Wenn dann noch das Geld für Flugtickets fehlte, wurde es beinahe unmöglich. In den ersten Wochen hatten Amelia und Sebastian trotz des großen Zeitunterschieds regelmäßig geskypt und getextet. Mit der Zeit wurden die Gespräche seltener und kürzer. In einer verregneten Nacht im Februar hatten sie das letzte Mal miteinander gesprochen. Es war ein kurzes Gespräch gewesen, an dessen Ende die Feststellung stand, dass ihre Beziehung beendet war.

Amelia schluckte schwer bei dem Gedanken an Sebastian. Ein unbestimmtes Gefühl der Einsamkeit überkam sie. Gegen die aufsteigenden Tränen anblinzelnd dachte sie an die Zeit mit ihm. Die Liebe war irgendwann während der Fernbeziehung eingeschlafen und es war nicht er, der ihr fehlte. Es war das Gefühl, nicht jeden Abend allein einschlafen zu müssen.

Sie wischte sich mit dem Handrücken über die brennenden Augen und nahm ihr Handy zur Hand. Mit schnellen Fingerbewegungen suchte sie die zuletzt gewählte Nummer und rief noch einmal im Krankenhaus an. Immerhin sprang jetzt nicht sofort die Bandansage an, es ertönte ein Freizeichen. Es klingelte bereits zum achten oder neunten Mal. Amelia trommelte ärgerlich mit den Fingern der freien Hand auf den Stoff des Sofas.

»Hospital Hull Royal Infirmary, Resort Personal. Guten Morgen.« Die weibliche Stimme am anderen Ende der Leitung klang genervt. Wahrscheinlich hatte Amelia sie bei ihrem ersten Kaffee im Büro gestört.

»Guten Morgen. Ich würde gern mit Nicole sprechen.« Mit so viel Freundlichkeit wie möglich sprach Amelia in ihr Telefon.

»Am Apparat«, knurrte die Stimme.

Na toll.

»Guten Morgen, Nicole. Mein Name ist Amelia Forster. Ich habe Ihre Nummer von Ihrer Kollegin unten am Empfang. Sie sagte mir, Sie könnten mir unter Umständen helfen.« Amelia flötete so zuckersüß sie konnte. Sie brachte all ihre Willenskraft auf, nicht auf das schmerzhafte Sodbrennen zu achten, das ihre Kehle emporstieg.

»Worum geht's?« Nicoles Stimme wurde noch eine Nuance knurriger.

Amelia schluckte schwer. Sie hatte auf ein freundlicheres Gespräch gehofft. »Ich suche einen Mitarbeiter von Ihnen. Oder einen ehemaligen Mitarbeiter. Ein Pfleger aus der Onkologie. Sein Name ist Howbourne.«

»Das geht nicht. Datenschutz.«

»Ja, das verstehe ich. Ich würde auch nicht fragen, wenn es nicht wichtig wäre. Dieser Mann hat vor ungefähr fünf Jahren wahrscheinlich meine Mutter betreut. Bevor sie als unheilbar entlassen wurde. Nicole, gestern habe ich in den Sachen meiner Mutter ein Foto von ihm gefunden. Dieser junge Mann muss meiner toten Mutter etwas bedeutet haben. Ich möchte mich nur bei ihm bedanken. Bitte, Nicole. Können Sie mir nicht doch helfen?« Sie hielt den Atem an. Es war nicht ihre Art, auf die Tränendrüse zu drücken. Manchmal half es aber.

Nicole seufzte laut hörbar. »Na schön«, murmelte sie.

»Ich werde nachsehen. Das bleibt aber unter uns. Wie war der Name?«

Amelia buchstabierte und hörte gebannt zu, wie Nicole auf der Tastatur umherklapperte.

»Hören Sie?« Sie hatte aufgehört zu tippen. »Jemand mit so einem Namen hat hier nie gearbeitet. Tut mir leid.« Noch bevor Amelia eine weitere Frage stellen konnte, hatte Nicole aufgelegt.

»Fuck!« Sie warf das Handy auf den Couchtisch. Wenn der Typ auf dem Foto kein Pfleger war, wer war er dann?

Ihr Bruder? Schwachsinn! Das konnte nicht sein. Ein zufälliger Besucher, den ihre Mutter für ihren Sohn gehalten hatte? Möglich, aber Valerie war erst in den letzten Tagen ihres Lebens verwirrt gewesen. Aus dem Krankenhaus war sie ungefähr vier Wochen vor ihrem Tod entlassen worden, da sie nicht in ein Hospiz wollte.

Amelia griff nach ihrem Tablet und rief die Suche nach Howbourne erneut auf. Sie schaute auf die gerahmte Fotografie ihrer Mutter, die auf der Kommode neben einigen anderen Fotos stand.

»Oh, Mom. Du möchtest, dass ich ihn suche, oder?« Sie schnappte sich ihr Handy und öffnete ein Messenger-Programm.

Amelia: Jess, kann ich mir dein Auto borgen?
Es ist wichtig.

Keine zwei Minuten später kam zurück:

Jess: Hä? Ich denk, du bist krank??
Amelia: Nicht so richtig.
Kann ich nun dein Auto haben?

Ihre Freundin Jess studierte ebenfalls Erziehungswissenschaften. Sie kannten sich schon ewig. Sie hatten zusammen im Sandkasten gespielt, waren gemeinsam auf die ersten Partys gegangen und hatten sich über den ersten Liebeskummer hinweggetröstet. Als Amelia noch auf dem Campus gewohnt hatte, hatten sie sich ein Zimmer geteilt. Inzwischen lebte Jess mit ihrem Freund Marcus zusammen. Seitdem war der Kontakt zwischen ihnen etwas weniger geworden. Aber das nahm Amelia Jess nicht übel.

Jess: Geht nicht. Marcus ist unterwegs.
Reicht dir Montag?

Amelia verzog enttäuscht das Gesicht.

Amelia: Nein. Trotzdem danke.
Jess: Lia? Alles okay bei dir?

Einen Moment lang überlegte Amelia, ob sie ihrer Freundin von dem Brief und dem Foto berichten sollte. Es war aber zu verrückt und wie sollte Jess es verstehen, wenn sie selbst nicht einmal wusste, was dies alles zu bedeuten hatte?

Amelia: Ja, ja. Alles gut.

Sie griff nach ihrem Tablet. Die Homepage der nächsten Autovermietung war schnell aufgerufen. Hier hätte sie zwar kurzfristig ein Fahrzeug mieten können, das Mindestalter war jedoch sechsundzwanzig Jahre. Die nächste Autovermietung verlangte eine Kreditkarte als Sicherheit oder eine Kaution von dreihundertfünfzig Pfund. Amelia hatte weder das eine noch das andere.

Von wem könnte sie sich sonst ein Auto ausleihen? Kaum jemand, den sie kannte, hatte ein eigenes Fahrzeug. Und die, die eins hatten, kannte sie nicht gut genug, um sie danach zu fragen. Der Einzige, den sie fragen konnte, war ihr Vater.

Amelias Vater war Zimmermann. Solange sie denken konnte, war er selbstständig gewesen. Die Aufträge waren nie übermäßig vorhanden gewesen und lukrativ schon mal gar nicht. Nun, da er sich kurz vorm Eintritt in die Rente befand, wunderte es Amelia nicht weiter, dass ihr Vater an einem Donnerstagvormittag zu Hause war.

Sie schob ihr Fahrrad an dem weißen Lieferwagen vorbei die Auffahrt hoch und lehnte es an die Hauswand. Unschlüssig fingerte sie an ihrem Schlüsselbund herum. War es wirklich eine gute Idee, ausgerechnet ihn zu fragen? Vor ihrem inneren Auge spielten sich all die Streitereien mit ihrem Vater ab wie ein Film. Seit Valerie gestorben war, hatten sie sich viele unschöne Dinge an den Kopf geworfen. Aber er war die einzige Möglichkeit, an ein Auto zu gelangen. Und ohne einen fahrbaren Untersatz hätte sie keine Chance, den letzten Willen ihrer Mutter zu erfüllen. Amelia straffte die Schultern und ging die beiden Stufen zur Haustür hoch. Unsicher führte sie ihren alten Haustürschlüssel zum Schloss. Warum hatte sie ihn eigentlich noch immer an ihrem Schlüsselbund? Wahrscheinlich war es aus Sentimentalität. Immerhin war es der Schlüssel zu ihrem Elternhaus.

»Was zum …?«

Er passt nicht. Der verdammte Schlüssel passt nicht!

Amelia schüttelte den Kopf. Es ist eine Sache, den Schlüssel vom Schlüsselbund zu nehmen. Aber die eigene Tochter aus dem Haus auszusperren, ist mal etwas ganz anderes! Das brennende Gefühl im Magen breitete sich aus und Amelia fragte sich, ob sie die Klingel überhaupt drücken sollte. Da wurde die Tür geöffnet.

Vor ihr stand Roger Forster, ihr Vater. Er war dicker als früher, sein Hemd spannte etwas über dem Bauch. Das Haar war grauer und dünner geworden. Im Gesicht zeigten sich deutlich mehr Falten, als Amelia es in Erinnerung hatte. Er lächelte und sah tatsächlich so aus, als würde er sich freuen, seine Tochter zu sehen. »Ames. Äh … Amelia. Entschuldige. Ich habe dich hier stehen sehen. Komm rein.« Roger machte einen Schritt zur Seite und gab ihr so den Weg in ihr altes Zuhause frei. Er wirkte unsicher und schien nicht zu wissen, wohin mit seinen Händen.

»Du hast ein neues Schloss?« Der barsche Tonfall ihrer Stimme tat Amelia selbst ein wenig leid. Sie ließ es sich jedoch nicht anmerken und trat ein. Zu sehen, wie das Haus nun eingerichtet war, versetzte ihr einen Stich. Die liebevoll ausgesuchten Tapeten, die Möbel, die Accessoires, die Bilder. Alles war sehr hübsch und geschmackvoll, aber nichts von alledem erinnerte an ihre Mutter, an ihre Familie. Sie schluckte gegen den wachsenden Kloß in ihrem Hals an. »Moms Kästchen. Hast du es mir gestern vor die Tür gelegt?« Ihre Worte klangen wie zornige, kleine Geschosse.

Rogers Gesichtsausdruck veränderte sich. Sein Lächeln erstarb. In seinen Augen erkannte Amelia Enttäuschung. Hatte er von diesem unverhofften Treffen eine andere Wendung erwartet? Dachte er etwa, sie wäre für einen Smalltalk gekommen?

Roger seufzte. »Nein.« Er fuhr sich mit der flachen Hand über den Nacken und schaute auf die abgewetzten Spitzen seiner Hausschuhe. »Beatrice hat es dir gebracht.«

»Beatrice?« Amelia starrte ihren Vater an. »Was hat sie mit Moms Sachen zu schaffen? Sie hat darin nicht rumzuschnüffeln!«

»Ich habe nicht geschnüffelt.« Eine zierliche Gestalt tauchte im Türrahmen der Küche auf. Beatrice sah gepflegt und adrett aus. Das rötliche Haar war von einigen grauen Strähnen durchzogen. Sie hatte es am Hinterkopf zusammengesteckt. Über der dunkelblauen Jeans und dem schlichten beigen Pullover trug sie eine Schürze mit der Aufschrift: »*Hugs and Kisses for free ... but first wine*«. Darunter war ein Weinglas mit Stöckelschuhen, weit geöffneten Armen, Augen mit überlangen Wimpern und Kussmund im Comicstil gezeichnet.

Ihr Ernst? Diese Schürze wäre schon vor dreißig Jahren nicht witzig gewesen.

Amelia zog eine Augenbraue hoch. Sonderbarer Humor.

»Ich habe das Kästchen beim Umräumen im Arbeitszimmer deines Vaters gefunden. Es stand ganz hinten im Wandschrank. Wahrscheinlich hat deine Mutter es damals noch dort versteckt.« Beatrice ging zaghaft auf ihre Stieftochter zu. Mit einer verlegenen Geste wischte sie die Hände an der Schürze ab. »Ich habe nicht geschnüffelt, wirklich nicht. Ich habe dir das Kästchen vor die Tür gelegt. Ich wollte, dass du es so schnell wie möglich bekommst. Wer weiß, wann wir uns das nächste Mal gesehen hätten. Du warst aber nicht da, deshalb habe ich es auf deiner Fußmatte abgelegt.«

Amelia wich ein Stück zurück.

Beatrice ließ ihre Schultern sinken. Geräuschvoll atmete sie aus. »Amelia, ich ...« Sie schüttelte kaum merklich den Kopf, drehte sich um und ging zurück in die Küche. Kurz darauf war das Geräusch klappernder Teller zu hören.

Amelia meinte, ein leises Schniefen zu hören. Kurz keimte schlechtes Gewissen in ihr auf. Sie wollte Beatrice nicht zum Weinen bringen, aber sie hatte verflucht noch mal nichts in diesem Haus verloren und schon gar nicht bei den Sachen ihrer Mutter. Sie ballte die Hände zu Fäusten und festigte ihren Stand.

»Ames. Kannst du nicht einmal nett zu Beatrice sein?« Roger kniff sich mit dem Daumen und dem Zeigefinger in die Nasenwurzel.

»Du sollst mich nicht so nennen, Roger!«, zischte Amelia.

»Amelia! Nimm dich mal zusammen! Warum muss es immer so ein Drama geben, wenn wir uns sehen?« Seine Worte klangen resigniert.

»Pfft. Von wegen. Das ist wohl kaum meine Schuld. Ich habe Mom nicht direkt ersetzt, kaum dass sie tot war! Du hättest wenigstens warten können, bis sie kalt war.« Amelias Stimme zitterte. Sie spürte die Tränen, die ihre Augen füllen wollten. Ihre Beine zitterten und sie wollte einfach weg. Es war eine bescheuerte Idee gewesen hierherzukommen. »Gibst du mir dein Auto für ein paar Tage?« Mit geballten Fäusten funkelte sie ihren Vater an.

»Was? Nein! Du kommst hierher, fängst wieder einen Streit an und willst dann mein Auto? Wohl kaum, Fräulein! Außerdem brauche ich es für die Arbeit. Wieso brauchst du überhaupt ein Auto?« In Rogers Tonfall klang nun Ärger und Enttäuschung.

»Nicht dass es dich interessieren würde. Aber ich will nach Uckfield fahren. Dort gibt es eine Straße mit dem Namen Howbourne. Das ist der einzige Hinweis, den ich von Mom habe.« Amelia ging zur Haustür, drehte sich noch einmal zu ihrem Vater um. »Hier!«, rief sie und reckte ihren rechten Ringfinger in seine Richtung. »Ich habe den zweiten Ring gefunden! Schönen Dank, dass ihr mir meinen Bruder vorenthalten habt!« Dann riss sie die Tür auf und knallte sie ebenso schwungvoll hinter sich zu. Tränen rannen über ihr Gesicht, als sie sich zu ihrem Fahrrad beugte. Sie griff nach dem Lenker und stach sich dabei an einem dicken Dorn des kahlen Rosenbusches. »Scheiße!«, fluchte Amelia und steckte sich den Daumen in den Mund.

»Amelia?« Beatrice stand auf der unteren Stufe vor der Haustür. »Du kannst meinen Wagen haben. Er steht dort an der Straße.« Sie machte eine Handbewegung und deutete auf einen älteren roten Ford Focus. »Ich brauche ihn in den nächsten Tagen nicht. Und es scheint dir viel zu bedeuten, dorthin zu fahren.« Sie lächelte Amelia unsicher an und reichte ihr den Autoschlüssel.

»Ähm …« Sie wusste nicht, was sie sagen sollte. Aus zusammengekniffenen Augen betrachtete sie ihre Stiefmutter.

Sie gibt mir ihr Auto? Warum? Scheiße, ausgerechnet sie!

Amelia wog blitzschnell ihre Möglichkeiten ab. Wie sie es auch drehte und wendete, Beatrice' Wagen blieb die einzige Lösung. Also griff sie sich den Schlüssel und stapfte in Richtung des alten Fords. Im Fortgehen murmelte sie ein »Danke«. Ohne zu wissen, ob Beatrice es gehört hatte, oder nicht.

Fünf

Amelia fuhr schon seit Stunden über die eintönige, britische Autobahn gen Süden. Die Straße war ebenso trist und grau wie der Himmel über ihr. Sie war froh, die Kartenapp ihres Smartphones zu haben. So hatte sie zumindest das Gefühl voranzukommen. Die austauschbare Optik der Autobahn gab ihr, abgesehen von den gelegentlichen Schildern, keinerlei Hinweise. Ob sie nun in Kingston Upon Hull, London oder New Milchkannien war. Die Autobahn sah überall gleich aus.

Bevor sie losgefahren war, hatte Amelia in ihrer Wohnung noch einige Klamotten, ihre Zahnbürste und Abschminktücher in eine Tasche gestopft. Eine kleine Dose mit Make-up-Powder und einen Mascara führte sie ohnehin stets mit sich. Nicht dass sie eitel war. Überhaupt nicht. Amelia hasste nur ihre unreine Haut und die blassen Wimpern. Mit diesem Hauch an dekorativer Kosmetik fühlte sie sich weniger angreifbar. Weniger nackt. Auf dem Beifahrersitz lagen einige Schokoriegel, ein Apfel und ein fertiges

Sandwich aus dem Supermarkt. Sie hatte nicht vor, unterwegs einen Stopp einzulegen, deshalb hatte sie sich vorsorglich mit Reiseproviant versorgt. Damit ihr die Blase keinen Strich durch die Rechnung machte, hatte sie anstelle eines großen Wassers, Kaffees oder Tees lieber einen Smoothie gewählt.

Amelias Gedanken kreisten während der Fahrt um ihre Mutter. Um den Brief, den sie hinterlassen hatte. Um das Kästchen mit den verschiedenen Hinweisen aus der Vergangenheit und um ihren Bruder. Sie dachte an ihren Vater. Ihr schroffes Verhalten ihm gegenüber tat ihr leid. Schließlich war er alles, was ihr an Familie geblieben war. Sie wollte nicht mehr wütend auf ihn sein. Es war nur so, dass sie nicht anders konnte, wenn sie ihn sah. Amelia dachte auch an Beatrice. Es war ein netter Zug von ihr gewesen, das Auto zu verleihen.

Ihr Blick fiel auf den Beifahrersitz. Neben dem Proviant stand das Kästchen ihrer Mutter. Ohne den Blick noch länger von der Straße zu nehmen, griff sie hinüber, um es zu öffnen. Obenauf lag das Foto des jungen Mannes. Sie nahm es zwischen ihre Finger.

»Warum faszinierst du mich so?«, murmelte sie. »Mein Bruder kannst du nicht sein, also wer –«

Ein energisches Hupen riss Amelia aus ihren Gedanken.

»Scheiße!«, schrie sie laut auf. Sie riss das Lenkrad herum und hatte ihre liebe Mühe, die Kontrolle über das Auto zu behalten. Mit schreckgeweiteten Augen und einem laut pochenden Herzen brachte sie das Auto auf dem Standstreifen zum Stehen. Sie war zu weit auf die benachbarte Spur gekommen. Der LKW war bedrohlich nahe gewesen. Seine Hupe dröhnte noch laut in ihren Ohren. Einen Moment lang legte sie ihren Kopf aufs Lenkrad und atmete tief durch.

Das hätte ins Auge gehen können!

Du musst dich konzentrieren, verdammt noch mal.

Amelia konnte nicht sagen, wie lange sie dort auf dem Standstreifen darauf wartete, dass sich ihr Herzschlag beruhigte. Aber als sie wieder losfuhr, lief bereits das letzte Lied der *Foo Fighters*-CD. Sie hatte sie erst kurz vor der beinahe Kollision eingelegt.

Der Rest der Fahrt verlief ohne erwähnenswerte Zwischenfälle, auch wenn sich Amelias Gedanken weiter munter im Kreis drehten. Gegen sechzehn Uhr erreichte sie die Howbourne Lane. Langsam fuhr sie die schmale Straße entlang. Links und rechts des Weges erspähte sie einige schlichte Wohnhäuser. Ihr Herz pochte wie verrückt, während sie den Blick über die Gebäude gleiten ließ. Die Straße endete als kleiner Parkplatz in einem Wald. Unschlüssig schaltete sie den Motor aus.

Und nun?

Was wollte sie hier eigentlich? Sollte sie von Tür zu Tür gehen und die Bewohner nach dem jungen Mann auf dem Foto fragen? Was hatte sie sich überhaupt von diesem Ausflug versprochen? Das ganze Vorhaben war eine absurde Idee gewesen. Vielleicht sollte sie einfach wieder zurückfahren.

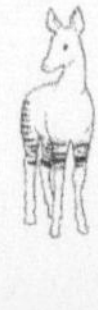

Frustriert griff sie nach einem Schokoriegel. Vielleicht würde ein wenig Zucker helfen, ihr Gehirn auf Touren zu bringen. Sie öffnete die Fahrertür und stieg aus. Die kühle Luft des herbstlichen Spätnachmittags umfing sie. Tief sog Amelia sie ein. Es roch nach feuchtem Waldboden und Tannennadeln. Sie lehnte sich ans Auto und biss genussvoll in den Riegel. Ihr Blick wanderte über den kleinen Parkplatz. Sie beugte sich zurück ins Fahrzeug und angelte nach ihrem Handy. Sie könnte Jess anrufen und ihr erzählen, was los war und wo sie steckte. Ihre Freundin war eine wahre Expertin mit skurrilen Situationen. Bestimmt hätte sie einen guten Tipp parat. Amelia dachte kurz daran, wie diese Fahrt mit ihr zusammen abgelaufen wäre.

Sie drückte den seitlichen Knopf ihres Telefons, doch nichts passierte. Das Display leuchtete nicht auf.

»Ach, fuck.« Sie öffnete die hintere Tür des Autos und nahm ihren Rucksack heraus. In ihm kramte sie nach ihrem Ladekabel. Das konnte doch nicht sein. Hatte sie es nicht eingesteckt!?

Leise fluchend schleuderte Amelia den Rucksack auf die Rückbank. Im Zentrum von Uckfield würde sie sicherlich einen Laden finden, in dem sie ein Ladekabel kaufen könnte. Außerdem wurde es Zeit, sich eine Unterkunft für die Nacht zu suchen. Vielleicht hätte sie auch schon in dem kleinen Örtchen Buxted Glück. Dann könnte sie sich die ungefähr dreißigminütige Fahrt zurück nach Uckfield sparen.

Sie ließ sich auf den Fahrersitz fallen und startete den roten Ford Focus. Bedenklich klappernd schaukelte er zurück über die Howbourne Lane bis zur Hauptstraße. Nach etwa zehn Minuten Fahrt bauten sich die ersten Häuser von Buxted auf.

In der beginnenden Dämmerung versuchte Amelia, einen Supermarkt auszumachen. Fehlanzeige. Das Einzige, was an ein Geschäft erinnerte, war eine halbwegs größere Tankstelle.

Was für ein Kaff ...

Sie steuerte das Fahrzeug auf den Hof und stieg aus. An den grell erleuchteten Zapfsäulen vorbei marschierte Amelia in den Shop der Tankstelle. Ein großer, kräftiger Mann, er mochte wohl um die fünfzig sein, stand hinter dem Kassentresen und füllte das Zigaretten-Regal hinter ihm mit neuer Ware auf. Amelia musste kurz schmunzeln. Der Typ sah wirklich aus wie ein Grizzlybär. Ein Grizzly mitten in Südengland. »Guten Abend, Sir.« Sie setzte ihr strahlendes Lächeln auf. »Finde ich bei Ihnen zufällig Akku-Ladekabel für Smartphones?«

Der Mann drehte sich um und lächelte Amelia freundlich an. »Hallo, Miss. Lassen Sie mich kurz überlegen. Ladekabel, sagen Sie?« Er legte grübelnd seine Stirn in Falten. »Nein«, sagte er dann lang gezogen und schüttelte langsam den Kopf. »Da müssen Sie nach Uckfield runterfahren. Dort gibt es einen Technik-Laden.« Er schaute auf seine Uhr. »Aber da werden Sie heute kein Glück mehr haben. Die Läden machen hier alle um siebzehn Uhr zu.«

Amelia verzog enttäuscht das Gesicht. Was für eine Provinz. »Blöd«, sagte sie mehr zu sich selbst. »Trotzdem danke.« Sie wandte sich um. Dann würde sie eben morgen bei Jess anrufen und sich bei ihr einen Rat holen. Vielleicht sollte sie auch bei ihrem Dad anrufen und ihm sagen, dass sie gut angekommen war. Den Gedanken an ihren Vater schob sie beiseite, als ihr etwas anderes einfiel: »Können Sie mir sagen, wo ich hier ein Hotel oder ein Bed and Breakfast finde?« Sie lächelte verlegen. »Nicht so teuer, wenn es geht.«

Der Tankstellen-Mitarbeiter überlegte erneut mit in Falten gelegter Stirn. »Ja, Sie können zu Olivia fahren. Olivia Cooper. Drüben beim Golfplatz. Sie vermietet ein paar Zimmer.«

»Danke sehr.« Amelia war froh, zumindest bei einem Punkt Erfolg gehabt zu haben. »Sir, darf ich Sie noch etwas fragen?«

»Nur zu, Miss.«

»Stammen Sie aus der Gegend hier?« Nervös drehte Amelia an ihren Ringen.

Der Mann nickte.

Vielleicht kann er helfen?

»Kennen Sie die Howbourne Lane?«, fragte sie, ohne wirklich zu wissen, was sie sich von der Antwort erwartete.

»Die Howbourne Lane? Ja, sicher.« Er zog die buschigen Brauen zusammen. »Da müssen Sie ein Stück nach Westen fahren.« Er zeigte mit der Hand in die Richtung, aus der Amelia gekommen war.

»Wohnt dort zufällig dieser Mann?« Sie zog das Polaroid aus ihrer Jackentasche und zeigte es dem Mann.

»Zeigen Sie mal her.« Er nahm das Foto und hielt es ins Licht. Er setzte seine Brille auf. »Hmmm«, machte er und kräuselte die Lippen. »Nein. Tut mir leid. Den habe ich noch nie gesehen. Soll er hier in Buxted wohnen?« Er legte das Foto zurück auf den Tresen.

»Das weiß ich eben nicht. Ich habe das Foto bei den Sachen meiner verstorbenen Mutter gefunden. Der einzige Hinweis ist das Wort Howbourne auf der Rückseite.« Enttäuscht schob sie das Foto zurück in ihre Jackentasche. »Dann fahre ich jetzt zu Olivia Cooper. Vielen Dank für Ihre Hilfe.«

Der Grizzlybär winkte ab.

Amelia drehte sich um und ging. Die automatischen Schiebetüren der Tankstelle öffneten sich, während sie gedankenverloren zu ihrem Auto ging. In ihrem Magen rumorte es. Je mehr sie darüber nachdachte, desto mehr hielt sie das Vorhaben für eine Schnapsidee.

»Miss!«

Amelia vernahm das Geräusch rascher Schritte hinter sich.

»Miss! Warten Sie!«

Sie drehte sich mit einem unbehaglichen Gefühl um. Ein Mann in schwarzer Hose und schwarzem Hemd mit weißem Kollar kam auf sie zu.

Na toll, was will der Pfaffe von mir!?

»Miss. Ich wollte nicht lauschen …«

Aber Sie haben es trotzdem getan.

»Ich habe zufällig gehört, was Sie zu Joel gesagt haben.« Er deutete mit dem Kopf in Richtung des Tankstellenshops. »Sie suchen jemanden namens Howbourne?« Von seinem kurzen Spurt war der Pastor außer Atem. Seine Stimme klang abgehetzt. Sein üppiger Wohlstandsbauch hüpfte unter seinen schnellen Atemzügen fröhlich auf und ab. Der Pastor musterte Amelia aus freundlichen Augen.

Sie zögerte, ob sie ihm das Foto zeigen sollte. Sie hatte für die Kirche und ihre Anhänger nie etwas übriggehabt. Für Pastoren schon überhaupt nicht. Auf der anderen Seite hatte sie auch nichts zu verlieren. »Ähm. Ja, das stimmt.« Sie taxierte ihr Gegenüber aufmerksam. Dann schmiss sie ihre Bedenken über Bord. Sie konnte jede Hilfe gebrauchen, die sie bekommen konnte.

»Jemanden, der so heißt. Oder in der Howbourne Lane lebt«, fuhr sie fort. Amelia zog das Foto aus ihrer Tasche und zeigte es dem Pastor. »Kennen Sie diesen Mann?«

Er ergriff das Bild und Amelia meinte eine Reaktion in seinem Gesicht zu erkennen. Nur für einen Augenblick schien er überrascht zu sein. »Nein, tut mir leid«, erwiderte dieser nach kurzer Betrachtung. »Ich habe ihn nie gesehen und ich kenne hier fast jede Menschenseele. Ich bin Pater David, nebenbei bemerkt.« Der Pastor ergriff Amelias Hand und schüttelte sie kräftig. »Aber Folgendes interessiert Sie vielleicht. Es gab hier im Ort mal eine wohlhabende Familie, die Howbourne hieß. Tragische Geschichte. So tragisch. Alle Familienmitglieder sind zum Ende des neunzehnten Jahrhunderts ums Leben gekommen.« Er schüttelte gedankenverloren den Kopf. Seine Augen starrten ins Leere. Dann schaute er plötzlich auf seine Uhr. »Schon so spät ...« Er lächelte Amelia entschuldigend an. »Zu ärgerlich. Ich würde Ihnen die Kirchenbücher dazu gern zeigen. Aber ich muss jetzt leider zur Chorprobe. Kommen Sie doch morgen zu mir in die St. Marys Church.« Erwartungsvoll sah er in ihre Richtung.

Amelia zog eine Augenbraue hoch und betrachtete den

alten Pastor. Unwillkürlich drehte sie an den Ringen an ihrem Finger. Warum sollte er ihr helfen wollen? Genauso gut konnte sie sich aber auch fragen, warum er sie anlügen sollte. »In Ordnung«, sagte sie schließlich. »Ich komme morgen zu Ihnen. Gegen zehn Uhr?«

Der Pastor legte seine Stirn in Falten. »Morgen Vormittag bin ich im Altenheim zur Seelsorge. Sagen wir nach dem Lunch? Gegen ein Uhr?« Er reichte ihr die Hand zum Abschied. Dann hievte er zwei große Benzinkanister in den Kofferraum seines Wagens. Er setzte sich in den Rover, der mindestens genauso alt aussah wie der Pastor selbst.

Amelia schaute dem rostigen Gefährt irritiert hinterher.

Okay. Vielleicht würde mir dieser Pastor doch weiterhelfen können.

Eine Weile blieb sie unschlüssig neben dem Auto stehen. Sollte sie dem Pastor direkt folgen? Sie schüttelte den Kopf und wischte den Gedanken mit einer Handbewegung weg, dann ließ sie sich müde auf den Fahrersitz des Fords fallen. Sie sehnte sich nach einem ruhigen Zimmer mit einem gemütlichen Bett. Ihre Beine fühlten sich schwer an. Die Augen brannten beinahe unerträglich. So allmählich forderte die vergangene Nacht auf dem alten Sofa ihren Tribut.

Obwohl ihr Handy keinen Strom mehr hatte und sie es nicht mehr zum Navigieren nutzen konnte, fand sie den Golfplatz schnell. Dahinter wies ein hölzerner Wegweiser zu Olivias Bed and Breakfast.

Eine kiesbestreute Auffahrt knirschte unter den Autoreifen, als sie den Weg hinauf zu dem verträumten Cottage fuhr. Die Außenwände waren mit Rankgittern versehen,

an denen im Sommer zahlreiche Rosen blühen dürften. Hinter den Sprossenfenstern leuchtete warmes Licht, welches in die Dämmerung des frühen Abends hinausfloss. Aus dem Schornstein quoll dicker Qualm, der ein Kaminfeuer im Inneren des Hauses verriet.

Amelia lächelte, während sie an ihre Mutter dachte. Genau so ein Haus hatte sich Valerie immer erträumt. Auf gemeinsamen Radtouren hatten sie an großen und kleinen Cottages und Landhäusern gehalten. Sie hatten sich dann ausgemalt, wie es wohl wäre, in einem dieser hübschen Häuser zu leben.

Amelia umfasste das Lenkrad bei der Erinnerung fester. Auch nach fünf Jahren schmerzte ihr Herz beim Gedanken an die Frau, die ihr das Leben geschenkt hatte. Sie spürte ein Brennen in den Augen, das nicht von der Müdigkeit herrührte. Um den Tränen keine Chance zu geben, stieß sie die Fahrertür auf. Sie schälte sich aus dem Sitz. Kühle Herbstluft umfing sie. Amelia atmete tief die frische Luft ein, ließ sie durch ihre Lungen strömen. Selbst an den klarsten Tagen war die Luft in Kingston Upon Hull nicht halb so rein wie hier. Amelia seufzte voller Vorfreude auf ein gemütliches Zimmer und schnappte sich ihr spärliches Gepäck. Der Kies knirschte unter ihren Boots auf dem Weg zur Haustür.

»*Olivia's Cottage – Bed & Breakfast*« stand auf einem schlichten Messingschild neben der Tür. Sie trat ein. Der Klang einer Glocke hallte durch den Raum. Warmer, heimeliger Duft nach Gebäck, Tee und Kerzen empfing sie. »Wow«, sagte Amelia leise, als sie sich auf dem Flur um die eigene Achse drehte. Die Einrichtung wirkte, als wäre dies die Kulisse für Kate Winslets Häuschen in »Liebe braucht keine Ferien« gewesen. Alles in diesem Cottage wirkte sorgsam ausgewählt und urgemütlich.

»Hi.« Eine gelangweilte Stimme ließ Amelia zusammenzucken. »Was willst du denn hier?« Eine junge Frau, sie mochte etwas jünger sein als Amelia, stützte sich kaugummikauend auf den schmalen Empfangstresen. »Willst den Altersdurchschnitt wohl nach unten ziehen?« Die junge Frau bettete das Kinn in ihrer Hand. »Oder hast du dich in der Tür geirrt?«

»Nein. Ich möchte ein Zimmer.« Amelia fühlte sich aufgrund der schroffen Begrüßung unbehaglich. Und ihr stand der Sinn so gar nicht nach Konversation. Sie wollte nur noch schlafen.

»Aha, warum?«

»Weil ich müde bin.«

»Schon klar. Warum hier? Warum nicht drüben in Uckfield? Da gibt's wenigstens ein paar anständige Pubs.« Sie kaute weiter mit ausladenden Kieferbewegungen ihr Kaugummi. Sie ließ Amelia dabei nicht aus den dunkel umrandeten Augen.

»Ich habe hier in der Gegend zu tun«, gab sie knapp zurück. »Ist nun noch ein Zimmer frei?« Sie gab sich keine Mühe mehr, den genervten Unterton zu verstecken.

Die junge Frau am Tresen stieß geräuschvoll die Luft aus. Es grenzte an ein Wunder, dass das Kaugummi dabei nicht durch ihre Lippen flutschte. »Nun sei mal nicht gleich gepisst. Klar haben wir noch ein Zimmer.« Sie zog ein dickes Buch

aus einer Schublade, legte es Amelia aufgeschlagen hin. »Hier, bitte eintragen«, säuselte sie mit einem zuckersüßen Lächeln.

Amelia trat an den Tresen heran und füllte die vorgegebenen Felder aus.

»Bist du wegen des Fluchs hier?«, fragte die Frau und musterte Amelia dabei eingehend aus neugierigen Augen. »Ich meine, es ist Oktober. Halloween steht vor der Tür. Da kommen die ganzen Geisterjäger-Spinner aus ihren Löchern gekrochen und stürzen sich auf die alten Legenden. Für uns ist jetzt Hauptsaison!«

»Was denn für ein Fluch?«, hakte Amelia mit gerunzelter Stirn nach. Eigentlich wollte sie nur noch ihre Ruhe haben, duschen und schlafen gehen. Aber irgendetwas an dieser Geschichte machte sie neugierig.

»Schön, ich habe deine Aufmerksamkeit. Hi. Ich bin Polly.« Die junge Frau streckte ihr mit einem breiten Grinsen die Hand entgegen.

Amelia ergriff wortlos Pollys Hand. Statt ihren eigenen Namen zu nennen, deutete sie mit dem Kinn zum aufgeschlagenen Gästebuch. Dort stand ihr Name immerhin. »Welcher Fluch?«, wiederholte sie.

»Es ist mehr eine Schauergeschichte.«

Aha. Jetzt kommen schon die Einschränkungen.

»Sie rankt sich seit langer Zeit um unseren Ort.« Polly verlieh ihrer Stimme einen dramatischen Klang. »Die Legende erzählt von einer einfachen Dienerin namens Nan Tuck. Sie hatte eine Stellung als Kinderfrau bei einer reichen Familie. Man munkelt, sie hätte ein Verhältnis mit dem Herrn des Hauses gehabt und ihm Kinder geboren.«

»Vielleicht hat er sie auch einfach bedrängt«, warf Amelia ein.

Polly schaute sie böse an. »Ja, durchaus möglich.« Die junge Frau räusperte sich, bevor sie die Geschichte mit atemloser Spannung fortsetzte: »Eines Tages hatte Nan Tuck genug davon. Sie vergiftete ihren Dienstherrn und dessen Frau. Die Kinder aber verschonte sie. Stattdessen floh sie mit ihnen. Es dauerte nicht lange, bis der Mord entdeckt wurde und der Verdacht sogleich auf sie fiel. Die Polizei und der Pöbel des Dorfes suchten Nan und die Kinder. Sie, getrieben von Angst und Scham, wollte sich mit ihnen in der Kirche verschanzen. Denn dort hätte ihr Asyl gewährt werden müssen. Doch sie kam nicht bis zum Portal der Kirche. Der Weg wurde ihr und den lieben Kinderlein abgeschnitten. Also flohen sie gemeinsam in den Wald. Immer tiefer drangen sie vor, ihre Verfolger waren ihnen dicht auf den Fersen. Und plötzlich …«

Amelia spürte einen kalten Schauer im Nacken. Die kleinen Härchen an ihren Armen stellten sich auf. »… und plötzlich?«, fragte sie tonlos.

»… waren sie verschwunden. Alle. Der ganze Wald wurde abgesucht. Doch niemand hat sie jemals lebend wiedergesehen.« Polly seufzte theatralisch. Sie senkte die Stimme, als sie weitersprach. »In der nächsten Nacht erschien einem Polizisten, der das Anwesen der reichen Familie bewachte, Nan Tuck. Er folgte ihr in das Gebäude, wollte sie stellen. Aber sie ging weiter und hörte nicht auf seinen Befehl anzuhalten. Er schoss auf sie, doch sie ging einfach weiter. Einfach so. Als wäre nichts gewesen. In der Nacht brannte das Haus der Familie bis auf die Grundmauern nieder. Und im Wald, ungefähr an der Stelle, an der man Nan und die Kinder zuletzt gesehen hatte …« Polly schluckte schwer. »… stand, wie aus dem Nichts, ein toter Baum. Zu seinen Füßen bloßer nackter Lehm.«

Amelia musterte die Frau. Ihr kam ein Gedanke. »Wie hieß die reiche Familie?« Ihre Stimme klang heiserer, als sie vermutet hatte. Schnell räusperte sie sich und wiederholte ihre Frage.

»Die Familie hieß Howbourne.«

Eine Faust griff nach Amelias Magen, presste ihn fest zusammen. Sie schnappte nach Luft. »Wirklich?«

»Ja. Es gibt noch eine Straße hier, die so heißt. Dort stand früher ihr Anwesen. Der Weg führt in das Waldstück, in dem Nan und die Kinder verschwunden sind. Man munkelt, dass dort hin und wieder Geister zu sehen sind. Die ruhelosen Seelen der Kinder, die Nan mit sich ins Verderben gerissen hat. Und manchmal, in nebligen Nächten, verschwinden Tiere von den Weiden. Sind einfach weg. Spurlos verschwunden.« Polly, die sich für ihre Erzählung verschwörerisch an den Tresen gelehnt hatte, richtete sich auf. Sie räusperte sich und trommelte mit den schwarzlackierten Fingernägeln auf die hölzerne Platte der Anmeldung. »Also, deswegen bist du nicht hier?«

»Nein. Ich glaube nicht. Ich weiß es nicht.« Amelia überlegte, ob sie Polly das Foto zeigen sollte. Entschied sich aber dagegen. Sie hatte noch nicht beschlossen, ob sie ihr vertrauen konnte.

»Kann ich jetzt meinen Schlüssel haben?«

Amelia lehnte sich gegen die hellgrüne Zimmertür. Ihre Gedanken rasten hin und her. Eine düstere Legende, die mit Howbourne verwoben war.

Das kann doch kein Zufall sein!? Kann man davon ausgehen, dass dieser Geschichte ein wahrer Kern innewohnt? Oder ist sie nur über die Jahre aufgebauscht worden, bis sie zu einem Gruselmärchen wurde?

Sie zog das Foto aus ihrer Tasche, um den Mann darauf noch einmal zu begutachten. Das Gefühl unbeschreiblicher Vertrautheit durchflutete sie bei seinem Anblick. Sie konnte es nicht erklären. Sie fühlte sich ganz, wenn sie das Foto betrachtete. Als würde man ihr einen Teil ihrer Seele zurückgeben, der ihr zuvor überhaupt nicht gefehlt hatte.

Amelia durchquerte das Zimmer. Sie schob das Fenster auf und ließ sich auf der schmalen Fensterbank nieder. Inzwischen war es stockdunkel. Nur die kleinen elektrischen Laternen links und rechts der Auffahrt durchbrachen die Finsternis der mondlosen Oktobernacht.

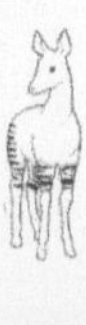

Sechs

Amelia streckte sich. Einen Moment lang blinzelte sie verschlafen. Dann wurde ihr bewusst, wo sie sich befand.

Das Metallgestell des Bettes knarrte leicht, als sie sich aufsetzte. Sie schwang ihre Füße von der Matratze, der warme Holzfußboden unter den nackten Sohlen gab ihr ein behagliches Gefühl. Sie ging zum Fenster und zog die geblümten Vorhänge zur Seite. Jenseits der Scheibe empfing sie ein weißer, undurchdringlicher Schleier. Eine hoch aufgetürmte, alles verschluckende weißgraue Mauer aus Nebel. Das fahle Licht des Morgens kämpfte gegen ihn an, doch ohne die letzten wärmenden Strahlen der Oktobersonne war es chancenlos.

Amelia schlang die Arme um ihre Mitte. Unbehagen breitete sich in ihr aus. »Na toll.« Sie hasste Nebel. Sie hatte als Kind einmal auf einem Spaziergang an der Küste ihre Eltern im Nebel verloren. Sie hatte Todesangst gehabt. Sie war allein über den Strand geirrt, hatte gerufen. Nach ihren Eltern geschrien. Doch der Nebel hatte ihre Worte verschluckt, als würde sie versuchen, unter Wasser zu rufen. Bis sie ihrem Vater direkt in die Arme gelaufen war. Er hatte sie mit einer Leichtigkeit aufgesammelt, als wäre sie ein kleines Kätzchen. Hatte sie fest an seine Brust gedrückt, während er sein Gesicht wortlos an ihr Haar gepresst und seine Hand in ihren blonden Locken vergraben hatte.

Die Erinnerung an diesen besonderen Moment mit ihrem Vater machte Amelia traurig. Eine unbeschreibliche Schwere erfasste ihr Herz. Bei dem Gedanken an jenen nebligen Tag fühlte sie sich bleiern und kraftlos. Sie hatte ihrer Mutter versprochen, nachsichtig mit ihrem Dad zu sein. Ihn nicht zu verlieren. Und doch war sie nicht in der Lage gewesen, dieses Versprechen zu halten. Sie lehnte die Stirn an das kühle Glas des Fensters. Ihr Blick verlor sich in dem milchigen Schleier des Nebels.

Das unvermittelte Knurren ihres Magens holte sie aus ihrer Versunkenheit. Sie legte ihre Hände auf den Bauch und spürte das aufgebrachte Rumoren unter ihnen. Sie seufzte lang gezogen.

»Verdammt, ich habe Hunger!« Sie ging zu ihrer Tasche, inspizierte den Inhalt, ob noch etwas von ihrem Proviant übrig war. Der letzte Schokoriegel war gestern im Wald draufgegangen. Es wurde Zeit für ein echtes Frühstück, das aus mehr als pappigen Supermarkt-Sandwiches und Schokoriegeln bestand.

Amelia duschte schnell, schlüpfte in ihre Jeans und in einen dicken, langen Pullover. Sie band sich die Haare zu einem Messy Bun hoch und betrachtete sich im Spiegel des altmodischen Badezimmers. War sie bereit dafür, mehr über Howbourne zu erfahren? War sie bereit dafür, mehr über ihre Mutter zu erfahren? Über sich selbst? Sie wusste es nicht. Aber sie musste es versuchen.

Im Frühstücksraum des kleinen Cottages duftete es verführerisch nach Kaffee, Toast, gebratenen Eiern und Speck. Eine rundliche Frau mit schulterlangen blonden Haaren kam auf sie zu. »Guten Morgen. Sie müssen Miss Forster sein. Herzlich willkommen.« Die freundliche Frau mochte ungefähr fünfzig Jahre alt sein. Sie deutete auf einen kleinen Tisch am Fenster. »Setzen Sie sich doch bitte. Ich bin Olivia Cooper. Mir gehört das Cottage.« Olivias Augen leuchteten auf vor Stolz.

Amelia wollte freundlich sein und nickte anerkennend, während sie ihren Blick über die geblümten Wände gleiten ließ. »Es ist wirklich hübsch«, sagte sie.

Olivia strahlte dankbar. »Meine Tochter Polly hat mir erzählt, dass Sie gestern angereist sind. Wie schön! Ich hatte Chorprobe, deshalb konnte ich Sie nicht persönlich empfangen. Sie sind nachher mit Pater David verabredet, ja?«

Fragend zog Amelia eine Augenbraue hoch.

»Oh, wir sind hier in einer sehr kleinen Kleinstadt. Hier erzählen wir uns noch alles. Pater David hat mir bei der Chorprobe von Ihnen erzählt.« Etwas verlegen senkte Olivia die Lider.

»Tatsächlich? Richtig. Ich werde nachher zu ihm fahren

und einen Blick in die alten Kirchenbücher werfen.« Amelia wünschte sich, Olivia würde endlich gehen. Sie hatte keine Lust, Teil des Kleinstadt-Tratsches zu sein. Sie wollte nur einen Kaffee trinken und etwas essen. Weiter nichts.

»Sie wollen mehr über die tragische Geschichte der Howbournes erfahren, erzählte er mir.« Olivia schüttelte den Kopf. »So eine traurige Geschichte.«

»Polly hat mir gestern Abend über die Familie und die Nanny erzählt.« Sie hoffte, Olivia würde nun akzeptieren, dass sie in Ruhe frühstücken wollte.

»Ach, Polly!« Die Gastgeberin winkte ab. »Meine Tochter hat Ihnen sicherlich die Spukversion erzählt. Das macht sie immer. Ich weiß nicht, woher diese morbide Faszination kommt. Lassen Sie sich nicht davon ängstigen. An der Geschichte ist nichts Unheimliches oder Übernatürliches dran. Nan Tuck war ein verrücktes Weibsbild. Sie hat die Herrschaften kaltblütig ermordet. Dann hat sie sich und die Kinder im Fluss ertränkt. Alle sind mit der Strömung ins Meer getrieben. Ende der Geschichte.« Olivia stemmte die Hände in die Hüften, als wollte sie ihrer Aussage mehr Gewicht verleihen.

»Und der Baum?«

Olivia schnalzte mit der Zunge und machte eine wegwerfende Geste. »Die Verrückte hatte noch Gift dabei. Falls sie doch erwischt werden würde, musste sie es loswerden. Sehen Sie. Nichts Mysteriöses.«

Es war schon seltsam. Olivias Version der Geschichte um Nan Tuck klang logisch und vernünftig. Dennoch war Pollys Erzählung faszinierender gewesen.

Amelia räusperte sich und lächelte freundlich. »Was kann ich denn zum Frühstück haben?«

Nach dem Frühstück verließ Amelia das Cottage. Bevor sie sich mit dem Pastor treffen würde, wollte sie unbedingt ein Ladekabel für ihr Handy kaufen. Der Tankstellen-Mitarbeiter hatte recht gehabt. In Uckfield wurde sie fündig.

Als sie zurück nach Buxted kam, hatte sich der Nebel weitestgehend gelichtet. Ein paar schwache Sonnenstrahlen schafften es, sich einen Weg durch den bleischweren Himmel zu bahnen. Eine bedrückende Schwere lag in der Luft. Das durch die dicken Wolken diffus gebrochene Licht wirkte eiskalt.

Amelia sah auf die Uhr im Armaturenbrett und hatte noch Zeit, bevor sie mit dem Pastor verabredet war. Also lenkte sie ihren Wagen zurück zur Howbourne Lane. Auf dem kleinen Parkplatz im Wald hielt sie. Sie verließ den Wagen und folgte dem schmalen Pfad, der sie in den Forst führte. Ihr fiel ein schlichtes Hinweisschild auf. Die Zeichnung eines Herrenhauses war zu sehen, darunter die Aufschrift »*Buxted Manor*«. Die Luft war kalt, Atemwölkchen bildeten sich vor ihrem Mund. Das Unterholz knackte unter den hellbraunen Boots. Die Blätter, die noch nicht von den Bäumen gefallen waren, waren in den schönsten Herbstfarben getönt. Bei klarem, sonnigem Wetter müsste es wunderschön sein. Hier hatte also das Haus der Familie Howbourne gestanden. Der Platz ließ noch erahnen, dass mal ein Gebäude darauf gestanden hatte. Auch wenn die Natur längst begonnen hatte, das Areal zurückzuerobern. Amelia schauderte, als sie an die Geschichte dachte. Hier war es also passiert.

Sie ging tiefer in den Wald hinein, ihr Blick wanderte über Bäume und Büsche und schließlich sah sie es. Einen kreisrunden Fleck von ungefähr zwei Metern Durchmesser. Dieser Fleck war gänzlich kahl. Nicht einmal ein Blatt lag darauf. Nur nackte Erde. In der Mitte stand ein kahler Baum. Nein, nicht kahl, sondern tot!

Amelia schluckte schwer. Ein eiskalter Schauer lief über ihren Körper. Sie hockte sich hin, streckte eine Hand aus, um die Erde zu berühren. Ein Rascheln direkt hinter ihr schreckte sie auf. Mit einem spitzen Schrei sprang sie aus der Hocke in den Stand und wirbelte herum. Erleichtert sah sie ein Reh im Unterholz verschwinden.

»Beruhige dich«, sagte sie zu sich selbst. »Du bist ja paranoid!«

Sie befahl ihrem Herzen, ruhiger zu schlagen, doch es hämmerte unvermindert hart gegen ihre Rippen. Sie beschloss, zurück zum Auto zu gehen. Es wurde allmählich Zeit für das Treffen mit Pater David.

Gänsehaut ergriff ihren gesamten Körper. Fröstelnd schlang sie ihre Arme um die Mitte. Im Gehen warf sie einen Blick über ihre Schulter auf den toten Baum.

Kurz vor dreizehn Uhr steuerte Amelia den roten Ford auf den Parkplatz der St. Marys Kirche in Buxted. Das Gebäude war eine imposante Kirche, gemauert aus grauem Stein, umgeben von einem verwitterten Friedhof. Das Portal bildete eine halbrunde, schwere Holztür. Unschlüssig blieb Amelia davor stehen. Sollte sie einfach eintreten oder klopfen? Sie hatte keinerlei Erfahrungen mit den Gepflogenheiten der Kirche. Der Glaube hatte in ihrem Elternhaus nie eine Rolle gespielt. Natürlich hatte die Familie gemeinsam Weihnachten gefeiert. Aber es ging dabei weniger um die Religion, sondern vielmehr darum, zusammen zu sein und gemeinsam Zeit zu verbringen. Amelia erinnerte sich vage an eine Geschichte ihrer Großmutter, die sich als junges Mädchen mit dem Pastor der Gemeinde überworfen hatte. Seither hatte diese mit der Kirche abgeschlossen.

Sie schaute sich um, konnte aber nirgends jemanden entdecken. Unsicher drehte sie an den beiden Ringen an ihrem Finger.

Schließlich ballte sie die rechte Hand zur Faust und pochte einige Male gegen das harte Holz der Tür. Nichts tat sich. Auch nach erneutem Klopfen öffnete ihr niemand. Sie kaute nervös auf ihrer Unterlippe.

Was soll's? Ich geh da jetzt einfach rein!

Amelia drückte die Klinke hinunter und zu ihrer Überraschung ließ sich das Portal öffnen. Kühle, muffige Luft schlug ihr entgegen. Es roch, als hätte man hier seit Jahren nicht mehr gelüftet. Und geheizt wahrscheinlich auch nicht. Zögernd trat sie ein.

»Hallo? Pater David?« Ihre Stimme hallte von den hohen Mauern wider. Niemand antwortete. Sie betrat den Hauptraum und blieb verwundert stehen. So imposant das Gebäude von außen wirkte, desto schlichter war es von innen. Es gab keine Bänke, sondern nur billige Klappstühle. Der Altar war ein schlichtes Gestell aus Kiefernholz mit einem Kreuz darauf.

Eine Tür neben dem Altar öffnete sich quietschend und Amelia zuckte zusammen. Der Pastor trat ein. Er wirkte zerzaust und gehetzt. »Ah, Sie sind schon da, Miss.« Er ging auf Amelia zu und streckte ihr seine rechte Hand entgegen. »Wie unhöflich, ich habe mich verspätet. Die alten Herrschaften haben mitunter reichlich Redebedarf.« Er lächelte entschuldigend. Dann machte er eine Geste, die den Raum umfasste. »Herzlich willkommen hier in St. Marys.« Er lächelte Amelia freundlich an, während er ihre Hand schüttelte. »Wollen wir?«

Sie nickte und folgte ihm. Zu ihrer Verwunderung hinaus aus der Kirche in ein kleines Haus. Auf einem Schild neben der Tür las sie die Wörter »*Kirchenbüro & Archiv*«.

Pater David schloss die Tür auf. »Kommen Sie doch bitte rein.« Er trat zur Seite und gab den Weg für Amelia frei. Sie betrat den kleinen Flur. Links von ihr sah sie ein Büro, es wirkte altmodisch. Lediglich der Computer gab einen Hinweis darauf, dass sie keine Zeitreise in die Fünfzigerjahre unternommen hatte. Auf der anderen Seite des Flurs stand die Tür ebenfalls offen. Sie gab den Blick auf einen größeren, mit Holz vertäfelten Raum frei. In dessen Mitte war ein Stuhlkreis aufgebaut. Am Ende des Flurs führte eine schmale Stiege nach oben. Unschlüssig blieb Amelia stehen und drehte sich zum Pastor um, der hinter sich die Tür ins Schloss zog. Er bedachte sie mit einem milden, professionellen Pastorenlächeln. Der Flur war eng.

Pater David presste sich an die Wand und schob sich an seiner Besucherin vorbei. »Manchmal sollte man wohl nicht darauf bestehen, der Dame die Tür zu öffnen.« Ein schelmisches Lächeln umspielte seine Augen. »Wir müssen nach oben. Die Akten aus der Zeit der letzten Howbournes in der Gegend befinden sich im oberen Stockwerk. Wenn Sie noch etwas Älteres suchen, müssen wir in den Keller. Aber da ist es ziemlich modrig. Ich war selbst schon lange nicht mehr da unten.« Lachend fügte er hinzu: »Es ist ein bisschen gruselig. Viele Spinnen. Und vermutlich Ratten.« Er erschauerte sichtlich und ging schließlich die Treppe hoch.

Amelia folgte ihm. An der Wand hingen Fotografien der Kirche aus den verschiedenen Epochen. Einige Fotos zeigten strahlende Hochzeitspaare, andere Beerdigungsgesellschaften.

Sonderbar, dass man sich Bilder von Beerdigungen einrahmt und aufhängt.

Der Pastor schloss eine Tür auf. Der Raum dahinter war vollständig mit Bücherregalen bestückt, die bis unter die Decke reichten. Die Bücher waren in Leder gebunden, sehr alt und sehr dick. Pater David ging zu einer kleinen Kommode, die neben der Tür stand. Er wühlte in einer Schublade und reichte Amelia ein Paar weiße Handschuhe. »Hier, ziehen Sie die bitte an. Die Bücher sind sehr empfindlich.«

Während sie die Handschuhe überstreifte, ließ sie ihren Blick durch den Raum schweifen. Sie war überwältigt von der Vielzahl alter Bücher. Die Luft war erfüllt von dem Geruch alten Papiers und Leders. Ein warmer, heimeliger Duft.

Wie viele Schicksale mochten wohl auf diesen Seiten niedergeschrieben sein? Sie hoffte inständig, dass der Pastor wusste, in welchen dieser Bücher sie etwas über die Familie Howbourne finden würde. Sonst wäre sie wohl über Wochen beschäftigt. Unschlüssig blieb sie in der Mitte des Raumes stehen.

Unter einem Fenster stand ein zierlicher Tisch, auf dem einige Bücher aufgetürmt waren.

»Hier, Miss.« Der Pastor wies auf das Tischchen. »Das sind die Bücher, die Sie lesen sollten.«

Sie schaute Pater David fragend an.

Er hob beschwichtigend die Hände: »Ich war so frei, sie nach unserem Gespräch gestern für Sie bereitzulegen.«

Amelia ließ sich auf dem Stuhl nieder und griff nach einem der Bücher.

»Ich lass Sie dann mal allein. Wenn Sie etwas brauchen, rufen Sie mich einfach. Ich bin unten in meinem Büro.« Pater David verließ den Raum. Das Holz der Treppe knarrte unter seinem Gewicht, als er nach unten ging.

Amelia schlug das Buch auf, welches sie sich als Erstes vom Stapel genommen hatte. Sie fühlte eine merkwürdige Mischung aus Neugier und Beklommenheit, als ihr Blick über die vergilbten Seiten glitt.

»*1803-1812*« stand auf der ersten Seite. Sie blätterte weiter und vertiefte sich in eine alte, längst vergangene Zeit.

Amelia hatte schon seit Stunden in den Büchern gelesen. Die alten Handschriften hatten ihr anfangs Probleme gemacht.

Sie hatte Mühe gehabt, die Worte zu entziffern. Mit der Zeit hatte sie sich daran gewöhnt, auch wenn ihre Augen inzwischen brannten und sie sich nach frischer Luft sehnte. In den Kirchenbüchern fand sie allerlei über die Familie Howbourne, die in Buxted Manor gelebt hatte. Bis zu einem schlichten Eintrag aus dem Jahre 1879. Neben den Namen Mary und Adam Howbourne war ein »Giftmord« vermerkt. Hinter den Namen der Kinder Joseph, Elizabeth und Robert hatte man »vermisst« geschrieben.

Bei dem Eintrag der vermeintlichen Mörderin Nan Tuck stand »Selbsttötung nach Bluttat«. Ihre eigenen Kinder Violet und William wurde als ertrunken geführt.

Stirnrunzelnd klappte Amelia das Buch zu. Mit der Hand fuhr sie sich über die schweren Lider.

»Davon bin ich jetzt auch nicht schlauer«, murmelte sie. Ihr Blick fiel durch die staubige Fensterscheibe nach draußen. Wie lange hatte sie hier oben gesessen? Es dämmerte bereits. Hektisch stand Amelia auf. »Scheiße. Den ganzen Tag habe ich hier für nichts und wieder nichts vergeudet!« Sie raffte ihre Sachen zusammen. Unten bedankte sie sich bei Pater David.

Während sie zum Ausgang eilte, rief er ihr nach: »Miss, ist alles in Ordnung? Haben Sie gefunden, was Sie gesucht haben?«

»Danke für Ihre Hilfe!« Im Laufen drehte sich Amelia um und winkte dem verwirrt aussehenden Pastor zu. Sie hatte sich von den Kirchenbüchern mehr versprochen. Nun kannte sie zwar den Stammbaum der Howbournes, aber das würde ihr bei der Suche nach dem Mann auf dem

Foto vermutlich nicht viel nützen. Schließlich waren die Howbournes schon lange tot.

Das Scheinwerferlicht erhellte den Weg in der Dämmerung. Nebel kroch aus dem Boden und schloss sich zu einer wabernden, milchigen Masse zusammen. Mit zunehmendem Nebel wuchs auch Amelias Unbehagen. Ihr war kalt, obgleich die Heizung des Autos auf Hochtouren lief. Sie lenkte den Ford über die Howbourne Lane. Vier Häuser hatte sie bereits passiert, die alle unbeleuchtet und einsam dalagen. Am nächsten Haus erspähte sie ein Licht im Inneren. Sie parkte das Auto auf der Auffahrt und stieg aus. Auf dem Weg zur Eingangstür zögerte sie kurz, dann straffte sie die Schultern und trat auf die Veranda.

Nach nur einem Klingeln wurde die Tür geöffnet. Ein Mann, ungefähr Mitte dreißig, erschien. Auf seinem Arm schlief ein Baby. Er sah müde und abgekämpft aus und blickte Amelia fragend an. »Sie sind nicht der Pizzabote!?«

»Ähm, nein. Das bin ich nicht. Entschuldigung.« Amelia versuchte, so freundlich und verbindlich wie möglich zu lächeln. »Hi. Ich bin Amelia. Ich suche diesen Mann.« Sie hielt dem Bewohner das Polaroid unter die Nase. Während sie auf eine Reaktion des jungen Vaters wartete, stellte sie sich vor, wie sie an seiner Stelle reagieren würde. Wenn eine vollkommen fremde Person vor der Tür stehen und mit einem Foto vor ihrer Nase herumwedeln würde. Wahrscheinlich würde sie die Tür direkt wieder zuschlagen.

»Nein, sorry. Nie gesehen.« Der Mann schloss die Tür vor Amelias Nase. Sie verließ mit hängenden Schultern die Veranda und ging zurück zum Wagen.

Nachdem die Recherche im Kirchenarchiv sie nicht vorangebracht hatte, stand sie wieder bei null. Das Einzige, was ihr eingefallen war, war, die Bewohner der Howbourne Lane nach ihrem vermeintlichen Bruder zu befragen. Vielleicht wohnte er hier irgendwo. Oder wenigstens bestand die Chance, jemanden zu finden, der ihn kannte. Jede andere Möglichkeit seiner Existenz schob Amelia weit von sich.

An zwei weiteren Häusern hatte sie mehr oder weniger schroffe Abfuhren der Bewohner erhalten. Resigniert lenkte sie ihr Auto auf den Parkplatz.

Und nun? Was mache ich hier überhaupt? Jage einem Phantom hinterher. Wahrscheinlich hat der Name auf dem Foto nichts mit dem Typen zu tun. Wahrscheinlich entspringt diese ganze Suche nur dem Wunsch, Mom einen Gefallen zu tun. Ihr diesen letzten Wunsch zu erfüllen.

Amelias Gedanken wanderten zu der düsteren Legende. Nan Tuck. Immer wieder geisterte der Name in ihrem Kopf herum. Vielleicht hatte die Ruine des ehemaligen Herrenhauses etwas mit dem Foto zu tun? Sie beugte sich zum Handschuhfach und wühlte darin. Unter einer halb leeren Bonbontüte, einem Paar Handschuhe und dem Serviceheft fand sie eine Taschenlampe.

»Wer sagt's denn?«

Amelia stieg aus. Das Geräusch der zufallenden Tür wurde beinahe gänzlich vom Nebel geschluckt. Die dichten Schleier um sie herum warfen das Licht der Taschenlampe zurück. Sie kämpfte gegen die Beklommenheit und das flaue Gefühl an.

»Verdammt, ich muss wahnsinnig sein«, murmelte sie und ging langsam über den sandigen Boden des Parkplatzes. »Mom, wohin hast du mich hier bloß geschickt?«

Die kalte, feuchte Luft drang in all ihre Poren. Sie fröstelte. Eine Gänsehaut kroch über ihren Rücken. Die feinen Härchen an ihren Armen stellten sich auf. Der Schein der Taschenlampe fiel auf das Hinweisschild zum alten Herrenhaus. Amelia blieb stehen und betrachtete es. Ihre Augen fokussierten die Inschrift. Kopfschüttelnd drehte sie sich um. *Das hat doch alles keinen Zweck. Was soll denn hier sein? Mom, ich glaube, ich fahre morgen früh wieder nach Hause.*

»Es tut mir leid, Mama. Ich hätte ihn so gern gefunden. Für dich. Für mich.« Amelias Stimme war mehr ein Flüstern. Sie klang heiser und brüchig wie die Blätter unter ihren Sohlen. Tränen rannen über ihre Wangen.

Ein Knacken hinter ihr ließ sie zusammenfahren. Sie drehte sich um, versuchte, im Nebel etwas zu erkennen, doch machte hinter der weißen Wand, die sich vor ihr auftürmte, nichts aus.

»Hallo?«, flüsterte sie.

Keine Antwort.

»Ist da jemand?« Ihre Stimme klang nun etwas lauter, aber noch immer war ein Beben darin zu hören.

Keine Antwort.

Ein unheilvolles Frösteln durchfuhr ihren Körper. Mit eiligen Schritten lief sie in die Richtung, in der sie ihr Auto vermutete. Nichts als weißer, dichter Nebel umgab sie.

Im Lauf prallte Amelia unvermittelt gegen etwas. Leicht taumelte sie zurück. Dann hob sie den Blick. Ihre Taschenlampe erfasste eine Gestalt direkt vor ihr. Erleichtert atmete sie aus.

»Ach, Sie sind es. Sie haben mich zu Tode erschreckt. Ich wollte eben zurückfahren.« Ihr Lächeln erstarb, als sie das Messer in der Hand der Gestalt aufblitzen sah. In der nächsten Sekunde breitete sich ein stechender Schmerz vom Hals im gesamten Körper aus. Sie presste instinktiv die Hände gegen die Kehle, bevor sie zusammensackte und alles um sie herum dunkel wurde.

Sieben

»Oh, Liebes.«

Amelia spürte eine warme Hand an ihrer Schulter.

»Nicht bewegen. Ganz vorsichtig. Sie haben viel Blut verloren.« Eine alte, gütige Stimme drang wie durch Watte an ihr Ohr. Vor ihren Augen lag ein Schleier aus Schlaf und Tränen. Sie blinzelte gegen ihn an, versuchte, sich aufzurichten.

»Langsam, Liebes. Sie müssen noch liegen bleiben. Haben Sie Durst?«

Amelia versuchte, ihren Blick zu fokussieren, und erkannte die Konturen einer älteren, schlanken Frau vor sich. Allmählich klärte sich das Bild und die Umrisse ergaben nun deutliche Formen.

Die Frau trug eine weiße Schürze über einem dunkelblauen Kleid. Die grauen Haare waren im Nacken zu einem Knoten gebunden. Auf ihrer Nase saß eine filigrane Brille mit silbernem Gestell. Sie setzte sich auf die Bettkante neben Amelia und tätschelte ihre Hand. Alles an dieser alten

Dame wirkte gütig und freundlich. »Das war ganz schön knapp, meine Kleine. Gut, dass wir Sie gefunden haben.« Die Frau führte ein Glas Wasser an die Lippen ihrer Patientin.

Die kühle Flüssigkeit tat Amelia gut. Bedeutete sie doch auch, dass dies hier kein Traum war.

Im Traum trinkt man doch nicht, oder?

»Bin ich in einem Krankenhaus?« Amelias Stimme war kratzig. Es fiel ihr schwer, den Kopf zu drehen, der Hals schmerzte zu sehr. Aber der Geruch des Raumes verriet ihr bereits die Antwort auf die eben gestellte Frage.

»Nein. Kein Krankenhaus. Sie lagen schwer verletzt auf dem Parkplatz. Sie müssen jemanden sehr wütend gemacht haben, dass man Ihnen so etwas antut.« Die Dame erhob sich und ging zur Tür. »Ich sag ihm Bescheid, dass Sie nun wach sind.«

»Wem?«, flüsterte Amelia.

Anstatt einer Antwort erhielt sie ein sanftes Lächeln, bevor die Frau das Zimmer verließ. Ermattet ließ sie den Kopf sinken. Ihr Blick glitt durch den Raum, in dem sie aufgewacht war.

Das Zimmer war wunderschön. Amelia lag in einem Himmelbett. Die weiche Bettwäsche schmiegte sich wohlig an ihren Körper. Die Wände waren in einem warmen Creme-Ton gestrichen, der Boden und die Zimmerdecke aus hellem Holz. Außer dem Bett gab es noch einen Schrank, einen Schreibtisch mit Stuhl davor und eine Kommode, auf der eine große weiße Schüssel stand. Durch das Fenster fiel goldenes, herbstliches Sonnenlicht. Ein Geruch nach Kräutern lag in der Luft. Amelia versuchte, sich aufzurichten, um einen Blick aus dem Fenster zu werfen. Doch kaum hob sie den Kopf, wurde ihr schwindelig. Sie ließ sich zurück in die Kissen sinken.

Was ist passiert?

Amelia strengte sich an, sich zu erinnern. An irgendetwas. Doch es fiel ihr schwer. Sie erinnerte sich an Nebel, an den Parkplatz. Das Schild von Buxted Manor.

Und dann? Nichts mehr …

In ihrem Kopf war alles schwarz. Sie presste die Augenlider zusammen und beschwor ihre Erinnerung, sich zu zeigen. Doch nichts tat sich. Nur ein unendlich tiefes schwarzes Loch.

Ihre Hände tasteten über ihren Hals. Er war mit einem Verband versehen. Der brennende, pochende Schmerz darunter war scheußlich, überwältigte sie. Sie schloss erneut die Augen. Tränen quollen hinter ihren Lidern hervor. Halb vor Schmerz, halb vor Verzweiflung.

Wo bin ich hier? Was ist mir auf dem Parkplatz zugestoßen? Was will diese Frau von mir?

Sie unterdrückte ein Schluchzen.

Der leichte Druck einer Hand auf ihrer Schulter ließ sie zusammenfahren. Erschrocken riss sie die Augen auf.

»Entschuldigen Sie, Miss. Ich wollte Sie nicht erschrecken. Maggie sagte, Sie seien aufgewacht.« Ein Mann stand vor dem Bett. Seine wenigen Haare schimmerten silbern im einfallenden Sonnenlicht. Der weiße Schnurrbart war ordentlich gestutzt, der Rest des Gesichts sorgfältig glatt rasiert. Er mochte um die siebzig sein, schätzte Amelia. Sein Äußeres wirkte gepflegt, sein brauner Anzug jedoch

abgetragen und altmodisch. Er nahm den Stuhl vom Schreibtisch, stellte ihn neben das Bett und ließ sich darauf sinken. Geräuschvoll atmete er dabei aus. Die gütigen grünen Augen des Mannes ruhten auf Amelia. »Miss, verraten Sie mir Ihren Namen?« Seine Stimme war sanft und ruhig.

Sie musterte ihn eindringlich. Wo war sie hier nur gelandet? Von diesen beiden alten Leuten schien keine Gefahr auszugehen. Trotzdem zog sie die Decke höher. Aus irgendeinem Grund fühlte sie sich so sicherer. »Ich heiße Amelia Forster.« Unwillkürlich griff sie sich mit der Hand an den Hals. Das Sprechen schmerzte.

»Einer der Jungs hat Sie gefunden. Er hätte nicht da draußen sein sollen. Aber das war Ihr Glück, würde ich sagen.« Er lehnte sich vor, stützte die Ellenbogen auf den Knien ab und verschränkte seine Hände. »Mein Name ist, nebenbei bemerkt, Hugh. Maggie ist meine Frau. Sie sind in unserem Haus und sind uns herzlich willkommen zu bleiben, bis es Ihnen besser geht.« Sein Lächeln hatte etwas Beruhigendes.

Einer der Jungs? Draußen?

»Wo bin ich? Was ist mit mir passiert?« Amelias Stimme klang jetzt fester, auch wenn das Sprechen noch immer furchtbar schmerzte.

Maggie betrat mit einem Tablett in der Hand das Zimmer. Darauf balancierte sie eine Teekanne und eine Tasse. Sie stellte es auf dem Schreibtisch ab, goss dampfenden Tee ein und reichte Amelia die Tasse. »Hier, Liebes. Trinken Sie das. Es wird Ihnen helfen. Ein Aufguss aus Arnika. So aktivieren wir die Selbstheilungskräfte Ihres Körpers.«

Amelia nahm die Tasse entgegen und nippte an der heißen Flüssigkeit, die sich warm in ihrem Magen ausbreitete.

»Ruhen Sie sich aus, Kleines. Sie brauchen etwas Schlaf«, sagte die alte Dame.

Ihre Lider wurden schwerer. Sich dem Schlaf hinzugeben wäre jetzt genau das Richtige. Bestimmt träumte sie ohnehin schon.

Ja, das alles muss ein Traum sein!

Maggie nahm ihr den Becher ab und sie sank zurück in das flauschige Kissen.

Was ist das?

Etwas Nasses, Warmes glitt immer wieder über ihre Hand. Amelia schauderte und öffnete die Augen. Das Zimmer wurde vom herbstlichen Tageslicht erfüllt. Sie erkannte das Himmelbett, in dem sie lag.

Ist es also doch kein Traum?

Sie drehte ihren Kopf auf dem weichen Kissen. Neben dem Bett saß ein wunderschöner Golden Retriever, der ausgiebig ihre Hand leckte. Sie blinzelte.

Halluziniere ich? Nein, da sitzt eindeutig ein Hund!

»Hey, du Hübscher«, flüsterte sie. »Wer bist du denn?« Amelia richtete sich auf und streichelte dem Tier über den Kopf.

Es tut nicht mehr weh. Wie lange habe ich denn geschlafen? Wieso schmerzt mein Hals nicht mehr?

Vorsichtig schwang sie die Beine aus dem Bett. Der

Hund sprang schwanzwedelnd auf und stupste ihr Knie an. Amelia kam seiner Bitte nach und tätschelte seinen Kopf. Nach einem Moment richtete sie sich langsam auf. Fast erwartete sie, dass der Schwindel sie übermannen und zurück ins Bett zwingen würde. Doch nichts passierte.

Merkwürdig ...

Sie tastete zaghaft nach ihrem Hals. Unter ihren Fingerkuppen spürte sie den weichen Verband, der über ihrer Haut lag. Sie legte ihre Stirn in Falten.

Was ist das hier alles?

Ein Geräusch drang an ihr Ohr und ermutigte sie, zum Fenster zu gehen. Der Hund folgte ihr aufmerksam und setzte sich neben sie. Amelias Hand ruhte auf dem seidigen Fell seines Kopfes. Sie lächelte das Tier an und schaute dann hinaus.

Was zum Teufel!?

Vor ihr lag nicht Buxted oder Uckfield. Überhaupt sah der Ort vor ihrem Fenster ganz und gar nicht britisch aus. Eher amerikanisch. Wie ein Museumsdorf oder die Kulissen für einen historischen Film, der Ende des neunzehnten Jahrhunderts spielte. Das Dorf bestand, soweit sie sehen konnte, aus zwei Häuserreihen, in deren Mitte eine sandige Straße verlief. Die Holzhäuser waren weiß gestrichen, die Türen und Fensterrahmen rot, blau oder grün. Am Ende der Straße baute sich ein größeres Gebäude auf. Es thronte auf einem kleinen Hügel. Das weiß getünchte Holz strahlte golden im herbstlichen Sonnenlicht. »*Bürgerhaus*« stand in großen Buchstaben über der Tür. Auf der anderen Seite mündete die Straße in einem kleinen Platz, auf dem eine

Bank stand. Neben ihr ragten zwei mächtige Ahornbäume in den Himmel, deren rotes Laub durch das Sonnenlicht wie Feuer wirkte.

Hinter dem kleinen Platz grenzten Felder an das Dorf. Auf einigen weideten Kühe und Schafe, andere waren gepflügt. Alles wirkte idyllisch und friedlich. Amelia entdeckte eine Frau auf der Straße. Sie war modern gekleidet. Trug weder Kleid noch Hut, wie es Ende des neunzehnten Jahrhunderts üblich gewesen wäre. Stattdessen trug sie Jeans, hellbraune Boots und ein kariertes Hemd. Ein Kind kam aus einem Haus, winkte der Frau zu und rannte in Richtung der Felder. Auch der Junge war nicht altmodisch angezogen. Amelia öffnete den Mund und schloss ihn wieder. Die Szenerie schien so unwirklich und surreal. Träumte sie doch noch?

Was geht hier vor?

»Bo!«

Amelia zuckte erschrocken zusammen. Der Golden Retriever neben ihr sprang prompt auf und trottete schwanzwedelnd zur Tür. Sie drehte sich mit wild pochendem Herzen um. Im Türrahmen stand ein hochgewachsener Mann. Er mochte Anfang oder Mitte zwanzig sein. Seine braunen Haare reichten ihm beinahe bis zu den Schultern. Er war sehr groß, Amelia schätzte auf mindestens eins neunzig. Seine breiten Schultern und der schlanke Körper erregten ihre Aufmerksamkeit. Er trug eine Jeans, die an einigen Stellen zerrissen war, dazu ein weißes Henley-Shirt. Die Ärmel hatte er bis zu den Ellenbogen aufgerollt. Ihr Blick wanderte von den sehnigen, schlanken Muskeln seiner Unterarme über den straff sitzenden Stoff an seinem Bizeps bis hin zu seinem Gesicht. Es lag halb im Schatten. Sie machte im spärlichen Licht des Flurs nur die kantige Form seines Kinns und die hohen Wangenknochen aus. Seine Augen blieben im Schatten verborgen. Regungslos stand er in der Tür.

Die Stille im Raum und die Anwesenheit des Fremden machte Amelia nervös. Sie fingerte an ihren Ringen herum. »Hi. Ich bin Amelia«, sagte sie schließlich, um die Stille zu durchbrechen. Da der Fremde nicht reagierte, setzte sie hinzu: »Ist das dein Hund?« Sie deutete auf den Golden Retriever, der neben dem Fremden hin und her tänzelte. Amelia ärgerte sich, dass ihre Stimme wie die eines aufgeregten Schulmädchens klang. *Ist das dein Hund? Im Ernst?*

»Komm, Bo«, knurrte er, drehte sich um und verschwand im Flur.

Scheiße, wer war das denn!? Der Typ sieht aus wie eine Mischung aus Kit Harington und einem jungen Brad Pitt. Nur in unsympathisch.

Amelia schluckte ein paarmal trocken. Ihr Hals fühlte sich an, als hätte sie Sand verspeist.

Interessant, es leben also doch nicht nur Senioren hier.

Sie blickte sich im Zimmer um. Neben der Tür war eine kleine Nische, die sie vom Bett nicht hatte einsehen können. Dort hingen an einer Stange einige Kleidungsstücke, seitlich war ein großer Spiegel angebracht. Amelia erschrak, als sie ihr Spiegelbild darin erkannte. Kein Wunder, dass der Typ das Weite gesucht hatte.

Ihre Haut war blass, noch blasser als sonst. Unter den

großen blauen Augen lagen dunkle Schatten. Ihr blondes Haar stand wirr in alle Richtungen ab. Ihr Blick wanderte an ihrem Körper hinab. Sie trug ein altmodisches weißes Nachthemd mit langen Ärmeln, das beinahe bis zum Boden reichte.

Ich sehe aus wie ein Gespenst ...

Sie betrachtete ihren Hals. Ein dicker Verband war um ihn gewickelt. Sie befühlte den Stoff an ihrer Kehle. Seit sie aufgewacht war, hatte ihr Hals nicht mehr geschmerzt.

Wie lange habe ich geschlafen? Was ist hier bloß los? Wo bin ich überhaupt? Das muss ein verdammter Traum sein.

Amelia tastete nach ihrer Hand und kniff beherzt in die kühle Haut. Ein pikender Schmerz erfüllte ihren Handrücken und kroch den Arm bis zum Ellenbogen hinauf, als sie ihre Finger löste.

Scheiße, das kann doch nicht wahr sein. Wach auf!

Sie ließ ihren Blick über die Einrichtung des Raumes gleiten, suchte nach irgendetwas, das ihr verraten könnte, wo sie war. Abermals erregten das Spiegelbild und der Verband, den sie darin sah, ihre Aufmerksamkeit. Mit zitternden Fingern griff sie nach dem Stoff, der um ihre Kehle geschlungen war. Vorsichtig löste sie den Verband und wickelte ihn ab. Zum Vorschein kam eine blutig verschorfte Wunde, die sich über ihren gesamten Hals erstreckte. Ein dunkler Faden zog sich wie das Muster einer Kreuzotter darüber.

»Es wird leider eine Narbe bleiben.« Maggie betrat das Zimmer. Auf einem Tablett brachte sie ein Sandwich, eine Tasse und eine Teekanne. Sie stellte es auf dem Tisch ab und drehte sich zu Amelia um. »So eine Wunde wie deine habe ich noch nie nähen müssen, Kindchen. Es tut mir leid, wenn es nicht perfekt geworden ist.« Sie drehte sich zum Waschtisch und nahm einen Tiegel in die Hand. »Ich habe dir eine Salbe angerührt. Sie wird die Wundheilung beschleunigen. Setz dich. Du solltest noch nicht so lange auf den Beinen sein. Du hast viel Blut verloren.« Warmherzigkeit und Mitleid lagen in Maggies Augen.

Amelia zögerte. Sie versuchte, einen klaren Gedanken zu fassen. Aber ihr Kopf war wie leer gefegt. Sie beschloss, der alten Frau zu vertrauen. Langsam ging sie zum Bett hinüber und setzte sich auf die Bettkante. »Wie lange habe ich geschlafen?«

Maggie begann, die Wunde einzucremen. »Nun. Du warst erschöpft. Dein Körper brauchte etwas Zeit.« Sie seufzte.

»Wie lange?«, wiederholte Amelia.

»Du hast drei Tage tief und fest geschlafen.«

»Drei Tage!?« Ihre Stimme klang laut und die alte Dame zuckte zusammen. »Aber … Das kann doch nicht sein! Wo bin ich hier? Was ist das hier überhaupt? Dieser Ort … Seid Ihr so was wie eine Sekte? Die verdammten Amish?« Amelias Augen waren weit aufgerissen. Sie versuchte, das eben Gehörte zu begreifen, aber es gelang ihr nicht.

Drei Tage!

Tränen drängten sich mit aller Macht in ihre Augen und quollen als dicke Tropfen über ihre Lider, suchten sich ihren Weg über die Wangen. Ein leises Schluchzen entkam ihrer Kehle. Ohne es zu wollen, fingen ihre Schultern an zu beben. Immer mehr Tränen rannen ungehindert über Amelias Gesicht.

Maggie setzte sich neben sie und zog sie dicht an sich. Sanft und beruhigend strich sie über ihre wirren Haare. »Pssscht, Kindchen. Es ist gut.« Maggie begann, Amelia langsam wie ein Kind hin und her zu wiegen.

Sie ließ es zu. Eine Weile schloss sie die Augen und atmete die Wärme ein, die Maggie ausstrahlte. Geduldig hielt die alte Dame sie fest, bis sie sich etwas beruhigt hatte. »Aber«, Amelia richtete sich auf und sah Maggie forschend an, »dann muss heute Montag sein?« Ihre Gedanken drehten sich.

Wo ist mein Handy? Dad und Beatrice warten auf den Wagen. Ich muss ihnen Bescheid geben.

Maggie drückte Amelia noch einmal fest an sich. Die mütterliche Wärme, die die alte Dame ausstrahlte, durchflutete ihren Körper und legte sich wie eine flauschige Decke um sie.

»Das muss sehr viel für dich sein, Liebes. Du wurdest angegriffen und wachst an einem unbekannten Ort mit dir vollkommen unbekannten Menschen auf.« Maggie strich ihr eine Haarsträhne aus dem Gesicht. »Du musst dir keine Sorgen machen, hier bist du in Sicherheit.« Die alte Dame ließ Amelia los und zog ein frisches Stück Mullbinde aus der Tasche ihrer Schürze. Sie begann, Amelias Hals konzentriert zu verbinden.

»Aber wo bin ich hier?« Sie spürte die Tränen erneut in ihren Augen brennen.

Maggie hielt lächelnd inne und wischte mit einer liebevollen Geste eine Träne von ihrer Wange. »Liebes, du bist in Howbourne.«

Acht

Amelia lag unbeweglich in ihren Kissen. Ihr Kopf dröhnte. Sie fühlte sich, als hätte ihr jemand einen Faustschlag gegen die Schläfe verpasst. Maggies Worte hallten wieder und wieder in ihrem Kopf nach, wurden unaufhörlich von der einen zur anderen Seite geschleudert, wirbelten umher, drehten sich im Kreis.

Howbourne …

Die alte Dame hatte gesagt, jemand anderes wolle ihr alles erklären. Erinnerungsfetzen flammten vor ihren Augen auf:

Der Parkplatz, der Nebel, die Gestalt, das Messer … der Schmerz, die Dunkelheit.

Amelia presste ihre schweißnassen Hände gegen die weiche Bettdecke. Das Blut rauschte in ihren Ohren. Was war mit ihr passiert?

Ihre Hand wanderte unwillkürlich zu ihrem Hals. Fest presste sie die brennenden Lider zusammen. Wo auch immer sie hier war, sie wollte weg. Sie wollte nach Hause.

Zurück in die tröstliche Atmosphäre ihrer eigenen Wohnung. Das hier konnte einfach nicht real sein. Ihr Bewusstsein erlaubte sich einen üblen Scherz. Eine andere Erklärung gab es nicht.

Amelia schwang die Beine über die Bettkante. Sie rappelte sich auf und ignorierte das leichte Schwindelgefühl. Sie musste ihr Handy finden und bei ihrem Vater und Beatrice anrufen. Sie hätte den Wagen spätestens heute abgeben müssen.

Oder? Heute müsste Montag sein, richtig? Sorgen sie sich bereits und fragen sich, wo ich bleibe?

Dad ist bestimmt sauer. Er wollte mir den Wagen ohnehin nicht überlassen. Oder ist das hier doch ein Traum? Bin ich in einem Krankenhaus und schlafe? Ich muss aufwachen!

Wach auf!

Ihr Blick fiel auf die Kleiderstange in der Nische. Sie erkannte ihre eigenen Sachen auf einem Bügel. Mit zaghaften, vorsichtigen Schritten ging sie zur Garderobe. Der Holzfußboden knarrte leicht. Amelia verlagerte ihr Gewicht auf die Zehenspitzen, um so wenig Aufsehen wie möglich zu erregen. Ihre Finger zitterten, als sie nach der Kleidung griff. Ein beruhigendes Gefühl durchfloss Amelia, als sie den Stoff berührte. Die Sachen gehörten ihr, sie waren echt. Sie konnte sie berühren und spüren.

Wäre das in einem Traum überhaupt möglich?

Die Kleidung war frisch gewaschen. Maggie musste das erledigt haben. Auf dem Pullover, den sie vor sich in die Höhe hielt, war am Kragen ein großer bräunlicher Fleck zu sehen.

Blut. Ihr Blut.

Ihre Hände begannen, stärker zu zittern. Sie spürte ihr wild pochendes Herz bis in die Schläfen, als ihre Fingerspitzen über den Rand des Flecks strichen. Wieder drängte sich die eine Frage machtvoll in ihren Verstand:

Was war ihr passiert?

»Hallo, Amelia.« Der Holzboden knarrte unter den Boots des jungen Mannes, der das Zimmer betrat.

Erschrocken fuhr sie zusammen. Der Pullover fiel ihr aus der Hand und segelte auf den Boden. Ihr Blick heftete sich auf das Gesicht ihres Besuchers. Die hohen Wangenknochen, die blauen Augen, das Gesicht umrahmt von blondem, welligem Haar. Konnte das sein? In ihrem Zimmer stand der Mann von dem Foto. Der Mann, den sie gesucht hatte. Der Mann, der sie hierhergeführt hatte.

Mein Bruder?

Eine unsichtbare Hand griff nach Amelias Magen und drückte ihn fest zusammen. Das Blut rauschte laut in ihren Ohren, während es ihren Kopf verließ. Ihr wurde schwarz vor Augen, die Beine gaben nach und sie sackte zusammen. Doch bevor sie auf dem harten Boden aufgeschlagen wäre, umfasste ihr Besucher sie mit schlanken Armen.

»Ich glaube, du solltest dich hinsetzen.« Er führte sie zu ihrem Bett.

Amelia zog ihre Knie unters Kinn und starrte ihn an.

Das kann doch nicht sein ...? Oder doch?

Sie versuchte, einen klaren Gedanken zu fassen, doch es gelang ihr nicht.

Mit einem unsicheren Lächeln strich er sich durch sein blondes Haar. »Ich bin Max.«

Max …? Der Name meines Bruders. Ist er es wirklich? Kann das möglich sein?

Ihre geweiteten Augen klebten förmlich auf seinem Gesicht. Ihre Gedanken rasten: das Foto … der Brief ihrer Mutter … der Name …

Er sah aus wie auf dem Foto. Nur etwas älter. Seine blonden Haare waren mittellang und fielen ihm in welligen Strähnen in die Stirn. Die blauen Augen schauten sie hoffnungsvoll und gleichzeitig unsicher an. Er war groß und schlank, beinahe schlaksig. Max wirkte schüchtern und zurückhaltend. Mit seiner rechten Hand strich er sich über seinen Oberarm und fixierte nun einen Punkt auf dem Boden irgendwo vor Amelias Bett.

Amelia konnte nicht aufhören, ihn anzustarren. Ihr Gehirn versuchte krampfhaft, eine logische Erklärung für die Situation zu finden, doch es wollte einfach nicht gelingen.

»Bist du …« Sie musste sich räuspern, ihre Stimme war nicht mehr als ein zarter Windhauch im Frühling. »Bist du mein Bruder?«

Sei nicht albern! Das ist unmöglich!

Ihre Augen brannten. Ein Kloß im Hals machte es ihr unmöglich, mehr zu sagen. Durch einen dichten Schleier aus Tränen nahm sie Max' breites Lächeln und sein Nicken wahr. Sie presste unwillkürlich beide Hände auf ihren Mund und begann zu schluchzen. Die Tränen waren nicht mehr aufzuhalten.

Max setzte sich neben sie auf die Bettkante, legte einen Arm um seine Schwester und zog sie dicht an sich. Amelia ließ es zu. Es konnte nicht wahr sein und doch spendete die Wärme seiner Berührung ihr Trost.

»Das muss jetzt echt viel für dich sein, Amelia.« Er seufzte. »Aber ich freue mich, dass du hier bist. Es ist so schön, dich endlich kennenzulernen.« Seine Stimme war tief und weich. Er klang genau wie ihr Vater.

Eine Gänsehaut prickelte in ihrem Nacken. Sie schloss die Augen und atmete einige Male tief ein und aus. Schniefend richtete sie sich auf. Die Tränen waren versiegt, sie sah ihren Bruder nun deutlicher vor sich. Vorsichtig streckte sie ihre Hand aus und fuhr mit den Fingerspitzen über sein Gesicht. »Aber, wie ist das überhaupt möglich? Bist du wirklich echt?« Sie schluckte schwer. Ihre Fragen klangen so unendlich dumm und hohl. »Ich wusste nichts von dir. Mom hat mir nie erzählt, dass ich einen Zwillingsbruder hatte«, murmelte sie mehr zu sich selbst als zu Max. Dann räusperte sie sich, um ihrer Stimme mehr Ausdruck zu verleihen. »Erst vor ein paar Tagen habe ich davon erfahren. Sie hat mir ein Päckchen hinterlassen, in dem war ein Foto von dir. Und ein Brief. Ich hätte dich sonst schon früher gesucht. Oh … und weißt du, dass unsere Mom tot ist?«

Plötzlich traf sie ein Gedanke wie ein heftiger Schlag. Augenblicklich wurde ihr heiß und kalt zugleich. Das Blut rauschte in ihren Ohren, als sie ihre eigene Stimme wie durch Watte hörte: »Ist Mom hier? Bin … Bin ich … tot?«

Mit einer unsicheren, zaghaften Handbewegung strich Max über Amelias Rücken. »Nein. Du bist nicht tot«, sagte er langsam. »Auch wenn es denkbar knapp war. Wenn wir dich nicht gefunden hätten, wärst du in dieser Nacht auf dem Parkplatz verblutet.« Max holte tief Luft. »Weißt du, wer dich angegriffen hat?«

Angegriffen.

Das Wort hallte in Amelias Kopf nach. Sie legte ihre Hände an den Hals. An die Stelle, an der sie so schwer verletzt worden war. An die Stelle, die auf wundersame Weise kaum noch schmerzte. Langsam schüttelte sie den Kopf. »Nein. Ich erinnere mich, dass ich dich in der Howbourne Lane gesucht habe. Niemand konnte mir etwas über dich sagen. Dann bin ich weiter zum Parkplatz gefahren und wollte mir Buxted Manor anschauen. Aber es war bereits zu dunkel und überall war Nebel. Ich ging zurück zum Auto und dann war da eine Gestalt.« Amelia vergrub ihr Gesicht in den Händen. »Ich erinnere mich an den Schmerz und mein Entsetzen. Danach ist alles dunkel.«

Tröstend strich Max' Arm über den Rücken seiner Schwester. Amelia spürte die Unsicherheit in seiner Geste, aber seine Stimme klang fest und klar, als er sagte: »Hier bist du in Sicherheit.«

Sie blickte auf und musterte ihn. Sie wusste nicht mehr, was wahr und was gelogen, was Traum und was Realität war. Vielleicht sollte sie sich einfach in die Idee ergeben, tatsächlich in Howbourne zu sein. »Und wo genau bin ich? Was soll das hier sein?« Sie machte eine ausladende Geste mit dem Arm. »Was ist Howbourne? Warum weiß niemand in Buxted davon?«

Max erhob sich. Er blies die Wangen auf und begann, im Zimmer auf und ab zu tigern. Mit der Handfläche strich er sich nervös über die kürzeren Haare am Hinterkopf. »Hör zu, Amelia. Es ist schwer zu erklären, weißt du?« Er lehnte sich an die Fensterbank. Mit leiser Stimme sprach er

weiter. »Howbourne ist eine Zuflucht. Eine Art Versteck. Vielleicht kann man es so am besten beschreiben. Wir halten es geheim, weil wir selbst nicht wissen, warum wir hier sind. Wir leben hier unser Leben so normal wie es irgendwie geht, obwohl wir eigentlich gar kein Leben haben.« Max starrte durch das Fenster auf die schmale Straße. Seine Finger umklammerten das Fensterbrett.

Amelia sah die Knöchel auf dem Handrücken weiß hervortreten. »Wie meinst du das?« Ihr Flüstern war tonlos.

Max zögerte einen Moment, als würde er sich die Worte zurechtlegen müssen. »Wir alle in Howbourne sind bei unserer Geburt gestorben. Oder kurz davor. Wir alle hier sollten eigentlich tot sein, verstehst du?« Er lachte traurig auf und winkte ab. »Nein! Wie solltest du das verstehen? Niemand weiß, warum wir hier sind. Wir haben unser Leben geschenkt bekommen. Unser Leben hier in Howbourne.« Er lächelte. »Ich weiß, das ist schwer zu verstehen. Niemand von uns versteht es. Und es sterben sicher mehr Kinder bei der Geburt, als hier leben. Aber wir wissen, dass es auf der ganzen Welt solche Orte gibt. Wir haben Aufzeichnungen. Die alte Nan Tuck hat Howbourne damals aufgebaut, als sie aus Buxted fliehen musste. Seither gibt es diesen Ort.«

Amelia fiel es schwer zu begreifen, was sie eben gehört hatte. Ihr Mund war so trocken, als hätte sie mit vollen Händen Sand in sich hineingeschaufelt.

Nan Tuck! Sie kannte diesen Namen aus Pollys düsterer Legende. »Dann bin ich doch tot?« Zitternd und heiser kamen die Worte hervor.

»Nein! Nein, bist du nicht! Menschen von außerhalb können Howbourne in Begleitung eines Bewohners betreten. Du wurdest hergebracht, damit du überlebst. Denn hier heilen Wunden besser und schneller als dort draußen.«

Amelia hatte große Mühe, die Worte ihres Bruders zu begreifen.

Max sprach weiter: »Deshalb war ich damals auch bei Mom im Krankenhaus. Ich wollte sie überreden, mit hierherzukommen. Wir hätten sie hier retten können. Aber sie wollte nicht. Sie sagte, sie könne nicht ohne dich leben.« Er lächelte bitter. »Ich habe versucht, euch aus der Ferne zu beobachten. Es ist aber nicht so einfach, wenn man nur am Tag des Vollmonds für vierundzwanzig Stunden Howbourne verlassen kann. Nachdem Mom gestorben war, bin ich nicht mehr draußen gewesen.«

Ein Schleier aus Trauer und Verzweiflung hatte sich über Max' Gesicht gelegt. Seine blauen Augen wirkten dunkler als zuvor. Wie das aufgewühlte Meer an einem stürmischen Tag.

»Max, das Essen ist fertig.« Maggie streckte ihren Kopf durch die Tür. »Oh. Du liebe Güte, ich wollte euch nicht stören.« Verlegen wischte sie ihre Hände an der Schürze ab.

»Ist schon gut, Mag.« Max ging zu der alten Frau und drückte ihr einen Kuss auf die Wange.

»Amelia, Liebes. Möchtest du mit zum Essen nach unten kommen?« Maggies freundliches Lächeln, ihre gütige Art vermittelten Amelia ein Gefühl von Heimeligkeit.

Max zwinkerte ihr aufmunternd zu. Die alte Dame kam zu ihr, legte einen Arm um ihre Schultern und führte sie aus dem Zimmer. »Ein wenig heiße Suppe wird dir guttun. Ich bin mir sicher, du hast einiges zu begreifen.«

»Wenn es ums Essen geht, versteht Maggie keinen Spaß«, witzelte Max.

»Okay. Ich komme mit runter.« Amelia blickte an sich herab. »Ich möchte mir nur vorher etwas anderes anziehen.«

Auf dem runden, rustikalen Tisch in der Küche standen fünf Teller und eine große Schüssel mit dampfend heißer Suppe. Der Raum war altmodisch, aber gemütlich eingerichtet. Die Möbel waren alle aus Holz gefertigt, die Gardinen an den Fenstern aus schlichtem hellem Stoff. Es duftete nach frisch gebackenem Brot und Gemüsesuppe.

»Setz dich doch bitte, Liebes.« Maggie deutete auf einen Stuhl und schob Amelia sanft in dessen Richtung. Max setzte sich ebenfalls. Hugh stellte einen Korb mit frischem Brot auf den Tisch und ließ sich auf dem Stuhl gegenüber Amelia nieder. Seufzend nahm auch Maggie Platz. Mit dem Kopf deutete sie auf den freien Platz und sagte an Hugh gewandt: »Wo steckt er wieder?«

Wie aufs Stichwort flog die Küchentür auf. Alle zuckten zusammen. Bo, der Golden Retriever, trottete schwanzwedelnd in die Küche. Schnurstracks kam er zu Amelia, beschnupperte sie ausgiebig und schob dann seinen Kopf als subtile Aufforderung zum Streicheln direkt unter ihre Hand.

»Bo, hierher!« Eine raue Stimme hallte in der kleinen Küche wider.

Amelia erstarrte. Ihr wurde heiß in dem kuscheligen Grobstrickpullover, den sie sich übergezogen hatte. In der Tür stand dieser Kerl. Diese unfassbar gut aussehende Mischung aus Kit Harington und Brad Pitt. Seine braunen Haare fielen in sanften Wellen auf seine breiten Schultern. Das einfallende Sonnenlicht ließ es wie Kastanien schimmern. Amelia schluckte trocken. Sie versuchte, ihre Augen von ihm abzuwenden, doch wie ein Magnet zog er ihren Blick an.

»Du bist zu spät, Jonathan. Wasch dir die Hände und setz dich.« In Hughs Stimme klang ein Hauch von Missbilligung.

Jonathan tat wie geheißen und ließ sich dann mit mürrischem Blick auf dem letzten freien Stuhl nieder. Bo legte sich augenblicklich zu seinen Füßen unter den Tisch.

»Nun, Amelia. Hat Max dir bereits erklärt, wo du dich hier befindest?« Hugh füllte seinen Teller mit Suppe.

»Ja, das hat er.« Amelia nickte und schluckte schwer. Sie wollte diesen freundlichen Menschen nicht vor den Kopf stoßen, dennoch wollte sie verstehen, was hier vor sich ging. Mit auf den gefüllten Suppenteller gerichteten Blick sagte sie: »Aber ich verstehe das nicht. Eigentlich seid ihr alle tot. Aber irgendwie auch nicht? Das ist wie bei Zombies oder Untoten. Ich kann nicht begreifen, was hier los ist.«

Maggie lachte laut auf. »Na, so besonders tot fühle ich mich noch nicht. Nur abends nach einem langen Tag.« Ein Schmunzeln umspielte ihre Lippen. Ihre gütigen Augen blitzten schelmisch durch die Gläser der filigranen Brille.

»Ich will versuchen, es dir so gut ich kann zu erklären.«

Hugh räusperte sich. »Die Sache ist die: Wir verstehen es selbst nicht wirklich. Wir wissen nicht, warum wir hier sind. Aber wir sind dankbar für unsere Leben. Es ist ein Geschenk.« Hugh lächelte zufrieden.

Ein missbilligendes Schnauben von Jonathan ließ das freundliche Lächeln aus Hughs Gesicht weichen. »Möchtest du irgendetwas dazu beitragen, Jonathan?«

Dieser lachte bitter auf und schüttelte mit finsterem Blick den Kopf.

»Beachte unseren Sohn gar nicht, Amelia.« Maggie lächelte entschuldigend. »Er ist im Moment in einer rebellischen Phase, verstehst du?«

»Echt jetzt?«, knurrte Jonathan und stieß sich so schwungvoll vom Tisch ab, dass die Suppe auf den Tellern überschwappte und zwei Gläser umkippten. Wortlos verließ er, dicht gefolgt von Bo, die Küche.

»Jonathan!« Wie ein grollender Donner hallte Hughs erboste Stimme durch die Küche.

Anscheinend waren nicht alle Bewohner Howbournes so dankbar, wie Hugh meinte.

Nach dem Essen entschuldigte sich Amelia und verließ Maggies und Hughs Haus. Die Dämmerung hatte bereits eingesetzt. Das Herbstlicht färbte die weißen Häuserfassaden in einen sanften goldenen Ton. Sie ließ ihren Blick über das Dorf schweifen. Alles an Howbourne wirkte friedlich. So sollte eine Zuflucht wirken. Friedlich. Wie ein sicherer Hafen.

Sie ging über die sandige Straße. Ihre Gedanken drehten sich wie ein Kettenkarussell.

Kann wirklich stimmen, was man mir hier erzählt?

Ein geschenktes Leben für die, die nie eines hatten?

Sie gelangte auf einen kleinen Platz. Eine Bank stand zwischen zwei mächtigen Ahornbäumen. Das Laub hatte sich bereits rot gefärbt und leuchtete in der Abenddämmerung in faszinierenden Schattierungen. Amelia ließ sich auf der Bank nieder und versank einen Moment lang in den Tiefen des roten Blättermeeres.

Max. Mein Bruder. Er ist hier. Am Leben. Oder doch nicht? Was ist das hier? Eine Zwischenwelt? Ist das hier der ... Himmel? Ach Quatsch, so etwas gibt es gar nicht. Ich gehöre nicht hierher, oder doch?

Max ist mein Bruder ... meine Familie, ein Stück meines Herzens. Ich kenne ihn kaum und doch merke ich die tiefe Verbundenheit zu ihm. Meine Seele fühlt sich irgendwie ganz an, jetzt da ich hier bin.

Und Dad? Wir haben uns so verloren. Kann man das jemals wieder reparieren? Er ist mein Vater ... aber ist ihm mein Verschwinden überhaupt aufgefallen? Macht er sich Sorgen? Wenn er wüsste, wo ich bin, würde er Max sicher kennenlernen wollen. Seinen Sohn ... Ich muss es ihm erzählen. Es geht nicht anders. Er hat ein Recht darauf, es zu erfahren. Ich muss ihn anrufen!

Während Amelia über die staubige Straße zurück zum Haus ging, ließ sie die Atmosphäre des Ortes auf sich wirken. Die schönen Holzhäuser, die sich wie eine Perlenkette an die Straße schmiegten. Der Duft nach Heide und Stroh, der in der kühlen Abendluft lag. Das gemütliche Licht, welches hier und dort aus den Fenstern schimmerte. Als sie die Küche betrat, war Maggie dabei, das benutzte Geschirr abzuspülen. »Soll ich helfen?«

Maggie schüttelte den Kopf, doch Amelia hatte sich bereits ein Tuch geschnappt und nahm einen Teller vom Abtropfgestell.

Nachdenklich trocknete sie den Teller ab. »Maggie?«

»Ja, Liebes?«

»Darf ich dich etwas fragen?«

»Aber natürlich.«

»Max hat mir gesagt, ihr könnt Howbourne für vierundzwanzig Stunden zu Vollmond verlassen.«

Maggie ließ den Blick auf die Spülschüssel gerichtet und nickte.

»Aber, wenn das so ist, wie bin ich dann hierhergekommen? Es war doch kein Vollmond in der letzten Nacht, oder doch?«

Maggie drehte sich um und lehnte sich gegen den Schrank. Mit den Händen hielt sie sich an der Kante fest, als bräuchte sie Halt. »Liebes, nachts können wir das Dorf verlassen. Egal, welchen Mond wir haben. Wir müssen nur vor der Morgendämmerung zurück sein. Hugh sieht es aber überhaupt nicht gern. Er meint, es macht die Bewohner von Buxted nur noch aufmerksamer auf uns und das möchte er verhindern.« Die alte Dame seufzte. »Aber für einige ist es schwer, sich an diese Anweisung zu halten. Das Leben und die Welt dort draußen üben eine zu große Faszination auf sie aus.« Ihr Blick ging ins Leere.

»Ich verstehe.« Amelia nickte nachdenklich. »Und wie versorgt ihr euch?«

»Oh, wir versorgen uns, so gut es eben geht, selbst. Wir haben genügend Holz aus dem Wald für Möbel und Reparaturen. Obst und Gemüse bauen wir an und Kühe und Schafe weiden hinten am Waldrand bei der Farm. Es ist ein einfaches Leben, aber es ist besser als gar kein Leben.« Maggies Lächeln wirkte bekümmert. Als würde sie lieber verdrängen, was Howbourne war und warum sie hier lebte.

Amelia blickte sich in der Küche um. Vieles war alt oder selbstgemacht. Aber es gab moderne Dinge, wie einige Kleidungsstücke, die sie an Max und Jonathan gesehen hatte.

»Das Vieh, das in Buxted gelegentlich spurlos verschwindet, das seid ihr, oder?«

Maggie nickte matt. »Ja. Aber hin und wieder müssen wir neue Tiere dazu holen, sonst gibt es zu viel Inzucht bei den Kühen und Schafen.«

»Und eure Kleidung? Mir ist aufgefallen, dass Max und vor allem Jonathan modern gekleidet sind. Sie würden draußen nicht weiter auffallen.«

Ein bitteres Lachen drang tief aus Maggies Kehle und ein trauriger Schleier legte sich über ihre Augen. »Ja. Das ist etwas, was Hugh und ich zutiefst verabscheuen und missbilligen. Das Stehlen.«

»Oh. Ich verstehe«, sagte Amelia leise. Sie konnte sich nicht vorstellen, dass Max ein Dieb war. Jonathan schon eher, aber sie kannte ihn nicht und konnte das nicht beurteilen. Beim Gedanken an ihn spürte sie ein schwaches Flattern in ihrem Magen, das sie sofort verdrängte.

»Ja, es ist schwer für die jungen Leute hier.« Maggie sprach eher zu sich als zu ihrem Gast.

Amelia erkannte die Traurigkeit in ihrer Stimme. Anstatt sie weiter mit Fragen zu löchern, legte sie der alten Dame ihre Hand auf die Schulter. Sie hoffte, der leichte Druck würde ihr Mitgefühl zum Ausdruck bringen. Maggie wandte den Kopf und lächelte sie dankbar an.

Ein Gedanke schoss ihr plötzlich durch den Kopf. »Maggie? Gibt es hier irgendwo ein Telefon? Ich muss meinen Vater anrufen.«

»Nein. Wir haben hier keine Telefone und auch diese mobilen Geräte haben keinen Empfang, sobald man den Durchgang passiert hat.«

»Mein Handy liegt in meinem Wagen auf dem Parkplatz. Wie kann ich dorthin kommen?«

»Nein!« Maggie schüttelte entschieden den Kopf. »Liebes, das geht noch nicht. Deine Wunde ist noch zu frisch. Sie würde schnell wieder zu bluten beginnen und aufreißen, wenn du nach draußen gehst.«

Amelia trommelte mit den Fingerspitzen auf die hölzerne Kante des Spültisches. Was Maggie sagte, ergab Sinn. Max hatte ihr erzählt, dass Wunden in Howbourne besser heilten. Aber würde die Heilung wirklich rückgängig gemacht, wenn sie Howbourne verließe?

»Hab noch ein wenig Geduld. In ein paar Tagen wird es gehen.« Mit einem aufmunternden Lächeln verließ Maggie die Küche und ließ Amelia allein zurück.

Mit einem Seufzen ließ sie sich auf einen der Küchenstühle fallen.

Neun

Die Dunkelheit der Nacht hatte das Tageslicht vollständig vertrieben. Fahles Licht einer Laterne erhellte die hölzerne Veranda. Kühle, klare Herbstluft umfing Amelia vor dem Haus. Neben der Haustür hing eine breite Schaukel mit Rückenlehne, die mit Eisenketten an dem Dachbalken befestigt war. Sie stellte sich vor, wie Maggie und Hugh an lauen Sommerabenden händchenhaltend auf der Schaukel saßen und den Blick über Howbourne schweifen ließen. Unweigerlich musste sie bei dem Gedanken lächeln.

Sie ließ sich auf der Schaukel nieder und begann, mit den Beinen zu wippen, um etwas Schwung zu holen. Gedankenverloren strichen ihre Fingerkuppen über die Maserung im Holz.

Die Haustür fiel laut ins Schloss und sie zuckte erschrocken zusammen.

Max trat auf die Veranda. Überrascht blickte er seine Schwester an. »Oh. Hi! Ich dachte, du wärst in deinem Zimmer.« Er deutete auf den freien Platz neben ihr. Als Amelia nickte, ließ er sich neben ihr nieder. »Alles okay mit dir?« Er musterte aufmerksam ihr Gesicht. »Ich meine, du musstest viel durchmachen und hast einiges zu verdauen. Geht es dir gut?«

Amelia verzog den Mund zu einem angespannten Lächeln. Max hatte recht, sie hatte einiges zu verarbeiten. »Ich glaube schon.« Sie knetete ihre Hände. »Es ist nur ... Ich weiß nicht so recht, was ich glauben soll. Du bist hier und das ist natürlich super. Aber ich weiß nicht, ob das alles überhaupt real ist. Verstehst du?« Sie lachte verlegen auf und blickte in Max' blaue Augen, die ihren so ähnlich waren.

»Klar verstehe ich das.« Er zuckte mit den Schultern. »Ich meine, du kommst hierher und wir sagen dir, dass wir eigentlich alle tot sind. Ich würde mir Sorgen um deinen Verstand machen, wenn du das alles direkt glauben würdest.«

»Es ist so schön, dich kennenzulernen. Ich fühle mich dir so nah, obwohl wir uns kaum kennen.« Sie sah, wie Max seine Stirn runzelte.

»Na ja, wir sind Zwillinge. Ich denke, diese Verbundenheit ist da ziemlich normal, oder? Ich weiß nicht, was Wissenschaftler dazu sagen, aber ich spüre es auch.«

»Ja, vielleicht. Ich denke aber auch an Dad und frage mich, ob er sich Sorgen um mich macht. Ich würde ihn gern anrufen.«

Max nickte. »Warum sollte er sich keine Sorgen machen? Du bist viel länger unterwegs, als du eigentlich wolltest. Oder?« Er richtete den Blick auf Amelias Hand. »Das sind schöne Ringe.« Mit einer Fingerspitze deutete er auf die beiden silbernen Ringe an ihrer linken Hand.

Sie folgte seinem Blick und spielte unwillkürlich mit den Ringen. »Die hat unser Dad Mom geschenkt, als sie mit uns schwanger war.« Amelia schluckte schwer. Es war so unbegreiflich, jetzt mit ihrem Bruder zu sprechen. Mit ihm gemeinsam auf einer Veranda zu sitzen und in die Dämmerung zu blicken. Wie wäre ihr Leben wohl gewesen, wenn er nicht gestorben wäre. Wären sie, Max und ihr Dad dann jetzt noch eine richtige Familie?

»Sie sind wirklich schön.« Max wendete seinen Blick von den Ringen ab und ließ ihn in die Dunkelheit schweifen.

»Wohin willst du?« Amelia deutete auf den Rucksack, den Max vor sich abgestellt hatte.

»Ich habe heute Wache am Mal«, antwortete er gedankenverloren.

»Am Mal? Was ist das?«

»Der Eingang zu Howbourne. Wir halten nachts Wache, falls jemand kommt.«

»Aber ich dachte, Howbourne kann nicht allein betreten werden. Nur, wenn jemand von hier dabei ist?« Amelia musterte ihren Bruder aufmerksam.

Er nickte langsam. »Das stimmt. Aber hin und wieder kommen neue Bewohner.« Ein tiefer Seufzer drang aus Max' Kehle. »Babys, Amelia. Manchmal kommt nachts ein Baby. Es taucht dann am Mal auf. In einem Korb mit Decken. Niemand weiß, wie das möglich ist und es klingt total irre. Ich weiß. Aber so ist es nun mal.« Er stand auf und schulterte seinen Rucksack. Energisch ging er die zwei Stufen der Veranda hinunter auf die sandige Straße.

»Darf ich mitkommen?«

Max hielt in seiner Bewegung inne. Kurz zögerte er, bevor er ihr mit einer Handbewegung bedeutete mitzukommen.

Das Mal lag im Waldstück, ungefähr zehn Minuten entfernt von Maggies Haus.

Hinter einer dichten Hecke aus Efeu öffnete sich eine kleine Höhle. Der Zugang war eng und schmal. Nach ungefähr zwei Metern offenbarte sich ein unterirdischer Raum, in dem vier Personen Platz finden könnten.

»Das ist es?« Amelia ließ ihre Fingerspitzen über die kühle, feuchte Steinwand gleiten. Max nickte, während er eine Wolldecke auf dem Boden ausbreitete. Der Schein einer Fackel warf tanzende Schatten an die Höhlenwände.

»Und wie funktioniert das nun?« Sie sah sich in dem kleinen Raum auf der Suche nach einem Schalter oder irgendeiner Vorrichtung um. Amelia fühlte sich merkwürdig. Sie konnte nicht recht fassen, dass hinter dieser Steinwand eine vollkommen andere Welt liegen sollte. All das kam ihr gänzlich surreal vor.

»Maggie hat gesagt, du sollst noch nicht raus.« Max ließ sich auf der Decke nieder und kramte in seinem Rucksack.

Amelia stöhnte auf. »O Mann, du führst dich auf wie mein großer Bruder.« Sie grinste. »Ich möchte es doch nur wissen.«

Ein Knacken außerhalb der Höhle schreckte die Geschwister auf. Schwanzwedelnd flitzte Bo in den kleinen Bau, der beide Welten miteinander verband.

Er begrüßte Max kurz und kam dann hechelnd zu Amelia. Der Hund setzte sich neben sie und schaute sie aus seinen freundlichen braunen Augen erwartungsvoll an. Amelia kam seiner stummen Bitte gern nach und streichelte ihn, das seidige Fell seines Kopfes unter ihrer Haut vermittelte ihr ein warmes Gefühl. Sie ließ sich ihrem Bruder gegenüber auf der Decke nieder. Bo legte sich auf Amelias Beine und genoss es, von ihr gestreichelt zu werden.

»Woher kommt er?«, fragte sie Max, während sich ihre Finger in dem weichen, warmen Fell vergruben.

»Jonathan hat ihn draußen gefunden. Bo war noch ein ganz kleiner Welpe. Erst wenige Tage alt. Er lag am Ufer des Baches im Wald auf der anderen Seite des Mals. Ganz allein, völlig durchnässt und halb erfroren.«

Sie schluckte schwer. Bos Schicksal war traurig. Wie konnte man einem Lebewesen so etwas antun? »Jonathan hat ihn gerettet?«

»Ja.«

Ohne es zu wollen, reagierte ihr Körper auf den Namen Jonathan. Sie spürte, wie ihre Wangen rot wurden, und hoffte, dass ihr Bruder es im Schein der Fackel nicht bemerken würde.

»Hey.«

Amelia erkannte Jonathans raue Stimme sofort. Bei ihrem Klang fuhr ein wohliger Schauer durch ihren Magen bis hinab in die Zehenspitzen. Sie konzentrierte sich mit aller Macht darauf, das flatterige Gefühl nicht zuzulassen.

In der engen Höhle wirkte er riesig. Sein Kopf reichte beinahe bis an die Decke, seine breiten Schultern wirkten

im tanzenden Feuerschein noch muskulöser. »Was will sie hier?« Den Blick auf Max gerichtet deutete er mit dem Kopf auf Amelia.

»Amelia wollte das Mal sehen.« Max legte seinen Kopf in den Nacken, um Jonathan besser sehen zu können.

»Alter, nur weil sie deine Schwester ist, schleppst du sie mit hierher. Das geht sie einen Scheiß an.« Jonathan musterte Amelia abschätzend und entließ dann Luft in Form eines verächtlichen Schnaubens aus seiner Nase. »Sie gehört hier nicht her.«

»Jetzt sei nicht so ein Arsch!«, zischte Max.

Jonathan zuckte mit den Schultern. »Du weißt, dass ich recht habe.«

Der kalte, abweisende Ton in seiner Stimme verletzte Amelia. Sie ballte ihre Hände zu Fäusten und starrte Jonathan an. Es war nicht ihre Wahl gewesen, hier zu sein. Sie war hierhergebracht worden. Sie wollte etwas erwidern, Jonathan ihre Meinung sagen, doch kein Ton kam über ihre Lippen. Sie öffnete und schloss sie wieder und kam sich dabei vor wie ein Fisch auf dem Trockenen. Sie senkte den Blick auf Bos Kopf, um Jonathan nicht weiter anzustarren.

Dieser wendete sich ab, zog eine herabhängende Baumwurzel beiseite, trat dahinter und war im nächsten Augenblick verschwunden.

Amelia riss die Augen auf. Ihre Kinnlade klappte nach unten. Sie schnappte nach Luft und sah unentwegt auf die Stelle, an der noch vor wenigen Sekunden Jonathan gestanden hatte. »Scheiße!« Sie rappelte sich auf und inspizierte den Bereich hinter der Baumwurzel. »Er ist weg!

Wie Frodo, wenn er den verfluchten Ring aufsetzt. Einfach verschwunden! Wie ist das denn überhaupt möglich?« Sie tastete die kalten, steinigen Wände ab. »Max!«, rief sie. »Verdammt noch mal, er ist weg!«

»Ich weiß.« Max klopfte mit der flachen Hand neben sich. »Setz dich wieder hin. Du machst mich ganz nervös!« Er atmete schwer aus. »Keine Ahnung, wie das möglich ist. Aber es ist so.«

Klang seine Stimme genervt?

»Tut mir übrigens leid, was Jonathan gesagt hat«, setzte er hinzu. »Er kann ein ziemliches Arschloch sein.«

Amelia spürte wieder die Röte in ihren Wangen. »Ist er immer so … charmant?«

»Früher war er nett. Wir sind zusammen bei Maggie und Hugh aufgewachsen. Wir sind … na ja, waren wie Brüder. Aber in letzter Zeit ist er verschlossen und irgendwie unnahbar geworden. Er zieht hier nur noch sein Ding durch und tut nichts mehr für die Gemeinschaft. Er fährt nur noch diese Arschlochmasche und das nervt.« Max' Blick sah traurig aus. »Ich vermisse ihn manchmal.«

Ihren Bruder so traurig zu sehen, gab Amelia ein ungutes Gefühl. Sie griff nach seiner Hand und drückte sie leicht. Ein flüchtiges Lächeln huschte über sein Gesicht. »Ich habe mich noch gar nicht bei dir bedankt«, sagte sie schließlich, um das Thema zu wechseln.

»Wofür denn?«

»Dafür, dass du mich gerettet hast. Ohne dich wäre ich auf dem Parkplatz verblutet.«

»Oh, das …« Verlegen blickte Max auf den Boden. »Das

war ich nicht, Amelia. Ich habe dich nicht gerettet.« Tränen standen in seinen Augen, als er wieder aufschaute und ihren Blick suchte. »Ich wünschte, ich wäre es gewesen. Aber … es war Jonathan.«

Bo sprang auf und riss Amelia aus dem Schlaf. Verwirrt schaute sie sich in der kleinen Höhle um und brauchte einen Moment, um sich zu erinnern, wo sie war.

Jonathan stand an der hinteren Wand der Höhle. Er lehnte am grauen Stein. Sein Brustkorb hob und senkte sich schnell unter seinem Shirt und der offenen Jacke. Die Haut seines Gesichts wirkte blass. Seine vollen Lippen waren fahl.

Bo stupste ihn an und freute sich wedelnd über flüchtige Streicheleinheiten. Jonathan holte ein paarmal tief Luft. Dann stieß er sich von der Wand ab und durchquerte den unterirdischen Raum zum Ausgang. Er beachtete Max und Amelia nicht weiter.

»Wo warst du?« Amelias Stimme war ein brüchiges Flüstern.

Jonathan hielt in der Bewegung inne. Langsam drehte er sich zu ihr um und musterte sie argwöhnisch. »Was geht's dich an?« Seine Stimme klang kalt und abweisend. Aber es schwang noch etwas mit. Enttäuschung und Erschöpfung.

»Gar nichts. Ich wollte nur … Warst du draußen?« Unter Jonathans Blick wurde Amelia heiß. Sie hasste ihren Körper dafür, so auf ihn zu reagieren.

»Nein. Ich war beim Weihnachtsmann«, antwortete er verächtlich und stupste mit der Fußspitze leicht den schlafenden Max an. »Toller Wachposten ist das. Pennt jedes verfluchte Mal ein, wenn er Wache halten soll.«

»Kannst du mich mitnehmen?«, platzte es aus Amelia heraus. Sie versuchte, ihre Stimme so fest wie möglich klingen zu lassen.

Ein abfälliges Lachen drang aus seiner Kehle. Ohne sie einer Antwort zu würdigen, schlüpfte er aus der Höhle.

Max öffnete die Augen und setzte sich auf. »Ach, Mist. Ich bin eingeschlafen.« Er gähnte und streckte sich. »Na ja, offensichtlich ist ja nichts passiert.« Er sah sich in der Höhle um und strich sich durch die Haare.

»Jonathan war gerade da. Er hat dich geweckt.«

Max nickte. »Ja, das macht er immer. Ich kann mich hier einfach nicht wach halten.« Entschuldigend zuckte er mit den Schultern.

»Warum mag er mich nicht?« Amelia biss sich auf die Lippe.

Mist, habe ich das laut gesagt?

»Wer? Jonathan?« Max wirkte verwirrt. »Mach dir nichts draus. Er mag niemanden mehr. Ich glaube, er ist das Leben hier leid.« Er rappelte sich auf und begann, das Lager abzuräumen. »Komm! Maggie hat bestimmt schon das Frühstück fertig.«

Zehn

»Hier geht's lang!« Max zupfte leicht an Amelias Arm.

»Nein.« Sie blieb stehen und funkelte ihren Bruder an. »Ich lass mich nicht auf den Arm nehmen! Wir müssen da entlang.« Sie deutete auf den Weg, der sich durch die lichter werdenden Baumreihen wand.

»Stimmt. Würden wir nach Hause wollen. Aber Maggie macht mich einen Kopf kürzer, wenn ich ohne Milch komme.« Max folgte einem anderen Pfad, der aus dem Wäldchen hinaus auf Wiesen führte.

»Du kannst schon zum Haus gehen, wenn du willst.« Seine Stimme hob sich.

»Ist das eine Frage?« Amelia grinste. »Nein, ich begleite dich gern.« Vom unbequemen Nachtlager in der Höhle schmerzte ihr Rücken und es wunderte sie, dass sie ihren Kopf überhaupt noch drehen konnte. Ihre Verletzung spannte unangenehm unter dem Verband. Doch der Anblick der herbstlichen Morgenlandschaft entschädigte sie für die unkomfortable Nacht.

Entlang des Weges wuchs hohes Gras, an dessen Spitzen vereinzelte Tautropfen wie Diamanten im frühen Sonnenlicht schimmerten. Unzählige kunstvoll gesponnene Spinnennetze wogten in der leichten Brise, die über die Hügel strich.

Wer hätte gedacht, dass etwas außerhalb einer Postkarte so kitschig und gleichzeitig so wunderschön sein konnte ...

»Da ist es.« Max deutete auf ein Gebäude, das sich vor ihnen hinter einer Kurve aufbaute. »Das ist die Howbourne Farm.« In seiner Stimme schwang Stolz mit.

Am Ende des Weges stand ein großes weißes Bauernhaus. Es war zweistöckig und von einer überdachten Veranda umgeben, auf deren Dach ein Balkon die Hausfassade umlief. Die Geländer der Veranda und des Balkons waren blau gestrichen. Links vom Wohngebäude erkannte Amelia einen Stall. Auf der Wiese davor trotteten einige Kühe gemächlich umher.

Auf der anderen Seite des Bauernhauses befand sich eine Koppel, die von einem strahlend weißen Zaun umgeben war. Zwei Pferde grasten friedlich in der Morgensonne.

»Wow. Das ist wirklich hübsch hier.«

»Ja, ist es. Thomas Neilley hat sie vor ein paar Jahren übernommen, als der alte Farmer gestorben ist. Bis dahin sah es hier nicht halb so gut aus.« Max ging zur Haustür, klopfte einmal und trat dann ein, ohne eine Antwort abzuwarten.

»Du kannst doch nicht einfach so reingehen.« Amelia wollte nach seinem Ärmel greifen, erwischte ihn aber nicht und blieb auf der Schwelle der Haustür stehen.

»Warum nicht?« Max runzelte die Stirn.

Sie war im Begriff, ihre Bedenken zu äußern, als eine weitere Stimme ertönte.

»Oh, hey, Max!« Eine junge Frau von etwa neunzehn Jahren kam zur Tür und strahlte ihn an. Ihr braunes Haar trug sie als einen Long Bob. Es schimmerte rötlich im Licht. Ihre großen braunen Augen leuchteten fröhlich, als sie Max zur Begrüßung um den Hals fiel.

Sie sah Amelia und löste die Umarmung. »Hallo!« Sie streckte ihr die Hand entgegen. »Ich bin Susan Neilley. Aber alle nennen mich Sue. Du musst Amelia sein?« Sie strahlte von einem zum anderen Ohr.

Amelia war sich nicht sicher, ob sie jemals so ein herzliches Lächeln gesehen hatte. Sie ergriff Sues Hand und zuckte zusammen. Mit einem so kräftigen Händedruck hatte sie bei der zierlichen Erscheinung von Susan nicht gerechnet. »Ja, ich bin Amelia. Woher …?«

Sue lachte auf. »Süße, du bist hier in einem klitzekleinen Dorf gelandet. Und dieses Dörfchen ist auch noch mehr oder weniger vollständig von der Außenwelt abgeschnitten. Ich befürchte, du musst dich damit abfinden, für die Zeit deines Aufenthalts die Attraktion schlechthin zu sein.« Sue zwinkerte Amelia zu, dann erstarrte sie. »O Gott. Du wusstest doch schon, wo du hier bist, oder nicht? O nein, ich habe mich doch jetzt nicht verplappert?« Theatralisch schlug sie sich die Hände vor den Mund und schaute Amelia mit ihren Bambi-Augen flehend an.

»Ja, das weiß ich schon. Keine Sorge!«

»Oh, gut. Da bin ich froh.« Sue wandte sich an Max. »Du willst bestimmt die Milch holen?«

Amelia entging das Aufleuchten in Sues Augen nicht, als sie Max' Blick trafen.

»Ich habe Maggies Bestellung drüben in der Kammer. Kommt mit.« Sie schlüpfte in dunkelblaue Gummistiefel, dann verließen die drei gemeinsam das Farmhaus.

Sue holte einen Träger mit sechs Flaschen Milch aus einer kleinen Kammer neben dem Stall. Amelia blieb ein wenig abseits und ließ ihren Blick über die Weiden wandern. An der Pferdekoppel verharrte sie. »Sind das deine?« Sie deutete auf die beiden Pferde auf der Koppel.

»Nein, sie gehören …« Sue stockte kurz. »Ja. Das sind Mulder und Scully.« Sie schnalzte mit der Zunge und lockte so die beiden Tiere an den Zaun.

»Mulder und Scully?« Amelia schaute sie irritiert an. »Woher kennst du denn ›Akte X‹? Ich meine, ihr habt hier doch kein Fernsehen, oder?«

»Doch, haben wir. Im Bürgerhaus. Da ist einmal im Monat Fernsehabend. Aber da gibt es meistens so alte Schwarz-Weiß-Filme.« Sie machte ein würgendes Geräusch. »Das wird sich wohl erst ändern, wenn die Alten nicht mehr für die Filmauswahl zuständig sind.« Sie griff sich eine Möhre und hielt sie dem braunen Pferd hin. »Ich gehe manchmal in Uckfield ins Kino. Da gibt es ein altes Programmkino und da läuft regelmäßig ein Akte-X-Marathon.« Sue hob entschuldigend die Hände, als sie Amelias fragenden Blick bemerkte. »Ich weiß, es ist uralt. Ich steh trotzdem drauf. Es ist so herrlich mysteriös und deshalb habe ich die beiden hier nach der Serie benannt. Außerdem passt das doch hervorragend zu unserem Dorf, findest du nicht?« Sie gab dem schwarzen Pferd auch eine Karotte. Dann streifte ihr Blick zu Max. »Ich versuche ja regelmäßig den hier«, sie knuffte Max gegen den Arm, »mitzuschleppen. Aber er weigert sich. Hey, vielleicht können wir ja mal gemeinsam ins Kino gehen?« Sie deutete auf Amelias Hals. »Also, wenn das da wieder besser ist, meine ich.«

»O ja, klar. Warum nicht? Mal sehen, wie lange ich bleibe.« Amelia fühlte sich von dem Angebot etwas überrumpelt. Sue war wirklich nett und herzlich, aber wie lange würde sie überhaupt in Howbourne bleiben können? Ein Kloß bildete sich in ihrem Hals. Sie war sich nicht einmal sicher warum.

Schweigend betrachteten sie die Pferde und lauschten den mahlenden Geräuschen ihrer Kiefer, während die Tiere ihre Karotten zerkleinerten. Amelia wollte etwas sagen, auf Sues Vorschlag eingehen, doch sie wusste nicht wie. Unbewusst wanderten ihre Finger zu den beiden Ringen und begannen, sie zu drehen.

»Ja, gut. Dann sollten wir jetzt mal los. Maggie wartet sicher schon auf die Milch.« Max schnappte sich den Flaschenträger. Leise klirrten die Glasflaschen aneinander.

»Ich brauche noch Maggies Bestellung für das Herbstfest. Sagst du ihr das bitte.« Sue strich sich eine Strähne ihres seidigen braunen Haars hinter ein Ohr. »Oder du bringst mir die Bestellung vorbei?«

Max nickte, während er seinen Rucksack schulterte und den Heimweg antrat.

»Bye, Sue. Hat mich gefreut«, sagte Amelia und lächelte sie an. Sie hoffte, dass ihr Lächeln nicht verkrampft, sondern herzlich wirkte.

»Mich auch, Amelia. Komm gern wieder vorbei.« Sue winkte grinsend.

Eine Weile gingen Amelia und Max schweigend nebeneinanderher. »Sie ist nett. Sue, meine ich.«

»Ja, das ist sie.« Ein Lächeln huschte über Max' Gesicht.

»Du magst sie, oder?« Sie drehte eine blonde Strähne zwischen den Fingern, die ihr immer wieder vor die Augen fallen wollte. »Also, ich meine, du magst sie sehr.«

»Hmmm.« War alles, was Max als Antwort von sich gab.

Amelia boxte ihrem Bruder sanft gegen den Oberarm. »Komm schon! Das sieht doch ein Blinder!«

»Ist es wirklich so offensichtlich?« Er machte ein mürrisches Gesicht.

»Warum guckst du so? Das ist doch etwas Gutes.«

»Ach, keine Ahnung. Vielleicht. Sue und ich sind Freunde. Sehr gute Freunde. Und ja, ich mag sie wirklich sehr. Aber … ach, ich weiß nicht.« Max winkte ab und stapfte weiter.

»Ich habe Sue eben erst kennengelernt, aber es ist sogar für mich ziemlich klar, dass sie dich auch mag. Also sehr mag …« Amelia verfrachtete die störrische Haarsträhne zurück in ihren auseinanderfallenden Zopf und beeilte sich, mit ihrem Bruder Schritt zu halten. »Max! Komm schon, du magst sie, sie mag dich. Klingt für mich nach einer klaren Sache.«

»Hmmm.«

»Du wirst rot.«

»Ach, Quatsch.«

»Doch, du wirst eindeutig rot. Wie süß.« Sie hakte sich bei Max unter und lehnte ihren Kopf gegen seine Schulter.

Elf

Im Haus duftete es nach frischem Kaffee und warmem Brot. Maggie und Hugh saßen am Frühstückstisch und unterhielten sich, als Amelia und Max die Küche betraten.

»Guten Morgen, Kinder.« Hugh stand auf, um die Kaffeekanne vom Herd zu nehmen. Max stellte die Milch auf der Arbeitsfläche ab.

»Gab es etwas Bemerkenswertes heute Nacht?«, fragte Hugh an Max gewandt. Er schenkte Kaffee ein.

Amelia registrierte ein leichtes Zittern seiner Hand.

»Nein. Alles wie immer«, antwortete Max und wandte sich Maggie zu. »Sue braucht deine Liste für das Herbstfest, Maggie.« Er nahm sich einen Apfel und biss herzhaft hinein, bevor er mit vollem Mund sagte: »Na ja, und Jonathan war wieder draußen.«

Maggie warf Max einen erbosten Blick zu. Amelia konnte nicht ausmachen, ob es an dem Gesagten lag oder daran, dass er mit vollem Mund sprach.

Hugh ließ sich seufzend in seinem Stuhl zurücksinken.

»Er wird sich eines Tages noch Ärger einhandeln.« Kopfschüttelnd nahm er einen Schluck Kaffee. »Und uns auch.«

»Warum ist es denn so schlimm, wenn Jonathan oder jemand anderes Howbourne verlässt?« Amelia versuchte, beiläufig zu klingen, aber das Thema Jonathan interessierte sie mehr, als sie sich selbst zugestehen wollte.

Hugh beugte sich vor und stützte die Ellenbogen auf dem Tisch ab. »Nun, es ist so. Je mehr wir uns in den Nächten draußen zeigen, desto größer ist die Wahrscheinlichkeit, dass jemand auf uns und auf Howbourne aufmerksam wird. Und Jonathan geht nicht unbedingt vorsichtig vor. Er treibt sich beinahe jede Nacht in Buxted und Uckfield herum und macht dort Gott weiß was. Es ist nur eine Frage der Zeit, bis ihm jemand zum Mal folgt.« Ein mürrischer Ton entfuhr Hugh.

»Aber warum kommt er überhaupt zurück, wenn er es hier nicht aushält?« Amelia spürte Maggies warme, weiche Hand auf ihrer.

Die alte Frau blickte sie traurig an. »Er würde sterben, Liebes. Je näher der Morgen rückt, desto schwächer wird er dort draußen. Wenn der Tag anbricht, würde er dort einfach zusammenbrechen und sterben.«

»Oh«, kam es tonlos über Amelias Lippen, »ich verstehe.« Sie nickte.

»Nichts verstehst du!« Jonathans unverkennbare, raue Stimme klang scharf. Fast könnte man denken, die Luft in der gemütlichen Küche würde zerschnitten.

Sie hatte Jonathan nicht kommen hören. Bo, der sonst als Vorbote fungierte, saß neben seinem Herrchen.

»Jonathan!« Maggie wandte sich ihrem Ziehsohn zu. »Wir haben dich nicht gehört. Möchtest du mit uns frühstücken?«

Amelia konnte nicht anders, als ihn anzustarren. Er trug ein kariertes Hemd, das er an den Ärmeln bis zu den Ellenbogen aufgekrempelt hatte. Darunter lugte ein weißes Shirt hervor. An seinen schlanken, muskulösen Unterarmen traten die Adern leicht hervor. Die glatte, helle Haut ließ noch einen Rest der vergehenden Sonnenbräune des Sommers erahnen. Schlanke, definierte Muskeln unter weicher Haut. Die braunen Haare hatte er zu einem Knoten am Hinterkopf zusammengebunden, was die hohen Wangenknochen betonte. Seinen Bart hatte er sicherlich seit einer Woche nicht mehr rasiert. Amelia musste den Drang niederkämpfen, Jonathan noch länger anzustarren, und zwang sich, ihre Aufmerksamkeit auf ihr Frühstück zu richten. Niemand sagte etwas. Alle schienen sich durch seine Anwesenheit ertappt zu fühlen.

Jonathan kam zum Tisch hinüber. Er setzte sich auf den freien Platz und schenkte sich Kaffee ein. Bo ließ sich neben Amelia nieder. Er legte den seidig schimmernden Kopf in ihren Schoß. Mit ihren schlanken Fingern kam sie der wiederholten Aufforderung gern nach und streichelte über das warme Fell.

»Er mag dich.« Maggie lächelte.

»Er mag jeden, der ihn streichelt.« Jonathan funkelte Amelia an.

Zum ersten Mal erkannte sie die Farbe seiner Augen. Tiefgrün wie ein Smaragd. Ein paar bräunliche Sprenkel lagen rund um die Pupillen. Aber nicht die außergewöhnliche Farbe war das Faszinierende an seinen Augen. Etwas anderes fesselte Amelia. Sie boten ihr einen Blick auf eine zutiefst traurige Seele, die im krassen Gegensatz zur harten Erscheinung stand.

»Jetzt sei nicht so unhöflich, wir haben einen Gast«, ermahnte ihn Maggie.

Mürrisch nahm er sich eine Scheibe Brot und taxierte Amelia dabei.

Ihr wurde unbehaglich unter seiner Beobachtung. Sie spürte die Hitze in ihre Wangen steigen und wusste nicht recht, wohin mit ihrem Blick. Also heftete sie ihn an ihrer Kaffeetasse fest.

»Amelia, erzähle uns doch ein wenig mehr über dich. Was hat dich nach Buxted verschlagen? Und was machst du in deinem, na ja, nennen wir es: echtem Leben?« Hugh nahm einen Schluck Kaffee und lehnte sich auf dem Stuhl zurück. Neugierig fixierte er Amelia aus seinen freundlichen braunen Augen.

Sie war dankbar für die Ablenkung. Sie erzählte vom Tod ihrer Mutter, von dem schlechten Verhältnis zu ihrem Vater und von dem Kästchen, welches sie auf die Suche nach Howbourne geschickt hatte.

»Da hat dir deine Mutter eine interessante Aufgabe gestellt. Schön, dass du sie angenommen hast.« Hugh nickte zufrieden.

»Das finde ich auch.« Max strahlte. »Und was machst du sonst so?«

»Oh, ich studiere mit meiner Freundin Jess zusammen

Erziehungswissenschaften in Kingston Upon Hull. Ich möchte später gern mit Kindern arbeiten und ihnen helfen –«

»Das ist ja schön für dich!« Jonathan beugte sich vor und sah sie direkt an. »Dann würde ich vorschlagen, du verschwindest wieder in das Leben, aus dem du gekommen bist.« Zornig funkelte er sie aus seinen grünen Augen an, die sich verdunkelt hatten und wie ein sturmgepeitschter Wald wirkten. Er stand von seinem Stuhl auf und ging zur Tür. Er legte seine Hand auf den Griff und drehte sich noch einmal um. »Ich hätte dich auf diesem Scheißparkplatz liegen lassen sollen.« Dann verließ er die Küche und knallte die Tür hinter sich zu.

Jedes einzelne Wort kam Amelia vor wie eine Ohrfeige. Ihre Wangen brannten. In ihrem Magen bildete sich ein dicker Knoten, der ihr die Luft abschnürte. »Entschuldigt mich bitte.« Sie kämpfte gegen die Tränen an, die sich brennend ankündigten. Sie stand zitternd von ihrem Stuhl auf und steuerte die Treppe zu ihrem Zimmer an. Bo trottete ihr mit gesenktem Kopf hinterher.

In ihrem Zimmer lehnte sich Amelia mit der Stirn an das kühle Fensterglas. Ihr Blick war tränenverschleiert. Sie ballte die Hände zu Fäusten. Sie wollte am liebsten schreien, ihren Zorn und ihre Wut hinausbrüllen. Und ihre Verletztheit.

Jonathan hat recht. Ich gehöre nicht hierher. Aber warum ist er so abweisend zu mir? Ich habe ihm nichts getan. Es ist beinahe so, als würde er mich absichtlich verletzen wollen. Warum hat er mich überhaupt hierhergebracht, wenn meine Anwesenheit ihn doch so stört? So ein verfluchtes Arschloch! Was bildet der sich überhaupt ein?

Und obgleich er so ein Arschloch zu ihr war, konnte sie nicht verhindern, dass er sich immer wieder in ihre Gedanken schlich. Ebenso wenig konnte sie das Kribbeln in der Magengegend verdrängen, sobald sie Jonathan sah, und das machte sie nur noch wütender auf ihn. Und noch viel mehr auf sich selbst.

Was ist bloß an ihm, was mich so sehr anzieht?

Trotzdem, es war etwas Wahres an Jonathans Worten. Sie hatte vorgehabt, das Rätsel um den jungen Mann auf dem Foto zu lüften. Dies war ihr gelungen. Sie sollte jetzt so schnell wie möglich nach Hause fahren. Doch wie sollte sie das anstellen? Und wollte sie das wirklich?

Ich habe Max doch eben erst gefunden. Meinen Bruder! Und alle sind so nett hier. Was wartet zu Hause auf mich? Aber Dad ... er muss es doch erfahren. Er möchte Max sicher kennenlernen. Oder interessiert es ihn nicht, weil ihm inzwischen alles aus seinem Leben mit Mom egal ist? Nein, das ist unfair. Natürlich interessiert es ihn. Ich muss ihn anrufen und ihm von Howbourne erzählen!

Sie musste zum Mal und Howbourne verlassen. Ihr Auto stand hoffentlich noch auf dem kleinen Parkplatz und dann könnte sie ihren Vater anrufen. Aber wie? Sie wusste zwar, wo sich die Höhle befand, doch sie hatte keinen blassen Schimmer, wie sie das Mal betätigen sollte. Max würde ihr sicher nicht helfen. Er war so froh darüber, sie hier zu haben. Maggie und Hugh waren der Meinung, sie müsse sich noch erholen.

Es gab nur eine Person, die wollte, dass sie aus Howbourne verschwand. Vielleicht würde sie ihr helfen?

Es klopfte an ihrer Zimmertür und Amelia zuckte zusammen. Max trat ein und schaute sie mitfühlend an. Seine blauen Augen sahen traurig und müde aus. »Es tut mir leid, was Jonathan gesagt hat.« Er kam langsam dichter und legte seiner Schwester eine Hand auf die Schulter. »Er steht mit seiner Meinung allein da. Wir sind alle froh, dass du hier bist.« Er senkte den Blick zum Boden. »Ich bin froh, dass du hier bist.«

Amelia schloss ihn fest in ihre Arme. »Du erinnerst mich so an Mom«, flüsterte sie und gab ihrem Bruder einen Kuss auf die Wange. »Ich bin froh, dich gefunden zu haben.« Sie seufzte. »Aber Jonathan hat recht. Ich gehöre hier nicht her. Ich muss nach Hause.« Ein schweres Seufzen entfuhr ihrer Kehle. »Ich muss in mein Leben zurück.«

Vehement schüttelte Max seinen Kopf und schob Amelia von sich. Auf Armlänge entfernt hielt er sie fest. »Du kannst noch nicht zurück. Deine Wunde … sie ist noch zu frisch. Hier geht es dir gut, aber draußen würde sie … Du würdest wieder Blut verlieren. Maggie ist keine Ärztin. Sie kann nicht nähen wie ein Chirurg. Du könntest sterben.« Er zog Amelia dicht an sich heran und vergrub sein Gesicht in ihren Haaren. »Ich will dich nicht verlieren.«

Einen Moment lang standen die Geschwister eng umschlungen da. Amelia erwiderte Max' Umarmung fest und schmiegte ihren Kopf an seinen Hals. »Max? Darf ich dich etwas fragen?«

Er nickte.

»Woher wusstest du, wer deine Familie ist? Wie hast du Mom gefunden? Ihr habt hier kein Internet oder Zeitungen oder irgendetwas, was euch mit der Außenwelt verbindet. Wie konntest du wissen, wer deine Familie ist?«

Mit dem Ärmel seines Pullovers wischte sich Max über die feuchten Augen. »Ich zeige es dir. Komm mit.« Er griff nach ihrer Hand und zog sie hinter sich her. Bo sprang auf. Er ließ seine neue Freundin nicht aus den Augen.

Amelia folgte Max Richtung Bürgerhaus am Ende der Straße. Die Holzhäuser links und rechts strahlten die Lebensart einer längst vergangenen Zeit aus. Ein Ort im Dornröschenschlaf.

Sie erklommen den kleinen Hügel, auf dem das Bürgerhaus thronte und auf die anderen Häuser von Howbourne hinabblickte.

»Wir haben Aufzeichnungen«, murmelte Max, als er die schwere grüne Holztür öffnete. »Über jeden, der hierherkommt.« Er führte Amelia durch die Eingangshalle. Das Innere des Hauses war schlicht gehalten. Es roch nach Holz und ein zarter Duft nach Erika durchströmte den Raum. Die Einrichtung erinnerte Amelia an eine Kirche. Mehrere Bänke waren in Reihen angeordnet, ein Pult stand am Ende der Halle.

»Woher kommt dieser Geruch?« Amelia blieb stehen und atmete tief ein.

»Das ist Erika. Heidekraut. Es war Nan Tucks Lieblingspflanze und ist seither sozusagen unser Symbol. Hier im Bürgerhaus haben wir immer Sträuße davon.« Max ging am Pult vorbei und öffnete eine Tür. Mit einer Handbewegung bedeutete er seiner Schwester, ihm zu folgen.

Sie kamen in einen kleineren Raum, der vom einfallenden Tageslicht schwach erhellt wurde. Jeder Zentimeter der Wände war mit Regalen versehen, in denen sich Bücher stapelten.

»Bitte sehr«, sagte er und machte eine ausladende Geste. »Hier siehst du unser Archiv. In diesen Büchern steht alles, was wir über Howbourne und die Menschen, die hierherkommen, wissen.« Er ging zu einem Regal und zog ein braunes, in Leder gebundenes Buch heraus. Max schlug es auf, blätterte darin und reichte es seiner Schwester. »Hier.« Mit dem Finger tippte er auf eine Stelle.

Amelia las laut vor, was dort stand: »Maximilian Forster. Sohn von Roger und Valerie Forster, Kingston Upon Hull, Aufnahme in Howbourne am: 20.09.1995.« Sie ließ das Buch sinken und schaute Max an. »Der 20. September ist mein Geburtstag.«

Er nickte. »Ja. Und es ist der Tag, an dem ich nach Howbourne kam.«

Sie spürte einen Kloß in ihrem Hals, Gänsehaut krabbelte an ihrer Wirbelsäule hinab. Max stand mit gesenktem Kopf an das Regal gelehnt, nervös knetete er seine Finger. Amelia überbrückte mit wenigen Schritten die Distanz zu ihrem Bruder und nahm ihn fest in den Arm.

Vor ihren geschlossenen Augen sah sie sich als kleines Mädchen mit Max unter einem Weihnachtsbaum sitzen. Sie sah sich zusammen an einem Strand spielen und sich um Sandförmchen streiten. Sie sah gemeinsame Schulwege und Filmabende. Sie fühlte die Hand ihres Bruders fest in ihrer, während der Sarg ihrer Mutter in der Erde verschwand.

»Ich wäre so gern mit dir aufgewachsen.« Amelias Stimme brach.

Max drückte seine Schwester fest an sich.

Ihr quollen Tränen hinter den geschlossenen Lidern hervor. Sie spürte ein Zittern im Körper ihres Bruders. Leise Schluchzer drangen an ihr Ohr, während die beiden in dieser Umarmung versunken eine gefühlte Ewigkeit verharrten.

Zwölf

Der Herbstwind streichelte sanft über Amelias Wangen, während das vielfältige Zwitschern der Vögel ihren aufgewühlten Geist beruhigte. Dieser Platz war genau der richtige Ort, um ihre aufgebrachte Seele zu beruhigen. In ihrem Kopf drehten sich die Gedanken in einem immer schneller werdenden Karussell. Sie dachte an Max und wie froh sie war, ihn getroffen zu haben. Ihren Zwillingsbruder. Ihr Leben lang hatte sie das unbestimmte Gefühl gehabt, nicht vollständig zu sein. Aber sie konnte nicht ausmachen, woran es lag. Endlich wusste sie es und jetzt, da sie Max kennengelernt hatte, fiel es ihr unendlich schwer, wieder zu gehen.

Sie grübelte über ihren Vater. Der Gedanke an den Tag im Nebel ließ sie einfach nicht los. Woran war ihr Verhältnis zerbrochen? Als ihre Mutter noch gelebt hatte, waren sie sich so nah gewesen. Sie war sein kleines Mädchen gewesen. Oft hatte er sie ins Bett gebracht und ihr fantastische Geschichten über Kobolde, Trolle, Riesen und Feen erzählt. Er war immer ihr starker Fels gewesen. Doch nach dem Tod ihrer Mutter hatte dieser Fels Risse bekommen. Erst waren es unscheinbare Haarrisse. Dann wurden sie größer und tiefer, bis von dem einstmals starken Felsen nur noch Kieselsteine übrig waren. Amelia wischte sich mit dem Ärmel über die Augen. Ein paar Tränen hatten sich einen Weg über ihre Wangen gebahnt.

»Hey, Amelia!« Sues Stimme vermischte sich mit Hufgetrappel und dem Schnauben eines Pferdes. Sie trieb das Tier zu einem Baum und schwang sich elegant hinab. »Was machst du hier so allein?« Sie ließ sich neben Amelia ins Gras fallen und setzte sich in den Schneidersitz. Das Pferd graste friedlich neben ihr. »Entschuldige, ich störe dich doch nicht, oder? Ist alles okay?«

Amelia nickte und blinzelte die letzten Tränen fort. Sie war froh über die Ablenkung. Sue grinste sie so strahlend an, dass es direkt ansteckend wirkte. »Ja, danke. Es ist alles gut.« Amelia lächelte sie an. Sie hatte sie schon jetzt gern. »Du störst mich überhaupt nicht. Ich bin nur ein wenig umhergeschlendert und hab diesen Platz entdeckt.«

»Oh, gut. Weißt du«, sprach Sue in einem leisen, verschwörerischen Ton, »manche halten mich für etwas aufdringlich.« Sie deutete Anführungszeichen an und verdrehte die hübschen braunen Augen. »Ich finde es einfach total aufregend, dass du hier bist.« Sie stupste Amelia leicht gegen den Arm. »Wir haben nicht oft Besuch, weißt du. Und wenn, dann nicht von jemandem in meinem Alter.«

Eine Welle der Zuneigung wogte in Amelia auf. Sie kannte diese junge Frau kaum und dennoch wirkte sie so unvoreingenommen und sympathisch. »Wie ist es so, hier zu leben?«

»Oh, es kann ganz schön öde sein. Das sagt wohl jeder, der in einem Dorf aufwächst.« Sue lachte. »Ich liebe es hier von ganzem Herzen, aber ich würde gern manchmal zum Shoppen fahren oder einen Urlaub am Meer machen. Das geht nur alles nicht so einfach.« Sie rupfte versonnen Gras aus der Wiese. »Damit haben einige hier ihre Schwierigkeiten …« Ein Schatten huschte über ihr Gesicht, verschwand aber ebenso schnell, wie er gekommen war. »Na ja, was soll's. Ich schätze, es gibt schlimmere Orte, an denen man leben kann.« Ein breites Lächeln erfasste ihre Lippen. »Erzählst du mir von dir? Was machst du, wenn du nicht gerade deinen Bruder in einer, nennen wir es einfach, Parallelwelt besuchst? Hast du einen Freund? Oder … Freundin? Hast du abgefahrene Hobbies? Ich will alles wissen!« Sue stützte ihr Kinn auf den Händen ab und sah Amelia aus neugierigen Augen an.

»Oh.« Amelias Wangen färbten sich rot. Sie drehte an ihren Ringen und überlegte, was sie erzählen sollte. »So viel gibt es da gar nicht zu erzählen. Also, ich bin Amelia, aber das weißt du schon. Ich komme aus Kingston Upon Hull, das ist weiter im Norden. Was noch? Ich bin single –«

»Warte, was?« Sue fiel ihr ins Wort. »Jemand wie du kann kein Single sein. Ich meine, guck dich doch mal an. Die Haare, die Augen und das alles.« Sie machte eine Handbewegung, die Amelias gesamten Körper einbezog. »Sind die da bei euch alle blind, oder was?«

Amelia lachte auf. Es war eine Ewigkeit her, dass sie sich zuletzt mit jemandem so ungezwungen unterhalten hatte.

Sue war unglaublich herzlich. Der Ort um sie herum wirkte unendlich friedlich. Das Licht, das durch die Wolken brach, tauchte die Umgebung in goldenes Licht. Der Wind ließ die bunt gefärbten Blätter rauschen und zupfte hin und wieder eines von ihnen hinunter. Sie fragte sich, wann sie sich das letzte Mal so wohlgefühlt hatte. »Na, ich weiß ja nicht. Aber danke. Ich hatte einen Freund. Sebastian. Er ist zum Studieren nach Kanada gegangen und irgendwie … Na ja, sagen wir einfach, eine Fernbeziehung war nicht unser Ding.« Einen Moment dachte sie an die Zeit mit Sebastian zurück. Es war schön gewesen, nicht allein zu sein. »Aber ich bin viel mit meiner besten Freundin Jess unterwegs. Wir kennen uns ewig, sind mehr oder weniger zusammen aufgewachsen. Du erinnerst mich ein bisschen an sie.« Sie sah zu Sue. »Aber seit Jess mit ihrem Freund Marcus zusammenwohnt, unternehmen wir nicht mehr so viel wie früher. Ich nehme an, die beiden stecken bis über beide Ohren in der Honeymoon-Phase.« Sie runzelte die Stirn. »Warte mal, wie ist das eigentlich hier?«

»Was meinst du?«

»Die Kinder, die … na ja, hierherkommen. Wer entscheidet, wo sie aufwachsen?«

»Sie kommen dahin, wo Platz ist. Das klingt komisch, oder?« Sue lachte auf. »Also, wir alle in Howbourne nehmen Babys auf. Das ist einfach so. Aber es ist schon länger kein Nachschub mehr gekommen.«

»Nachschub?«

»Na, ein neues Baby. Ich glaube, es ist schon drei oder vier Jahre her.«

»Woran liegt das?«

Sue zuckte mit den Schultern. »Keine Ahnung. Hugh meint, die Ärzte bei euch werden immer besser. Und insgesamt werden weniger Kinder geboren. Aber ich glaube eher, es gibt einen anderen Ort wie diesen, der im Moment einfach bevorzugt wird.« Sie zuckte mit den Schultern.

»Also sind die Familien hier einfach nach dem Zufallsprinzip zusammengewürfelt?«

»Ja, zumindest die Kinder kommen zufällig in die Familie. Seinen Partner kann man sich schon selbst aussuchen. Wir sind ja keine Sekte oder so was.«

»Und du hast dir Max ausgesucht?«

Das Lächeln auf Sues Gesicht verschwand. Entsetzen stand in ihren Augen. Ihre Wangen wurden zunächst kreidebleich und dann puterrot. »O Gott. Woher weißt du das?«

»Ich weiß nicht.« Amelia grinste und zuckte scheinheilig mit den Schultern. »Vielleicht, weil du ihn bei jeder Gelegenheit berührst. Und weil deine Augen wie ein Feuerwerk leuchten, wenn du ihn ansiehst.«

Sue vergrub ihr Gesicht in den Händen. »O Gott«, jammerte sie. »Na super. Weiß er es auch?«

Amelia nickte und konnte sich das Grinsen beim besten Willen nicht verkneifen.

»Ahhh.« Sue ließ sich theatralisch ins Gras fallen. »Er ist so süß, dein Bruder.«

»Keine Ahnung. Er sieht aus wie ich.« Lachend legte sich Amelia neben sie. Es war schön, mal wieder ungezwungen mit einem anderen Mädchen zu reden.

Sue drehte den Kopf. »Kannst du eigentlich reiten?

Dann holen wir Mulder bei der Farm ab und ich zeige dir alles.« Mit einem Satz sprang sie auf und reichte Amelia die Hand.

Sue und Amelia ritten auf den beiden hübschen Pferden durch Howbourne. Dabei erinnerte sich Amelia an ihre allererste Reitstunde. Sie hatte auf einem untersetzten Shetlandpony gesessen. Ihre Beine waren viel zu kurz und sie fand keinen Halt. In der ersten Kurve rutschte sie seitlich vom Rücken des Tieres, während es fröhlich weiter trabte. Ihr Vater sammelte sie von der Reitbahn auf und setzte Amelia zurück auf das Pony. Valerie hatte mit einer Videokamera am Rand der Bahn gestanden und sich vor Lachen ausgeschüttet.

Sie galoppierten über die Felder, Sue zeigte Amelia den Wald und den Bach, in dem die Dorfbewohner im Sommer badeten. Auf einem Hügel stoppten sie. »Dort hinten, am Rand dieser Felder, endet Howbourne. Weiter können wir nicht.« Sue deutete in die Ferne. Dann ritten sie zurück ins Dorf, vorbei an den mächtigen Ahornbäumen, die ihre leuchtend roten Blätter stolz in den strahlenden Herbsthimmel reckten.

Sie trabten langsam über die Hauptstraße, vorbei an den schlichten Holzhäusern. Unterwegs trafen sie einige Bewohner, die Amelia allesamt neugierig, aber freundlich beäugten. Die beiden überquerten den liebevoll gestalteten Platz vor dem Bürgerhaus. Hier würde in wenigen Tagen das alljährliche Herbstfest gefeiert. Sie erfuhr, dass es sich dabei um eines der wichtigsten Ereignisse in Howbourne handelte und in Sachen Beliebtheit direkt nach Weihnachten kam.

Auf der Rückseite des Bürgerhauses saßen sie auf Sues Handzeichen von den Pferden ab und banden die Tiere an einer Bank fest. Sue stellte ihnen jeweils einen Eimer mit Wasser bereit. Dann tätschelte sie die beiden liebevoll und flüsterte ihnen etwas zu, das Amelia nicht verstand.

»Komm, ich will dir etwas zeigen.« Sue hüpfte die Stufen zum Hintereingang hinauf. Bevor sie die Tür ganz öffnete, lauschte sie in das Gebäude. Dann schlüpften beide hinein. »Warst du schon hier?«, fragte Sue.

»Ja, Max hat mir die Aufzeichnungen über die Bewohner gezeigt.«

»Klar hat er das.« Sue grinste breit. »Das Archiv ist sein Lieblingsplatz. Er kann stundenlang die Nase in die alten Schinken stecken. Ich glaube, er weiß alles über jeden hier.« Sie ging zu dem Raum, in dem die Holzbänke standen. »Aber das wollte ich dir nicht zeigen.« Sie schob einen Vorhang zur Seite und brachte einen uralten Fernseher samt Videorekorder zum Vorschein.

Amelia überlegte, wann sie ein derart altes Gerät zuletzt gesehen hatte. Vermutlich in der Schule …

»Hast du Lust auf einen Filmabend?« Sue strahlte sie an.

»Klar.« Amelias Augen leuchteten. Es war schön, sich einfach in einen Mädelsabend fallen zu lassen. Einmal nicht darüber nachzudenken, was sie als Nächstes tun sollte.

Sue hielt ein paar Videokassetten in die Höhe. »Also, wir

haben die Wahl zwischen alt, uralt und gehört ins Museum. Aber trotzdem besser als nichts.« Sie entschieden sich für »Pretty Woman« mit Julia Roberts und Richard Gere.

Sue kramte in ihrer braunen Umhängetasche und beförderte eine Flasche Wein und zwei Gläser hervor. Sie stießen an und genossen den Film, der in unfassbar schlechter Qualität über den Röhrenfernseher flimmerte.

»Sag mal, woher habt ihr eigentlich den Strom?«

»Wir haben einen Generator, sollen aber so wenig Strom wie möglich verbrauchen. Deshalb ist alles noch mit Laternen beleuchtet und so. Stell es dir einfach vor wie … keine Ahnung … vor hundert Jahren vielleicht? Niemand hat einen Fernseher, aber alle einen Kühlschrank.«

»Das klingt irgendwie romantisch«, sagte Amelia verträumt.

»Ja, irgendwie.« Sue trank einen Schluck vom Rotwein und verfolgte weiter das Geschehen auf dem Fernseher.

»Sue?« Amelia suchte nach einer Formulierung, die nicht total bescheuert klang. »Du kennst doch bestimmt Jonathan?«

»Ja, sicher.« Sie riss sich von Julia Roberts los, die dabei war, in einem gigantischen Schaumbad zu versinken. »Schon vergessen? Dorf und so. Hier kennt jeder jeden.«

»Aber … kennst du ihn näher?« Eine vertraute Wärme verteilte sich auf Amelias Wangen. Verlegen fummelte sie am Saum ihres Pullovers.

Sue grinste. »Ja«, sagte sie lang gezogen, »tue ich.« Sie drehte sich auf ihrem Platz um. »Er ist Max' großer Bruder sozusagen. Wir sind alle zusammen aufgewachsen. Haben uns jeden Tag in der Schule getroffen – Ja, wir werden hier unterrichtet, bevor du fragst«, ergänzte sie auf Amelias fragenden Blick und musterte sie interessiert. »Wieso?«

»Ach, nur so.«

»Klar. Nur so. Deshalb siehst du auch aus wie eine Tomate.« Sue lachte und fuchtelte mit dem Zeigefinger vor Amelias Gesicht umher.

»Ich bin gar nicht rot«, erwiderte sie. Ihre Stimme klang dabei schmollender, als sie es beabsichtigt hatte.

»Ja, ist klar. Bist du nicht. Wir müssen nur aufpassen, dass Maggie nicht aus Versehen Ketchup aus dir kocht.« Herzhaft lachend warf sie den Kopf in den Nacken.

»Na ja, er sieht schon ziemlich gut aus. Aber ... er ist so ... Ist er denn immer so ein Arsch?«

»Eigentlich ist er ganz nett. War er zumindest. In letzter Zeit habe ich nicht mehr viel mit ihm gesprochen. Oft hängt er an der Lagerscheune am anderen Ende der Felder ab. Keine Ahnung, was er da macht. Er wirkt immer irgendwie ... Keine Ahnung ... abwesend.«

»Nett! Also zu mir war er bisher nicht unbedingt nett.« Amelia dachte an die Begegnungen mit Jonathan zurück. Seine abweisenden, kalten Augen, die aber in ihrer Tiefe so traurig und verloren wirkten.

»Ach, mach dir nichts draus.« Sue winkte ab. »Jonathan ist der Prototyp des harten Kerls mit einer weichen Schale. Glaub mir, der beißt nicht.« Sie grinste breit und stieß Amelia augenzwinkernd an. »Jedenfalls nicht, wenn du es nicht willst.«

Amelia lachte ebenfalls. Sie vertieften sich wieder in den

Film, tranken Wein und kommentierten lachend und kichernd die Szenen im Fernsehen.

»Vielen Dank für den Abend.« Amelia nahm Sue fest in den Arm. »Es hat wirklich Spaß gemacht.« Sie waren inzwischen bei der Farm angekommen und hatten bereits die Tiere versorgt.

Sue drückte sie ebenfalls an sich. »Das finde ich auch. Schön, wieder jemanden hier zu haben, der nicht männlich oder uralt ist.«

Sie verabschiedeten sich, bevor Amelia über den Weg entlang der Felder nach Howbourne schlenderte. Der Wald am Wegesrand erhob sich dunkel. Fledermäuse zogen ihre lautlosen Kreise über den Abendhimmel. Es hatte wirklich Spaß gemacht, Zeit mit Sue zu verbringen. Sie versprühte eine ansteckende Leichtigkeit und Fröhlichkeit.

»Was machst du hier?« Jonathans Stimme riss Amelia aus ihren Gedanken.

Sie zuckte erschrocken zusammen. Bo stupste sie an und beschnüffelte sie ausgiebig. »Ich war bei Sue zu Besuch.« Sie straffte die Schultern und reckte das Kinn nach oben. »Und du, was willst du hier?«

Jonathan musterte sie von oben bis unten. »Was geht's dich an.« Mit den Worten ließ er sie stehen und verschwand im Wald.

»Ja, genau. Sei ruhig weiter ein Arsch zu mir. Stört mich nicht! Hörst du?«, rief Amelia ihm eine Spur zu laut hinterher.

Eine Weile sah sie ihm noch nach. Unschlüssig, ob sie ihm hinterhergehen sollte. Entschied sich aber dagegen und folgte dem Weg kopfschüttelnd nach Howbourne.

Dreizehn

Ein zaghaftes Klopfen an der Tür weckte Amelia. Sie streckte sich in dem bequemen Bett, als Maggie zögernd den Raum betrat. »Störe ich dich, Liebes?«

»Nein, komm ruhig rein. Was gibt's?«

»Ich habe dir heißes Badewasser eingelassen. Das wollte ich dir nur sagen. Und ich würde mir gern noch einmal deine Wunde ansehen. Wäre das in Ordnung?«

»Klar.« Amelia schwang die Beine aus dem Bett und setzte sich auf die Bettkante. Sie freute sich auf ein heißes Bad, auch wenn sie normalerweise den Abend als Badezeit bevorzugte.

Maggie inspizierte ihre Wunde. »Das sieht schon viel besser aus.« Beiläufig fuhr sie fort: »Wo warst du denn gestern Abend?«

»Ich habe mich mit Sue getroffen. Wir haben einen Fi… Wir haben uns nett unterhalten.«

Ups. Das war knapp.

»Oh, Sue ist so ein nettes Mädchen!« Maggie strahlte.

»Ich glaube ja, sie mag unseren Max. Und er mag sie auch. So etwas spüre ich.« Augenzwinkernd erhob sie sich. Ihre Handflächen presste sie gegen ihr Kreuz. »Dann geh jetzt in die Wanne, bevor das Wasser abkühlt.«

Amelia deutete auf Maggie. »Möchtest du nicht lieber in die Badewanne? Das heiße Wasser würde deinem Rücken sicher guttun.«

»Oh, du bist lieb«, freute sich Maggie. »Aber so weit kommt es noch. Ich habe genug zu tun, Liebes. Geh du ruhig und ruhe dich noch ein wenig aus.« Maggie verließ den Raum und ging langsam die knarrende Holztreppe nach unten.

Amelia machte sich auf den Weg ins Badezimmer. Sie wurde von einer warmen Wolke aus Wasserdampf und dem Duft nach Heidekraut empfangen. Sie zog das altmodische Nachthemd über den Kopf und ließ sich in das heiße Wasser gleiten. Es war himmlisch. Sie ließ ihre Gedanken mit dem Wasserdampf davon wabern.

Es ist wirklich schön hier in Howbourne. So friedlich. Vielleicht sollte ich hierbleiben?

Ihr fielen Hughs Worte ein. Er hatte gesagt, dass es für Außenstehende möglich sei. Aber was würden ihre Freunde davon halten? Einen Moment zog sie eine stumme Bilanz ihrer Freundschaften. Es gab nur Jess, die ihr wirklich etwas bedeutete. Alle anderen waren nur eine Art Weggefährten und keine wirklichen Freunde. Vielleicht würde es Jess auch gar nicht auffallen, wenn sie nicht zurückkäme. Seit Marcus hatten sich die Prioritäten ihrer Freundin verschoben. *Ach, jetzt sei nicht so kindisch und benimm dich nicht wie ein beleidigtes, kleines Mädchen! Sie ist deine beste Freundin, verdammt noch mal.*

Amelia hielt die Luft an und ließ ihren Kopf vom warmen Wasser umspülen. Mit Macht drängte sich Roger in ihre Gedanken. Hatte er ein Recht darauf, von Max zu erfahren? Ein Gefühl nahm Besitz von ihr, das sie lange nicht mehr empfunden hatte. Sie wünschte sich, zwischen ihrem Dad und ihr wäre es wieder wie früher. Dann hätte sie ohne Zweifel gewusst, was sie zu tun hätte. Sie würde ihm so schnell es ging von ihrem Bruder berichten. Von seinem Sohn.

Max. Ich bin so froh, dich gefunden zu haben. Du Teil meines Ganzen. Ich will ihn nicht wieder allein lassen. Aber ich gehöre nicht hierher, oder doch? Gehöre ich in seine Welt oder in meine? Oder haben wir uns am Ende nur gefunden, um einander wieder zu verlieren?

Amelia tauchte auf und sog gierig die feuchte Luft in ihre Lungen. Die warme Umgebung umschloss sie wie eine wohlige Umarmung. Die Gedanken jedoch ließen sich nicht davon abhalten, sich munter in ihrem Karussell weiterzudrehen.

Was hatte Jonathan gesagt? Ich gehöre nicht hierher ... Er hätte mich auf dem Parkplatz liegen lassen sollen. So ein Arsch!

Ihr fiel ein, was Sue und Max über ihn gesagt hatten. Er sei im Grunde ein guter Kerl. Der Beweis musste noch erbracht werden. Trotzdem hatte Amelia das Gefühl, dass mehr hinter seiner Art steckte. Irgendetwas lauerte in ihm. Nur was?

Es polterte laut und ungehalten gegen die Tür. Sie zuckte zusammen. Um sie herum bildeten sich unruhige Wellen. Ein ganzer Schwall schwappte über und platschte spritzend auf den Boden. »Scheiße!«, entfuhr es ihr.

»Hey! Prinzessin. Falls du es vergessen hast, du bist hier nicht allein im Haus.« Jonathans unverkennbare, raue Stimme drang durch die geschlossene Tür.

»Oh. Sorry. Ich habe die Zeit vergessen. Maggie hat mir ein Bad eingelassen und ich –«

»Interessiert mich nicht! Ich muss pinkeln.« Ungeduldig wurde von außen gegen die Tür gehämmert.

Echt jetzt!? Fuck.

Amelia sah sich hektisch im kleinen Badezimmer um. Sie entdeckte ein ausreichend großes Handtuch und schlang es sich um den Körper. Sie sammelte ihre Kleidung auf und presste diese fest gegen ihre Brust. Als sie die Tür öffnete, versuchte sie, so würdevoll wie möglich auszusehen, was in diesem Aufzug und mit den pitschnassen Haaren schwierig war.

Jonathan ließ seinen Blick von oben bis unten über Amelias notdürftig bedeckten Körper gleiten. Täuschte sie sich, oder zog ein Lächeln an seinen Mundwinkeln? »Heiß«, sagte er, als er sich an ihr vorbei ins Bad zwängte.

»Wie bitte!?« Sie starrte ihn entrüstet an. »Ist das dein Ernst? Du benimmst dich mir gegenüber schon die ganze Zeit wie ein Arsch, dann scheuchst du mich halb nackt aus dem Badezimmer. Und anstatt dich dafür zu entschuldigen, sagst du ›heiß.‹« Sie schnaubte. »Du spinnst doch.« Amelia drehte sich schnell um, ihre nassen Haare klatschten gegen ihre Wange.

Der Auftritt war gar nicht mal so schlecht. Zufrieden ging sie, ein wenig zu sehr mit den Hüften kreisend, den Flur entlang. Sie spürte Jonathans Blick in ihrem Rücken.

»Ich meinte das geblümte Nachthemd.« Dann schloss er die Badezimmertür.

Vierzehn

»Hallo?« Amelia klopfte gegen die Haustür des Farmhauses. Nichts rührte sich. Anders als Max war es ihr nicht geheuer, einfach ohne Aufforderung in ein fremdes Wohnhaus einzutreten. »Sue?«, rief sie. »Bist du da?«

Als sich noch immer nichts rührte, drehte sich Amelia unschlüssig auf der Veranda um. Sie ließ ihren Blick über die hübsch angelegte Farm gleiten. Im Garten neben dem Haus blühten noch spätsommerliche Rosen, Lavendel und Stockrosen in voller Pracht.

Wahnsinn. Wie wunderschön.

Ein lauter Schrei riss Amelia aus ihren friedlichen Gedanken. »Henry! Du dummer Bock. Kommst du wohl hierher!?«

Sie schlich um die Hausecke, um in die Richtung blicken zu können, aus der der Schrei gekommen war.

Ein Schafbock flitzte, gefolgt von Sue, über den Hof. Das Tier rannte wie von einer Tarantel gestochen vor seiner Verfolgerin weg. Geschickt trieb sie das Schaf jedoch in eine Ecke des Hofes und legte ihm einen Strick um. Ein paar Hühner suchten empört gackernd das Weite.

»Hey!« Amelia stieß hinzu. »Das sieht ja gefährlich aus.«

Schwer atmend lehnte sich Sue gegen die Stallwand, mit beiden Händen hielt sie Henry, den Schafbock, am Seil fest. Er versuchte noch immer, sich dem Griff zu entwinden. Amelia packte zu und half Sue, das Tier festzuhalten.

»Danke, Amelia.« Sie setzte sich in Bewegung und zog das Schaf hinter sich her in Richtung Stall. Amelia folgte. »Er soll geschoren werden. Es ist eigentlich nicht die richtige Zeit, aber unser Henry hat ein Fellwachstum wie ein Yeti. Wenn wir ihn jetzt nicht von seiner Wolle befreien, sieht er nach dem Winter aus wie ein laufendes Wollknäuel.« Sie knuffte dem Tier sanft gegen die Flanke. »Aber der alte Esel steht da gar nicht drauf und hat sich losgerissen.« Sie hielt inne und blickte zu Amelia. »Wolltest du etwas von mir?«

»Ich wollte nur fragen, ob du Zeit hast. Aber ich sehe schon …«

»Schade.« Sue trommelte sich mit den Fingern gegen das Kinn. »Willst du ausreiten? Du kannst gern Mulder oder Scully nehmen.«

Kurz zögerte Amelia. Sie war zwar keine schlechte Reiterin, aber von dem Ausritt gestern taten ihr Muskeln weh, von deren Existenz sie überhaupt nichts geahnt hatte.

»Okay. Ich nehme den Ruhigeren von beiden.«

Sue half ihr beim Satteln und dann ritt Amelia los. Die Felder flogen an ihr vorüber und mit ihnen zerfaserten auch die unruhigen Gedanken in ihrem Kopf. Sie umrundete Howbourne und gelangte schließlich an den kleinen Bach, der den Ort im Osten begrenzte. Friedlich plätscherte er in seinem Bett aus dem Wald und schlängelte sich entlang der Weiden und Felder, bis er hinter einer Kurve außer Sicht geriet.

Amelia stieg vom Pferd und ließ es grasen. Sie selbst machte es sich auf einem breiten Stein in Ufernähe bequem. Sie zog Schuhe und Socken aus und tauchte die Füße in das kalte Wasser. Wie kleine Nadelstiche pikste die Kälte in ihre Haut. Trotzdem genoss sie das eisige Wasser.

Sie tastete nach der Wunde an ihrer Kehle. Maggie hatte nach dem ausgiebigen Bad beschlossen, dass kein Verband mehr nötig sei.

Amelia wusste nicht, wie lange sie bereits am Ufer des Baches gesessen hatte, als sich jemand neben ihr ins Gras fallen ließ.

»Du hast meinen Lieblingsplatz entdeckt«, sagte Sue zur Begrüßung und blickte Amelia viel ernster an als sonst.

»Oh. Störe ich dich hier? Ich kann auch gehen …«, meinte Amelia und hatte augenblicklich ein schlechtes Gewissen. Sie war Gast in Howbourne und wollte niemanden vor den Kopf stoßen.

»Ich nehme dich nur auf den Arm. Bleib sitzen, verdammt.« Da war wieder Sues fröhliches Gesicht.

»Haha.« Sie streckte ihr die Zunge heraus und fühlte sich furchtbar albern und kindisch.

»Hattest du einen schönen Ausritt?«

Amelia nickte. »Ja, es war schön. Ich war viel zu lange nicht mehr reiten. Früher haben meine Freundin Jess und ich sozusagen im Reitstall gelebt. Aber irgendwann wurden andere Dinge immer interessanter. Dann haben wir aufgehört.« Sie seufzte. Der Gedanke an Jess schmerzte etwas. Ihre Freundin fehlte ihr. Gern hätte sie mit ihr gesprochen und ihr von den letzten Tagen erzählt.

»Verstehe.« Sue spielte mit einem Grasbüschel. »Na ja, hier ist die Ablenkung nicht so groß.«

»Sue? Darf ich dich etwas fragen?«

Sie nickte.

»Bist du hier ganz allein?« Amelia drehte an ihren Ringen.

»Wie meinst du das?« Sues große braune Augen schauten fragend. »Ich bin nicht allein.«

»Klar, du hast deine Familie. Aber ich meine Freunde. Gibt es da nur Max in deinem Alter? Muss das nicht ziemlich einsam sein?«

Jetzt lag ein trauriger Schleier über Sues Augen, die sonst immer so fröhlich in die Welt blickten. Eine Weile schwieg sie, zog die Knie unter das Kinn und umschlang sie fest mit den Armen.

»Entschuldige, Sue. Wirklich. Ich wollte dich nicht kränken.« Verlegen legte Amelia ihre Hand auf Sues Schulter.

»Ist schon gut.« Sie drehte den Kopf und stützte ihn auf ihren Knien ab.

Erschrocken sah Amelia Tränen auf Sues Wangen. »Alles okay? Habe ich etwas Falsches gesagt?«

»Nein.« Sie winkte ab. »Du kannst es nicht wissen. Es ist … Ich hatte …« Sues Stimme brach und sie schluchzte einige Male hemmungslos.

»Sue, was ist denn …?« Hilflos strich Amelia über ihren Rücken. »Kann ich etwas für dich tun?«

»Nein.« Mit dem Ärmel ihrer Sweatjacke wischte sich Sue über ihr tränennasses Gesicht. Tief atmete sie durch. »Ich hatte eine Freundin. Eine beste Freundin. Eigentlich eine Schwester. Wir sind hier zusammen aufgewachsen. Ihr Name ist Audrey.« Ihre Stimme klang brüchig wie ein vertrocknetes Blatt. »Wir haben alles zusammen gemacht. Bis ...« Ein Schluchzen drang aus ihrer Kehle. »Sie ist nicht zurückgekommen.« Tränen quollen aus ihren Augen. »Es ist noch nicht so lange her. Wir wollten gemeinsam nach Buxted ins Kino. Aber ich konnte an dem Abend nicht mitkommen. Nachmittags bin ich vom Pferd gefallen und mir war nicht danach, Howbourne zu verlassen. Also ist Audrey allein gegangen.«

Ein kalter Schauer lief über Amelias Rücken. »Und sie kam nicht zurück?«, flüsterte sie.

Sue schüttelte wortlos den Kopf. »Nein. Ist sie nicht. Ich bin in der nächsten Nacht raus und habe sie gesucht. Aber es gab keine Spur von ihr.«

»Das tut mir so furchtbar leid.«

»Ja. Mir auch.« Sie schniefte.

»Wie lange ist das denn her?«

»Es sind jetzt ungefähr drei Monate und sie fehlt mir wahnsinnig.«

»O Gott. Drei Monate? So kurz. Aber du wirkst so fröhlich.«

Sue lachte auf. »Ja, das stimmt. Ich wirke so fröhlich ...« Seufzend zerrupfte sie das Grasbüschel in ihrer Hand. »Es ist hier etwas anders, als du es kennst. Wir trauern nicht wirklich. Wir haben hier sowieso ein geschenktes Leben und wenn es vorbei ist, dann ist es eben so. Aber sie fehlt mir trotzdem.«

»Sue, das tut mir so leid.«

Fünfzehn

»Kommst du zum Essen runter?«, rief Maggie die Treppe hinauf.

»Ja, ich komme gleich.« Amelia richtete den Blick zurück auf die Straße vor dem Haus. Ihre Stirn ruhte am kühlen Fensterglas. Die Dämmerung des Abends tauchte Howbourne in ein rötliches Licht. Seit Amelia von ihrem Ausflug zurück war, hatte sie sich in ihrem Zimmer verkrochen. Sue tat ihr unendlich leid. Den Nachmittag über hatte sich Amelia in ihren Gedanken verloren.

»Was mache ich hier?«, murmelte sie gegen das Fenster. Ihr Atem kondensierte an der Scheibe. »Ich verkrieche mich in einem Ort, der eigentlich nicht existieren dürfte. Bei Menschen, die eigentlich nicht existieren dürften. Bei meinem Bruder, der nicht leben dürfte.« Versonnen zeichnete sie Linien auf die beschlagene Scheibe. »Ob denn zu Hause überhaupt jemand bemerkt hat, dass ich weg bin? Beatrice vielleicht, weil ihr Auto fehlt.«

Aber was war mit Jess und ihrem Dad? Sorgten sie sich?

Amelia musste daran denken, wie fest ihr Vater sie damals im Nebel an sich gedrückt hatte. Was war von dieser Liebe heute noch übrig? Ihr Herz zog sich schmerzhaft zusammen. »Ich muss ihm sagen, dass es mir gut geht. Ich muss ihm sagen, dass Max hier ist.« Ein langer Seufzer entrann ihrer Kehle. Und ein Gedanke, den sie bisher mit aller Kraft beiseitegeschoben hatte, spülte sich schmerzhaft an die Oberfläche: Wer hatte sie angegriffen? Oder war es doch nur ein Zufall gewesen? Wenn sie sich bloß an das Gesicht erinnern könnte. War vielleicht auch Audrey vom selben Täter angegriffen worden, als sie draußen gewesen war? Hatte es jemand auf Howbourne abgesehen?

»Amelia, kommst du?« Hughs Stimme ließ sie aus ihrem Selbstgespräch auffahren. »Ist alles in Ordnung?«, fragte er mit Sorge in der Stimme.

Amelia nickte wortlos. Sie sah noch einmal auf die Fensterscheibe. Der Fleck ihres Atems begann bereits zu verblassen. Deutlich konnte sie noch das Wort lesen, das sie mit ihren Fingern geschrieben hatte: *Howbourne.*

Der warme, heimelige Duft nach frisch zubereitetem Essen vermittelte Amelia sofort Geborgenheit. Ihre Mutter hatte früher darauf bestanden, dass die Familie zum Abendessen am Tisch zusammenkam und gemeinsam etwas frisch Gekochtes aß. Genauso war es bei Maggie. Es war ihr überhaupt nicht klar gewesen, wie sehr sie diese Familientradition vermisst hatte. Einige Male hatte sie an

Weihnachten bei Jess' Familie gegessen. Es war aber nie dasselbe gewesen. Sie hatte sich immer wie ein Fremdkörper gefühlt, der das Beisammensein störte. Auch wenn das selbstverständlich nie jemand gesagt hatte. Dennoch waren es die kleinen Unterschiede gewesen, die ihr aufgefallen waren. Mandelsplitter im Kartoffelpüree zum Beispiel. Wer macht denn so was!?

Obgleich das Essen verlockend duftete, schob sie es nur von einer Seite des Tellers zur anderen.

»Ich habe bereits Spatzen gesehen, die einen größeren Appetit hatten als du.« Maggie lächelte ihren Gast gütig an. »Was ist los?« Sie griff nach Amelias freier Hand und drückte sie sanft.

Unter den Blicken von Hugh, Max und Maggie breitete sich ein bleiernes Gefühl in ihrem Körper aus. Sie musste sich räuspern, um überhaupt einen Ton über die Lippen zu bekommen. »Ich glaube, ich muss gehen.« Ihre Stimme war nicht mehr als ein Flüstern.

Einen Moment lang blieb es still. Niemand von ihnen regte sich, bis Hugh das Wort ergriff: »Nun, mein liebes Kind. Natürlich kannst du gehen, wenn du es möchtest. Du bist kein Bewohner von Howbourne, sondern gehörst in die Welt dort draußen. Wenn du es möchtest, steht es dir selbstverständlich frei, nach Hause zu gehen. Du bist schließlich unser Gast und nicht unsere Gefangene.«

»Hugh!« Maggie sah ihn entsetzt an. »Sie ist noch nicht so weit. Ihre Wunde. Sie könnte draußen wieder schlimmer werden. Sie könnte aufreißen. Sie würde verbluten. Das können wir nicht verantworten!«

Max lachte trocken auf. Ein kurzer, schmerzhafter Lacher. »Ihr scheint zu vergessen, dass Amelia dort draußen angegriffen wurde. Sie hatte keinen Unfall. Sie wurde angegriffen! Verdammt noch mal! Wer weiß, von wem? Wenn sie jetzt geht, dann ist sie dort draußen in Gefahr.« Max presste die Worte hervor. Seine Stimme klang ungewohnt heiser und dunkel.

»Hm.« Hugh nickte. »Wir wissen nicht, ob dieser Angriff Amelia persönlich galt oder ein Zufall war. Davon gehe ich zunächst aus. Wer sollte ihr schaden wollen? Und dennoch. Amelia ist ein freier Mensch.« Er blickte sie direkt an. »Wenn du gehen möchtest, dann steht dir das selbstverständlich frei.«

»Nein. Sie sollte hierbleiben!« Max machte eine ausladende Handbewegung, in seiner Stimme schwang ein Groll mit, den sie nicht recht deuten konnte. »Zum Teufel! Da draußen ist es nicht sicher für sie!« Er stand auf und brachte seinen Teller zur Spüle.

»Bitte keine Flüche«, sagte Maggie leise.

»Ich weiß gar nicht, was die Aufregung soll.« Locker lehnte Jonathan am Türrahmen. Die Arme vor der Brust verschränkt. Sein Haar fiel ihm seitlich ins Gesicht, als er den Kopf schief legte. »Lass sie doch gehen. Sie hat hier sowieso nichts verloren.« Bo, der eben noch neben Jonathan gesessen hatte, stand auf und trottete hinüber zum Tisch. Er ließ sich neben Amelia nieder. Mit dem Kopf in ihrem Schoß blickte er sie aus braunen Hundeaugen an.

Es kam ihr vor, als würde das Tier seinem Herrchen mit dieser Geste widersprechen wollen.

Max starrte seinen Ziehbruder wütend an. »Wie kannst du so was sagen?«

»Was ist?« Schulterzuckend stieß Jonathan seinen muskulösen Körper vom Türrahmen ab. Er griff sich eine Scheibe Brot aus einem Korb auf dem Tisch. »Sie gehört doch nicht hierher.« Sein abfälliger Blick traf Amelia wie ein Schlag in die Magengrube. »Wie auch immer. Ist nicht mein Problem. Ich hau ab.« Mit den Worten verließ Jonathan das Haus.

Sie sah ihm nach, bis die Dunkelheit jenseits der Veranda ihn vollständig verschluckt hatte.

»Amelia?« Maggie stand auf und begann, den Tisch abzuräumen. »Hugh hat recht, es steht dir natürlich frei zu gehen. Nur bedenke bitte auch die Gefahren für dich. Wir wissen nicht, wer dich angegriffen hat und warum. Oder ob du nur ein zufälliges Opfer warst, das zur falschen Zeit am falschen Ort war. Ich schlage vor, du wartest noch zwei oder drei Tage, bevor du gehst. Dann wird auch von deiner Verletzung keine Gefahr mehr ausgehen. Einverstanden?«

Amelia nickte nachdenklich. »Entschuldigt mich bitte.« Sie erhob sich von ihrem Platz. »Ich möchte ein wenig frische Luft schnappen.«

Bo folgte ihr schwanzwedelnd nach draußen. Auf dem sandigen Weg beugte sich Amelia zu ihm hinab. »Such dein Herrchen für mich«, flüsterte sie, schnappte sich eine Laterne von der Veranda und folgte dem Tier in die Dunkelheit.

Bo trabte neben ihr her und fast fühlte sie sich wie ein Charakter aus »Fünf Freunde« oder »Lassie«. Sie schmunzelte darüber, einen Hund als Navigationsgerät zu benutzen.

Etwas, das ihr früher immer albern vorgekommen war, wenn sie etwas in der Art gelesen hatte.

An der Lagerscheune, von der Sue erzählt hatte, machte Bo Halt. Er stupste mit der feuchten Nase gegen Amelias Hand und ließ sich neben ihr nieder.

Im fahlen Schein einer Petroleumlampe sah sie Jonathan auf einer Planke sitzen. Er hielt ein Stück Holz in der Hand und bearbeitete es mit einem Messer. Sein hellbraunes Haar fiel ihm in leichten Wellen bis auf die Schultern, die hohen Wangenknochen wurden durch den Lichteinfall betont. Amelia fiel es schwer, ihren Blick vom Muskelspiel der Unterarme abzuwenden. Bei jeder Handbewegung traten deutlich Adern an den angespannten Armen hervor. Sie schluckte.

Ohne den Blick von seiner Schnitzerei abzuwenden, murmelte Jonathan: »Kann ich dir helfen?«

Sie spürte die Hitze in ihre Wangen steigen. Sie fühlte sich ertappt. Wie ein kleines Kind, das Süßigkeiten naschte, obwohl es bereits die Zähne geputzt hatte. Das gleichmäßige Geräusch des Messers auf dem Holz erfüllte die Luft. Amelia räusperte sich. Sie straffte die Schultern und ging zu ihm hinüber. Sie baute sich zu ihrer vollen Größe auf. Mit in die Hüften gestemmten Armen und nach oben gerecktem Kinn sagte sie: »Es ist offensichtlich, dass du mich nicht hierhaben willst.«

Jonathan schnitzte weiter, würdigte Amelia keines Blickes. Nicht einmal ein Knurren schenkte er ihr.

Sie fühlte Zorn in sich aufsteigen. »Du wirst mir also helfen, Howbourne zu verlassen. Heute Nacht.« Sie reckte ihr Kinn noch höher, in der Hoffnung entschlossen zu wirken.

Jonathan hielt in der Bewegung inne, führte dann sein Schnitzmesser weiter über das Holz. »Aha.«

»Genau. Aha. Du wirst mir zeigen, wie ich das Mal benutze.«

Jonathans Kiefermuskeln spannten sich an. Ein kleiner Muskel an seiner Oberlippe begann, sanft und fast unmerklich zu zucken. »Weiß Max von deinem Plan?«

Amelias Schultern sackten für einen Moment nach unten und in ihrem Bauch breitete sich ein schweres Gefühl aus. Verlegen schob sie die Hände in ihre Hosentaschen. »Nein. Ich weiß nicht, wie ich es ihm sagen soll. Und ich möchte ja auch wieder zurückkommen. Ich will nur mein Handy aus dem Auto auf dem Parkplatz holen und telefonieren. Unserem Vater Bescheid sagen. Und einer Freundin. Sie sollen wissen, wo ich bin. Meinen Bruder kann ich nicht im Stich lassen. Noch nicht. Wir haben uns doch eben erst gefunden.«

Jonathan stieß hörbar seinen Atem durch die Schneidezähne aus. Er legte sein Schnitzzeug neben sich auf die Planke. Mit lang ausgestreckten Beinen lehnte er sich an die Wand der Scheune und blickte Amelia an. Sie sah in seinen Augen Unsicherheit und Sorge. Aber auch Gleichgültigkeit und Zorn.

Wie konnten so viele Emotionen gleichzeitig in einem Blick liegen?

»Hör mal. Es stimmt, ich finde, du gehörst nicht hierher. Dieser Ort ist für die Toten. Nicht für die Lebenden.« Er fuhr sich mit der Hand über das stoppelige Kinn. »Aber deine Verletzung«, mit einer Handbewegung deutete er auf

Amelia, »ist noch nicht genug verheilt. Du wirst damit Probleme bekommen.« Er nahm sein Schnitzzeug wieder zur Hand und bearbeitete das Holz, ohne ihr weiter Beachtung zu schenken.

»Das kann dir doch egal sein«, fauchte Amelia. Sie hasste es, bevormundet zu werden. Und schon gar nicht wollte sie sich von einem rebellischen Zombie sagen lassen, was sie tun sollte. Die anderen hier waren wenigstens nett. »Fein, dann finde ich eben allein heraus, wie ich das Mal benutze.« Sie drehte sich um und stapfte davon.

Das hat ja super geklappt. Wie soll ich herausfinden, wie das Mal funktioniert?

Sie hatte an dem Abend in der Höhle nicht erkennen können, ob Jonathan irgendeinen Mechanismus betätigen musste. Sie hatte ihn nur verschwinden sehen.

»Du gehst in die falsche Richtung.«

Was zum ...!?

»Zum Mal geht's da entlang.«

Amelia stoppte in ihrer Bewegung. Resigniert kippten ihre Schultern nach vorn. Genau das hatte ihr gefehlt. Sie drehte auf dem Absatz um, straffte ihre Schultern und ging in die entgegengesetzte Richtung. Wie aufs Stichwort sprang Bo auf, verließ den Platz neben seinem Herrchen und schloss zu Amelia auf.

Lächelnd blickte sie auf den Hund hinab, der nun neben ihr trottete. »Kannst du mir denn zeigen, wie das Mal funktioniert, mein Kleiner?«

Bo bellte und wedelte noch ein wenig mehr.

»Er hat dich gerettet, weißt du das? Na klar, weißt du

das. Mich hat er auch gerettet«, murmelte sie, während sie den Hundekopf liebevoll streichelte.

Versonnen ließ Amelia den Blick über die Weiden gleiten, an denen sie vorüberging. Zumindest soweit es der Schein der Laterne zuließ. Sie entdeckte Schafe und Kühe, die friedlich im Gras ruhten.

Erinnerungen an einen Urlaub in Cornwall kamen in ihr auf. Ein Weg führte an ähnlichen Weiden hinab zur Küste. Sie hatte mit ihrer Mutter Muscheln am Strand gesammelt und mit ihrem Vater gemeinsam Krebse im Hafenbecken geangelt. Wie viel mehr Spaß hätte es wohl gemacht, wäre Max dabei gewesen? Es hatte Amelia immer etwas in ihrem Leben gefehlt. Sie war niemals in der Lage gewesen, es zu benennen. Aber dieses Gefühl der Leere war ihr ständiger Begleiter gewesen. Wie bei einer Narbe, an die man sich gewöhnt hatte. Die mit der Zeit ein Teil des eigenen Körpers wurde. Zwillinge sollten doch diese einzigartige Verbindung zueinander spüren. Vielleicht war es das, was sie gefühlt und was sich in den letzten fünf Jahren immer weiter aufgebaut hatte, da Valerie nicht mehr da war, um diese Leere zu füllen.

Es dauerte nicht lange und Amelia gelangte an das kleine Waldstück, in dem sich die Höhle mit dem Mal befand.

»Ha!« Zufrieden blickte sie auf den schmalen Spalt. »Siehst du, Bo, wir brauchen dein Herrchen gar nicht.« Amelia zwängte sich durch den Eingang. Als sie in den unterirdischen Raum trat, keimte ein mulmiges Gefühl in ihr auf. Sie lauschte in die Dunkelheit, doch abgesehen vom gleichmäßigen Hecheln des Hundes war nichts zu hören.

Zaghaft streckte sie den Arm aus und leuchtete mit der Laterne die Wände der Höhle ab. Als ihr Blick einen Schatten streifte, zuckte sie zusammen und stieß einen spitzen Schrei aus.

»Wo warst du so lange?« Jonathan lehnte mit vor der Brust verschränkten Armen und einem angewinkelten Knie an der Steinwand.

Amelia erstarrte. Ihr Mund wurde augenblicklich staubtrocken, das Schlucken fiel ihr schwer. Jonathan so unvorbereitet anzutreffen, raubte ihr einen Moment jeden Gedanken an ihr Vorhaben. Zu sehr zog sein beinahe lächerlich perfektes Gesicht sie an. Sie spürte das Blut in ihren Wangen. Sie konnte nur hoffen, das diffuse Licht in der Höhle würde ihr zur Tarnung verhelfen.

Allmählich gewann Amelias Verstand die Oberhand zurück und ihr fiel ein, warum sie überhaupt in dieser Höhle stand.

»Was willst du hier? Ich denke, du willst mir nicht helfen.« Sie verschränkte die Arme vor der Brust, um seine abweisende Haltung zu imitieren und reckte ihr Kinn ein wenig in die Höhe. Sie hoffte, dabei entschlossen und mutig zu wirken und nicht albern und kindisch.

»Hmm.« Jonathan trommelte mit dem Zeigefinger gegen sein bärtiges Kinn. »Was mache ich hier?« Er stieß sich von der Wand ab und kam auf sie zu. »Möglicherweise habe ich es mir anders überlegt.« Er blieb kurz vor ihr stehen und beäugte sie. »Möglicherweise helfe ich dir lieber, bevor du mit einem Wahnsinnsradau ganz Uckfield auf uns aufmerksam machst.«

»Möglicherweise bist du ein Arschloch.«

Verdammt! Das war vielleicht nicht so klug. Aber wie soll man klar denken, wenn er so dicht vor einem steht?

Amelia war sich sicher, dass sie aussah wie eine überreife Tomate. Ihre helle Haut neigte nicht nur schnell zum Sonnenbrand, sondern ließ sie auch sehr schnell puterrot erscheinen.

Über Jonathans Lippen flog ein angedeutetes, amüsiertes Lächeln. Er beugte sich vor, sein Gesicht war jetzt dicht vor Amelias. Sie spürte die Wärme, die von ihm ausging. Sie roch seinen Duft. Herb und süß zugleich mit einem Hauch von Zimt. Wie konnte jemand so gut riechen. Sie schluckte.

Was soll das werden? Er wird doch nicht ...?

»Zeig mir deinen Hals.«

»Wie bitte?« Amelia musste einige Male blinzeln, um wieder einen klaren Gedanken fassen zu können.

»Hast du was an den Ohren? Zeig mir deinen Hals.«

»Du willst meinen ... Warum? Bist du ein Vampir?«

Jonathan stieß mit einem genervten Ton die Luft zwischen den Zähnen aus. »Ich will deine Wunde sehen, damit ich weiß, worauf ich mich einlasse. Ich habe keinen Bock darauf, dass du mich wieder vollblutest, sobald wir durchs Mal sind.«

Natürlich.

Wie hatte Amelia annehmen können, dass er etwas anderes gewollt hätte. Sie küssen? Wohl kaum. Schließlich konnte er sie nicht ausstehen. Trotzdem würde er ihr nun helfen. Amelia reckte den Kopf in die Höhe, um Jonathan den Blick auf ihre Wunde zu ermöglichen.

»Keine Fäden mehr?« Er trat zurück.

»Maggie hat sie gezogen.«

Er nickte. »Okay. Ich schätze, es wird schon gehen.« Eine steile Falte hatte sich in seine Stirn gegraben.

Amelia fragte sich, ob er wegen ihr besorgt war. Was, wenn es doch noch zu früh wäre? Was, wenn ihre Verletzung draußen sogleich wieder aufreißen und sie nicht wieder zurück nach Howbourne finden würde? Plötzlich wurde ihr eiskalt. Schweiß rann an ihrer Wirbelsäule hinab, ihre Handflächen fühlten sich eisig und klamm an.

»Was ist denn nun?« Jonathan hatte bereits seine Hand an die herabhängende Baumwurzel gelegt und blickte ungeduldig zu Amelia. »Kommst du?«

Mit aller Macht kämpfte sie gegen das flaue Gefühl in ihrem Magen an und ging zu Jonathan.

»Nimm meine Hand.« Auffordernd streckte er ihr seine Hand hin.

»Was?«

Augenrollend griff er nach ihren Fingern. Als seine Haut die ihre berührte, war es, als würden Tausend kleine Stromschläge ihren Körper durchzucken. Sie schloss ihre Augen.

Sechzehn

Das Knarren von Holz ertönte im Herbstwind. Amelia fröstelte und blickte sich um. Es war zu dunkel, sie erkannte nicht, was sich um sie herum befand. Ein beklemmendes Gefühl breitete sich in ihrem Magen aus. Ihre Augen mussten sich erst an die Dunkelheit gewöhnen. »Jonathan?«

Nichts.

Wie würde sie ohne ihn nach Howbourne zurückkommen? War das überhaupt möglich? Max hatte gesagt, Bewohner der echten Welt könnten Howbourne nur in Begleitung eines Bewohners betreten.

Ein Gedanke traf sie mit voller Wucht. Wie ein Schlag in die Magengrube. Übelkeit keimte in ihr auf, als sie begriff, was geschehen war.

Jonathan war nicht hier. Er hatte nur vorgegeben, ihr helfen zu wollen. Er hatte ihr eine Falle gestellt. Und sie war blindlings hineingetappt.

Amelia lehnte sich an den Baumstamm hinter sich. Tränen stiegen in ihre Augen und zogen heiße Spuren über ihre kalten Wangen. Sie hatte sich nicht von Max verabschieden können. Er würde denken, sie hätte sich einfach aus dem Staub gemacht.

Ein Knacken ließ Amelia aufhorchen. Brechende Zweige. Raschelndes Laub unter schweren Schritten. Jemand kam.

Der Angreifer?

Panik erfasste sie. Sie musste auf der Stelle verschwinden. Sich verstecken. Einen sicheren Platz suchen, an dem sie nicht wie auf dem Präsentierteller saß.

Das Knacken kam näher und näher. Fest ballte Amelia ihre Hände zu Fäusten. Allmählich schälte sich eine Gestalt aus der Dunkelheit, kam unaufhaltsam auf sie zu. Sie nahm allen Mut zusammen. Sie richtete sich auf und rannte laut schreiend auf die Gestalt zu. Sie hoffte, das Überraschungsmoment würde auf ihrer Seite sein und sie könnte dem Angreifer dieses Mal entkommen.

Starke Hände packten ihre Handgelenke. Es war ihr nicht möglich, ihre Arme zu bewegen. Panik durchzog jede einzelne Faser ihres Körpers. Diesmal würde es keine Rettung für sie geben. Sie war allein.

Schutzlos.

Dann drang ein Geruch in ihre Nase. Ein Hauch von Zimt.

Jonathan war zurückgekommen.

»Was soll das denn werden?« Er ließ ihre Handgelenke los und trat von ihr weg.

Ungläubig starrte sie ihn an. »Du bist hier!?«

»Wo soll ich denn sonst sein? Ich denke, du willst zu deinem Wagen.«

»Ich … ähm … ich … ich … dachte.«

»Was dachtest du?« Jonathans Augen bohrten sich in ihre. Smaragdgrüne Seen von bernsteinfarbenen Blitzen durchzogen. »Kannst du dich jetzt auch nicht mehr vernünftig ausdrücken? Ich dachte, du bist so klug. Du studierst doch, ja? Ganz ehrlich, so allmählich erkenne ich, was die Leute an Howbourne finden, wenn alle hier draußen so merkwürdig sind wie du.«

Augenblicklich schoss Röte in Amelias Gesicht. Ihre Wangen glühten förmlich und sie war sich sicher, dass er es sah.

Wo ist das nächste Erdloch, in das ich mich stürzen kann!?

»Hältst du es für eine tolle Idee, hier laut brüllend in der Gegend rumzurennen? Ich mein ja nur. Angreifer und so.« Jonathan verzog seine Lippen zu einem spöttischen Grinsen.

»Wo ...« Amelia räusperte sich, um ihrer Stimme einen festeren Klang zu verleihen. Sie fühlte sich unendlich dumm und töricht, aber das musste Jonathan nicht wissen. »Wo bist du gewesen? Warum hast du nicht am Baum auf mich gewartet?« Sie reckte ihr Kinn höher. Da fühlte sie es. Ein Ziehen an ihrer Kehle. Nicht stark, aber deutlich genug, um an Maggies Warnung zu denken.

»Ich bin vorgegangen. Es war mir nicht klar, du würdest mich als Babysitter benötigen.« Jonathan drehte sich um. Nach wenigen Schritten hatte die Dunkelheit ihn bereits vollständig verschluckt.

Ihre Hand legte sich auf ihren Hals. Das Ziehen wurde zu einem leisen Pochen.

Nur schnell zum Wagen und das Telefon holen. Dann gehst du wieder zurück. Es wird schon gut gehen. Dir wird nichts passieren.

»Warte!«, rief sie erstickt. Jonathans Worte hallten in ihrem Kopf wider. Dann schüttelte sie den Kopf. Niemand war hier in diesem Waldstück. Nur Jonathan und sie. Es lag hier niemand auf der Lauer und wartete darauf, seine Arbeit zu vollenden. Ein feiner, kalter Schauer krabbelte Amelias Rücken hinunter und sandte seine eiskalten Boten aus.

Es würde schon alles gut.

Sie holte tief Luft, bevor sie Jonathan in die Dunkelheit folgte.

Nach einigen eiligen Schritten schloss sie zu ihm auf. Immer wieder schlugen ihr feine Äste und kleine Zweige ins Gesicht. Dornen verhakten sich in ihrer Kleidung. Wie konnte es sein, dass Jonathan durch das Unterholz glitt wie eine Machete? Kein Gestrüpp schien ihm im Weg zu sein.

»Wie machst du das?« Sie keuchte, während sie verzweifelt versuchte, die Zweige abzuwehren, die aus allen Richtungen zu kommen schienen.

»Hmmm?« Er führte seinen Weg fort, ohne sich zu Amelia umzudrehen. »Was mache ich wie?«

»Es sieht aus, als würden die Äste dir Platz machen, oder so. Hast du überhaupt eine Schramme?«

Ein leises Schnauben drang aus Jonathans Kehle. »Nein.«

»Und wie machst du das nun?« Sie spürte einen feinen Schweißfilm unter ihrem dicken Pullover.

Er strich sich mit der Hand über den Hinterkopf. »Keine Ahnung. Ich schätze, das ist normal, wenn man denselben Weg jeden Abend nimmt.«

»Kann schon sein. Kann ich dich etwas fragen?«

Ein genervter Ton drang an Amelias Ohren.

»Würdest du es sein lassen, wenn ich Nein sagen würde?« Das Augenrollen war sogar in Jonathans Stimme zu hören.

»Vermutlich nicht.« Sie konnte sich ein Grinsen nicht verkneifen. »Warum verlässt du Howbourne jeden Abend?«

Er blieb abrupt stehen.

Sie hatte nicht damit gerechnet und stieß gegen seinen muskulösen Rücken. Sie spürte, wie angespannt er war. »Ähm ... Ich wollte dir nicht zu nahetreten. Es ist nur. Howbourne ist der friedlichste Ort, den ich je gesehen habe. Wieso willst du nicht dortbleiben?«

Ohne ihr zu antworten, ging Jonathan weiter. »Wir sind da.«

Vor ihnen breitete sich der Parkplatz aus, auf dem Amelias Auto stand.

»Oh, gut.« Sie ging zum Wagen und öffnete die Tür. Sie beäugte das Innere des Fahrzeugs. Es sah noch genauso aus, wie sie es zurückgelassen hatte. Ihr Rucksack lag auf dem Beifahrersitz, sogar der Zündschlüssel steckte noch. Niemand hatte den Wagen durchsucht. Sie setzte sich auf den Fahrersitz und zog den Rucksack auf ihren Schoß. Ihre Finger durchwühlten hastig den Inhalt und wurden nicht fündig. Sie stieß den Rucksack beiseite und begann, die Ablagen zu durchforsten. Ein mulmiger Gedanke kam ihr. Hatte sie das Handy in der Pension vergessen?

O nein!

Ein leichter Hauch von Panik stieg in ihr auf. Wieder und wieder kramte sie den Inhalt der diversen Ablagen durch. *Kein Handy.*

Sie kippte ihren Rucksack auf dem Beifahrersitz aus.

Auch kein Handy.

»Was ist nun?« Ungeduldig trommelte Jonathan mit den Fingerspitzen auf das Autodach. »Wird das heute noch mal was?«

»Es ist nicht hier.« Amelia startete einen letzten verzweifelten Versuch und inspizierte das Handschuhfach. »Es muss in meinem Zimmer im Bed and Breakfast liegen.« Die Gedanken drehten sich in ihrem Kopf. Sie hatte ein Ladekabel gekauft und ihr Telefon angeschlossen. Dann hatte sie es offenbar bei Olivia vergessen, als sie die Pension verlassen hatte, um in die Howbourne Lane zu fahren.

Fuck!

»Tja.« Jonathan trat zurück, um in das Innere des Autos blicken zu können. »Dann bringe ich dich wohl wieder zurück.« Er wandte sich zum Gehen und machte keine Anstalten, auf Amelia zu warten.

»Warte!« Ihre Stimme war leise, dennoch blieb er stehen und drehte sich zu ihr um. »Ich kann jetzt nicht zurück.« Ihr Blick war auf die Windschutzscheibe gerichtet, als würde sie einen Fleck darauf fixieren.

»Du hast doch gesagt, du willst wieder zurück nach Howbourne.« Jonathan machte eine Bewegung mit dem Arm, die ihr bedeuten sollte, ihm zu folgen. »Also. Komm schon.«

»Nein.« Langsam schüttelte sie den Kopf. »Ich habe gesagt, ich gehe zurück nach Howbourne, wenn ich mit meinem Vater gesprochen habe.«

»Schon klar. Nur geht das jetzt nicht. Also komm. Ich bringe dich zurück. Max ist bestimmt sowieso schon sauer auf mich.« Er musterte Amelia, die keine Anstalten machte, den Wagen zu verlassen. Genervt stieß er die Luft aus: »Bitte!«

Ihre Hände umklammerten das Lenkrad. Die Knöchel auf ihren Handrücken traten weiß hervor. »Ich fahre jetzt ins Bed and Breakfast. Ich muss meinem Vater sagen, wo ich bin.« Entschlossen startete sie den Wagen. »Und ich muss ihm von Max erzählen. Er hat ein Recht darauf, es zu erfahren«, fügte sie leise hinzu. All die Streitereien der letzten Jahre tauchten in ihren Gedanken auf. All die Gemeinheiten, die sie zu ihrem Vater gesagt hatte. Wie sollte er sich da nicht von ihr zurückziehen?

Sie legte den Rückwärtsgang ein und wendete den Wagen. Hart trat sie auf die Bremse, als plötzlich Jonathan vorm Wagen auftauchte. Mit beiden Händen stützte er sich auf der Motorhaube ab und starrte sie aus verengten Augen an. In seinem Gesicht standen Ärger und Sorge. »Du willst fahren? Meinetwegen, aber du fährst nicht allein.« Sein Tonfall duldete keine Widerworte.

Also wartete Amelia, bis er auf dem Beifahrersitz saß. Langsam ließ sie den Wagen vom Parkplatz und über die kleine Straße schaukeln. Das Schweigen zwischen ihnen klang überlaut in ihren Ohren. »Danke.« Ihre Stimme war kaum mehr als ein heiseres Flüstern.

Jonathan sah sie an und zum ersten Mal zeigte er ihr sein Lächeln. Nur für den Bruchteil einer Sekunde, aber es war da. »Mach keine große Sache draus. Du bist Max wichtig und Max ist mir wichtig. Also …« Er richtete seinen Blick aus dem Fenster und ließ die dunkle Umgebung an sich vorüberziehen.

Wer hätte das gedacht? Mr Ihr-könnt-mich-alle-Mal hat also tatsächlich Gefühle. Haben Sue und Max recht? Ist er am Ende doch gar nicht so ein Arschloch? »Kanntest du eigentlich Audrey?«

Jonathans Kopf fuhr herum. »Audrey? Woher weißt du von ihr?« In seiner Stimme schwang Überraschung.

»Sue hat mir von ihr erzählt.«

»Aha. War ja klar. Die alte Sabbeltasche.«

»Also kanntest du sie!«

»Natürlich *kenne* ich sie.«

»Aber sie ist doch ... weg?«

»Ach was. Erzähl doch mal etwas Neues!«

»*Kennst* du sie gut?«

»Na ja, wie man sich eben kennt, wenn man gemeinsam in einem Dorf aufwächst.«

Amelia fühlte einen kleinen Stich. Mochte er sie vielleicht doch mehr?

Ich bin jetzt nicht im Ernst eifersüchtig!? Was ist bloß los mit mir!? »Was denkst du, ist ihr passiert?«

»Sie ist weg. Das ist passiert. Ende der Geschichte.«

»Und damit gibst du dich zufrieden? Ich meine, willst du nicht herausfinden, was wirklich passiert ist? Ich glaube, es könnte Sue helfen.«

»Sue? Inwiefern sollte es ihr helfen?«

»Ich denke nicht, dass es gesund ist, wie ihr mit dem Tod umgeht. Ihr verdrängt es.«

»Hör mal zu, Sigmund Freud«, zischte Jonathan. »Du hast keine Ahnung von uns. Wir sind nicht so wie ihr in euren tollen Städten mit euren hübschen, kleinen, normalen

Leben. Bei uns dreht sich alles nur darum, ein geschenktes Leben zu haben, für das wir gefälligst dankbar zu sein haben! Wenn es vorbei ist, dann ist es vorbei. Basta!«

Amelia umklammerte das Lenkrad noch fester. Ein flaues Gefühl machte sich breit.

Als das eisige Schweigen unerträglich wurde, durchforstete sie krampfhaft ihre Gedanken nach einem unverfänglicheren Gesprächsthema. »Ihr seid wie Brüder, oder? Du und Max, meine ich.« Sie schluckte schwer. »Wie war es, mit ihm aufzuwachsen?«

»Nervig«, kam es trocken von Jonathan.

»O mein Gott! Kannst du auch einmal eine vernünftige Antwort geben?«

Er schaute irritiert zu Amelia. »Wieso? Er ist nervig.« Plötzlich umspielte ein Schmunzeln seine Lippen. »Aber das scheint bei euch in der Familie zu liegen.« Sein Mund zeigte ein verschmitztes Grinsen. »Nein, im Ernst, er kann zwar eine nervige Klette sein, aber Max ist auch echt nett und loyal. Ich kann inzwischen gar nicht mehr zählen, wie oft er mich gedeckt hat, wenn ich Scheiße gebaut habe.«

Amelia lächelte. Es war schön, ihn so liebevoll über Max sprechen zu hören. Doch ein kalter Stich fuhr in ihr Herz. Sie hätte so über ihren Bruder reden sollen. Sie hätte mit ihm aufwachsen müssen.

Als würde Jonathan ihre Gedanken lesen, sagte er: »Du wusstest nichts von ihm, oder?«

Sie schüttelte matt den Kopf.

Er entgegnete leise: »Muss ziemlich viel für dich sein jetzt gerade.«

Was? Ist er nett? Zu mir?

Verwirrt löste sie ihren Blick von der Straße und sah ihn an. Seine Augen ruhten auf der Windschutzscheibe. Sie betrachtete sein Profil. Das markante Kinn, die kräftigen Linien seines Kiefers unter den Stoppeln eines Drei- bis Fünftagebarts.

Warum hatte er diese Wirkung auf sie? Er musste nur in ihrer Nähe auftauchen und sie würde am liebsten kichern wie ein verknalltes Schulmädchen. So etwas hatte sie zuvor nicht erlebt. Sie war in Sebastian verliebt gewesen, hatte sie zumindest damals gedacht. Doch es hatte ihr nie den sprichwörtlichen Boden unter den Füßen weggezogen, wenn sie ihn gesehen hatte. Aber Jonathan …

»Pass auf!« Sein Ruf riss Amelia aus ihren Gedanken. Ein bedrohliches Rumpeln dröhnte durch den Wagen. Steine stoben auf, als die Reifen über den unbefestigten Seitenstreifen fuhren. Ihre Hände waren augenblicklich schweißnass. Das Herz schlug ihr hart gegen die Rippen wie Fäuste, die verzweifelt gegen eine Tür trommelten.

Die vom herbstlichen Wetter aufgeweichte Böschung neben der Straße gab dem Gewicht des Wagens nach. Metallisches Kreischen und das Geräusch sich verformenden Blechs hallten in Amelias Kopf. Machtlos versuchte sie, das Unvermeidbare aufzuhalten. Wie wahnsinnig riss sie am Lenkrad, doch der Sog des aufgeweichten Bodens hatte den Wagen fest in seinem matschigen Griff.

Jonathans weit aufgerissene Augen, aufgewühlt und stürmisch wie die See an einem rauen Tag, hafteten sich an ihren fest. Mit einem Ruck kam das Auto endlich zum

Stehen. Einen Moment lang war es vollkommen ruhig. Nur das leise Knacken der malträtierten Karosserie erfüllte die Luft um Amelia und Jonathan.

Scheiße!

Schwer atmend ließen sich beide in ihren Sitzen nach hinten fallen.

»Ist alles okay mit dir?« Amelia versuchte, in seinem reglosen Gesicht nach einem Hinweis auf sein Befinden zu entdecken. »Tut dir etwas weh?«

Wie in Zeitlupe drehte er seinen Kopf zu ihr. Ein Zucken umspielte seine Mundwinkel. Das Grün seiner Augen strahlte auf, seine Lippen verzogen sich erst zu einem Grinsen, bevor er in ein lautes, schallendes Gelächter ausbrach.

Was zum Teufel?

»Was ist so witzig?« Unsicherheit stieg in Amelia auf. Warum verflucht noch mal feixte er denn jetzt? Etwa über sie? »Warum lachst du?«

Anstelle einer Antwort gluckste Jonathan immer weiter und weiter sein furchtbar ansteckendes Lachen und sah dabei aus wie ein ganz anderer Mensch. So … fröhlich. Es fiel ihr schwer, ein breites Grinsen zu unterdrücken.

»Verrätst du mir endlich, warum du lachst?« Amelia trommelte mit den Fingern auf dem Lenkrad. »Hallo-ho!?«

Jonathans Lachen verwandelte sich in ein leises Kichern, als er sich verstohlen Tränen aus den Augenwinkeln wischte. »Oh, man. Scheiße. Dein Blick! So verbissen! Perfekt! Einfach nur perfekt!« Er lachte noch einmal auf und richtete seinen Blick dann aus dem Seitenfenster.

»Toll! Dann machst du dich also tatsächlich über mich

lustig. Vielen Dank!« Amelia schnaubte. »Du bist so ein Arsch!« Sie öffnete die Fahrertür des ramponierten Fords und stieg aus. »Hilf mir lieber, das Auto wieder auf die Straße zu bekommen. Vorausgesetzt natürlich, der Herr hat sich genug über mich lustig gemacht.«

Die kühle Luft des späten Herbstabends umfing sie. Tief sog sie den Duft von feuchtem Gras und aufgewühlter Erde ein. Ihre Knie zitterten noch von dem Schreck, ihr Atem ging unregelmäßig. Einen Moment lang schloss sie die Augen und versuchte, sich zu beruhigen. Ihr war nichts passiert, Jonathan war nichts passiert. Dem Wagen hingegen schon, er bot ein jämmerliches Bild. »Kannst du mir jetzt bitte helfen?«

Jonathan saß noch immer im Wagen und starrte aus dem Fenster.

Was für ein Gentleman. Er wird mich doch wohl nicht allein den Wagen schieben lassen!?

Amelia beugte sich in den Innenraum und fixierte Jonathan. Sein Blick hatte sich fest an einen imaginären Punkt auf der Windschutzscheibe geheftet. An dem fest zusammengepressten Kiefergelenk zuckte ein Muskel. »Hey! Alles okay? Hast du dich doch verletzt? Sollen wir lieber zurück nach Howbourne?«

Langsam drehte er seinen Kopf zu ihr. Grüne Augen voller Zerrissenheit und Zweifel, aber auch Freude blickten Amelia an. Als er sprach, war seine Stimme eher ein Flüstern. »Ich habe mich noch nie so lebendig gefühlt wie gerade eben. Noch nie. In meinem ganzen Leben.«

Amelia öffnete den Mund, doch kein Ton kam heraus.

Ein fester Kloß bildete sich in ihrem Hals. Sie hatte Mühe, gegen den Drang anzukämpfen, Jonathan zu berühren. Er wirkte so zerbrechlich und niedergeschlagen. Gern hätte sie seine Hand genommen oder wenigstens seine Schulter gedrückt. Aber sie wagte es nicht. Stattdessen seufzte sie und sagte: »Wir sollten nachsehen, ob wir den Wagen herausbekommen.«

Siebzehn

Keuchend und um Luft ringend lehnten Amelia und Jonathan nebeneinander am Auto. Endlich, nach einer gefühlten Ewigkeit, war es ihnen unter großer Anstrengung gelungen, es zurück auf die Straße zu hieven.

»Wer hätte gedacht, dass so ein kleines Auto so verflucht schwer ist.« Sein Atem ging schnell und stoßweise. Er hatte seinen Kopf gegen das Dach gelehnt und schaute in den Nachthimmel. Vor seinem Mund bildeten sich Fahnen aus kondensierter Atemluft, die wie Geister zerfaserten.

Amelias Blick ruhte auf seiner Brust, die sich rasch hob und senkte. Am aufgeknöpften Ausschnitt seines Henley-Shirts erahnte sie den Ansatz der Brustmuskulatur. Im fahlen Mondschein schimmerte der dünne Schweißfilm auf Jonathans Haut und bildete einen Kontrast zur dunklen Nacht um sie herum.

Ein Stechen in ihrem Hals ließ Amelia zusammenzucken. Reflexartig griff sie sich an ihre Kehle.

»Was ist?« Er sah sie alarmiert an. »Deine Wunde?«

»Ist halb so wild. Nur ein kleines Ziepen.« Sie winkte ab und stieß sich vom Wagen ab. »Komm, lass uns fahren.«

Eine Hand legte sich fest um ihr Handgelenk. Jonathan sah sie eindringlich an. In seinen Augen lag Sorge. »Max bringt mich um, wenn ich dich nicht heil zurückbringe.«

»Wenn das deine einzige Sorge ist, mach dir keinen Kopf, ich bin okay.« Sie öffnete die Fahrertür und ließ sich auf den Sitz fallen. »Außerdem glaube ich kaum, dass Max gegen dich eine Chance hätte.«

Jonathan sah sie durch die Fensterscheibe an. Eine steile Falte hatte sich auf seiner Stirn gebildet. Mit der Hand fuhr er sich über das unrasierte Kinn. »Bist du sicher?«

Amelia nickte.

»Ganz sicher?«

Sie verengte die Augen zu Schlitzen, ihre Stimme klang ungeduldig, als sie sagte: »Ganz. Sicher.« Mit den Fingern trommelte sie auf das Lenkrad. »Kommst du jetzt mit, oder nicht?«

Als sich Jonathan auf dem Beifahrersitz niedergelassen hatte, griff Amelia nach dem Zündschlüssel und drehte ihn im Schloss.

Der Motor ließ lediglich ein Röcheln hören.

Mist!

Sie versuchte es noch einmal.

Röcheln.

Komm schon!

Beim dritten Versuch sprang der Motor endlich an. Sie gab Gas und das Auto setzte sich schwerfällig in Bewegung. Ein merkwürdiges Klopfen ertönte beim Fahren.

»Was ist das?« Jonathan sah sie fragend an.

»Keine Ahnung. Ich bin kein verfluchter Mechaniker!«

Beschwichtigend hob er die Hände, schüttelte den Kopf und sah wieder aus dem Fenster. »Ich meine ja nur, dass es sich nicht besonders gut anhört.«

»Ach, findest du!?« Amelias Stimme klang schriller, als sie es beabsichtigt hatte. Die gesamte Situation überforderte sie. Der Schmerz in ihrem Hals wurde stärker und mit ihm die Angst davor, die Wunde könnte sich wieder öffnen. Jonathan hatte recht gehabt, sie hätten umkehren sollen. Sie hätten es morgen noch einmal versuchen können. Aber sie wollte ihren Vater sprechen. Der Wunsch, seine Stimme zu hören und ihm von Max zu berichten, trieb sie an. Aber der Wagen hatte offenbar mehr abbekommen, als sie gedacht hatte. Würde er es überhaupt noch bis zur Pension schaffen? Was, wenn er hier seinen Geist aufgeben würde? Könnten sie es zu Fuß noch rechtzeitig nach Howbourne schaffen? Oder würde sie unterwegs zusammenbrechen? Vehement schob sie diesen Gedanken beiseite. Nein, sie würde es schaffen.

Amelia trat auf die Bremse. Mit einem Ruck kam der Wagen zum Stehen. Darum bemüht, sich die Schmerzen nicht anmerken zu lassen, stieg sie aus. Als sie am Heck des Wagens angekommen war, erkannte sie das Problem. Einer der hinteren Reifen war fast vollständig platt.

»Alles okay?« Jonathan hatte das Auto ebenfalls verlassen und stellte sich neben sie.

»Ja. Der Reifen braucht Luft. In Buxted ist eine Tankstelle. Dort können wir ihn wieder aufpumpen.« Ein müdes

Lächeln huschte über ihre Lippen. »Halb so wild«, sagte sie mehr zu sich als zu ihm und begab sich hinter das Steuer.

Den Rest der Fahrt nach Buxted schwiegen beide. Nur das regelmäßige Klopfen des beinahe luftleeren Reifens durchbrach die Stille.

»Da ist die Tankstelle.« Amelia atmete erleichtert aus und lenkte den Wagen auf den Hof. Die Schmerzen in ihrem Hals waren noch stärker geworden. Ein heißes Pochen dröhnte durch ihren Körper. Das Rauschen des Blutes in ihren Ohren übertönte alle anderen Geräusche. Mühsam öffnete sie die Fahrertür. Sie wollte sich aufrichten, doch ihre Beine gaben unter ihrem Gewicht nach. Schwarze Wände schoben sich in ihr Sichtfeld. Watte legte sich über ihre Wahrnehmung. Vollkommene Dunkelheit umfing sie, als sie fiel.

Sonnenstrahlen kitzelten Amelias Nase, drangen hell durch ihre Lider. Verwirrt blickte sie sich in dem Raum um. Alles war ihr vertraut. Sie stand im Wohnzimmer ihres Elternhauses. Es war allerdings, anders als gewöhnlich, lichtdurchflutet. An der Schiebetür, die hinaus zur Terrasse führte, stand eine junge Frau. Sie wandte Amelia den Rücken zu.

»Mom?« Amelias Stimme stockte. Das konnte nicht sein.

Valerie drehte sich langsam um. Da war sie: Jung, gesund und wunderschön. Sie trug ein beiges Sommerkleid, das mit blauen und roten Blüten übersät war. Die langen blonden Haare fielen in weichen Wellen um ihre schmalen Schultern. Sie strahlte ihre

Tochter an. Die Augen voller Liebe und Zuneigung. »Ames, mein Liebling.«

In wenigen Sekunden hatten sie die Distanz zwischen sich überbrückt und umarmten sich fest.

»Mommy.« Tränen flossen in heißen Bächen über Amelias Wangen. »Ich habe dich so vermisst«, schluchzte sie und krallte sich an den zarten Stoff des Sommerkleides.

»Ich weiß, mein Liebes.« Valerie hauchte einen Kuss auf ihre Stirn, legte dann ihre Wange an das Haar ihrer Tochter. »Meine Ames. Ich vermisse dich auch so sehr.« Noch ein wenig fester drückte Valerie sie an sich. Immer wieder streichelte sie Amelias Haar. Einen Moment lang verharrten beide eng aneinandergeschmiegt. Im goldenen Licht der Sonnenstrahlen tanzten die Staubkörner und es war, als würde die Zeit stillstehen.

»Amelia?« Valerie löste die Umarmung und gab ihrer Tochter noch einen gehauchten Kuss auf die Stirn. »Du bist viel zu früh hier, das weißt du doch, oder?«

Energisch schüttelte Amelia den Kopf. »Nein.« Sie griff nach der Hand ihrer Mutter. »Ich möchte bei dir bleiben.«

Valerie lächelte herzlich, aber in ihren Augen stand Schmerz. Dann schüttelte sie den Kopf. »Nein, Ames, es ist zu früh.« Sie legte ihre Hand sanft auf Amelias Herz. An ihrem Finger schimmerten dieselben Ringe, die ihre Tochter nun trug.

Sie fing den Blick ihrer Mutter auf. In ihm sah sie nun nichts außer tiefer Liebe.

»Ich bin immer bei dir. In deinem Herzen und in deiner Seele bin ich da. Und wenn die Zeit reif ist, werde ich hier auf dich warten.«

Amelia schluchzte. Mit beiden Händen krallte sie sich am Arm ihrer Mutter fest. »Mom, ich kann nicht. Ich will bei dir bleiben.«

Valerie löste sanft Amelias Griff und ging zurück zur Terrassentür. Der Rock des Kleides schwang luftig bei jeder Bewegung. »Doch, Ames. Du kannst und du musst.« Sie warf ihrer Tochter eine Kusshand zu, dann wandte sie sich zum Gehen. Kurz hielt Valerie inne, drehte sich noch einmal um. Ein breites, strahlendes Lächeln auf den vollen, geschwungenen Lippen. »Ames, ich habe dich lieb wie verrückt!«

Irgendetwas riss an ihr. Ihr Körper schüttelte sich. Geräusche drangen an Amelias Ohr. Was war das? Bruchstückhafte Erinnerungen flammten vor ihren Augen auf. Jonathan. Der Unfall. Die Tankstelle. Und dann überflutete der Schmerz sie gnadenlos. Ihr Hals brannte höllisch. Von der Wunde an ihrer Kehle ging ein bösartiges Stechen aus, das sich in ihren gesamten Körper ausbreitete. Der Schmerz war wie ein wildes Tier, das unbarmherzig seine scharfen Zähne in ihr Fleisch schlug.

In weiter Ferne rief jemand ihren Namen. Oder war es böiger Wind, der an den Ästen riss? Amelia vermochte nicht, sich auf die Geräusche zu konzentrieren. Sie war müde, so müde.

»Amelia!«

Wieder drang ihr Name an ihre Ohren. Die Silben verwehten wie Rauch in einer stürmischen Nacht. Sie schwebte, zumindest kam es ihr so vor. War es so, wenn man starb? Fühlte man sich wie ein Vogel, der durch die Luft schwebte? Wie ein … Engel?

Ames, mein Liebes. Geh zurück.

Die Stimme ihrer Mutter hallte durch Amelias Kopf. Mühsam öffnete sie die schweren Lider. »Mom?« Ihre Stimme war ein brüchiges Flüstern.

»Nein. Ich bin's! Jonathan.« Er strich über ihre Stirn. Seine Stimme klang ungewohnt sanft. »Hier, trink einen Schluck Wasser.«

Die kühle Flüssigkeit rann ihren Hals hinab. Es half nicht gegen den Schmerz, aber holte ihr Bewusstsein wenigstens etwas zurück. »Was ist passiert?«

»Deine Wunde ist aufgerissen. Ich habe einen Druckverband angelegt. Das sollte reichen, bis wir zurück sind.« Jonathan schob seinen Arm unter ihren Nacken und hob sie behutsam hoch. »Ich bring dich hier weg.«

Er setzte sie auf den Beifahrersitz des Wagens, bevor er sich eilig hinter das Steuer klemmte.

»Du weißt doch gar nicht, wie man fährt«, protestierte Amelia. Sie beugte sich vor, um den Wagen zu verlassen.

»Pfft«, Jonathan grinste sie an, »du doch auch nicht.«

Ein müdes Lächeln umspielte ihre Lippen. Sie ließ sich kraftlos in den Sitz sinken. »Zum Glück ist es ein Automatikgetriebe«, murmelte sie noch, bevor ihre Lider zufielen.

»Hey. Amelia. Komm, aussteigen. Wir sind da.« Vorsichtig schüttelte Jonathan ihren Arm. Sie vernahm ein Rascheln und dann ein Türenschlagen, bis sie neben sich einen Luftzug fühlte.

»Meinen Rucksack«, nuschelte Amelia. Ihr Mund war so trocken, als hätte sie den ganzen Tag über dicken Qualm geatmet. »Kannst du ihn bitte mitnehmen?«

Jonathan nickte und angelte ihn vom Rücksitz. Vorsichtig half er Amelia beim Aussteigen. Der Boden des Parkplatzes unter ihren Füßen knirschte. Er legte seinen Arm um ihre Schultern und stützte sie behutsam.

Trotz des Schmerzes nahm Amelia seinen starken Arm wahr. Die Wärme seines Körpers strahlte auf sie ab. Sie spürte die Muskeln, die sich angespannt hatten. Am liebsten hätte sie ihren Kopf an ihn gelegt, doch sie wagte es nicht. Vor wenigen Stunden noch war Jonathan ein Arschloch zu ihr gewesen. Und nun half er ihr. Woher sollte sie wissen, welche Seite der *echte* Jonathan war?

Das kleine Waldstück war von der schmalen Sichel des Mondes kaum erhellt. Er sah am dunkelblauen Nachthimmel aus wie ein feiner silbriger Stock, der auf Wasser trieb.

Amelia trat in eine Kuhle und stöhnte auf. Jonathan stoppte, beugte sich vor und blickte ihr ins Gesicht. Seine Stirn war in Falten gelegt. Die Stimme ruhig, aber es schwang Sorge mit. »Geht's?« Ohne auf eine Antwort zu warten, drängte er sie weiter.

»Können wir kurz eine Pause machen?« Ihr Atem ging stoßweise. Der Weg vom Auto durch den Wald hin zum Mal strengte sie unglaublich an. Der beißende Schmerz in ihrer Kehle presste die Luft aus ihren Lungen, als würde eine tonnenschwere Last auf ihrem Brustkorb liegen.

»Wir sind doch gleich da.« Jonathan machte keine Anstalten anzuhalten.

Amelias Atem wurde immer flacher. Es fiel ihr schwer, mit Jonathans Tempo mitzuhalten. »Jonathan. Bitte«, flehte sie. »Ich kann nicht mehr.«

Er blieb stehen und nahm ihren Arm von seinen Schultern, damit sich Amelia an einen Baum lehnen konnte. »Okay. Ruh dich kurz aus.« Er fuhr sich mit der Hand über den Hinterkopf, während er die Umgebung aufmerksam beäugte. Er wirkte wie ein Alphatier in der Wildnis. Darauf bedacht, die Herde vor Gefahren zu schützen. Erst jetzt bemerkte Amelia die dunklen Flecken auf seinem Shirt und an seinen Händen. Es war Blut. Ihr Blut. Jonathan hatte sie gerettet. Schon wieder.

Verlegen rieb sie ihren Unterarm. »Es tut mir leid.« Sie seufzte. »Ich hatte nicht gedacht, dass sie recht haben würden. Ich dachte wirklich, ich könnte einfach –«

»Psst!« Jonathan schnitt ihr das Wort ab. Er lauschte angestrengt in die Dunkelheit hinein.

»Was ist los?«

»Sei leise.« Um seiner Aufforderung mehr Nachdruck zu verleihen, legte er den Zeigefinger auf die Lippen. »Wir sind nicht allein.« Er griff nach Amelias Hand und zog sie mit sich. Mit der anderen las er einen dicken Ast vom Boden auf. Er beschleunigte seinen Schritt und Amelia hatte Mühe, nicht den Boden unter den Füßen zu verlieren. Der unebene dunkle Waldboden hatte seine Tücken. Und der, durch die körperliche Anstrengung weiter anschwellende, Schmerz machte es ihr schwer, Jonathan zu folgen. Zweige peitschten in Amelias Gesicht und hinterließen brennende Striemen auf ihrer Haut. Das Pochen der Wunde wurde unerträglich. Sie wollte schreien. Sie musste schreien. Doch er zog sie unerbittlich weiter. Seine starke Hand hatte sich fest um ihr Gelenk gelegt und riss sie mit sich. Schneller, immer schneller.

Dicht neben ihnen knackte es im Unterholz. Eine dunkle Gestalt trat vor ihnen auf den schmalen Weg. Jonathan stoppte abrupt, Amelia schrie vor Schreck auf. Im spärlichen Mondschein blitzte ein Messer in der Hand der Gestalt auf. Jonathan schob sie hinter sich und baute sich drohend auf. Auf einmal wirkte er viel größer und breiter. »Geh zum Mal«, flüsterte er über seine Schulter. »Ich komme so schnell nach, wie ich kann.«

Der Fremde machte einen Schritt auf Jonathan zu. Dieser hob den schweren Ast und machte sich für einen Angriff bereit. »Geh! Unter dem Moos am dritten Zweig ist eine Nische. Greif hinein. Vielleicht öffnet sich Howbourne für dich, auch wenn ich nicht dabei bin. Jetzt geh schon!«

Dann preschte er los.

Amelia war wie festgewachsen. Sie starrte ungläubig auf das Geschehen. Jonathan rannte, den Ast zum Schutz vor seinem Körper, auf die finstere Gestalt zu. Diese drehte sich unter dem Ast hindurch und verpasste ihm einen Schlag in den Rücken. Er ging zu Boden, rappelte sich schnell wieder auf. Einen Moment lang trafen sich Amelias und seine Blicke. Mit den Lippen formte er ein stummes »Los!«, bevor er sich in den Kampf stürzte.

Er muss es schaffen!

Amelia riss sich von der Szene los und rannte in die Richtung, in der sie den toten Baum vermutete. Tränen strömten über ihr Gesicht und legten sich als wässriger Filter über ihre Augen. In diesem Moment des blinden Umherirrens war der Schmerz nicht mehr so präsent. Es war die Sorge um Jonathan, die sie antrieb. Konnte sie nach Howbourne und Hilfe für ihn holen? Jemand müsste auf der anderen Seite des Mals Wache halten. Vielleicht Max? Er würde mit ihr kommen und ihm helfen. Vorausgesetzt, sie könnte die Grenze nach Howbourne ohne ihn passieren.

Endlich erspähte Amelia den toten Baum, der den Übergang markierte. Sie wollte losrennen, als ein Knacken im Unterholz sie zusammenfahren ließ. Wie angewurzelt blieb sie stehen. Das feuchte Herbstlaub zu ihren Füßen durchnässte allmählich ihre Schuhe. Doch sie spürte nicht die Kälte, die sich durch ihren Körper fraß. Nicht den Schmerz, der an ihrem Hals pochte. Sie hörte nur das Rauschen des Bluts in ihren Ohren und spürte das Adrenalin durch ihre Adern strömen.

»Jonathan?« Amelia wagte nicht, laut zu rufen. Was, wenn er den Kampf verloren hätte? Was, wenn es der Angreifer wäre, der nun sein Werk vollenden wollte? Angespannt lauschte sie in den Wald hinein. Doch sie bekam keine Antwort. Ein weiteres Knacken brechender Zweige, diesmal nicht neben, sondern hinter ihr. Erschrocken fuhr sie herum. Halb rechnete sie damit, den Angreifer vor sich zu haben. Halb, Jonathan würde vor ihr stehen. Aber es war niemand da. Sie war allein.

Erleichtert stieß Amelia die Luft durch die Zähne aus.

Weiter!

Sie rannte los. Auf den Baum zu. Weiter. Immer weiter. Sie kam ins Straucheln, ruderte mit den Armen, rang um

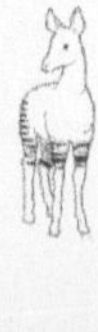

ihr Gleichgewicht. Erlangte es wieder und hastete dem Baum entgegen. Schweiß rann ihr von der Stirn, vermischte sich mit den Tränen, die über ihre Wangen liefen.

Amelia streckte die Hand aus. Kühl und rau spürte sie das tote Holz an ihrer Haut.

»Unter dem Moos am dritten Zweig ist eine Nische.«

Suchend glitt Amelias Blick über den Stamm. *Moos? Wo ist das Moos? Und welcher ist der dritte Zweig?* Überall waren Zweige. Sie atmete erleichtert auf, als ihre Finger über etwas Weiches fuhren. Das dick gepolsterte Moos unter ihren Fingerspitzen bildete einen krassen Kontrast zu dem harten Holz des Stammes. Fieberhaft suchte sie nach der Nische, von der Jonathan geredet hatte. Da war nichts. Keine Nische, keine Mulde. Nur weiches Moos auf totem Holz.

»Komm schon!« Amelias Stimme klang schrill in der Ruhe des Waldes.

»Unter dem Moos.«

Sie ließ ihre Finger unter den grünen, dicken Teppich gleiten und fühlte eine kleine Mulde im Stamm. Sie tastete danach, ließ ihre Fingerkuppen hineingleiten. Suchte nach irgendetwas. Einer Art Knopf oder Hebel. Etwas, das einen Mechanismus auslösen würde. Aber da war nichts.

»Bring mich nach Howbourne!«, flüsterte sie. Nichts geschah. Sie legte ihre Stirn an den Baumstamm, wiederholte die Worte. Und wieder geschah nichts.

»Bitte! Ich muss ihm helfen!« Noch fester presste sie ihre Finger in die Mulde. »Bitte!« Ihre Stimme war leise, zittrig. Wie ein fast stummes Gebet an eine unsichtbare Macht. Aber sie wurde nicht erhört.

Achtzehn

Kraftlos ließ sich Amelia auf den Boden am Fuße des Baumes fallen. Sie stützte ihre Ellenbogen auf den Knien ab und vergrub die Stirn in den schmutzigen Händen.

Ich habe versagt. Ich kann ihm nicht helfen.

Ein Schluchzen entrann ihrer Kehle. Rau wie Sandpapier kam es stockend über ihre Lippen. Ihre Augen starrten ins Leere. Fixierten einen unsichtbaren Punkt irgendwo auf dem Boden. Ihre Schultern begannen zu beben, doch es kamen keine Tränen und keine Laute. Amelia weinte stumm und trocken. Als wäre ihr Körper eine karge Wüstenei.

Sie spürte die Wirkung des Adrenalins nachlassen. Es verflog in ihrem Körper und mit ihm die lindernde Wirkung. In einer erbarmungslosen Flutwelle überrollte sie der Schmerz.

Es wird hier enden. Hier an diesem Baum. Ich werde hier meine Augen schließen und dann ist es vorbei. Oder bin ich schon lange tot und alles war nur ein Traum? Max. Jonathan. Howbourne. Habe ich das alles nur geträumt? Mir eingebildet?

Es war so einfach loszulassen. Sich dem Schmerz hinzugeben. Amelia kippte zur Seite und rollte sich am Fuße des toten Baumes zusammen. Sie ließ sich vom Schmerz überspülen und schloss die Augen. Gedankenfetzen der letzten Tage drangen in ihr Bewusstsein. Maggies mütterliches Lächeln, ihre warme Fürsorge. Bos weiches Fell unter ihrer Hand. Max' Umarmung und seine Freude darüber, seine Schwester gefunden zu haben. Sues Lachen. Jonathans Augen, die die weiche Seele hinter den abweisenden Mauern eines verletzten Mannes preisgaben.

Nein! Es ist nicht vorbei!

Mühsam klaubte sich Amelia vom lehmigen Boden auf. Ihre Beine zitterten, ihr Bewusstsein wollte dem Schmerz nachgeben. Wollte sich der dunklen Flut ergeben, doch sie stand wie ein Felsbrocken in dem tosenden Wasser.

»Das ist noch nicht vorbei!«, murmelte sie mit erstickter Stimme. »Das ist noch nicht vorbei!«

Neunzehn

Amelia rannte auf den Wald zu, der sich dunkel am Rande der Lichtung erhob. Mit der Entschlossenheit eines Kriegers stürzte sie sich in das Dickicht. Getragen von purer Willenskraft und Adrenalin preschte sie durch das Unterholz. Dieses Mal störten sie die Zweige nicht, die ihre Haut aufrissen und blutige Linien auf ihrem Körper hinterließen. Sie bemerkte sie nur als winzige Nadelstiche. Sie hetzte den Weg entlang, den sie früher in dieser Nacht mit Jonathan gegangen war. Er hatte ihr helfen wollen und nun war er in Gefahr. Ihretwegen.

Amelia stoppte im vollen Lauf. Da war ein Geräusch. Eher ein Wimmern als ein Ruf. Sie verließ den schmalen Trampelpfad. Mit zusammengekniffenen Augen taxierte sie ihre Umgebung. In der Dunkelheit des Waldes erkannte sie das Gelände nur schemenhaft, aber wenige Meter vor ihr erahnte sie einen Schatten am Boden, der sich langsam bewegte. Jonathan!

Amelia stürzte zu ihm, nahm sein Gesicht in ihre Hände und hob es sachte an. »Ich bin hier.« Es kostete sie fast die gesamte Kraft ihres gepeinigten Körpers, Jonathan aufzurichten. Immer wieder gaben seine Beine nach und er riss sie mit sich zu Boden. In der Dunkelheit erkannte sie nicht, welche Verletzungen er davongetragen hatte. Doch es waren sicher mehr als ein paar blaue Flecken.

Amelia schlang den Arm, so fest sie konnte, um Jonathans Taille.

»Ich bringe dich nach Hause«, flüsterte sie ihm ins Ohr, bevor sein Kopf wieder nach vorn auf die Brust sackte.

Am äußersten Ende ihres Blickfeldes nahm sie eine Bewegung wahr. Sie drehte den Kopf. Da war er. An einem Baumstamm zusammengesunken kauerte die dunkle Gestalt.

Geh hin und enttarne ihn. Bring es zu Ende!

Ein Stöhnen erklang dicht an ihrem Ohr.

Nein. Jonathan ist wichtiger. Er muss sofort zurück nach Howbourne.

Langsam, fast wie in Zeitlupe, bewegte sich Amelia mit dem verletzten Jonathan im Arm durch den Wald auf das Mal zu. »Komm schon, Jonathan. Lass mich nicht allein. Ich bring dich zurück und alles wird wieder gut. Hörst du? Du musst es schaffen!«

Sie zog und schob an dem schweren, schlaffen Körper, Schweiß rann in Strömen über ihren Rücken. Ihr Pullover klebte an ihrer Haut. Der Schmerz pochte wild in ihr. Doch sie gab nicht auf. Und endlich erreichten sie den toten Baum. Amelia legte Jonathan behutsam ab und tätschelte seine Wange. Er reagierte nicht. Sie schüttelte seine Schulter, nichts geschah. Sie erkannte einen großen Blutfleck an seinem Bauch, der immer größer wurde. Panik schnürte ihren Magen zu. »Jonathan!« Ihre Kehle fühlte sich an wie mit Sandpapier überzogen. Mit den Fäusten trommelte sie auf seine Brust. »Jonathan!«

Er rührte sich nicht.

»Nein. Du lässt mich jetzt nicht allein.« Matt und kraftlos sank sie zusammen, legte ihren Kopf auf seiner Brust ab. Seine Haut strahlte noch Wärme ab, aber sein Körper lag schlaff auf dem Boden. Amelia sog seinen Duft ein. Herb und süß zugleich mit einem Hauch von Zimt.

Das darf nicht passieren!

Und dann hörte sie es. Schwach und unregelmäßig. Aber es war da. Jonathans Herz schlug in seiner Brust und mit jedem Schlag keimte Hoffnung in ihr.

Sie blickte auf und sah in smaragdgrüne Augen. Nicht strahlend und klar, aber auch noch nicht trüb und leblos.

»Wenn es dir nichts ausmacht, würde ich jetzt gern nach Hause. Hier ist es heute irgendwie scheiße.« Jonathans Stimme war mehr ein Wispern.

Amelia lachte auf und konnte gleichzeitig die Tränen der Erleichterung nicht daran hindern, in dicken Tropfen unter ihren Augenlidern hervorzuquellen. Sie legte ihre Hand an seine Wange. Ein Kribbeln, zart wie Schmetterlingsflügel, durchfuhr sie, als er sich an ihre Haut schmiegte.

»Okay.« Amelia lächelte. »Lass uns nach Hause gehen.«

Zwanzig

Durch das geöffnete Fenster strömte kühle Morgenluft und Vogelgezwitscher. In der Ferne waren Stimmen zu hören.

Amelia öffnete die Augen und erkannte ihr Zimmer in Maggies und Hughs Haus, das ihr inzwischen so vertraut war und sich beinahe wie ein Zuhause anfühlte. Die Vorhänge am Fenster bauschten sich in einem Windzug auf. Amelia zog die Decke enger um ihren Körper. Sie fröstelte. Das einfallende Sonnenlicht warf Streifen aus flüssigem Bernstein ins Zimmer, in denen Staubkörner schwebten. Alles wirkte friedlich und sanft.

Langsam wie Tautropfen, die allmählich an einem Grashalm herunterrannen, drangen die Erinnerungen an die vergangene Nacht zurück in ihr Gedächtnis. Aber Jonathan und sie hatten es geschafft, sie waren rechtzeitig in Howbourne angekommen. Sie waren buchstäblich noch einmal mit dem Leben davongekommen. Die Bedrohung der letzten Nacht hatte diesen Ort der Ruhe nicht erreicht.

Amelia richtete sich in ihrem weichen, bequemen Bett

auf. Sie horchte in ihren Körper hinein. Es war seltsam und irgendwie verrückt. Sie spürte nichts mehr von den Schmerzen, die sie in der vergangenen Nacht außerhalb dieses geschützten Ortes beinahe vernichtet hatten. Die Erinnerung an die Nacht flammte lodernd in ihrem Magen auf.

Jonathan. Wie geht es ihm?

Sie waren gerade noch so zum Mal gelangt und Jonathan hatte es mit letzter Kraft betätigen können. In der Höhle auf der anderen Seite hatte Thomas, Sues Vater, Wache gehalten. Amelia erinnerte sich an seine Hilfe und die netten Worte. Danach war alles schwarz. Sie konnte nicht sagen, wie sie in ihr Zimmer gelangt war. Sie hoffte nur, für Jonathan war es nicht zu spät gewesen.

Der Gedanke an ihn brannte auf ihrem Herzen. Sie waren sich in der Nacht nähergekommen. Jonathan hatte ihr seine humorvolle und gefühlvolle Seite gezeigt, bevor ihre Wunde alles zunichtegemacht hatte.

Sie schlug die Decke zur Seite und verließ die wohlige Wärme ihres Bettes, die ihr Geborgenheit geschenkt hatte. Als sie einen Blick in den kleinen Spiegel warf, erschrak sie. Ihre Haut war blass und unter den Augen hatten sich tiefe, dunkle Ringe in ihr Gesicht gegraben. Mit den Fingerspitzen fuhr sie sie nach. Die Verletzung am Hals jedoch war beinahe wieder vollständig verheilt.

Ich sehe aus, als hätte ich einen Mordskater. Wenigstens ohne Kopfschmerzen.

Nach einer ausgiebigen Wäsche im Badezimmer schlüpfte Amelia in eine saubere dunkelblaue Jeans und ein hellgraues Sweatshirt. Es war weich, kuschelig und roch nach frischer Wäsche. Es war ihr zwei Nummern zu groß und fiel über ihre Schulter. Das blonde Haar band sie sich zu einem lockeren Pferdeschwanz zusammen. Ihr fiel der Rucksack wieder ein, den sie in der Nacht mitgebracht hatte. Sie schnappte sich ihn und angelte ihr Make-up-Täschchen daraus. Sie trug etwas Puder auf, um die dunklen Schatten unter ihren Augen zu kaschieren. Ihr Spiegelbild gefiel Amelia nun deutlich besser. Dann schlich sie barfuß aus ihrem Zimmer und über den kühlen Holzboden des Flures bis zu Jonathans Zimmertür. Zaghaft klopfte sie an. Nichts rührte sich auf der anderen Seite des Holzes.

»Jonathan?« Amelia klopfte noch einmal, ohne eine Antwort zu erhalten.

Bestimmt schläft er. Ich habe nach dem Angriff quasi drei Tage im Koma gelegen. Hoffentlich geht es ihm gut!

Kurz zögerte sie, drückte dann aber doch die Klinke hinunter und öffnete die Tür einen Spalt. Sein Duft schlug ihr entgegen, als sie den Raum vorsichtig betrat.

Sie ließ ihren Blick über die Einrichtung des schlichten Zimmers gleiten. Ein Kleiderschrank, ein gut gefülltes Bücherregal und ein abgewetzter Sessel unterm Fenster. Auf der anderen Seite des Zimmers, in einer kleinen Nische, stand das Bett. Es war ordentlich gemacht und … vollkommen leer. Niemand lag darin und kurierte seine Verletzung aus.

»Was tust du denn hier?«

Erschrocken fuhr Amelia herum. Vor ihr stand Maggies schmale, leicht gebeugte Gestalt. Auf ihren Lippen lag ein Lächeln, das die Augen nicht erreichte.

»Ich wollte nachsehen, ob es Jonathan gut geht.« Amelia deutete auf das verlassene Bett. »Wo ist er?«

»Ich weiß schon lange nicht mehr, wo sich Jonathan herumtreibt.« Maggie wandte sich zum Gehen. Schon halb auf dem Flur sagte sie: »Er ist vor ein oder zwei Stunden mit Bo rausgegangen und noch nicht wieder da.«

Amelia atmete erleichtert auf. *Es geht ihm gut. Er ist hier und es geht ihm gut.*

Doch die Erleichterung hielt nicht lange an. Sie wandelte sich rasch in Enttäuschung und Verwirrung. Hatte nur sie die Zuneigung zwischen ihnen gespürt? Hatte sie es sich nur eingebildet? Nein, da war doch etwas zwischen ihnen. Im Auto und im Wald. Oder war es für ihn nicht mehr gewesen als ein kleines Geplänkel, weil nun mal nur sie greifbar gewesen war?

Amelia verließ Jonathans Zimmer. Plötzlich fühlte sie sich wie ein Eindringling in seinem privaten Bereich. Langsam ging sie die Treppe hinunter und folgte Maggie in die Küche. Die alte Dame saß an dem urigen, rustikalen Esstisch und schrieb etwas auf.

»Maggie?«

Als sie Amelias Stimme hörte, sah sie auf, erwiderte aber nichts.

»Ich …« Sie trat verlegen auf sie zu. Unsicherheit machte sich in ihr breit. Und ein schlechtes Gewissen. Maggie hatte ihr gesagt, sie solle Howbourne noch nicht verlassen. Sie spürte ihre Enttäuschung und verstand sie. Sie hätte auf den Rat der alten Dame hören sollen. Nervös rang sie ihre Hände, während sie nach den richtigen Worten für eine Entschuldigung suchte.

Ich hätte auf dich hören sollen. Es war ein Fehler, Howbourne zu verlassen. Und dann habe ich noch deinen Sohn in Gefahr gebracht. Du hattest recht und es tut mir leid. Ich konnte mir nicht vorstellen, wie schnell es mir wieder schlechter gehen würde.

»Entschuldige«, war alles, was sie mit brüchiger Stimme hervorbrachte.

Maggie blickte sie an. Als würde sie Amelias Gedanken lesen können, erhob sie sich schwerfällig von ihrem Stuhl. Sie nahm Amelia fest in den Arm. Der buttrig-süße Geruch nach Kuchenteig umgab sie. »Ist schon gut, Liebes. Ich verstehe dich. Das alles hier ist so schwierig zu begreifen.« Sie streichelte über Amelias Kopf. »Die Hauptsache ist, du bist wohlbehalten wieder hier. Das ist alles, was zählt.«

Damit ließ sie Amelia los. Ihr Lächeln erreichte nun wieder ihre gütigen Augen.

»Geht es Jonathan gut?«

»Aber ja, wieso? Ich weiß nicht, was ihr zwei angestellt habt, aber mein Sohn lässt sich nicht so schnell unterkriegen.« Mütterlicher Stolz schwang in ihrer Stimme mit. »Auch wenn ich nichts von diesen Prügeleien halte.«

Hatte Jonathan nichts von dem Angreifer erzählt?

»Wie sieht es aus, Amelia. Hilfst du mir, Blueberry-Pies für unser Herbstfest zu backen?«

»Ja, gern. Aber ich muss dich warnen, ich bin furchtbar schlecht in so was.«

Amelia sah zu, wie Maggie mit geschickten Händen den Teig knetete. Sie selbst rührte unbeholfen in einem großen

Topf mit blubberndem Blaubeer-Kompott. Kurz fragte sie sich, wann sie das letzte Mal wirklich gekocht oder überhaupt irgendetwas in ihrer Küche zubereitet hatte. Mit Sebastian hatte sie hin und wieder Pizza gebacken. Aber das war nichts im Vergleich hiermit. Ein köstlicher Duft stieg in ihre Nase. Fruchtig süß mit einer Prise Vanille und Zimt.

Fast wie Jonathan.

»Amelia?«

Maggies Stimme beendete ihre Gedanken an Jonathan abrupt. Die alte Dame hatte den Blick weiterhin fest auf den Teig in ihren Händen gerichtet. »Hast du in der letzten Nacht erreicht, was du wolltest?« Sie räusperte sich. »Ich meine … Hast du deinen Vater erreicht?«

»Oh. Ich dachte … Hat Jonathan nichts von gestern Nacht erzählt?« Amelia verstand nicht, warum er seiner Familie nicht von den Ereignissen ihres missglückten Ausflugs nach Buxted berichtet hatte.

»Jonathan? Nein, natürlich nicht! Er hat sich nur wortkarg und mürrisch wie immer einen Schluck Kaffee genommen. Dann ist er gegangen. Er hat sich doch geprügelt, oder?« Sie seufzte schwer. »War er in einer Bar? Hat er getrunken?« Maggie winkte ab. »Ach, ich möchte es gar nicht wissen.« Als sie Amelia ansah, schimmerten Tränen in ihren Augen. »Konntest du also mit deinem Vater reden?«

Amelia legte ihr die Hand auf die Schulter. »Maggie. Ist alles in Ordnung? Weinst du?«

»Nein. Liebes, natürlich nicht. Es ist nur«, sie wischte sich mit dem Ärmel ihres Kleides über die Augen, »wegen Max.«

»Was ist mit ihm?«

»Er ist mein kleiner Junge, verstehst du? Ich habe ihn großgezogen. Er ist mein Sohn. Ich habe ihn nicht geboren, aber er ist mein Sohn.« Sie schluchzte leicht. »Wenn du nun deinem Vater von ihm erzählst, dann möchte er doch sicher auch Max kennenlernen. Und ...« Ihre Stimme brach, Tränen rannen über ihr faltiges Gesicht. »Wie soll ich da mithalten? Ich habe Angst, dass er mir entgleitet«, schluchzte sie herzzerreißend. Maggies Schultern bebten. Sie wirkte klein und zerbrechlich. Zart wie ein kleiner Vogel, der aus dem Nest gefallen und schutzlos der Natur ausgeliefert war. »Ich habe doch meinen Jonathan schon verloren. Ich kann nicht auch noch Max verlieren.«

Amelias Herz zog sich schmerzend zusammen, als sie Maggie in den Arm nahm und diese beinahe tonlos an ihrer Schulter weinte. In dieser alten, zarten Frau steckte so viel Liebe.

Maggie löste sich aus ihrer Umarmung. Ihre Augen schimmerten glasig und waren gerötet vom Weinen.

»Maggie, Max liebt dich. Egal, ob er unseren Vater kennenlernt, oder nicht. Hugh, Jonathan und du. Ihr seid seine Familie. Mein Dad und ich sind doch eigentlich Fremde für ihn. Und Jonathan liebt dich auch, da bin ich mir sicher.«

Maggie schüttelte den Kopf und schenkte ihr ein weises Lächeln, als sie mit leiser Stimme sagte: »Nein, Liebes. Du bist keine Fremde für ihn. Er liebt dich, mein Kind. Ihr seid Zwillinge. Ihr liebt euch schon euer ganzes Leben lang. Und diese Kraft ist stärker, als die Barriere zwischen den Welten, die euch trennt.« Sie griff nach Amelias Hand. »Diese Art von Liebe gewinnt immer.«

Amelia umarmte sie fest. Diese kleine Frau strahlte so viel mütterliche Wärme aus, nach der sie sich so lange verzweifelt gesehnt hatte.

Maggie löste nach einer Weile die Umarmung und hielt Amelia auf Armeslänge von sich entfernt. »Sieh uns nur an. Wir emotionalen Hühner. So können die Kuchen nicht fertig werden.« Sie räusperte sich, dann widmete sie sich wieder dem Kuchenteig und bearbeitete ihn energisch. »Ich möchte nicht, dass Helen Olson dieses Jahr den Kuchen-Wettbewerb gewinnt.« Ein kurzes Lachen hüpfte auf ihre Lippen. »Da muss ich mir aber eigentlich keine Sorgen machen. Helens Kuchen würde ich schlagen, selbst wenn ich nur Sägespäne anstelle von Mehl hätte.« Sie knetete weiter. »Ach so. Sue war vorhin hier und hat mir die Zutaten gebracht. Sie lässt dich lieb grüßen und hofft, dich auf dem Fest zu sehen.«

»Okay. Ja, das wäre schön. Sue ist wirklich sehr nett.« Amelia lachte. »Maggie, erzählst du mir von dem Herbstfest?«

Einundzwanzig

Als die Küche von einem herrlich buttrigen Kuchenduft durchströmt wurde, verabschiedete sich Amelia von Maggie.

Sie trat auf die Veranda. Es empfing sie geschäftiges Treiben. Überall in Howbourne wurden die Häuser mit Girlanden und Wimpelketten geschmückt. Vor dem Bürgerhaus standen Bänke und Tische, die herrlich dekoriert wurden. Strohballen, bestückt mit Kürbissen, Obst und Gemüse, stapelten sich rings um den Platz. An vielen Haustüren hingen Kränze aus Stroh und Erikakraut – der Lieblingsblume von Nan Tuck, die den Ort einst gegründet und so diese einzigartige Zufluchtsstätte erschaffen hatte. Ihr zu Ehren gab es dieses Fest in jedem Jahr. Die Bewohner von Howbourne bedankten sich an diesem Tag für ihre Heimat, für die Ernte und für dieses geschenkte Leben.

Amelia wurde warm ums Herz, als sie den Menschen zusah. Jeder hier hatte eine Aufgabe. Jeder war nützlich. Auch als sie noch zu Hause gewohnt, selbst als ihre Mutter noch gelebt hatte, waren sie nicht eng mit der Nachbarschaft verwoben gewesen. Man grüßte sich, aber mehr auch nicht. Doch hier in Howbourne gab es keine Anonymität. Hier war jeder mit jedem bekannt.

Amelia ließ ihren Blick über das Dorf gleiten. Sie musterte jedes Gesicht und hoffte, Jonathan zu entdecken. Einige der wuselnden Menschen nickten ihr freundlich zu, andere schienen kaum Notiz von ihr zu nehmen. Ein kleines Mädchen hüpfte auf der Straße entlang, in der Hand hielt es einen Korb wilder Blumen. Sie winkte Amelia zu und entblößte dabei eine hinreißende Zahnlücke. Zaghaft lächelte sie zurück und winkte dem Mädchen. Eine Weile blickte sie dem Kind nach. Als sie Max sah, der auf die Veranda zusteuerte, versetzte ihr sein kalter Blick einen leisen Stich. In seinen Augen erkannte sie Zorn und Kränkung. Ihr nächtlicher Ausflug hatte ihn enttäuscht. Sie musste mit ihm darüber reden, ihm erklären, warum sie nicht anders gekonnt hatte, als zu gehen.

»Hi. Max.«

Wortlos ging er an ihr vorbei, doch sie versperrte ihm den Weg zur Eingangstür. Aus zusammengekniffenen Augen taxierte er seine Schwester. »Du bist also doch noch hier?«, zischte er. Die Kiefer hatte er fest aufeinandergepresst.

»Natürlich bin ich hier. Ich hatte überhaupt nicht vor wegzugehen.«

Max stieß schnaubend Luft aus. »Ja, klar.«

»Kannst du mir bitte zuhören, Max. Nur eine Minute?« Sie deutete auf die breite Schaukel am Ende der Veranda.

Er machte keine Anstalten, sich von der Stelle zu bewegen. »Eine Minute«, knurrte er mit verschränkten Armen und musterte Amelia kalt.

»Es tut mir leid, okay? Ich hätte auf dich und Maggie hören sollen. Ich hätte noch ein wenig warten müssen, bevor ich Howbourne verlasse.« Die Worte sprudelten aus ihrem Mund. »Ihr hattet recht, die Wunde ist wieder aufgegangen und es tat höllisch weh.«

»Du hättest dich verabschieden können, bevor du verschwindest.«

»Oh, Max. Nein. Ich wollte nicht abhauen. Wirklich. Ich wollte nur Dad sagen, wo ich bin. Ich hatte vor, ihm zu sagen, dass es mir gut geht. Verstehst du? Ich wollte nicht weglaufen! Aber das Handy war nicht im Auto. Wir wollten zur Pension, aber dann bin ich in den Graben gefahren und das Auto war beschädigt. Und dann … dann kam der Schmerz und ich habe es nicht mehr geschafft. Als wir zurückwollten, war da wieder dieser Typ. Der uns angegriffen hat.«

»Warte mal *wir?*« Max sah Amelia irritiert an.

»Ja. Wir. Jonathan hat mir geholfen. Er war –«

»Jonathan?« Verwirrung stand in Max' Augen. »Ich dachte, Thomas Neilley hat für dich das Mal betätigt.«

»Nein, Jonathan hat das gemacht. Thomas war nur da, als wir zurückkamen. Er hat mir geholfen, Jonathan nach Hause zu bringen. Der Angreifer hatte ihn übel erwischt. Aber …«

Amelia spürte die Anspannung in Max' Körper sogar von ihrer Position aus. Jeder einzelne Muskel, jede noch so kleine Faser war bis zum Zerreißen gespannt. Die Hände hatte er an seinen Seiten zu Fäusten geballt. Die Adern an seinen Armen traten markant hervor. »Max? Was hast du?«

Er würdigte sie keiner Antwort, sondern stürmte wortlos von der Veranda.

Verwirrt blickte Amelia ihrem Bruder nach. Ein ungutes Gefühl beschlich sie, nistete sich in ihrer Magengrube ein und ergriff jeden Winkel ihres Körpers mit Unruhe. »Scheiße«, murmelte sie. Im Laufschritt eilte sie Max hinterher. Er stürmte über den Sandweg, bis sie zur Scheune kamen.

Jonathan saß auf einer Holzplanke an der Rückseite der roten Scheune. In seinen Händen hielt er ein Stück Holz und ein Schnitzmesser. Er arbeitete jedoch nicht, sondern ließ seinen Blick über die Felder schweifen, die sich in sanften Wellen in die Landschaft schmiegten. Zu seinen Füßen lag Bo und genoss die Sonnenstrahlen, die sein Fell schimmern ließen wie Seide.

»Du!«

Als Jonathan Max' Stimme hörte, zuckte er für einen Sekundenbruchteil zusammen. Bo sprang auf.

Amelia bemerkte den irritierten Ausdruck auf Jonathans Gesicht, bevor sich die Maske der Gleichgültigkeit über seine Gesichtszüge legte.

»Was willst du, Bro?« Er lehnte sich zurück. Ein Bein winkelte er an, das andere streckte er aus. Er begann zu schnitzen und blickte Max nicht an, als sich dieser vor ihm aufbaute.

»Du hast sie in Gefahr gebracht!« Max deutete auf Amelia. Seine Stimme überschlug sich beinahe. »Das hättest du nicht tun dürfen!«

Ihr wurde kalt. Obwohl die herbstliche Sonne kräftig vom Himmel strahlte, fröstelte sie. »Max! Lass ihn in

Ruhe«, rief sie und schlang sich die Arme um den Körper. »Komm schon. Lass uns gehen.« Sie trat neben Max und griff nach seinem Arm. Doch er schüttelte sie unsanft ab. Sie geriet ins Straucheln, fing sich aber noch, bevor sie auf den Hintern geplumpst wäre.

Jonathan sah sie an. Für einen Moment entdeckte sie den Mann hinter der gleichgültigen Fassade, mit dem sie gestern Nacht zusammen gewesen war.

Ich habe mich doch nicht getäuscht!

Jonathan erhob sich. Die Atmosphäre zwischen den beiden Männern veränderte sich schlagartig. Er musterte seinen Bruder aus verengten Augen. Bo verkroch sich winselnd unter der Planke, auf der sein Herrchen eben noch gesessen hatte. Nicht einmal ein Vogel wollte noch zwitschern.

»Max. Komm schon, was soll der Scheiß? Ich habe Jonathan gebeten, mich zu begleiten. Er kann nichts dafür.« Amelia trat mit erhobenen Händen zwischen die beiden Männer. »Ich habe ihn in Gefahr gebracht. Nicht umgekehrt.«

»Du konntest es nicht wissen. Aber er schon!« Max taxierte seinen Bruder missbilligend. »Er hätte dich davon abhalten müssen.«

»Er konnte mich aber nicht abhalten. Und deshalb hat Jonathan mich begleitet. Sonst hätte ich es allein versucht. Und dann wäre ich nicht hier.« Amelia machte einen Schritt auf Max zu. Sie sah seine Anspannung weichen, seine Muskeln entspannten sich etwas. Dann schüttelte er den Kopf.

»Nein. Er hat dich in Gefahr gebracht.« Max hob seine Fäuste vor die Brust. »Geh zur Seite, Amelia!«

»Sei nicht so ein Idiot und hör mir doch bitte einmal zu. Jonathan –«

Max trat vor, schob Amelia beiseite. Beinahe hätte sie den Halt verloren. Max ging auf Jonathan zu, der die Hände tief in den Taschen seiner Jeans vergraben hatte.

»Hör mal, kleiner Bruder. Ich werde mich ganz sicher nicht mit dir prügeln.«

Max' Mundwinkel waren weit nach unten gezogen. In seinem Blick kämpften Zorn und Enttäuschung darum, die Oberhand zu gewinnen. »Sie hätte sterben können. Und das wäre deine Schuld gewesen.« Er schubste Jonathan. Seine Handflächen prallten gegen die Brust seines Bruders, der sich jedoch kaum bewegte.

»Ich habe sie nicht aus den Augen gelassen, okay? Ich habe auf deine Schwester aufgepasst. Nichts ist passiert. Es gibt keinen Grund, sich aufzuregen.«

»Nichts ist passiert!?« Max deutete auf Amelia, die kopfschüttelnd abseits stand. »Ihre Wunde ist wieder aufgegangen! Sie hätte verbluten können.« Seine Stimme überschlug sich fast.

»Ist sie aber nicht. Sie ist doch wieder hier, oder?«

»O mein Gott!« Amelia warf die Hände nach oben und atmete laut hörbar aus. »Ihr könnt mich doch beide sehen, oder!? Ihr müsst also nicht über mich reden, als wäre ich nicht hier!« Sie klang zunehmend genervt. »Schon klar, ihr zwei. Dank der patriarchalischen Gesellschaftsstrukturen meint ihr, ich sei ein hilfloses Pflänzlein. Und ihr beiden

seid die großen Helden in schimmernder Rüstung, die mich armes, kleines Mädchen beschützen müssen. Aber, Newsflash, ich kann allein auf mich aufpassen.« Sie stemmte die Hände in die Hüften und funkelte beide Männer wütend an.

Max' Ärger wich aus seinem Blick. Die Gesichtszüge wurden wieder weich, die Augen ruhiger. »Ich will doch nur nicht, dass dir etwas passiert.« Er schnaubte resigniert, warf Jonathan einen letzten vernichtenden Blick zu, dann vergrub er die Hände tief in seinen Jackentaschen und stampfte über die Felder davon.

»Toller Auftritt.« Jonathan lehnte sich mit verschränkten Armen an die hölzerne Scheunenwand. »Damit hast du ihn jetzt ziemlich vor den Kopf gestoßen. Das ist dir klar, oder?« Er deutete mit dem Kopf in die Richtung, in der Max allmählich kleiner wurde, bis er gänzlich aus ihrem Blickfeld verschwand.

Amelia nickte geistesabwesend.

Vielleicht hätte ich einfach meine Klappe halten sollen. Max wollte mich beschützen. Woher soll er wissen, dass ich dieses Macho-Gehabe hasse? Und Jonathan? Der ist auch nicht besser »Ich habe sie nicht aus den Augen gelassen!« Dass ich nicht lache! Ohne MICH wäre ER nicht mehr hier. Dieses selbstgefällige, kleine Arschloch. Warte mal, lacht er jetzt etwa?

»Was ist so komisch?«, zischte sie Jonathan an, der lachend an der Scheunenwand stand.

»Na, du! Wie du da stehst. Dein Gesicht sieht aus, als wärst du ein Kaninchen. Was wird das, führst du im Geiste Selbstgespräche?«

Jetzt reichte es Amelia endgültig. Zorn wallte in ihr auf. »Weißt du was, Jonathan!?«, keifte sie. »Du kannst mich mal. Ich hatte eigentlich gedacht, wir hätten uns letzte Nacht gut verstanden. Und hätten dieses Arschlochstadium hinter uns gelassen. Aber du …« Sie machte eine Handbewegung, die seinen gesamten Körper einschloss.

»Ja? Ich was …!?« Herausfordernd schaute er sie an.

Amelia stieß ein ärgerliches Zischen aus und drehte sich schwungvoll um. Mit wütenden Schritten stapfte sie Max hinterher.

»Notiz an dich«, hörte sie Jonathan hinter sich rufen. »Ich habe sehr wohl auf dich aufgepasst. Ob es dir nun gefällt, oder nicht.«

Zweiundzwanzig

»Ach, hier bist du.« Amelia atmete erleichtert auf, als sie Max in der Nähe des Mals an einen Baum gelehnt sitzen sah. »Darf ich mich zu dir setzen?«

Er nickte knapp. Sie ließ sich ihm gegenüber nieder, den Rücken an einen alten, kräftigen Baumstamm gestützt. »Max. Hör zu.« Verlegen starrte Amelia auf ihre Schuhspitzen. »Ich wollte mich nicht einfach davonstehlen, das musst du mir glauben. Ich wollte nur bei Dad anrufen. Aber mein Handy lag nicht im Wagen. Ich muss es in der Pension gelassen haben. Jonathan hat mich nur begleitet, weil ich keine Ahnung habe, wie ich das Mal bedienen muss.« Ihr Blick war auf ihre Ringe gerichtet. »Er hat mir nur geholfen.« Nervös drehte sie die beiden.

»Das hast du mir schon gesagt«, sagte Max matt.

»Ich weiß. Aber ich war mir nicht sicher, ob du zugehört hast.« Sie sah auf. »Wenn du sauer sein willst, dann auf mich.«

»Warum?«

»Na ja, ich habe ihn überredet. Nicht andersrum.«

»Nein. Das meine ich nicht. Warum wolltest du unbedingt telefonieren? Ich dachte, dein Verhältnis zu unserem Vater ist schlecht. Warum bringst du dich dann für ihn in Gefahr?«

Sie sah ihren Bruder stumm an. Mit dieser Frage hatte sie nicht gerechnet. Sie blickte Max in die Augen, die aussahen wie ihre eigenen. Hellblau um die Iris, mit einem dunkelblauen äußeren Rand. »Ich habe viel über ihn nachgedacht. Und auch über mich, über unser Verhältnis. Seit ich mich auf die Suche nach dir gemacht habe. Unsere Beziehung ist schwierig. Ja, das stimmt. Aber das war sie nicht immer. Ich war früher sein kleines Mädchen, seine Prinzessin. Ich wusste immer, dass er mich liebt und für mich da sein würde. Aber als Mom starb ...« Amelia schluckte. Es auszusprechen versetzte ihrem Herzen noch immer einen eiskalten, schmerzhaften Stich. »Ich weiß nicht genau, was damals passiert ist. Ich habe ihn weggestoßen, obwohl ich doch wollte, dass er mich festhält. Ich habe verzweifelt gehofft, er würde es verstehen, auch wenn ich es nicht ausspreche. Ich habe seine eigene Trauer vergessen. Und als er dann Beatrice kennenlernte, habe ich mich so furchtbar verraten gefühlt.« Einige Tränen flossen über ihre Wangen und tropften warm auf ihre Finger. »Dabei brauchte Dad nur jemanden, an dem er sich festhalten konnte. Und das hätte ich sein müssen.«

Max rückte neben seine Schwester. Fest legte er seinen Arm um ihre zitternden Schultern. »Du warst sechzehn Jahre alt. Woher hättest du es wissen sollen?«

»Mom wusste es. Sie hat es wirklich gewusst. Kurz bevor

sie starb. Sie hat mich darum gebeten, mich um Dad zu kümmern. Und ich habe es ihr versprochen. Max, ich habe ihr versprochen, mich um ihn zu kümmern. Ich habe ihr versprochen, dass wir uns nicht verlieren werden. Aber ich konnte es nicht. Ich konnte nicht über meinen verdammten Schatten springen. Verstehst du? Ich habe Mom so furchtbar enttäuscht und das muss ich wiedergutmachen.« Amelia vergrub das Gesicht in den Händen. Der Groll der letzten Jahre, den sie gegen ihren Vater gehegt hatte, entlud sich qualvoll in ihren Schluchzern. »Ich habe damals meine beiden Eltern verloren. Mom war krank, sie musste sterben. Aber Dad … Ihn zu verlieren war meine Schuld.«

Max kam noch dichter an seine Schwester heran. Unbeholfen legte er seine Hand auf ihr Knie. »Oh, Ames! Mom wird ganz sicher nicht enttäuscht von dir sein. Sie hat dich geliebt, Schwesterherz. So sehr. Das hat sie mir erzählt.«

Amelia zuckte zusammen, als sie ihren Spitznamen aus dem Munde ihres Bruders hörte. Doch es störte sie nicht. Sie lehnte sich an ihn und ließ ihren Tränen freien Lauf. Max legte seinen Arm um sie und zog seine Schwester eng an sich heran.

»Wie war es für dich, sie zu sehen?«, flüsterte sie irgendwann.

Max zögerte, als würde er nachdenken, in Gedanken zurück an diesen Tag reisen. Der Tag, an dem er seine Wurzeln gefunden hatte. »Es war so vieles. Merkwürdig. Beängstigend. Wunderbar. Verwirrend. Alles auf einmal. Ich war sechzehn und durfte Howbourne das erste Mal verlassen. Ich wollte meine Familie so gern sehen. Aber ich war auch furchtbar nervös. Ihr kanntet mich ja gar nicht.

Und ich kannte euch nicht. Und außerdem … na ja, ich bin ja eigentlich tot und so.« Max zeichnete gedankenverloren Kreise auf ihren Rücken. »Weißt du, viele hier haben schlechte Erfahrungen gemacht, wenn sie versucht haben, ihre Familien zu treffen. Es ist nicht immer einfach. Davor hatte ich Angst. Und Maggie und Hugh … sie sind so großartige, liebe Menschen. Ich wusste, ich würde sie wahnsinnig kränken, wenn ich zu euch fahren würde. Nur konnte ich nicht anders. Ich wollte ja auch nur schauen. Euch nur einmal sehen. Aber als ich dann erfuhr, dass Mom krank war und sterben würde, wollte ich sie so gern herbringen. Ich wollte sie retten. So unbedingt.« Er stockte. Sein Körper verkrampfte sich.

»Aber sie wollte nicht?« Es war eher eine Feststellung als eine Frage.

»Nein. Sie wollte nicht. Mom hat mir aber damals versprochen, dir eine Spur zu legen. Sie hat das Foto gemacht und mir versprochen, es dir zu geben. So konnten wir uns wenigstens kennenlernen.«

»Es tut mir leid, dass ich so lange gebraucht habe hierherzukommen.« Amelia nickte und kuschelte sich dichter an ihren Bruder.

»Das macht nichts, Ames. Die Hauptsache ist, du bist jetzt hier.«

»Ich mag dich, Bruderherz.«

»Ich dich auch, Schwesterherz.« Max drückte seiner Schwester einen Kuss auf die Stirn. »Komm, wir gehen zurück und helfen beim Aufbau für das Herbstfest.« Er sprang auf und zog sie hinter sich her.

»Ich habe Maggie vorhin beim Blueberry-Pie backen geholfen«, verkündete Amelia mit einem Anflug von Stolz.

»Tatsächlich? Wow. Maggie muss dich wirklich gernhaben. Normalerweise lässt sie niemanden an ihren Blueberry-Pie fürs Herbstfest. Es geht für sie schließlich darum, besseren Kuchen zu backen als Helen Olson.«

Amelia schmunzelte. »Das hat sie mir auch erzählt. Aber ich glaube, Maggie brauchte heute einfach eine Freundin.« Sie rempelte ihren Bruder leicht an. »Apropos Freundin. Wirst du Sue heute erzählen, wie gern du sie hast?«

Dreiundzwanzig

Auf der einzigen Straße von Howbourne war es voll. Zumindest für die Verhältnisse eines kleinen Dorfes. Ein Mann mittleren Alters saß mit seiner Gitarre auf einem Strohballen. Er spielte Lieder, die Amelia nicht kannte, und sang dazu. Eine Handvoll Kinder, deren Alter sich irgendwo zwischen vier und zwölf Jahren befand, tanzte hüpfend um ihn herum. Der Kerl war riesig, unter seinen großen Händen wirkte die Gitarre wie ein Kinderspielzeug. Als der Mann Amelia sah, nickte er ihr freundlich zu.

»Das ist William MacDoughan. Er macht bei allen Anlässen die Musik. Wir nennen ihn aber nur Big Mac. Weil er so groß ist.«

Lachend blieb Amelia stehen. »Big Mac? Euer Ernst?«

Max sah sie fragend an. »Na ja, er ist groß.«

»Ja, schon klar, aber Big Mac …?«

Sein Blick wurde noch etwas fragender.

»Ach, vergiss es.« Amelia winkte grinsend ab und folgte ihm weiter in Richtung des Bürgerhauses. Auf einem Podest war ein Rednerpult aufgebaut. Daneben stand ein langer Tisch. Gedeckt mit einer weißen Leinentischdecke und geschmückt mit Heidekraut. Auf etlichen Tellern standen köstlich duftende Kuchen.

Eine rundliche, kleine Frau mit hochgestecktem grauem Haar und einer beeindruckenden Oberweite blickte interessiert auf, als sie Max bemerkte. Sie beäugte Amelia von oben bis unten. Sie musste wohl um die siebzig sein. »Das muss dein Besuch sein, Max?« Sie streckte Amelia eine Hand hin und sagte mit zuckersüßer Stimme und noch süßerem Lächeln: »Guten Tag. Ich bin Helen Olson. Herzlich willkommen in Howbourne.«

Sie ergriff die warme Hand der alten Frau. »Hi. Ich bin Amelia.«

»Ja, das weiß ich doch. Neuigkeiten verbreiten sich hier schnell, müssen Sie wissen. Sie sind bei Maggie und Hugh untergekommen, nicht wahr? Nun, das ist zweifellos nicht die erste Adresse am Platze. Aber Sie sind ja …« Sie warf einen Seitenblick auf Max, »… familiär verbunden, wie man hört.«

»Helen!« Maggies schmächtiger Körper trat an den Tisch heran. »Wie ich sehe, hast du unseren Gast bereits kennengelernt.«

»Gewiss, Maggie. Du hältst es ja offenbar nicht mehr für nötig, der Gemeinschaft einen Gast vorzustellen?«

Während sich die beiden alten Damen kabbelten, nahm Max Amelias Hand und zog sie weiter. »Komm. Ich zeig dir alles.«

»Was ist mit den beiden?« Sie deutete im Gehen auf Maggie und Helen.

»Ach.« Er winkte ab. »Ich glaub, Helen war scharf auf Hugh, aber er hat sich in Maggie verliebt. Irgend so ein Liebeskram jedenfalls.«

»Oh, ach so. Das scheint ja noch lange nachzuwirken.« Sie schmunzelte.

Schön zu sehen, dass es in dieser Zwischenwelt *die gleichen Probleme gibt wie überall.*

»Hier ist der Grillplatz.« Max deutete auf einen mächtigen Holzhaufen. »Und das ist Anthony.«

»Hi. Anthony«, sagte Amelia und schüttelte die Hand eines etwa dreißigjährigen Mannes.

Er sah aus wie einem Magazin für Outdoormode entsprungen. Hatte etwas längere, ordentlich zurückgekämmte, wellige Haare. Sein akkurat gestutzter Vollbart war ebenso kastanienbraun wie das Haar und verbarg das halbe Gesicht. Doch die Augen strahlten eine enorme Freundlichkeit aus. »Hi. Nenn mich bitte Tony. Anthony klingt so furztrocken.« Er lachte auf.

»Tony ist unser Handwerker. Wenn hier mal etwas kaputt geht, ist er dein Mann.«

»Ich bin Amelia.«

»Ja, ich weiß. Kleinstadt und so. Besonders schön, dich kennenzulernen.« Makellos weiße Zähne blitzten unter dem Bart hervor. Seine Augen sprühten vor Lebensfreude.

Wie interessant. Ein gut aussehender Handwerker. Ein wandelndes Klischee, aber trotzdem heiß.

»Weißt du schon, wie lange du bleiben wirst? Wenn du willst, kann ich dich ein bisschen herumführen. Ich würde dir auch die geheimen Ecken zeigen. Bis ich das Feuer hier entfachen muss, dauert es noch ein bisschen.« Anthony grinste und zwinkerte Amelia zu.

Max' Miene versteinerte sich.

Sie spürte augenblicklich Hitze in ihren Wangen.

»Sie ist meine Schwester, Tony! Okay?«

»Na ja, jeder ist irgendjemandes Schwester oder Tochter. Das ist kein starkes Argument, Max.« Er nahm ein Holzscheit in die Hand. »War schön, dich kennenzulernen, Amelia. Wenn du mein Angebot doch noch annehmen möchtest, komm vorbei. Ich bin die ganze Zeit hier.«

Amelia konnte nicht anders, als zu lächeln und zu hoffen, dass sie nicht aussah wie eine überreife Tomate. »Hat jeder bei dem Fest eine Aufgabe?«

»Ja. Es ist ein Gemeinschaftsfest. Und jeder trägt ein Stück dazu bei. Hugh hält natürlich eine Rede als Bürgermeister und passt auf, dass alles seine Ordnung hat. Sue moderiert den Backwettbewerb. Maggie, John, Helen und noch ein paar andere sind für das Essen zuständig. Jonathan und ich verteilen die Getränke.« Er lächelte verklärt, als wäre er in einer schönen, allmählich verblassenden Erinnerung gefangen.

»Jonathan kommt her?«

»So war es zumindest bisher. Keine Ahnung, ob er heute mitmachen wird.«

Sie gingen weiter und Max stellte ihr noch andere Bewohner Howbournes vor, die sie alle unverhohlen neugierig musterte.

»Hallo, ihr beiden. Wie gut, dass ich euch treffe.« Hugh stand außer Atem und mit rotem Gesicht vor ihnen. »Du musst mir helfen, Junge. Die Kinder haben beim Tanzen mein Rednerpult umgeschmissen. Ich brauch dich, um es wieder aufzubauen. Anthony muss sich jetzt um das Feuer kümmern.«

»Kein Problem, Hugh. Ich komme.«

Max und Hugh schauten Amelia auffordernd an. »Kommst du mit?«

Sie schüttelte langsam den Kopf. »Nein. Ich möchte mich gern noch umsehen und Sue Hallo sagen. Ich komme später nach.«

»In Ordnung. Viel Spaß, Liebes«, sagte Hugh und legte mit einer väterlichen Geste den Arm um Max' Schultern. Die beiden gingen auf den Festplatz zu.

Amelia winkte ihrem Bruder mit einem schmalen Lächeln hinterher, als er sich noch einmal zu ihr umdrehte. Nach einigem Suchen hatte sie Sue gefunden. Sie war damit beschäftigt, Unmengen an Pies und Kuchen zu drapieren.

»Amelia!« Sie strahlte übers ganze Gesicht, als sie Amelia sah. »Es tut mir so leid, dass ich gestern keine Zeit hatte.« Herzlich schlang sie die Arme um sie.

»Das macht doch nichts. Die Schafe gehen vor«, erwiderte sie.

»Ich habe gehört, Jonathan und du habt einen kleinen Ausflug gemacht.« Sue flüsterte, damit wohl niemand der Umstehenden etwas mitbekam.

»Woher …?«

»Thomas ist mein Dad. Schon vergessen?«

»Ach ja, natürlich. Die Kleinstadt-Sache.«

»Genau. Er sagte, ihr seid ziemlich mitgenommen gewesen. Geht es dir gut?«

»Ja, danke. Es geht wieder. Es war einfach eine verrückte Nacht.«

»Die du mit Jonathan verbracht hast.«

»Ja, das schon …« Amelia drehte an den Ringen an ihren Fingern.

»… aber?« Sue heftete ihren neugierigen Blick auf sie. »Nun sag schon. Ich verspreche auch hoch und heilig, es niemandem zu erzählen.« Sie zog einen imaginären Reißverschluss an ihren Lippen zu.

»Wir haben uns gestern Nacht gut verstanden. Sehr gut sogar. Aber vorhin war er wieder dasselbe Arschloch, das er immer zu mir ist.«

»Hmmm. Verstehe.« Sue trommelte mit den Fingerspitzen gegen ihr Kinn. »Rede doch mit ihm. Sag ihm, wie sehr seine Art dich nervt.«

»Ach, Sue, ich weiß nicht. Ist das nicht albern?« Amelia seufzte theatralisch. »Warum bist du nicht mit Max aufgewachsen? Dann wäre alles so viel einfacher.«

»Mag sein. Aber einfach ist doch langweilig. Das kann schließlich jeder.«

Vierundzwanzig

»Hey. Ich habe nachgedacht.« Amelia stemmte die Hände in die Hüften.

Jonathan blinzelte gegen das Sonnenlicht, seufzend lehnte er sich an die Scheunenwand. Bo sprang auf, um sie freudig zu begrüßen. Er tänzelte ein paarmal um sie herum, ließ sich dann neben ihr nieder und stupste auffordernd mit der feuchten Nase gegen ihre Hand.

»Ach ja?« Jonathans Tonfall war bemüht ausdruckslos.

Sein Hund freut sich deutlich mehr über meinen Besuch als er.

»Echt jetzt? Was stimmt denn nicht mit dir!?« Sie konnte nicht verhindern, ärgerlich zu werden. Seine demonstrativ gleichgültige Art brachte sie auf die Palme.

»Was ist?« Jonathan zog eine Augenbraue hoch.

»Was ist!? Du benimmst dich wie ein Arsch. Das ist! Schon wieder!« Frustriert kickte Amelia einen Stein beiseite, der zu ihren Füßen lag.

Er zögerte einen Moment, verschränkte die Arme vor der muskulösen Brust und stieß geräuschvoll die Luft aus.

»Okay, Amelia. Dann spiele ich dein Spielchen einfach mal mit.« Er richtete seinen Oberkörper gerade auf. Mit der einen Hand klopfte er auf die Holzplanke neben sich und bedeutete ihr, sich zu setzen. Auf das Signal hin sprang Bo auf und trottete schwanzwedelnd zu seinem Herrchen, das über Bos seidigen Kopf streichelte. »Also, verrätst du mir jetzt, worüber du nachgedacht hast?« Seine Lippen verzogen sich zu einem schiefen Grinsen. »Bitte«, fügte er lang gezogen und zuckersüß hinzu.

Amelia zögerte, ob sie darauf eingehen sollte, ließ sich dann aber neben Jonathan nieder. Sie musste gegen das Lächeln ankämpfen, das ihren Mund erfassen wollte. »Also, hör zu.« Sie drehte sich so, dass sie ihn ansehen konnte. »Ich habe mir den Kopf darüber zerbrochen, wer uns angegriffen hat.«

Er nickte. »Aha. Und zu welchem Ergebnis bist du gekommen?«

Amelia richtete sich auf und reckte das Kinn in die Luft. »Es kann nur Pater David gewesen sein.«

Jonathan schwieg. Seine Stirn war in tiefe Falten gelegt. Sein Blick huschte zu ihr, fing den ihren auf. Ein paar Sekunden lang blieb alles still. Dann platzte ein kehliges Lachen aus ihm heraus. »Pater … David?« Er prustete.

Amelia presste die Lippen aufeinander und ballte die Hände zu Fäusten. Sie fühlte sich nicht ernst genommen und irgendwie verarscht. »Was ist daran so komisch?«, zischte sie empört.

»Och, nichts.« Jonathan wischte sich über einen Augenwinkel. »Nur, dass Pater David ungefähr … eine Million

Jahre alt ist. Meinst du nicht, ich wäre mit ihm fertig geworden?« Er lachte noch einmal auf.

Okay, der Einwand ist berechtigt.

»Aber er ist der Einzige, mit dem ich über Howbourne gesprochen habe.« Amelia blickte auf den Boden und fügte kleinlaut hinzu: »Zumindest ausführlicher.«

»Ja? Ist das so? Hast du wirklich nur ihm das Foto von Max gezeigt und nach dem Namen ›Howbourne‹ gefragt?«

»Ähm … Na ja.« Sie räusperte sich verlegen. »Nein, das nicht. Aber er hat mir die Kirchenbücher gezeigt und kurz darauf wurde ich auf dem Parkplatz angegriffen. Und Pater David konnte sich denken, dass ich noch mehr Nachforschungen anstellen würde.«

»Ja, schon möglich.« Er nickte bedächtig, verschränkte die Finger im Nacken und schaute sie an. »Und mit wem hast du sonst noch über Max gesprochen?«

»Mit dem Tankwart, ich kenne seinen Namen nicht. Mit Olivia im Bed and Breakfast und mit ihrer Tochter Polly. Sie hat mir auch von der Legende um Nan Tuck erzählt.« Sie hielt inne und überlegte. »Und mit allen Bewohnern der Howbourne Lane.« Amelias Stimme klang wie die eines kleinen Kindes, das den Eltern eine schlechte Schulnote beichten musste.

Jonathan grinste triumphierend. »Und da meinst du, Pater David sei die plausibelste Lösung?«

»Ja. Er war irgendwie merkwürdig. Irgendetwas stimmt nicht mit ihm.«

Er beugte sich vor und blickte Amelia fest in die Augen. Sein Blick war sanft. Frisches Frühlingsgras, das in der

Sonne wogte. Sie musste sich auf das Gespräch konzentrieren, um die Gedanken nicht abschweifen zu lassen. Unter seinem Blick fiel es ihr wahnsinnig schwer, sich nicht seine Hände auf ihrem nackten Körper vorzustellen. Amelia zwang sich, Jonathans Blick zu erwidern.

»Mag sein, dass er dir komisch vorgekommen ist. Das kann ich mir sogar sehr gut vorstellen. Aber das hat einen guten Grund.« Seine Finger zogen gedankenverloren imaginäre Linien über Bos Kopf.

Ihr Blick haftete auf seiner Hand und plötzlich wünschte sie sich, er würde die Kreise auf ihrer Haut zeichnen. Ihre Konzentration verabschiedete sich erneut. Nur mit Mühe holte Amelia sie zurück.

»Er ist Hughs Bruder«, sagte Jonathan leise.

»Wer?«

»Dein Ernst?« Er sah verwirrt zu ihr. »Worüber reden wir denn hier? Na, Pater David. Er ist Hughs Bruder.«

»Er ist … oh.« Sie brauchte einen Moment, um diese Information einzuordnen. »Und er weiß von Howbourne?«

»Natürlich.« Jonathan nickte. »Pater David ist unsere Verbindung zur Außenwelt. Unser Kontaktmann sozusagen. Er kommt auch häufig vorbei und besucht uns alle hier. Bringt uns Benzin für den Generator und so Sachen, die es hier eben nicht gibt. Er hat ein offenes Ohr für jeden. Ab und an zieht er auch diese Kirchensache durch. An Weihnachten, bei Hochzeiten und so. Er ist wirklich ein guter Kerl.« Er legte seine Hand auf Amelias Knie, als wäre es das Selbstverständlichste der Welt.

Stromschläge schwangen sich an ihren Synapsen durch

den gesamten Körper. Wie ein Feuer breitete sich Wärme in ihr aus.

»Er hat dich ganz bestimmt nicht angegriffen.« Dann nahm er seine Hand zurück.

Sofort vermisste Amelia die Wärme seiner Haut. Einen Moment blieben sie schweigend nebeneinandersitzen. Nur Bos Hecheln durchbrach die Stille. »Das habe ich nicht gewusst.«

»Woher solltest du das auch wissen? Es ist nichts, was er jedem auf die Nase bindet. Und das aus gutem Grund.« Jonathan lehnte sich auf der Holzplanke zurück, sodass Amelia ihn nicht mehr sehen konnte.

»Pater David hat mir von dir erzählt. Er sagte, ein junges Mädchen würde herumschnüffeln und überall eine Fotografie von Max herumzeigen. Weißt du, es versuchen oft irgendwelche Spinner, der Legende von Nan Tuck auf den Grund zu gehen. Besonders um diese Jahreszeit. Ich vermute mal wegen Halloween. In den letzten Jahren ist es immer schlimmer geworden. Pater David war sich einfach nicht sicher, ob du auch einer von diesen morbiden Freaks bist.« Er blies die Wangen auf. »Aber Pater David hatte die Fotografie von Max erwähnt. Da war mir schon klar, wer du bist. Außerdem bist du Max' Zwillingsschwester und wahrscheinlich ebenso stur wie er. Ich war mir sicher, du würdest nicht einfach aufgeben. Ich dachte mir schon, dass du wie ein Trüffelschwein weitergraben würdest.«

»Trüffelschwein!?« Amelia gluckste empört. »Du findest, ich sehe aus wie ein Trüffelschwein!?«

Er lachte auf. »Ich habe nicht gesagt, du würdest wie eins aussehen.« Er zwinkerte ihr zu.

Sie spürte die verräterische Wärme in ihren Wangen, wandte den Blick ab und streichelte Bos Kopf. »Du wusstest von dem Foto?«, fragte sie nach einer Weile.

Jonathan nickte geistesabwesend. »Ja. Ich war mit Max zusammen dort. Bei deiner Mom.«

Amelia erstarrte. »Du hast meine Mutter getroffen?«, flüsterte sie.

»Ja. Ich habe ihn begleitet. Er hatte zu viel Schiss, Howbourne allein zu verlassen. Der Plan war simpel. Wir wollten euch nur beobachten. Ich weiß, es klingt nach Stalking.« Jonathan hob entschuldigend die Hände.

»Weil nicht jeder von euch Glück hatte, wenn er seine richtige Familie kennenlernen wollte?« Ihre Hände wurden schweißnass. Sie hatte nicht mit so einer Wendung des Gesprächs gerechnet.

»Genau. Glück.« Sein Blick schweifte kurz ab. »Also, wie gesagt. Max hatte die Hosen bis zum Anschlag voll. Tagelang lag er mir in den Ohren. Irgendwann habe ich dann zugestimmt mitzukommen. Also sind wir zu eurem Haus gefahren. Pater David hatte eure Familie gegoogelt und … Okay, es hat tatsächlich was von Stalking. Sorry! Das ist unheimlich.« Jonathan verzog das Gesicht.

Amelia fühlte sich in die Zeit zurückversetzt, in der ihre Mutter kurz vor ihrem Tod im Krankenhaus gewesen war. Man hatte sie irgendwann vor die Wahl gestellt, nach Hause zu gehen oder sie in ein Hospiz zu verlegen. Valerie hatte sich für ihr Zuhause entschieden. *»Wenn es schon zu Ende gehen muss, dann wenigstens zu Hause«*, hatte sie gesagt. Also war sie nach Hause gekommen.

Der Schmerz war seit Valeries Tod, oder besser seit der niederschmetternden Diagnose, ein fester Bestandteil von Amelias Seele. Sie nahm ihn ständig wahr. Normalerweise wie ein leises, kaum merkliches Ziehen irgendwo tief verborgen in ihrem Herzen. Ein kleiner Riss. Nicht störend, aber doch da. Immer präsent. Doch jetzt versetzte Jonathans Erzählung sie zurück in jene düsteren Wochen, kurz bevor der Krebs Valerie mit sich gerissen hatte. Wie ein Sturm ein Schiff auf offener See.

Der Schmerz krallte sich mit seinen kalten Fingern an ihrem Herzen fest. Quetschte es zusammen, als würde er den letzten Tropfen Blut daraus pressen wollen. »Erzähl weiter.« Sie bemühte sich um eine feste Stimme.

Jonathan schien das Zittern nicht entgangen zu sein, das ihre Worte umhüllte. Einen Moment zögerte er, dann nahm er ihre Hand in seine. Die Wärme seiner Haut durchströmte sie, legte sich wie eine wärmende Decke um ihre schmerzende Seele. Keine Stromstöße, kein Kribbeln. Nur Geborgenheit.

»Wir waren also bei eurem Haus«, fuhr er fort, »und da warst du und dein Dad. Nur deine Mom eben nicht. Dann seid ihr beiden weggefahren und wir sind euch gefolgt. Als ihr zum Krankenhaus gefahren seid, hatten wir schon so eine Ahnung. Pater David hatte als Geistlicher natürlich keine Schwierigkeiten, an der Information mehr über eure Mom zu erfahren. Na ja, da war Max klar, dass er versuchen musste, sie hierher nach Howbourne zu bringen.« Sein Daumen zeichnete kleine Kreise auf Amelias Hand.

»Um sie zu retten«, flüsterte sie.

Er nickte. »Max hat sich nicht getraut, allein zu gehen. Gott, er ist so ein Schisser. Also habe ich ihn begleitet. Und…« Jonathan stockte, seine Stimme wurde noch etwas rauer und dunkler. »Es war … Ach, Fuck. Deine Mutter. Sie … Sie hat ihn erkannt. Sofort. Verstehst du? Ihr war vollkommen klar, wer Max ist. Sie hat die Hand nach ihm ausgestreckt und ihn zu sich gezogen. Sie hatte überhaupt keinen Zweifel. Obwohl sie doch dachte, er sei tot.« In seinen Augen schimmerten Tränen. »Es war unglaublich. Ich wünschte …« Er verstummte. Sein Blick richtete sich in die Ferne.

Amelia rannen ungehindert Tränen über die Wangen. Sie brauchte eine Weile, bis sie ihrer Stimme wieder trauen konnte. »Danke, dass du mir das erzählt hast.« Ihr Körper schmerzte vom Verlust und den Tränen, die ihren Körper erbeben ließen.

»Es tut mir echt leid, dass deine Mom gestorben ist.« Jonathans Blick war weiterhin in die Ferne gerichtet. Aber seine Hand hielt noch immer Amelias. »Ich habe sie nicht gekannt, aber man sah sofort, wie besonders sie war.« Er lächelte sie an. Es war ein sanftes, aufmunterndes Lächeln. Flüchtig drückte er ihre Hand.

»Bei dir war es anders, oder?« Amelia dachte an den zarten Schimmer der drohenden Tränen in seinen Augen.

»Hm? Was war anders?«

»Deine Familie. Sie hat nicht so reagiert wie meine Mutter bei Max, stimmt's?«

Er zog seine Hand zurück und winkte ab. »Ach, das ist ewig her.« Sein Körper versteifte sich. Seine Gesichtszüge wurden hart.

Amelia spürte noch die Wärme seiner Haut auf ihrer und wünschte, sie hätte nichts gesagt. Der Moment war vorüber.

Er nahm das Schnitzzeug zur Hand und bearbeitete ein Holzstück.

Irgendwann räusperte sich Amelia. Es gab noch eine Frage, die ihr auf der Seele brannte. »Warum wusste Max nicht, dass wir beide gemeinsam unterwegs waren?«

Jonathan zuckte mit den Schultern. »Hab's ihm nicht erzählt.«

»Maggie und Hugh. Wissen sie, was passiert ist?«

»Klar. Die beiden wissen schließlich alles.«

»Jonathan, ich meine es ernst.«

»Sie haben mitbekommen, dass ich dich rausgebracht habe.« Sein Blick wurde härter.

»Aber von dem Angreifer wissen sie nichts?« Sie spielte mit ihren Fingern am Saum ihres Pullovers.

»Nein.«

»Meinst du nicht, sie sollten von dem Angreifer erfahren? Einmal kann Pech sein, aber das war der zweite Angriff in der Nähe des Mals. Das kann doch kein Zufall sein. Und wer weiß, was Audrey passiert ist!?« Amelia sah Jonathan eindringlich an, aber er hatte die Mauer um sich herum wieder vollständig errichtet. »Haben sie uns denn nicht nach Hause kommen hören? Scheiße, ich kann mich kaum noch erinnern. Hat Maggie deine Wunde denn nicht versorgt?«

»Gehört haben sie uns vielleicht. Aber ich versorge mich selbst. Es war nicht meine erste Schlägerei, okay?« Seine Stimme klang kühl und abweisend.

Jedes einzelne kalte Wort entzog ihr die Wärme seiner Berührung. »Schlägerei?« Sie lachte ungläubig auf. »Na, so würde ich das nicht unbedingt nennen. Du bist doch nicht in einer Bar mit einem Betrunkenen aneinandergeraten oder hast dich mit den falschen Leuten angelegt.«

Jonathan verengte die Augen. »Ach, das ist es, was du von mir denkst?« Er baute sich vor ihr auf und funkelte sie zornig an. »Du denkst, ich hänge in Buxted in Pubs ab, besaufe mich und plündere Läden und zettele wahllos Schlägereien an?«

»Na ja. Ich dachte. Maggie sagte ...« Amelia starrte verlegen auf den Boden. Tausend Worte schossen ihr durch den Kopf, aber sie wusste nicht, was sie sagen sollte.

»Ja klar.« Er beugte sich vor, sein Gesicht war dicht vor ihrem. Sein warmer Duft strömte in ihre Nase. »Es ist ja auch wunderbar einfach, mir das Image des bösen Jungen anzuhaften. So verdammt einfach.« Er richtete sich auf, kickte wütend mit der Spitze seines Boots gegen einen Stein. »Komm, Bo.« Damit drehte er sich um und ließ Amelia allein zurück.

Fünfundzwanzig

»Amelia, Liebes. Da bist du ja. Zum Glück! Ich brauche deine Hilfe bei den Getränken.« Maggie nahm Amelias Hand und zog sie resolut hinter sich her. »Max hilft Hugh mit dem Rednerpult. Er kümmert sich normalerweise darum, die Getränke zu verteilen zusammen mit … Jonathan.« Sie zögerte und ein Schatten huschte über ihr Gesicht. »Aber ich glaube nicht, dass mein Ältester dieses Jahr am Herbstfest teilnehmen wird.« Ein angestrengtes Lächeln verzog ihre Lippen. »Aber nun bist du ja hier und kannst helfen. Wunderbar.« Maggie deutete auf einen Tisch, der ebenso wie die anderen Tafeln mit einem weißen Leinentischtuch und einigen hübschen Sträußen aus Heidekraut geschmückt war.

»Das ist unsere Bar. Wir haben Wasser, Limonade, Ale und Kürbisschnaps für den späteren Abend. Nimm dich in Acht vor Thomas. Er wird schon sehr früh beginnen, nach dem Schnaps zu fragen. Genau wie Helen.« Maggie stapelte geschäftig Gläser auf dem Tisch. »Ich werde versuchen, dir hin und wieder zu helfen, damit zwischendurch mal Gläser gespült werden können. Aber ich muss mich darum kümmern, dass alle genug zu essen haben.« Maggie sprach so eilig, als würde ihr Leben vom Gelingen des Festes abhängen.

»Schon gut, Maggie. Ich schaff das schon. Keine Sorge. Max wird ja wohl auch nicht mehr ewig mit dem Pult beschäftigt sein, oder?« Amelia lächelte der alten Dame aufmunternd zu.

»Gut. Gut. Ruf mich, wenn du mich brauchst.«

Amelia stapelte einige Gläser zu Türmen auf. Sie fühlte sich unbeholfen und beobachtet. Als würde sie vor ausverkauftem Haus im grellen Scheinwerferlicht auf einer Bühne stehen. Verlegen lächelte sie den Leuten zu, die sie neugierig beäugten.

Puh, das kann ja heiter werden. So ähnlich fühlen sich wohl Tiere im Zoo.

Amelia entdeckte Sue an einem Tisch, der sich unter etlichen Kuchen nur so bog. Sie winkte ihr zu. Die junge Frau kam zu ihr rüber und drückte sie kurz, aber herzlich an sich. »Hat Maggie dich direkt rekrutiert?« In Sues Stimme schwang Belustigung mit. »Wo ist denn Max?«

»Irgendwas mit dem Rednerpult. Keine Ahnung«, antwortete sie.

»Trinken wir nachher etwas zusammen und quatschen ein bisschen?«

Amelia nickte, schaute sich um und fing wieder einige neugierige Blicke auf. »Sag mal, Sue?« Sie beugte sich zu ihrer neuen Freundin und flüsterte ihr ins Ohr: »Bilde ich mir das ein oder starren mich alle an?«

Sue lachte. »Du bist hier in einem winzigen Dorf, schon vergessen?« Sie drückte Amelias Hand, dann drehte sie sich zum Gehen. »Du bist hier eine Attraktion, Baby. Genieße es, so lange es dauert!« Sue winkte und widmete sich wieder den Kuchen. Sie nahm einen Teller und legte ein Stück Blaubeer-Pie darauf. »Hier.« Sie reichte Amelia den Teller. »Den musst du unbedingt probieren. Das ist Maggies berühmter Blueberry-Pie. Ich sage dir, der ist himmlisch.«

Amelia betrachtete das duftende Gebäck. »Ich habe Maggie beim Backen geholfen, aber ich durfte nicht probieren.« Sie nahm ein Stück auf die Gabel und kostete. »Oh. Mein. Gott«, sagte sie mit vollem Mund. »Der ist ja wirklich fantastisch!« Schnell nahm sie den nächsten Happen in den Mund und kaute genussvoll.

»Oder? Wäre es möglich, würden die Leute von weit herkommen, um Maggies Kuchen zu essen.«

Amelia war sich nach einiger Zeit nicht mehr sicher, ob die Bewohner Howbournes besonders durstig oder einfach besonders neugierig waren. Der Ansturm auf ihren improvisierten Tresen wollte einfach nicht abebben.

Strähnen hatten sich aus ihrem Zopf gelöst und klebten nun verschwitzt in ihrem Nacken. Das Sweatshirt war viel zu dick. Aber sie hatte keine Zeit, darüber nachzudenken. Ein durstiger Gast folgte dem nächsten.

Wie absurd ist das? Ich verteile hier Getränke und bin selbst fast am Verdursten.

»Ja, bitte?« Amelia hatte aufgehört, die Gäste anzuschauen. Sie war nur noch damit beschäftigt, Gläser zu füllen. Je länger das Fest dauerte, desto lauter wurden die Leute. Ihre Ohren klingelten schon und sie freute sich bereits auf ihr Bett.

»Kürbisschnaps.« Eine raue, männliche Stimme ließ sie aufblicken. Tiefe grüne Augen blickten ihr entgegen.

»Schnaps gibt's noch nicht. Hilf mir lieber«, zischte sie.

»Brav. Du hast Maggie zugehört.« Mit einem breiten Grinsen trat Jonathan neben sie hinter die Bar.

»Was machst du?« Amelia musterte ihn argwöhnisch.

»Meinen Job. Ich bin für die Getränke schon seit Jahren eingeteilt.« Er schnappte sich ein Glas und fragte: »Wo ist Max?«

»Weiß ich nicht. Er hilft Hugh mit irgendwas.«

»Aha. Okay. Ich habe übrigens noch einen guten Rat für dich. Trinke niemals von dem Schnaps. Niemals! Egal, was passiert. Das Zeug hat es verdammt in sich.«

Amelia schnaubte.

Ist das seine Art, sich für sein bescheuertes Arschlochverhalten zu entschuldigen?

»Hatte ich nicht vor«, grummelte sie.

»Gut so. Ich habe Bier in der Scheune. Also, echtes Bier. Wenn wir hier nachher fertig sind …«

»Ist das jetzt eine Einladung, oder was?«

»Das hast du gesagt.« Jonathan zwinkerte ihr zu.

Eine Weile schwiegen sie und füllten Gläser für die Gäste des Fests.

»Amelia?«

Sie sah auf und blickte Jonathan fragend an.

Er lächelte ein schiefes, verlegenes Lächeln. »Sorry, dass ich vorhin so ein Arsch war.«

»Sollte es auch«, murmelte sie.

Ein warmer Schauder breitete sich in ihrem Bauch aus und flutete ihren ganzen Körper.

»Komm, lass uns abhauen.« Jonathan griff sich seine Jacke. Seine grünen Augen schauten sie auffordernd an.

»Jetzt? Aber ich habe Maggie versprochen zu helfen.«

»Ja, und? Das hast du doch auch. Hier ist doch nichts mehr los.« Er angelte einen Stift aus der Jackentasche, schnappte sich einen Zettel und schrieb etwas darauf. »*Selbstbedienung*«, las Amelia, als er mit dem Zettel vor ihren Augen herumflatterte.

»Na, los.« Als sie zögerte, setzte er hinzu: »Schieb es einfach auf den schlechten Einfluss, den ich auf dich habe.«

»Okay. Das mache ich, wenn Maggie sauer auf mich ist.«

Gemeinsam entfernten sie sich von dem Festplatz. Vorbei an fröhlichen Gesichtern, lachenden und tanzenden Menschen. Amelia entdeckte Sue und winkte ihr. »Es muss schön sein, hier zu leben.« Sie dachte an Kingston Upon Hull, wo sie ihre Nachbarn höchstens vom Sehen kannte.

Jonathan schnaubte. »Na ja«, entgegnete er nur.

»Solche Feste wie das hier kenne ich von zu Hause nicht. Da gibt es nicht so etwas wie eine Gemeinschaft. Es muss doch schön sein, wenn man aufeinander aufpasst.«

Er antwortete nicht, zog lediglich eine Augenbraue hoch.

Sie gingen nebeneinander über die sandige Straße. Amelia hatte einen Kloß im Hals. Jonathan war dicht neben ihr. Sie müsste nur die Finger etwas spreizen und könnte ihn berühren. Die Wärme, die sein Körper ausstrahlte, kribbelte auf ihrer Haut.

Wie er wohl reagieren würde, wenn ich jetzt seine Hand nehmen würde? Würde er es zulassen oder mich abschütteln? Vielleicht würde er meine Finger an seine Lippen führen. Sie sanft küssen. Federleicht mit seiner Zungenspitze über meine Haut tanzen. O Gott! Wo kommt das bloß her!? Versuche ich es einfach?

Jonathan bog auf einen schmalen Feldweg ab. Er war nicht breit genug, um nebeneinander zu gehen.

Toll. Jetzt ist es zu spät.

Als sie die Scheune erreichten, schob er das schwere Tor auf. Er machte eine einladende Geste und forderte sie so auf, diese zu betreten. Zögernd betrat sie das Gebäude. Der Geruch nach Heu und Stroh umfing sie.

»Herzlich willkommen«, sagte Jonathan.

Er zündete eine kleine Laterne an und drehte sich mit ausgestrecktem Arm einmal im Kreis. Dann ging er in eine Ecke und bedeutete Amelia, ihm zu folgen. »Na komm schon. Ich verspreche dir hoch und heilig, Pater David wird dich hier nicht angreifen.« Er grinste breit.

»Haha. Sehr witzig.« Sie boxte ihm gegen den Arm und folgte ihm weiter in die Scheune.

Hinter hoch aufgeschichteten Strohballen blieb Amelia wie angewurzelt stehen. In der Nische standen zwei Adirondack-

Stühle, die mit gemütlich wirkenden Kissen gepolstert waren. Auf dem Boden lag ein abgewetzter Teppich, der trotz seines erbärmlichen Zustands Heimeligkeit ausstrahlte. Es gab einen Tisch und ein Regal voll mit Büchern und losen Zetteln. Daneben befand sich ein kunstvoll geschnitztes Schränkchen. Die Strohwände des improvisierten Raums waren mit Zeichnungen übersät.

»Wow. Was ist das hier?«, fragte Amelia mit offenem Mund.

»Willkommen in meiner Wohnung.« Jonathan deutete auf einen der Sessel. »Nimm Platz. Möchtest du ein Bier?«

»Deine Wohnung?« Sie drehte sich um die eigene Achse, um den kompletten Raum zu betrachten. »Wie meinst du das? Du wohnst doch bei Maggie und Hugh.«

»Ja, stimmt. Aber, verdammt noch mal, ich bin vierundzwanzig Jahre alt. Ich habe doch keinen Bock mehr, bei meinen Eltern zu wohnen.«

Amelia verstand, was er meinte. »Das hier ist deine Zuflucht.«

»Ja, exakt. Ich habe es mir nach und nach eingerichtet. Seit Thomas die Farm drüben führt, ist das hier nur eine Lagerscheune. Kaum jemand kommt noch hierher. Da lag es doch nahe, sich hier einzunisten.«

»Und warum ziehst du nicht einfach aus?«

Jonathan winkte ab. »So einfach ist das leider nicht. Wir haben keine freien Häuser. Und zum Bauen fehlt das meiste Material.«

»Also bleibst du bei Maggie, bis ein Haus frei wird?«

»Jup.«

»Okay. Und wann wird etwas frei? Ich meine, Wegziehen könnt ihr ja nicht.«

»Ich glaube, du hast dir die Frage eben selbst beantwortet, nicht wahr?«

»Oh«, kam es tonlos über Amelias Lippen. »Reichlich makaber, oder?«

Jonathan nickte und prostete ihr zu. Sie ließ ihren Blick über die Zeichnungen an den Wänden wandern. Es waren Bleistiftzeichnungen verschiedener Motive. Landschaften, Häuser, Bäume, Tiere, Menschen. Sie erkannte Max, Hugh und Maggie. Bo und diverse Studien über Pfoten, Hände, Augen und Münder. »Sind die alle von dir?« Amelia strich mit den Fingerspitzen über eine Zeichnung, auf der sie Max erkannte.

»Ja.«

Ihr Blick fiel auf eine Skizze, die eine junge Frau zeigte. Sie hatte eine zierliche Figur, die langen Locken fielen ihr ungezähmt bis zu den Hüften hinunter. Die Augen schauten abenteuerlustig und wild. »Ist das … Audrey?«

Jonathan trat neben sie, reichte ihr eine Flasche Bier und betrachtete das Bild ebenfalls. »Hmmm. Ja, das ist sie.«

»Sie ist hübsch.«

»Jap.«

»Was denkst du, ist mit ihr passiert?« Amelias Augen hefteten auf dem Gesicht der jungen Frau. »Meinst du, sie wurde angegriffen und ist deshalb verschwunden?«

Jonathan starrte seine Zeichnung eine Weile an. »Audrey ist gegangen und nicht wiedergekommen, das ist die ganze Geschichte. Sie ist ein … War ein freier Geist. Gott, es fällt mir so schwer, über sie in der Vergangenheit zu sprechen.« Er zögerte. »Wie sage ich es am besten, ohne kitschig zu klingen?«

»Es macht nichts, wenn es kitschig klingt. Erzähl einfach, ich höre dir zu.« Sie betrachtete Jonathans markantes Profil. Seine Augen waren noch immer auf die Skizze gerichtet.

Er trauert um sie.

»Audreys Seele war wild. Verstehst du? Sie war nicht für das Leben in einem Dorf gemacht. Schon gar nicht in einem Dorf wie Howbourne. Sie weigerte sich zu akzeptieren, ihr gesamtes Leben hier verbringen zu müssen.« Jonathan wandte seinen Blick von der Zeichnung ab und lehnte sich gegen die Scheunenwand. »Sie wollte reisen, Freunde finden, sich verlieben. Sie empfand ihr Leben hier mehr und mehr als eine Art Gefängnis.« Sein Blick schweifte ab, als er weitererzählte. »Audrey akzeptierte die Regel, nur nachts draußen sein zu können, nicht. Sie nannte es ›Vampirfalle‹. Es fing mit Mutproben an. Wer traut sich, am längsten draußen zu bleiben, bevor die Sonne aufgeht. Audrey hat immer gewonnen.« Eine Träne rann über seine Wange. »Sie passte nicht hierher, verstehst du? An ihrem letzten Abend hier kam sie zu mir. Sie erzählte mir von ihrem Plan. Sie wollte einfach weg. Am liebsten zum Meer. Ich wollte es ihr ausreden, aber sie schüttelte nur den Kopf. ›Ich falle lieber mit den ersten Sonnenstrahlen am Strand tot um, als mein Leben lang hier festzusitzen.‹ Dann ist sie gegangen und nicht zurückgekommen.« Jonathan wischte mit dem Handrücken über seine Augen und schaute Amelia verlegen an.

»Weiß Sue denn gar nichts davon?« Sie rief sich ihr Gespräch mit Sue ins Gedächtnis. Sie hatte nicht das Gefühl gehabt, Sue hätte Audreys Pläne gekannt.

»Nein, ich habe Audrey versprochen, nichts zu erzählen. Sue und sie, die beiden waren nicht mehr so eng befreundet wie früher. Ich weiß, dass Sue das anders sieht. Sie haben sich in den letzten Monaten in unterschiedliche Richtungen entwickelt. Sue liebt es hier. Sie ist wie gemacht für das Leben in Howbourne. Sie liebt die Tiere und die Farm. Aber Audrey ging es anders. Und sie wusste, Sue würde es nicht verstehen. Ich glaube, Audrey hatte Angst davor, Sue würde ihr ausreden wegzugehen.«

»Ich verstehe. Arme Sue. Sie glaubt, Audrey sei etwas zugestoßen.«

»Ich werde es ihr irgendwann erzählen. Wenn der Zeitpunkt passt.«

Sie nickte geistesabwesend. Innerlich kämpfte sie mit ihrer Neugier und zweifelte gleichzeitig daran, ob sie die Antwort überhaupt wissen wollte. Sie atmete tief ein und schloss die Augen. »Wart ihr …? Ich meine. Audrey und du. Standet ihr euch sehr nahe?« Ihre Finger krampften sich um den Hals der Bierflasche, als würde sie jemanden erwürgen.

»Audrey und ich? Nein. Sie ist … war … ein Kumpel. Jemand, mit dem man Pferde stehlen konnte.« Er lachte bitter auf. »Aber, um deine Frage zu beantworten, ich mochte sie. Sehr sogar. Wir waren befreundet. Ziemlich eng. Wir haben oft darüber gesprochen, was wir machen würden, wenn wir ein normales Leben hätten. Aber ich habe sie nie als Frau betrachtet. Nur als Kumpel.«

»Aha.« Amelia begutachtete wieder die Zeichnungen. Seine Antwort lockerte den Knoten in ihrem Magen. »Die sind wirklich gut, Jonathan.« Sie setzte sich auf einen der Sessel. »Nicht dass ich viel von Kunst verstehen würde, aber die sehen toll aus.«

»Kann schon sein.« Er zuckte mit den Schultern.

»Wirklich! Die sind fantastisch! Willst du das beruflich machen?« Fasziniert betrachtete sie die Skizzen, die sie umgaben.

»Beruflich?« Auf Jonathans Stirn hatte sich eine tiefe Falte gebildet. »Amelia, verstehst du das noch immer nicht?« Seine Stimme klang harsch. »Hier sucht man sich keinen Beruf aus«, fügte er in einem sanfteren Tonfall hinzu. »Die Wahl, die man hier treffen kann, ist die folgende: Du kümmerst dich entweder um die Tiere und Felder oder um die Gebäude. Etwas anderes gibt es nicht.«

»Aber du hast Talent. Du könntest –«

»Was? Künstler sein? Ja, könnte ich. Einmal im Monat immer zu Vollmond. Oder in der Nacht wie ein verdammter Vampir aus Audreys Vergleich.«

»Oh. Entschuldige. Daran habe ich nicht gedacht.«

Natürlich. Er kann nicht einfach in die nächste Stadt ziehen und dort studieren oder einen Beruf seiner Wahl ergreifen. Er kann hier nur nachts und an einem Tag im Monat weg. Das muss schon irgendwie scheiße sein.

»Nein, ist schon gut.« Jonathan winkte ab. »Für dich ist es normal, über so etwas wie Berufe und Pläne zu sprechen. Träume zu haben für die eigene Zukunft.« Er stockte. »Vielleicht sollte ich das mit dem Vampir zu meinem Image machen und mit Blut malen. Dafür würde es bestimmt einen Markt geben.«

Amelia beobachtete sein Gesicht. Auch wenn er einen Scherz gemacht hatte, lag in seinen Augen ein trauriger Schatten, der nicht vom Lachen vertrieben werden konnte.

»Bist du deshalb so oft es geht draußen?«, fragte sie.

»Jup. Das ist besser, als hier festzusitzen.« Er nahm einen großen Schluck Bier. Der traurige Schatten verschwand allmählich.

»Und was machst du dann die ganze Nacht?«

O Gott! Will ich das überhaupt wissen? Jetzt klinge ich schon wie eine übervorsichtige Mutter. »Wo warst du? Was hast du gemacht?« Oder schlimmer noch wie eine eifersüchtige Freundin. »Schläfst du mit anderen Frauen?« Echt jetzt, Amelia!? Wo kommt das plötzlich her?

Verlegen trank sie einen Schluck Bier. Zusammen mit der herben Flüssigkeit schluckte sie die aufkeimenden Fragen hinunter. Es brannte zwar auf ihrer Seele zu erfahren, was Jonathan Nacht für Nacht außerhalb der schützenden Mauern Howbournes trieb. Aber der Teufel sollte sie holen, wenn ihr auch nur eine dieser Fragen über die Lippen käme.

Jonathan stöhnte auf. »Ach komm. Genug von mir.« Es war offensichtlich, dass er keine Lust mehr hatte, über sich zu sprechen. »Erzähl mir lieber von dir, Amelia Forster.« Er beugte sich vor. Seine grünen Augen musterten sie interessiert.

Schulterzuckend antwortete sie: »Da gibt es nicht viel zu erzählen. Ich meine, das meiste weißt du doch.«

»Wenn man es genau nimmt, weiß ich so gut wie gar nichts von dir. Ich kenne nur deinen Namen und dein Studienfach.« Jonathan runzelte die Stirn: »Erziehungswissenschaften, oder?«

Amelia nickte.

»Was noch?« Er trommelte mit den Fingern auf seinem Oberschenkel. »Erzähl schon, was gibt es noch über dich zu wissen?« Auffordernd blickte er sie an.

»O Gott, bitte. Ich hasse so etwas. Zwing mich bitte nicht dazu.« Flehend sah Amelia zu ihm. Sie wand sich auf dem Sessel und fühlte sich plötzlich furchtbar unwohl in ihrer Haut. Sie spürte Jonathans unnachgiebigen Blick und zuckte resigniert mit den Schultern: »Keine Ahnung. Es gibt nicht viel über mich zu wissen.« Sie drehte an ihren Ringen. »Ich arbeite neben dem Studium als Kellnerin für eine furchtbare Sklaventreiberin. Meine Wohnung ist ein winziges Loch. Kaum größer als deine Ecke hier.« Sie machte mit dem Arm eine Geste, die den gesamten Raum einbezog. »Trotzdem kann ich sie mir nur leisten, weil sie gegenüber einem Friedhof liegt.«

»Echt jetzt? Du hast einen Logenplatz bei jeder Beerdigung?« Jonathan lächelte verwegen. »Ist das nicht unheimlich für dich?«

»Anfangs schon.« Sie nickte. Ihre Gedanken wanderten zu ihrer kleinen Wohnung. »Unheimlich ist das falsche Wort. Eher unbehaglich. Aber inzwischen habe ich mich daran gewöhnt.«

»Du hast etwas Morbides an dir, Amelia Forster.« Er lachte und Amelia winkte ab. »Das ist doch Blödsinn!«, echauffierte sie sich und warf ein Kissen nach ihm. »Okay, was noch? Ich fahre gern Fahrrad. Wenn ich frei habe, bin ich manchmal stundenlang mit dem Rad unterwegs. Dann fahre ich zum Meer, oder so. Das liebe ich total. Wenn ich mit dem Rad unterwegs bin, fühle ich mich frei und kann meine Gedanken abschalten.« Amelias Blick schweifte verträumt ab.

»Das klingt schön.« Jonathan rutschte auf seinem Sessel weiter nach vorn. »Und was ist mit Freunden?«

Amelia blinzelte. »Äh, ja. Die gibt's. Ein paar Leute aus dem Studium und aus dem Restaurant. Meine beste Freundin ist Jessica. Jess. Wir sind schon ewig befreundet.«

»Das freut mich. Das habe ich aber eigentlich nicht gemeint. Ich dachte da eher andere Freunde.« Jonathans Lächeln wirkte nervöser als zuvor.

»Hmm?«

Will er darauf hinaus, was ich denke?

Amelia musterte ihn von Kopf bis Fuß. Sie genoss es, den sonst so coolen Jonathan nervös zu erleben.

»Na ja … Einen Freund eben … oder auch Freundin. Je nachdem … Das weiß ich ja nicht … Lover eben.« Er strich sich über das Gesicht. »Also, ich hoffe mal … keine?« Leichte Röte legte sich auf seine Wangen. Verlegen drehte er die Flasche in seinen Händen und wandte den Blick ab.

»Oh, ach so.« Amelia musste lächeln, als sie ihn betrachtete. Eine Welle aus kribbelnder Hitze wogte durch ihren Körper. Sie räusperte sich und versuchte, ihre Stimme so fest wie möglich klingen zu lassen: »Nein. Einen Lover gibt es da im Moment nicht. Weder männlich noch weiblich.«

Jonathan blickte auf. »Das ist gut«, sagte er und lächelte breit. Er zwinkerte Amelia zu und nahm einen Schluck aus seiner Bierflasche. Von einer Sekunde zur nächsten war er wieder der selbstsichere Mann.

Schweigen breitete sich zwischen den beiden aus. Ihre Blicke trafen sich und blieben aneinanderhängen.

Ich könnte jetzt einfach meine Hand ausstrecken und ihn berühren. O mein Gott! Er ist so ... Scheiße, er sieht so gut aus. Und er ist doch nicht das Arschloch, für das ich ihn hielt.

Jonathan räusperte sich. »Um auf deine Frage zurückzukommen«, sagte er in das Schweigen hinein. »Hugh und Maggie denken auch, ich häng in Bars ab, weißt du.« Er streckte sich und verschränkte die Hände im Nacken. »Sie gehen davon aus, ich betrinke mich Nacht für Nacht und lass mich anschließend flachlegen.«

Amelia spürte heiße Röte in ihre Wangen schießen. Ihr wurde bei dem Gedanken an Jonathan mit einer anderen Frau flau im Magen. »Und das stimmt nicht?«, wollte sie wissen.

»Nein, tut es nicht« Er blickte auf. »Zumindest nicht immer.« Er grinste. Dann fummelte Jonathan versonnen am Etikett der Bierflasche herum, die er wieder zur Hand genommen hatte. »Tatsächlich bin ich nur ganz selten im Pub.« Er seufzte. In seinem Blick lag ein undefinierbarer Ausdruck. Irgendetwas zwischen Scham und Freude. Amelia wusste es nicht zu deuten.

»Also«, sagte er. »Du hörst jetzt gleich das Uncoolste, was du dir vorstellen kannst. Und dessen bin ich mir sicher, es wird dein Bild von mir vollkommen zerstören.« Er sah nicht auf. Sein Blick war stur auf den Hals der Bierflasche gerichtet.

Heilige Scheiße, was kommt denn jetzt!?

»Aha?« Amelia war sich nicht sicher, welche Offenbarung sie erwartete. Und erst recht war sie sich nicht sicher, ob sie es überhaupt hören wollte. Trotzdem kribbelte die Neugier in ihr.

»Du darfst es hier niemandem erzählen, okay? Niemals!« Jonathan sah Amelia ernst an. »Auch Sue oder Max nicht. Verstanden? Wirklich niemandem! Selbst nicht unter Folter. Ich habe in Howbourne schließlich ein Image zu pflegen. Versprich es mir!«

Sie rutschte unruhig auf ihrem Platz hin und her. Ihr wurde unbehaglich zumute. Welche Art Geheimnis würde er ihr anvertrauen? Waren sie schon so weit, sich gegenseitig ihre Geheimnisse preiszugeben? Sie schluckte schwer und nickte dann halb neugierig, halb angespannt.

»Gut.« Jonathan nickte ebenfalls. »Wehe du lachst!« Er hob drohend einen Finger. Dann fuhr er etwas kleinlaut fort: »Also, ich bin oft bei Pater David.«

»Warte, was? Bei Pater David?« Sie spürte eine gewisse Erleichterung in der Magengegend. Bei Pater David gab es jedenfalls nicht die Möglichkeit, sich mit anderen Frauen zu treffen, oder? »Und was macht ihr so? Häkeln oder Marmelade einkochen? Vielleicht auch Zinnsoldaten anmalen!?« Amelia versuchte, ihr aufsteigendes Lachen mit Macht zu unterdrücken. »Oder unterhaltet ihr euch über solche Kirchensachen?« Sie wollte ihre Stimme ernst klingen lassen, scheiterte jedoch kläglich. Ihre Mundwinkel rutschten immer höher und formten ein breites Lächeln auf ihrem Gesicht. Glucksende Laute kamen ohne ihr Zutun aus ihrer Kehle.

»Neein«, kam die lang gezogene Antwort von Jonathan. »Wir unterhalten uns. Reden über alles Mögliche. Er erzählt mir, was in der Welt da draußen so los ist. Meistens essen wir zusammen und wenn Pater David zu Bett geht, gucke ich Serien auf Netflix.«

Amelia nickte schweigend und dachte einen Moment über das Gehörte nach. »Warte mal.« Sie gab vor zu grübeln. »Deine Eltern denken, du hängst in Bars ab und betrinkst dich.« Sie konnte ihr Lachen jetzt nicht mehr zurückhalten. »Aber stattdessen suchtest du Serien auf Netflix? Ist das nicht normalerweise andersherum?«, prustete sie und brach in schallendes Gelächter aus. Gefühlt minutenlang wechselte sich Kichern mit entenhaften Gluckslauten ab.

Jonathan trank sein Bier aus und rollte mit den Augen. »Bist du fertig?«

Amelia hielt sich den Bauch vor Lachen. Langsam und mit schmerzenden Wangen kam sie wieder zu Atem. »Also, nur damit ich das richtig verstehe.« Sie räusperte sich und versuchte krampfhaft, den nächsten Lachanfall im Zaum zu halten. »Alle hier denken, du betrinkst dich und fängst Schlägereien an. Du gibst hier den Bad Boy vom Dienst. Und in Wirklichkeit sitzt du beim Pastor im Pfarrhaus und guckst so was wie ›Virgin River‹!?« Wieder lachte sie laut und herzhaft, während Jonathan nicht mehr als ein müdes Lächeln auf den Lippen hatte.

»Ach, vergiss es.« Er winkte kopfschüttelnd ab. »Willst du noch ein Bier?« Ohne eine Antwort abzuwarten, erhob er sich und ging zum Schränkchen. Mit je einer Bierflasche in jeder Hand kam er zurück. Wortlos reichte er Amelia eine davon.

Sie wischte sich mit dem Ärmel ihres Shirts über die Augen und bemühte sich, wieder ernster zu werden. »Warum machst du das?« Sie nahm einen Schluck Bier und schaute Jonathan aufmerksam an. »Ich meine, warum pflegst du hier diesen Ruf des Bad Boys, wenn du es doch gar nicht bist?«

»Wer sagt denn, dass ich keiner bin?« Er zwinkerte und zuckte die Schultern. »Es schützt vor blöden Fragen, weißt du. Fast alle hier denken inzwischen, ich bin jemand, von dem man sich lieber fernhält. Sie machen sich nicht die Mühe, das zu hinterfragen. Das ist mir auch ganz recht so.« Er ließ sich in seinem Sessel zurückfallen. Sein Blick ruhte auf Amelias Gesicht.

Sie war sich seiner Aufmerksamkeit deutlich bewusst. Jede Faser ihres Körpers kribbelte.

»Amelia?«

Sie blickte auf und sah in diese unfassbar grünen Augen. Im schummerigen Licht der kleinen Nische wirkten sie wie satte Sommerwiesen. »Ja?« Ihre Antwort war ein Flüstern und sie wusste nicht einmal warum.

»Es tut mir leid, dass ich so ein Arsch zu dir war. Als du hier angekommen bist, meine ich. Wirklich. Das war scheiße von mir.« In Jonathans Blick lag aufrichtiges Bedauern.

»Dem kann ich nicht widersprechen.« Sie zog ihre Knie an und umschlang sie mit den Armen. Sie kuschelte sich in das gemütliche Kissen, das auf dem Sessel lag. Sie sah ihn abwartend an. Sein Kiefer war angespannt. Ein kaum merkliches Zucken ließ seine Oberlippe hin und wieder erschüttern.

Kommt da noch mehr?

»Es ist nur …« Jonathan erhob sich und begann, durch den kleinen abgetrennten Bereich der Scheune zu tigern. »Ich habe dich damals gesehen, als ich mit Max in Kingston war, und … Ach, verdammt. Wie sage ich das jetzt am besten? Du hast mir damals schon gefallen. Du warst so süß. Aber … Als du dalagst. Auf diesem verfluchten Parkplatz im Wald …« Er brach ab und strich mit beiden Händen über seinen Hinterkopf. »Klar, da war das ganze Blut und so. Aber dein Gesicht. Du warst so … Ach, Scheiße! Ich kann so was nicht so gut … Du hast ausgesehen wie ein verdammtes Schneewittchen. Nur eben in blond. Und das hat mir einen Moment lang den Atem geraubt. DU hast mir einen Moment den Atem geraubt.« Er verschränkte die Arme abweisend vor der Brust. »Ach, fuck. Vergiss es einfach, okay?«

Über Amelias Körper lief ein eisiger Schauer, unmittelbar gefolgt von einem kochend heißen Gefühl, das sich über ihre Haut legte.

Hat er eben gesagt, dass er mich mag? Also die *Art von Mögen …? Das hat er doch, oder?*

Ihre Blicke trafen sich. Verschmolzen miteinander. Der Rest der Welt versank um sie herum, verlor an Bedeutung. Wie magnetisch angezogen bewegten sie sich langsam aufeinander zu. Stoppten, bevor sich ihre Körper berührten.

Amelia spürte Jonathans warmen Atem auf ihrem Gesicht. Sanft strich er über ihr Kinn. Sein Blick ruhte auf ihren vollen Lippen. Ihre Hände berührten sich. Erst zaghaft, dann verschlangen sie die Finger miteinander, als wäre es das Selbstverständlichste auf der Welt.

Kleine Stromstöße krabbelten über Amelias Synapsen. Ihr wurde warm. Sie wollte die wenigen Zentimeter, die ihre Lippen von seinen trennten, überwinden. Jonathan löste seine Hände. Sanft nahm er ihr Kinn mit Daumen und Zeigefinger. Hob es nur wenige Zentimeter an. »Mein Schneewittchen«, flüsterte er. Dann berührten sich ihre Lippen.

Beinahe schüchtern lagen sie zart aufeinander, dann langsam intensiver. Seine Zunge drängte in ihren Mund. Fand Amelias Zunge und beide umspielten sich gegenseitig. Fast so, als wären sie dafür geschaffen. Als wären sie zwei Hälften eines Ganzen, die vollkommen natürlich zusammengehörten. Jonathan zog ihre Hüfte dicht an seine. Sie spürte durch den dicken Stoff ihrer Jeans seine Härte an ihrem Schenkel. Er keuchte leise in ihren Mund. Eine Welle aus Hitze und Kribbeln überspülte Amelia und sammelte sich glühend in ihrer Mitte.

Unvermittelt schreckten sie auseinander, als das Scheunentor laut aufgerissen wurde.

Amelia trat zurück und ließ Jonathans Hand los. Auf ihren Lippen spürte sie noch seine. Dort, wo er sie berührt hatte, brannte seine Hitze.

Hugh kam um die Ecke. Einen Augenblick lang wanderte sein Blick irritiert und beinahe zornig zwischen Amelia und Jonathan hin und her. Dann legte sich ein besorgter, umtriebiger Ausdruck auf sein altes Gesicht. »Habt ihr Max gesehen?«

Sechsundzwanzig

Die Szenerie war beinahe unwirklich. Jegliche festliche Stimmung war aus Howbourne verschwunden. Die fröhliche Musik und das Lachen waren verklungen. Niemand tanzte mehr auf der Straße. Die ausgelassenen Gespräche an der langen Tafel waren verstummt. Die Dorfbewohner wuselten durch die Gegend und erinnerten an einen Ameisenhaufen. Hugh hatte sie ohne eine weitere Erklärung zurückgelassen und war in der Nacht verschwunden.

»Was ist passiert?« Ein ungutes Gefühl ergriff Besitz von Amelia.

»Ich habe keine Ahnung, aber das sieht nicht gut aus.« Jonathan blickte sich hektisch um und entdeckte schließlich Anthony. »Hey, Tony.« Sie begrüßten sich per Handschlag. »Was ist passiert?«

Tonys Gesichtsausdruck war vollkommen anders, als Amelia ihn früher an diesem Tag gesehen hatte. Kein spitzbübisches Lächeln war mehr zu erkennen. Das Sprühen in seinen Augen war erloschen. Stattdessen stand eine steile Falte auf seiner Stirn. »Max ist verschwunden«, sagte er.

Jonathan erstarrte. Amelia nahm deutlich wahr, wie sich jeder einzelne Muskel seines Körpers anspannte. Seine Hände ballte er augenblicklich zu Fäusten. Derart fest, dass die Knöchel weiß hervortraten.

»Was meinst du mit verschwunden?«, presste er hervor.

»Keine Ahnung, Mann. Er hat vorhin Hugh mit dem Rednerpult geholfen und seitdem hat ihn niemand mehr gesehen.« Anthony strich sich mit der flachen Hand über den Bart. Er wirkte ehrlich besorgt.

»Da seid ihr ja! Habt ihr ihn gesehen?« Sue kam auf die kleine Gruppe zugelaufen. Jegliche Farbe war aus ihrem Gesicht gewichen. In dem schummerigen Licht der Straße wirkte sie wie ein Gespenst.

»Nein. Haben wir nicht.« Jonathans Stimme klang unruhig.

»Jonathan, wo kann er nur sein?« Sue sah ihn flehend an. Nervös kaute sie auf ihrer Unterlippe.

»Keine Sorge.« Er legte eine Hand auf ihre Schulter. »Wir werden ihn schon finden.«

»Vielleicht hatte er nur keine Lust auf das Herbstfest und hat sich verzogen«, mischte sich Amelia ein.

»Nein, das passt nicht zu Max.« Jonathan strich sich mit der Hand über das Gesicht. »Er geht steil auf den ganzen Gemeinschaftskram. Das Herbstfest ist sein Highlight.« Langsam schüttelte er den Kopf. »Das würde er nicht verpassen. Für nichts und niemanden.«

»Außerdem waren wir verabredet. Er hatte mich vorhin

noch gefragt, ob wir zusammen etwas trinken wollen.« Sues Blick huschte unruhig über die Straße.

»Hast du nicht eine Idee, wo er sein könnte?«, fragte Anthony an Jonathan gewandt. »Ich meine, du kennst ihn von uns allen am besten.«

»Hmmm.« Er nickte. »Ich habe da so eine Idee. Sucht ihr am Bach, wir nehmen die andere Seite.« Er griff nach Amelias Hand. »Komm!« Und lief los.

Sie eilten die sandige Straße zurück in Richtung Wald.

»Jonathan, warte mal.« Amelia stoppte ihren Lauf. Auch er hielt ungeduldig an. »Warum macht ihr so einen Wirbel, wenn ein erwachsener Mann für ein paar Stunden weg ist? Vielleicht braucht Max nur etwas Ruhe. Vielleicht hatte er heute wirklich keinen Bock auf das Fest.«

»Wir machen so einen Wirbel, weil es Max ist, der verschwunden ist. Er verschwindet nicht einfach so. Er ist nicht der Typ, der sich absetzt.« In seiner Stimme war deutlich die Sorge zu hören.

Sie rannten über den schmalen Waldweg. Ihr atemloses Keuchen erfüllte die vom Mond erhellte Nacht um sie herum.

»Wohin willst du?«

»In der äußersten Ecke von Howbourne, da hinten im Wald, haben wir uns mal ein Baumhaus gebaut. Das war unsere Zuflucht. Früher, als wir Kinder waren. Ich weiß, dass Max noch immer hierherkommt, wenn er nachdenken muss.« Jonathans Schritte beschleunigten sich. Rote Flecken zeigten sich an seinem Hals und in seinem Gesicht. »Da sind wir.« Er deutete auf eine mächtige Eiche, die sich einige Meter von ihnen entfernt erhob. Wie knochige

Finger streckte sie ihre kahlen Äste in den dunklen Himmel. Hier hatte Amelia ihren Bruder gefunden, nachdem er sie wütend bei Jonathan gelassen hatte. Hier hatten sie über ihren Vater gesprochen.

In der Krone der alten Eiche entdeckte sie ein kleines Baumhaus. Es sah vielmehr aus wie eine Hütte, die jemand auf den Baum gesetzt hatte.

»Max!« Jonathan war zum Stamm der Eiche geeilt und rief, den Kopf in den Nacken gelegt, den Namen seines Bruders. »Max!«

Amelia starrte wie gebannt auf das Baumhaus. Nichts rührte sich. Sie lauschte in die Stille hinein, doch es waren nur Jonathans Rufe und die Geräusche des Waldes zu hören. Sie fühlte sich auf einmal, als hätte sie Ziegelsteine verspeist. Sie hatte bemerkt, wie aufgewühlt Max nach dem Gespräch über ihren Vater gewesen war.

Was, wenn er Howbourne verlassen hat, um mein Handy aus der Pension zu holen? Was, wenn der Angreifer nun auf ihn lauert? O Gott, er hat sich meinetwegen in Gefahr gebracht. Ohne mich hätte er Howbourne nie verlassen.

Amelias Magen zog sich schmerzhaft zusammen.

»Max!« Wieder nichts. »Fuck! Scheiße, Mann, wo steckst du?« Mit der Faust schlug er kräftig gegen den Stamm der Eiche. »Fuck!« Noch ein Schlag. »Fuck!« Noch einer. Blut tropfte von Jonathans Hand auf den Boden. »Fuck!« Sein Schrei gellte durch den nächtlichen Wald. Vögel stoben auf.

Amelia zuckte zusammen. »Jonathan?« Ihr war furchtbar kalt. Sie spürte eisige Schweißtropfen in ihrem Nacken. Die Ziegelsteine in ihrem Magen türmten sich zu einer

Mauer auf. Fest schlang sie die Arme um ihre Mitte. »Ich glaube, er ist nach Buxted gegangen.« Tief sog sie die kühle Luft des Waldes ein. »Er ist meinetwegen gegangen?« Doch sie kannte die Antwort. Ihr war klar, was Max in Buxted wollte.

Jonathan nickte wortlos, den Blick auf den Boden gerichtet.

»Wir haben uns vorhin unterhalten«, erzählte Amelia leise. »Max und ich. Nach eurem Streit an der Scheune. Ich habe ihm erklärt, warum ich aus Howbourne wegwollte. Ich habe ihm gesagt, dass ich unseren Dad anrufen wollte. Es aber nicht konnte, weil mein Handy nicht im Wagen, sondern noch im Bed and Breakfast liegt. Ich glaube, er will es holen.«

»Ja, verdammt.« Seine Stimme war ein raues Zischen. »Das glaube ich auch. Aber er war nicht mehr draußen, seit wir bei eurer Mom waren. Er würde so schon kaum klarkommen.« Er blickte zu Amelia und sie erkannte die unendliche Sorge in seinen Augen. »Aber mit dem Angreifer da draußen!?« Jonathan kniff sich mit Daumen und Zeigefinger in die Nasenwurzel. »Was, wenn der ihn erwischt? Max ist kein Kämpfer, er hätte keine Chance.«

»Ich muss raus und ihn suchen.« Sie drehte sich um. Sie wollte zum Mal.

»Nein, Amelia, das geht nicht! Du kannst nicht raus.« Jonathan packte sie unsanft am Arm. »Hast du vergessen, was gestern passiert ist?«

Ihre Augen funkelten ihn an. »Nein, habe ich nicht! Aber er ist mein Bruder, verdammt noch mal, und ich bin schuld, dass er überhaupt da draußen ist!« Ihre Stimme war lauter als beabsichtigt. Sie spürte verzweifelte Tränen aufsteigen.

»Vergiss es, ich gehe! Und zwar allein!« Entschlossen drehte sich Jonathan von ihr weg und ging.

»Ich bin schuld, wenn ihm etwas passiert!«, schrie Amelia ihm nach. Sie nahm ihren gesamten Mut zusammen und folgte ihm. »Ohne mich hättest du es beim letzten Mal auch nicht geschafft. Tu also nicht so, als wärst du hier der große Held«, blaffte sie Jonathan an. »Und außerdem glaube ich nicht, dass deine Wunden vom Kampf es so super finden, wenn du nach draußen gehst.«

Er stoppte und musterte Amelia. Eine steile Falte hatte sich auf seiner Stirn gebildet. Er öffnete den Mund und schloss ihn wieder, ohne etwas zu sagen. Dann stieß er die Luft zwischen den Schneidezähnen aus. »Ach, Scheiße. Okay, dann gehen wir eben gemeinsam.«

Er griff nach ihrer Hand und zusammen eilten sie zur Höhle, in der sich das Mal befand.

Siebenundzwanzig

Unruhig flackerndes Licht tanzte durch die Höhle. Die Fackel hing in der vorgesehenen Halterung. Sonst ließ nichts darauf schließen, dass jemand hier war.

»Hält heute Nacht hier niemand Wache?« Amelia schaute sich in der kleinen Höhle um.

»Müsste eigentlich. In jeder Nacht ist jemand hier.« Jonathan ließ seinen Blick über den kahlen Boden wandern. »Aber hier ist kein Lager. Das ist das, was man nach der ersten Wache sofort weiß. Mach es dir so gemütlich wie möglich. Die Nächte hier am Mal sind sterbenslangweilig.« Unruhig strich er sich mit der flachen Hand durch die Haare. »Willst du wirklich mitkommen?« Jonathan legte seine Hände auf ihre Schultern. Tief und forschend blickte er ihr in die Augen. »Es wird bestimmt kein Spaziergang.«

»Das ist mir klar. Aber ich bin schuld an dieser beschissenen Situation und ich bringe das wieder in Ordnung.« Sie erwiderte den Blick fest. »Wenn jemand hierbleiben sollte, dann bist du das.«

»Ja sicher, Schneewittchen. Das hast du dir so gedacht.« Im flackernden Lichtschein sah sie ein kurzes Lächeln über sein Gesicht huschen. Er beugte sich vor und hauchte Amelia einen kaum merklichen Kuss auf die Stirn.

Dann nahm er ihre Hand. Gemeinsam traten sie an die Höhlenwand. Amelia schloss ihre Augen, sog die feuchte, kühle Luft ein und hielt sie in ihren Lungen fest, bis es brannte.

Als sie ausatmete und die Augen öffnete, stand sie am Stamm des toten Baumes. Noch bevor sie den Kopf drehte, nahm sie Jonathans Geruch wahr. Herb und süßlich mit einem Hauch von Zimt. Diesmal hatte er sie nicht allein gelassen.

Sein kleiner Finger berührte ihren. Amelia war sich nicht sicher, ob es beabsichtigt oder Zufall war. Aber sie genoss die kurze Berührung seiner warmen Haut.

»Okay. Da wären wir.« Sie ging ein paar Schritte vor. »Dann lass uns jetzt schnell zum Wagen. So schnell wir können, fahren wir zur Pension. Und nichts wie zurück, sobald wir Max gefunden haben.«

Jonathan nickte. Mit schnellen Schritten machten sie sich auf in Richtung Parkplatz.

Diesmal machte ihr der Weg durch den Wald keine Schwierigkeiten. Die Sorge um Max wog zu schwer. Ihre Gedanken kreisten um ihren Bruder und die Hoffnung, ihm möge es gut gehen.

Jonathan verlangsamte seine Schritte. Amelia meinte, ein leises Stöhnen zu vernehmen. »Ist alles okay mit dir?« Besorgt legte sie ihre Hand auf seine Schulter.

»Ja ja. Geht schon. Zwickt nur ein wenig.« Sein Lächeln wirkte zu verkrampft, als dass sie ihm Glauben schenken konnte. Trotzdem eilte sie weiter, Jonathans Schritte vernahm sie dicht hinter sich.

Aufmerksam ließ sie ihre Blicke durch das Unterholz huschen. Eine Gänsehaut erfasste sie. Die feinen Haare an ihrem Körper stellten sich auf. Eiskalter Schweiß lief ihren Rücken hinab, sammelte sich klamm in ihrem Kreuz.

Um sie herum war es dunkel. Nur das fahle Licht des zunehmenden Mondes erhellte den Wald. Die Nacht war erfüllt mit den Geräuschen des Waldes – gestört durch den schweren Atem der beiden.

»Amelia. Warte kurz.« Er blieb stehen. Schmerzvoll verzog er das Gesicht. Die Hände auf den Knien abstützend beugte er sich vor. Mühsam sog er die Luft ein.

»So schlimm?«, fragte sie besorgt. Mit ein paar kurzen Schritten war Amelia bei ihm. »Das geht so nicht. Ich bringe dich zurück.« Sie versuchte, ihn in die Richtung des Mals zu schieben.

»Kommt nicht infrage. Wir holen erst Max zurück.« Jonathan richtete sich auf, die Hand auf den Bauch gepresst.

»Nein, das kann ich nicht zulassen. Ich bringe dich zurück und suche danach Max. Wenn ich ihn gefunden habe, kommen wir zurück. Er kann das Mal bedienen. Und meine Wunde ist viel älter als deine. Obwohl sie draußen aufgerissen ist, kann man sie inzwischen kaum noch sehen. Es wird diesmal sicher nicht wieder so schlimm werden. Deine ist noch viel zu frisch. Lass mich dich zurückbringen.« Amelia schaute ihn flehend an. Sie erkannte den Schmerz in Jonathans schönen grünen Augen.

»So siehst du aus! Max ist nicht nur dein Bruder, Amelia.« Er straffte entschlossen die Schultern und ging weiter.

Der Wald um sie herum lichtete sich, der Trampelpfad, dem sie folgten, wurde breiter und mündete in einen sandigen Weg. Das fahle Mondlicht fiel auf den Parkplatz. Einen Moment lang hielten sie inne, versuchten wieder zu Atem zu kommen. Dann sahen sie es. Amelias Auto stand nicht mehr an seinem Platz.

»Fuck!«, entfuhr es Jonathan. »Wo ist dein Scheißauto?«

»Hat Max es genommen?« Amelia knetete unruhig ihre Finger.

»Nein. Kann nicht sein. Ich habe den Wagen abgeschlossen. Der Schlüssel ist in meiner Jackentasche.« Demonstrativ zog er den Zündschlüssel des Fords aus der Tasche und ließ ihn in der Luft baumeln.

»Vielleicht hat er die Scheibe eingeschlagen.« Sie ging ein paar Schritte vor, suchend ließ sie ihren Blick über den Boden wandern. »Aber hier sind nirgendwo Scherben.«

»Und selbst wenn. Er wüsste nicht, wie man den Wagen kurzschließt.« Er schüttelte den Kopf. »Max war das nicht.«

»Vielleicht wurde er abgeschleppt?« Kurz flammte der Gedanke an Beatrice und ihren Vater auf. Hatte man sie vielleicht darüber informiert, dass der Wagen hier gefunden wurde?

Nein, ich werde jetzt nicht über Dad und Beatrice nachdenken. Max ist wichtiger!

»Na gut.« Sie stemmte die Hände in die Hüften. »Dann gehen wir jetzt eben nach Buxted. Wenn wir zügig sind, schaffen wir es vielleicht in vierzig Minuten.« Ihr Blick fiel auf Jonathan. »Aber das schaffst du nicht.« Er hatte sich gegen einen Baum gelehnt, den Blick gen Himmel gerichtet, die Hände zu Fäusten geballt.

»Verdammte Scheiße!«, schrie er in die Nacht hinein.

»Pssst!«, zischte sie ihn an. »Bist du wahnsinnig!? Sei leise. Was, wenn der Kerl doch hier irgendwo ist?«

Er richtete sich auf. Sein Mund war vor Schmerzen verzogen. Schweißperlen standen auf seiner Stirn, sein Atem ging stoßweise.

»Gut, das reicht jetzt.« Amelia ging zu ihm und hakte ihn unter. »Ich werde dich jetzt zum Mal bringen.«

»Nein. Ich … schaffe das.« Ein Stöhnen entfuhr seinen Lippen.

»Auf keinen Fall. Du gehst zurück nach Howbourne. Keine Widerrede. Komm schon.« Sie zog ihn mit sich.

»Ich lass dich hier nicht allein nach Max suchen. Hast du gehört!? Ich werde dich hier nicht allein lassen.« Jonathan schaute ihr voller Entschlossenheit in die Augen.

»Okay. Ist gut. Ich komme mit dir zurück und werde dann Sue und Tony um Hilfe bitten. Einverstanden?«

Er nickte zögernd. »Okay«, sagte er matt.

»Gut.« Amelia lächelte ihn an. »Dann komm.« Sie legte ihren Arm um Jonathans Hüfte. Er stützte sein Gewicht auf sie und gemeinsam machten sie sich auf den Weg durch den Wald. Zurück zum Mal. Zurück nach Howbourne.

»Vielleicht haben Sue und Tony ihn schon gefunden«, meinte Amelia. Doch sie befürchtete, dass ihre naive Hoffnung enttäuscht würde.

Nur langsam und mühsam, Schritt für Schritt kamen sie voran. Jonathan musste Pausen machen. Immer wieder krallte er seine Finger in ihre Schulter, bis sie schmerzte. Gebückt, eine Hand auf die Bauchwunde gepresst, kämpften sie sich schwerfällig voran.

»Scheiße. Das tut echt weh«, stammelte er. »Wie hast du das neulich bloß geschafft, mich mit deinen Schmerzen zum Mal zu schleppen?« Seine Stimme wurde immer matter.

»Keine Ahnung. Adrenalin, schätze ich.« Amelia versuchte, Jonathan noch mehr zu stützen. Ihm noch mehr zu helfen. Doch auch ihr Schmerz kehrte zurück. Nicht so heftig wie in der Nacht zuvor, aber doch stark und mächtig.

Langsam schleppten sie sich weiter. Ein Knacken dicht hinter ihnen ließ sie zusammenfahren. Sie erstarrten.

Der Angreifer!

»Was war das?«, wisperte sie.

Sie half Jonathan zu einem Baum und ließ ihn los. Er lehnte sich an und schien angestrengt in den Wald zu lauschen. Nichts war zu hören. »Keine Ahnung. Vielleicht nur ein Tier?« Er stieß sich mühsam vom Baum ab. »Komm. Wir müssen weiter.«

Amelia ging zu ihm, hielt aber in der Bewegung inne. Da war es wieder. Das Geräusch. Ein Knacken im Unterholz. Ein Tier womöglich. Oder jemand, der sie beobachtete. Bereit, sie jederzeit anzugreifen. Sie fröstelte. Ihr Herz pochte wild hinter ihren Rippen. Sie bückte sich nach einem dicken Ast, der auf dem Boden lag.

»Der soll nur kommen!«, murmelte sie. »Hörst du?«, schrie sie plötzlich. »Ich habe keine Angst vor dir!«

»Amelia, lass den Scheiß. Komm weiter«, zischte Jonathan.

»Und was, wenn er Max hat?« Entschlossen ging sie in die Richtung, aus der sie die Geräusche vernommen hatte. Sie kniff die Augen zusammen, um besser sehen zu können. Doch eine Wolke hatte sich vor den Mond geschoben und raubte das spärliche Licht der Nacht. Sie konnte nichts erkennen außer Baumstämmen, die ihr den Weg versperrten. Mühsam tastete sie sich vorwärts. »Max?«, flüsterte sie. Keine Antwort. »Max?«

Ein Stöhnen. Nicht weit von ihr. Sie stürzte in die Richtung, aus der der Laut gekommen war. Dort lag jemand. Eine dunkle Gestalt am Boden.

Max!

Die Wolke schob sich weiter und gab das Licht wieder frei, das silbern in den Wald fiel. Amelia hockte sich neben die zusammengekauerte Gestalt und drehte sie behutsam auf den Rücken.

»Pater David!«

Der alte Mann lag auf dem Waldboden. Ein dünnes Rinnsal von Blut war an seiner Schläfe getrocknet. Die Lider der geschlossenen Augen wirkten dünn und durchscheinend. Beinahe wie Pergament.

»Ist er tot?«, ertönte eine Stimme hinter ihr.

Amelia zuckte vor Schreck zusammen und stieß einen spitzen Schrei aus. Jonathan war ihr unbemerkt gefolgt und stand nun dicht hinter ihr. Mit zitternden Händen beugte sie sich vor, um seine Vitalfunktionen zu prüfen.

Er atmet! Gott sei Dank! Er lebt noch!

»Nein«, entwich es ihr erleichtert. »Er atmet noch.« Sie richtete sich auf und sah Jonathan an. »Was ist hier bloß los?«

»Ich weiß es nicht.« Matt ließ er sich neben dem ohnmächtigen Pater auf dem Waldboden nieder. Ein schmerzvoller Laut drang aus seiner Kehle. Eine Hand hielt er sich fest auf den Bauch gepresst. Seine Lippen waren nur noch ein dünner Strich. Jonathan lehnte sich zu dem alten Mann hinüber und tätschelte sanft die fahle Wange. »Pater? Komm schon.« Er rüttelte an der Schulter. »David! David! Aufwachen!«

Amelia knetete ihre Finger. Ihr war eiskalt und es kostete sie all ihre Willenskraft, nicht mit den Zähnen zu klappern. »Jonathan«, sagte sie ungeduldig. »Du musst jetzt wirklich zurück. Deine Wunde ist viel zu schlimm. Ich gehe gleich zurück und kümmere mich danach um den Pater. Versprochen!« Sie bückte sich und griff nach seinem Arm. »Aber du hast jetzt wirklich keine Zeit mehr.« Sie legte so viel Nachdruck in ihre Stimme, wie es ihr möglich war. »Komm jetzt!«

Jonathans Blick zuckte unruhig zwischen ihr und dem Pater hin und her. »Nein, Amelia!« Er klang zornig und fassungslos. »Ich lasse ihn hier bestimmt nicht allein im Wald zurück! Pater David ist mein Freund, verstehst du? Ich werde ihn nicht zurücklassen.« Er riss seinen Arm los und rüttelte noch einmal an der Schulter des alten Mannes.

Ein Stöhnen kam über dessen Lippen. Langsam öffnete er die Lider. Er blinzelte einige Male und blickte mit verschleierten Augen verwirrt um sich. Pater David betastete mit seinen knochigen Fingern seine blutige Schläfe. Als er Jonathan erkannte, blitzte Erinnerung in seinem Blick auf. Mit leiser Stimme wisperte er: »Jonathan, Junge. Was ist passiert?« Er stockte. Mühsam richtete er sich auf. Die müden Augen des Pastors wanderten zwischen Amelia und Jonathan hin und her.

»Geht es dir gut, David?« Jonathan rappelte sich auf. Ein Schmerzenslaut kam als gequältes Gurgeln über seine Lippen. Behutsam griff er nach Pater Davids Arm, um ihn zu stützen.

»Es geht schon. Unkraut vergeht nicht.« Der alte Mann kam schnaufend zum Stehen. Er beäugte Jonathan kritisch. »Aber was ist mit dir passiert?« Besorgt schaute er in dessen angestrengtes Gesicht.

»Halb so schlimm.« Er winkte ab.

Amelia half den beiden Männern beim Aufstehen. Beide wankten bedenklich.

»Pater David, was ist Ihnen hier passiert? Wer hat Sie angegriffen?« Amelia hakte den alten Mann unter.

»Er hat Max und will ihn zwingen, ihn mit nach Howbourne zu nehmen. Kommt, wir müssen uns beeilen.«

Jonathan und Amelia tauschten einen sorgenvollen Blick. Sie hörte das Blut in ihren Ohren rauschen. Ihr Herz hämmerte derart heftig gegen ihre Rippen, als würde es den Brustkorb von innen zertrümmern wollen. Ihre Hoffnung, Max wäre in Howbourne geblieben, zerfiel wie eine Sandburg am Strand, wenn die Brandung sie erfasste.

»Wer denn? Wer hat Max?«, fragte sie tonlos.

Achtundzwanzig

Es kostete Amelia all ihre Kraft, Pater David und Jonathan zum toten Baum zu bringen. Immer wieder gaben die Beine der verletzten Männer nach. Aber die Sorge um ihren Bruder trieb Amelia an. Sie mussten nach Howbourne gelangen, bevor es zu spät war.

Das ist alles meine Schuld. Ohne mich wäre er nie in diesen Wald gegangen. Max hätte Howbourne nicht so unbedacht verlassen. Nur, weil er mir einen Gefallen tun wollte, ist er gegangen. Und jetzt ist nicht nur er in Gefahr, sondern das gesamte Dorf.

Der Stamm fühlte sich rau unter ihrer zitternden Hand an. Sie fand die kleine Nische in der Rinde unter dem Moos und ließ ihre Finger hineingleiten. Ihre freie umschloss Jonathans kühle, verkrampfte Hand.

Kurz flammte die Erinnerung daran auf, wie er sie mit dieser Hand berührt hatte. Voller Wärme. Jetzt spürte sie nur noch eiskalte Angst.

Jonathans Atem nahm sie stoßweise in ihrem nassgeschwitzten Nacken wahr. Amelia drehte sich zu ihm um und fing seinen Blick auf. Das tiefe Grün seiner Augen spiegelte ihre Gefühle wider. Verzweiflung, Schmerz, Angst und Sorge. Sie pressten ihren Brustkorb zusammen wie eine stählerne Faust. Nahmen ihr die Luft zum Atmen. Trieben ihr Tränen in die Augen.

»Bring mich nach Howbourne«, wisperte sie dem Baum zu. In der nächsten Sekunde öffnete sie in der kühlen Höhle die Augen.

Amelia half Pater David und Jonathan dabei, sich hinzusetzen. Beide lehnten sich schwer atmend gegen die kalte, steinige Wand der Höhle. »Okay. Ihr beiden bleibt erst mal hier und erholt euch einen Moment. Ich werde ins Dorf gehen und sehen, was da los ist.« Sie musterte die beiden Männer streng und stemmte ihre Hände in die Hüften.

»Ja, genau.« Unüberhörbare Ironie schwang in Jonathans rauer Stimme mit. »Das kannst du dir so was von abschminken!« Er richtete sich wackelig auf. »Ohne mich gehst du nirgendwohin.« Er ging auf Amelia zu und griff nach ihrer Hand.

Seine Finger fühlten sich wieder warm und sanft an. Sie nickte ihm zu. Wenn sie ehrlich zu sich selbst war, war sie froh darüber, nicht allein hinter dem Eindringling hinterherjagen zu müssen. Und Jonathan würde sich hier sehr bald besser fühlen. Aber das musste er nicht wissen. Deshalb verdrehte sie genervt die Augen und murmelte ein widerwilliges »Okay«.

»Du bleibst noch eine Weile hier und ruhst dich aus, David. Keine Sorge, du wirst sehr bald überhaupt nichts mehr von der Verletzung spüren.« Jonathan wandte sich vom Pater ab. Fest drückte er Amelias Finger. »Lass uns dieses Arschloch aufhalten.«

Gemeinsam verließen sie die Höhle. Sie schlugen sich abseits des Weges durch das kleine Waldstück, um nicht aufzufallen. Trotz der ungewöhnlich kühlen Oktobernacht war Amelia nicht kalt. Sie hatte das Gefühl, jeder Quadratzentimeter Haut würde in Flammen stehen. Ihr Herz pochte unablässig wild und peitschte mehr Adrenalin als Blut durch ihre Adern. Es rauschte in ihren Ohren, sie spürte ihren Herzschlag sogar in den Fingerspitzen.

In der Deckung, die die Dunkelheit ihnen bot, folgte sie Jonathan durch das Unterholz, bis sie an den Zaun der Weiden kamen. Am Ende des Weges erkannten sie bereits Howbournes Fackeln in der Nacht. Es war still, bis auf das gelegentliche Rufen eines Uhus. Nichts deutete auf eine Gefahr hin. Dennoch grub die Anspannung ihre Klauen in Amelias Glieder.

Jonathan kletterte über den Holzzaun und bedeutete ihr zu folgen. »Komm, wir gehen über das Feld. Schön unten bleiben, okay. Und leise«, flüsterte er und legte den Zeigefinger auf die Lippen, um seine Aussage zu unterstreichen.

Sie nickte und machte es ihm nach. Wie Soldaten huschten sie im Schutze der Nacht über das dunkle Feld.

Mit wild pochendem Herzen und außer Atem drückte sich Amelia gegen die Holzwand des ersten Hauses, als sie Howbourne erreichten. Ihr Blick huschte zu Jonathan, sein rasender Puls war deutlich an seinem Hals zu erkennen. Vorsichtig spähten sie um die Hausecke. Da sahen sie es. Vor dem Bürgerhaus hatte sich eine Menschenmenge gebildet.

Und in deren Mitte stand ein massiger Kerl, das Gesicht zu einer zornigen Fratze verzogen. Er hielt Max mit seinem fleischigen Arm an sich gepresst. An der Kehle ihres Bruders blitzte im spärlichen Licht ein Messer auf. Sie erkannte ihn sofort. »Das ist der Kerl von der Tankstelle«, flüsterte sie Jonathan zu.

Er nickte.

Plötzlich flackerte eine Erinnerung vor ihrem inneren Auge auf. Sie sah sich wieder auf dem Parkplatz stehen, an jenem nebligen Abend. Sie hatte sich furchtbar erschrocken, als der Kerl unvermittelt vor ihr aufgetaucht war. Augenblicklich kehrte der Schmerz zurück, den sie empfunden hatte, begleitet von der Angst um ihren Bruder. Sie wusste schließlich nur zu gut, wozu dieser Mann fähig war. »Er war es«, wisperte sie. »Er hat mich verletzt. Ich kann mich wieder erinnern.«

Jonathans Blick huschte kurz zu Amelia hinüber.

In der Menge vor dem Bürgerhaus erspähte sie Maggies schockiertes, blasses Gesicht. Ihre zarten Finger krallten sich an Hughs Jackett fest, der beschwichtigend die Arme hob. Sue stand nicht weit entfernt von ihnen. Ihre braunen Rehaugen waren vor Schreck geweitet, die Hände auf den Mund gepresst.

»Wo sind sie?« Der Schrei des Tankwarts zerteilte die Luft. »Ich will wissen, wo sie sind!«, brüllte er. Der Mann nahm das Messer von Max' Kehle und fuchtelte in der Luft herum. In seiner Stimme klang Wut, Zorn und Verzweiflung. Allesamt keine guten Ratgeber. »Wo habt ihr sie versteckt?«, schrie der bullige Mann abermals.

Entsetztes Raunen ging durch die Gruppe der Bewohner. Hugh trat einen Schritt vor. Die Hände noch immer erhoben. »Ich weiß nicht, wen Sie meinen, Sir. Aber bitte lassen Sie den Jungen gehen. Ich bin mir sicher, wir können über alles reden.«

Doch der Tankwart wiederholte nur seine gebrüllten Fragen.

»Was sollen wir tun?«, flüsterte Amelia.

Jonathan schüttelte den Kopf. »Keine Ahnung. Wir müssen den Typen überraschen. Ihn von Max losreißen. Aber wenn er ihm die Kehle durchschneidet, haben wir keine Chance.« Sein Körper war so gespannt, als würde er gleich reißen. Sie meinte, seine Zähne knirschen zu hören. Die Kieferknochen traten deutlich hervor, an der Seite zuckte ein Muskel. Sein Atem ging gepresst.

»Aber, wir sind doch in Howbourne. Er kann Max hier nichts tun. Oder doch?«

Bitte sag, dass ihm nichts passieren kann. Bitte sag, dass ihm nichts passieren kann. Bitte sag ...

»Natürlich kann er ihm etwas tun. Wunden heilen schneller. Aber wenn er die Halsschlagader erwischt, dann war es das auch hier.«

»Aber mein Hals war auch ...« Amelia tastete hilflos nach ihrer Kehle.

»Der Schnitt bei dir hat aber die Schlagader nicht getroffen. Du hattest Glück. Sonst hätte ich für dich auch nichts mehr tun können.«

Amelia nickte stumm. Ihr Herz krampfte sich schmerzhaft zusammen.

»Joel Baldwin!« Eine tiefe Stimme grollte durch Howbourne wie ein Donner. Das aufgeregte Murmeln verstummte. Joel drehte sich abrupt um. Der leichenblasse Max krallte sich an dem fleischigen Arm fest, der ihn unbarmherzig hielt. Sein Gesicht war vor Angst verzerrt. Er sah gar nicht mehr männlich aus. Eher wie ein verängstigtes Kind.

Alles in Amelias Körper zog sich zusammen, als sie ihren Bruder so sah. Sie hatte Mühe, den ersten Impuls zu unterdrücken, zu ihm zu rennen.

»Pater David!«, bellte Joel. »Ich wusste doch, dass Sie mir nicht die Wahrheit sagen. Sie haben die ganze Zeit von diesem Ort gewusst.« Er spuckte dem Pastor die Worte regelrecht vor die Füße. »Wo sind sie?« Er drückte das Messer wieder fester an Max' Kehle. »Sagen Sie es mir! Sofort!«

»Wir können über alles reden, wenn Sie den Jungen gehen lassen, Joel.« Pater David kam unbeirrt näher.

Joel lachte bitter auf. »Nein. Er ist meine einzige Chance. Ohne ihn werdet ihr mir doch nie sagen, wo sie sind.« Er holte tief Luft. »Rachel! Melanie!« Seine Schreie gellten durch die Nacht.

»Ich weiß, wie sehr der Verlust Ihrer Frau und Ihrer Tochter Sie schmerzt, Joel. Aber die beiden sind nicht hier.«

»Einen Scheiß wissen Sie!« Joel deutete mit dem Messer auf David. »SIE wollen ein Mann Gottes sein und paktieren mit den Toten!?« Er lachte sarkastisch. »Dass ich nicht lache! Ich sollte allen hier die Kehle aufschlitzen, bis ich meine Mädchen gefunden habe. Rachel! Melanie!«

Im nächsten Moment wurde er gestoßen. Jonathan prallte mit seinem vollen Gewicht gegen den bulligen Kerl.

Joel geriet ins Taumeln, ließ Max los. Er ruderte wild mit den Armen, um nicht das Gleichgewicht zu verlieren. Das Überraschungsmoment ausnutzend krachte Jonathans Faust hart gegen Joels Unterkiefer. Dieser taumelte weiter. Anthony preschte vor, packte ihn von hinten und zwang ihn mit seinem Körpergewicht zu Boden. Dort blieb Joel bäuchlings liegen. Von Jonathan und Tony im Zaum gehalten.

Pater David kniete sich vor Joel. »Joel, seien Sie doch vernünftig. Weder Ihre Frau noch Ihre Tochter sind hier. Sie KÖNNEN überhaupt nicht hier sein.« Er bedeutete den beiden Kämpfern, Joel aufstehen zu lassen. Sie halfen ihm auf die Füße, hielten aber seine Arme fest im Griff.

»Warum sollten sie nicht hier sein!?« Joels Stimme zitterte, als er sprach.

»Ihre Frau Rachel und die kleine Melanie sind bei einem tragischen Autounfall ums Leben gekommen.« Pater David legte Joel eine Hand auf die Schulter. »Sie sind gestorben. Viel zu früh. Und es tut mir so unendlich leid für Sie, Joel. Aber alle hier«, Pater David machte eine Geste, die alle Umstehenden umschloss, »sind bei oder kurz vor ihrer Geburt in unserer Welt gestorben. Sie haben hier eine Zuflucht, um ihr geschenktes Leben leben zu können. Hier wohnen nur jene, die nie ein Leben hatten.«

»Aber sie sind tot!« Joels Stimme triefte vor Verzweiflung. Wut und Zorn waren verschwunden. Tränen liefen über seine fleischigen Wangen. »Warum können sie nicht hier sein? Meine Rachel und mein kleines Mädchen. Warum sind sie nicht hier!?« Joel sackte auf die Knie. Jonathan und Anthony ließen ihn los und er vergrub sein Gesicht in

den Handflächen. Die starken Schultern des großen Mannes bebten unter seinen Schluchzern. Sein ganzer Schmerz entlud sich in einem markerschütternden Schrei.

»Ich weiß, es ist schwer zu begreifen. Nicht alles auf dieser Welt ergibt einen Sinn, Joel«, sagte Pater David sanft. Tröstend strich er über Joels Rücken. »Sie müssen versuchen, den Tod Ihrer Familie zu akzeptieren. Akzeptieren Sie Ihre Trauer. Lassen Sie den Schmerz zu, sonst gehen Sie daran kaputt, Joel.«

Joel richtete sich auf und wischte sich mit dem Ärmel seiner Jacke über das tränennasse Gesicht. Er ließ seinen Blick über die umherstehenden Menschen gleiten und erstarrte. Augenblicklich verzog sich sein Gesicht wieder zu einer wütenden Fratze. »Wenn hier alle bei ihrer Geburt gestorben sind, was macht dann sie hier!?« Er deutete auf Amelia und sprang auf. In wenigen, kraftvollen Sätzen war er bei ihr. Hart legten sich seine Pranken um ihre zierlichen Handgelenke.

»Ich hab ihr die Kehle durchgeschnitten. Sie ist tot und sie ist trotzdem hier.« Er riss Amelia an sich. Sein saurer Atem kroch über ihr Gesicht. »Gelogen!«, schrie Joel. »Ihr habt alle gelogen!« Er wirbelte mit ihr herum. Sein Gesicht voll eisiger Wut. »Wo. Sind. Sie?« Die Worte kamen als bedrohliches Zischen über seine Lippen.

Ein dumpfer Schlag durchbrach die Stille. Der Griff um Amelias Handgelenke lockerte sich und Joel fiel zu Boden wie ein schwerer Sack. Hinter ihm stand Max mit einer Holzlatte in der Hand.

Amelia betrachtete den ohnmächtigen Joel. Anthony, Max und Jonathan hatten ihn auf eine Bank gewuchtet und ihm zur Sicherheit die Hände gefesselt. Der sonst so bullig aussehende Mann wirkte jetzt klein, alt und zerbrechlich. Amelia empfand Mitleid mit ihm. Er hatte einen schweren Verlust erlitten. Und sein Schmerz hatte ihn dazu gebracht, unrechte Dinge zu tun. Das war nicht er, das war sein Schmerz.

»Er hat Audrey umgebracht!« Sues Stimme klang verzweifelt durch die nächtliche Luft. Zustimmendes Gemurmel brandete auf. Sue trat vor. Auf ihrem Gesicht und an ihrem Hals erkannte Amelia rote Flecken. Ihre Augen schimmerten vor Trauer und Zorn. Nichts erinnerte in diesem Moment an die sonst so fröhliche Frau. Sie zeigte auf Joel und zischte durch zusammengepresste Zähne: »Er war es! Er hat sie getötet.«

Amelia schob sich durch die Menge zu Jonathan, der hinter dem bewusstlosen Joel stand. Er beobachtete Sue aufmerksam.

»Du musst es Sue jetzt sagen, Jonathan. Bevor sie hier Lynchjustiz anzettelt.«

Er nickte. Als er vortreten wollte, kam Hugh ihm zuvor. Er stellte sich gemeinsam mit seinem Bruder vor den Gefangenen. Hugh machte einen Schritt auf Sue zu. »Sue, ich verstehe dich. Du bist zornig und denkst, Joel hat dir Audrey weggenommen. Aber wir sollten ihn anhören, bevor wir etwas Unüberlegtes tun.«

»Ich muss ihn nicht anhören, um zu wissen, was er getan hat.« Sues Zorn schlug in Verzweiflung um. »Er hat sie getötet! Was soll sonst passiert sein? Sie wäre nicht einfach gegangen. Sie hätte mich nicht allein gelassen. Sie wäre nicht einfach …« Ihre Stimme brach. Tränen strömten über ihr Gesicht. Sie vergrub es in ihren Händen. Die schmalen Schultern erzitterten unter ihren herzerweichenden Schluchzern.

Amelia wollte Sue in den Arm nehmen, sie wissen lassen, dass sie nicht allein war. Doch Max war schneller. Er ging zu ihr, legte seine schlanken Arme um sie und zog sie fest an sich. »Audrey ist fort, Sue. Du weißt es tief in dir. Joel hat nichts damit zu tun«, hörte Amelia ihn sagen.

»Nein, sie hätte mich nicht allein gelassen.« Sues Stimme war von Tränen erstickt. Max drückte ihr einen sanften Kuss auf die Stirn. »Sie hat schon immer davon geträumt, den Sonnenaufgang am Meer zu sehen. Sie hat sich diesen Traum erfüllt. Du weißt das. Lass es einfach zu.« Tröstend hielt er Sue in den Armen.

Sie ließ ihren Tränen freien Lauf.

Jonathan stieß Amelia sanft an und deutete auf Joel. »Er wacht auf.«

Joels Kopf bewegte sich leicht hin und her. Ein leises Wimmern war von ihm zu hören. Jonathan ging um die Bank herum und tippte Pater David an. »David, Joel wird wach.«

Der Pastor drehte sich um und betrachtete den großen, gefesselten Mann eine Weile. Auch Hugh wandte sich um, dann eilte er zum Getränkestand und kam mit einem Glas

Wasser zurück. Hugh setzte sich neben Joel auf die Bank und führte das Glas an seine Lippen.

Pater David nahm auf der anderen Seite Platz. Behutsam tätschelte er Joels Schulter. »Wissen Sie, wo Sie sind, Joel?«

Dieser öffnete mühsam seine Augen und ließ seinen Blick über die umstehenden Menschen gleiten. Auf Amelia blieb er haften. Er nickte schwerfällig. »Ja«, sagte er kraftlos und senkte den Blick. »Es tut mir leid«, flüsterte er.

»Das weiß ich.« Pater David sah ihn mitfühlend an. »Trauer lässt uns manchmal verrückte Dinge tun.« Er gab Anthony ein Zeichen, die Handfesseln zu lösen.

Joel fixierte einen Punkt auf dem sandigen Boden. »Ich habe so gehofft, sie hier zu finden. Meine Rachel. Meine Melanie.« Ein schmerzvoller Seufzer drang aus seiner Kehle. »Die Legende von Nan Tuck kennt bei uns jeder. Und ich habe mir vorgestellt, sie würden noch irgendwo leben. Ich wusste nur nicht, wie ich zu ihnen kommen sollte. Nachts war ich im Wald an dem toten Baum und habe mir vorgestellt, meine Mädchen würden noch irgendwo leben. Und dann habe ich ihn gesehen.« Joel deutete auf Jonathan. »Plötzlich war er da. Wie aus dem Nichts. Da wusste ich, dass ich recht habe. Ich bin ihm gefolgt, habe ihn beobachtet. Die ganze Nacht. Er war bei Ihnen, Pater. Dann ging er kurz vor Sonnenaufgang zurück zum Baum und war wieder verschwunden. Einfach so. Als wäre er nie da gewesen.« Joel seufzte schwer. »Ich habe mich dann jede Nacht auf die Lauer gelegt und den Baum beobachtet. Für mich war es irgendwann ganz klar. Rachel und Melanie mussten auch dort sein. Ich wollte zu ihnen. So unbedingt.« Er vergrub das Gesicht in den fleischigen Händen. »Ich wusste nur nicht, wie ich es anstellen sollte.«

Tränen sickerten aus seinen tiefliegenden Augen. Er sah zu Jonathan. »Ich wollte ihn ansprechen, aber ich traute mich nicht.« Joel schniefte. »Und dann kam sie.« Sein wässriger Blick starrte Amelia an. »Mit all ihren Fragen. Und in dieser Nacht im Wald sind mir die Sicherungen durchgebrannt. Ich habe gedacht, wenn es diesen Ort für die Toten gibt, müssen sie ja auch irgendwie hinkommen. Und da habe ich ihr die Kehle aufgeschnitten. Ich dachte, wenn sie stirbt, würde sie geholt werden, oder so. Ich weiß, wie wahnsinnig sich das anhören muss.« Joel rieb sich mit den Händen über die Wangen.

Bei seinen Worten fühlte sich Amelia elend. Die Erinnerung an die Nacht im Wald und an Joels Klinge an ihrem Hals jagte ihr eiskalte Schauer durch die Venen. Fröstelnd schlang sie die Arme um ihre Mitte. Sie spürte ein Zittern im ganzen Körper, das so heftig wurde, dass ihre Zähne aufeinanderschlugen. Sie atmete tief ein und aus, um sich zu beruhigen. Ein Duft stieg ihr in die Nase, den sie sofort erkannte. Jonathan stand dicht neben ihr. Er legte sanft den Arm um ihre Schultern. Seine Körperwärme, das Gewicht seines Armes beruhigten sie. Das Zittern hörte auf.

»Dann lag sie vor mir auf dem Boden. Und all das Blut …« Joel erzählte weiter. »Ich hörte ein Knacken und dachte nur ›Scheiße, was habe ich getan?‹. Dann bin ich abgehauen. Ich hab sie da einfach liegen lassen.« Er schüttelte den Kopf. »Dann ein paar Tage später hab ich die beiden zusammen an meiner Tankstelle gesehen. Zuerst habe ich gedacht, ich sehe Gespenster. Ich werde heimgesucht, oder so was in der Art.« Mit der Spitze seines Schuhs zeichnete er Linien in den Sand. »Aber das Mädchen ist zusammengebrochen und er hat sie wieder ins Auto verfrachtet. Ich wusste nicht, was ich tun sollte. Ich wollte zuerst Sie anrufen, Pater. Aber was hätte ich denn sagen sollen? Und dann bin ich Ihnen gefolgt. Es ist einfach so passiert. Es tut mir so leid. Wirklich. Ich wusste nicht …« Seine Stimme brach. Schluchzend sackte sein Kinn auf die Brust.

Pater David legte beruhigend die Hand auf Joels Rücken. »Und heute Nacht haben Sie dann Max gesehen?«

»Ja. Ich habe ihn sofort von dem Foto wiedererkannt und bin ihm gefolgt. Ich habe gesehen, wie er mit Ihnen zusammen zum Bed and Breakfast gefahren ist. Dann bin ich Ihnen zum Wald gefolgt. Und was dann passierte, wissen Sie, Pater.«

Pater David nickte und befühlte nachdenklich seine Schläfe. Dann erhob er sich. »Dieser Mann«, sagte er laut und zeigte auf Joel, »hat einen schweren Fehler begangen. Er hat Menschen verletzt und ihren Tod in Kauf genommen. Das hat er aber nicht getan, weil er ein böser Mensch ist. Er tat es, weil er trauert. Weil ihn der Verlust seiner Familie so sehr schmerzt. Ich weiß, ihr geht mit dem Tod viel offener um. In Howbourne gehört er unweigerlich zum Leben und diese Tatsache wird akzeptiert. Er gehört auch bei uns zum Leben, nur an der Akzeptanz arbeiten wir noch.« Pater David ließ sich wieder neben Joel nieder.

»Amelia.« Der Pastor sah sie direkt an. »Dich hat er am schwersten verletzt. Wäre Jonathan nicht gewesen, wärst

du gestorben. Aber du kennst den Schmerz, der in Joel wohnt. Du weißt, welches Gefühl ihn zu seinen Taten getrieben hat. Möchtest du ihn bestrafen, für das, was er dir angetan hat?«

Amelia spürte das Blut aus ihrem Kopf weichen. Sie fühlte sich plötzlich furchtbar schwer. Was verlangte der Pastor da von ihr? Wie sollte sie allein so eine Entscheidung treffen? Und was würde überhaupt passieren, wenn sie für eine Strafe stimmte? Alle Augen ruhten auf ihr. Die Luft war zum Zerreißen gespannt. Sie schloss die Lider. Das Gewicht von Jonathans Arm auf ihren Schultern kam ihr tonnenschwer vor. Bilder ihres Vaters flammten vor Amelias geschlossenen Augen auf. Wie hätte er reagiert, wenn ihre Mutter und sie bei einem Unfall ums Leben gekommen wären? Hätte er sich ebenfalls geweigert, es zu akzeptieren, oder hätte er sie gehen lassen?

Dann sah sie Joel vor sich. Zusammen mit seiner Familie, drei glückliche Menschen. Nur ein winziger Moment hatte alles verändert, hatte sie erbarmungslos auseinandergerissen. Und ihn gebrochen zurückgelassen.

Ames, mein Liebling. Du weißt, was zu tun ist.

Valeries Stimme hallte durch Amelias Kopf. Und sie hatte recht, es gab nur eine richtige Entscheidung.

Sie ballte die Hände zu Fäusten, bis sich ihre Fingernägel schmerzhaft in ihre Handflächen gruben. Sie öffnete die Augen und die Welt um sie herum war tränenverschleiert. Ein paarmal blinzelte sie, um ihren Blick zu klären. »Ich weiß, wie weh Trauer tun kann«, sagte sie schließlich. »Ich verstehe, dass sie einen zu Taten bringen kann, die vorher undenkbar schienen. Der Schmerz, die Familie zu verlieren, kann einen Menschen wahnsinnig vor Trauer werden lassen. Deshalb braucht Joel Hilfe. Er kann sich nicht allein von seinem Schmerz befreien. Und wenn er bereit ist, sich helfen zu lassen, dann bin ich bereit, ihn gehen zu lassen.«

Jonathan neben ihr sog die Luft scharf durch die Zähne ein. »Bist du dir sicher?«, flüsterte er an Amelias Ohr.

»Ja, ich bin mir sicher. Wenn ihr anderen, die Joel verletzt hat, auch einverstanden seid. Sein Schmerz ist Bestrafung genug.«

»In Ordnung.« Jonathan drückte sie fester an seinen Körper.

Die Anspannung fiel von ihr ab. Sie hatte die richtige Entscheidung getroffen.

»Gut.« Pater David erhob sich erleichtert und wandte sich an Joel. »Stimmst auch du zu, Joel?«

Der große Mann nickte mit hängenden Schultern.

Pater David klopfte ihm auf die Schulter und sagte: »Komm. Wir gehen jetzt nach Hause und besprechen, wie wir dir Hilfe besorgen können. Hugh, begleitest du uns zum Mal?«

»Natürlich. Jonathan und Anthony werden uns ebenfalls begleiten.« Er nickte den beiden jungen Männern zu.

Jonathan löste widerwillig die Umarmung. Er legte seine Hände auf Amelias Schultern. »Ist es in Ordnung, wenn ich dich kurz allein lasse?« Seine grünen Augen waren voller Sorge.

»Ja, geh nur. Ich komm klar.«

Er strich ihr mit einer sanften Berührung eine blonde Strähne aus der Stirn. »Okay.«

Einen Moment lang spürte sie seiner Berührung auf ihrer Haut nach, während Jonathan zu Hugh hinüberging. Ihr Körper vermisste seine Nähe bereits jetzt.

Die kleine Gruppe aus Pater David, Joel, Anthony, Hugh und Jonathan setzte sich in Bewegung, doch Joel stoppte noch einmal und drehte sich um. Mit fester Stimme sagte er: »Es tut mir wirklich leid, was ich Ihnen allen angetan habe. Es ist ein kostbarer Ort hier und ich wünschte, meine Familie könnte hier sein. Aber ich muss akzeptieren, dass sie fort ist. Bitte verzeihen Sie mir.« Mit diesen Worten wandte er sich um und verließ das Dorf.

Amelia schaute den Männern nach, die sich im Schein der Fackeln dem Wald näherten. Die Versammlung löste sich allmählich auf. Die Bewohner Howbournes zerstreuten sich und gingen zu ihren Häusern.

»Hey.« Max und Sue gesellten sich zu ihr. »Geht's dir gut, Schwesterchen?« Besorgt strich er über Amelias Rücken.

»Ja. Es ist richtig so.« Sie schaute von Max zu Sue, die mit geschwollenen Augen danebenstand. »Bist du okay, Sue?« Sie nahm Sue fest in den Arm und drückte das zierliche Mädchen an sich.

Sue nickte an ihrer Schulter. Sie wandte sich aus der Umarmung und hielt Amelia auf Armeslänge von sich entfernt. »Audrey ist freiwillig gegangen. Ich weiß das. Ich wusste es eigentlich die ganze Zeit. Sie wollte nicht in Howbourne bleiben. Sie fühlte sich hier wie in einer Falle. Das hat sie oft gesagt, aber ich wollte es nicht hören.« Sue strich mit der flachen Hand über ihr Gesicht. »Sie hätte sich aber wenigstens verabschieden können.«

Amelia dachte an Jess. Ob es ihrer Freundin genauso ging wie Sue? Dachte sie auch, sie sei verschwunden und hätte sie im Stich gelassen?

»Ja«, sagte sie schließlich gedankenverloren, »sie hätte sich wenigstens verabschieden können.«

Sue ließ Amelia los, trat einen Schritt zurück und seufzte schwer. »Puh, was für ein Abend. Oder?« Sie spielte mit einer Haarsträhne, die ihr übers Ohr gerutscht war. »Irgendwie merkt man dann, was wichtig ist ...« Sie sah Max aus ihren braunen Rehaugen an. Unvermittelt machte sie einen Schritt auf ihn zu. Sie schmiegte ihre Arme rasch um seine Taille und drückte Max einen Kuss auf die Lippen. Es war ein kurzer, schüchterner Kuss, aber als sich Sue von ihm löste, war er feuerrot.

Dann drehte sich Sue um und verschwand mit schnellen Schritten in der dunklen Nacht.

Amelia musterte grinsend ihren Bruder, der mit einem irritierten Gesichtsausdruck neben ihr stand. »Ich hab's ja gesagt.« Sie lächelte. Dann wurde sie wieder ernst. »Du hättest das nicht tun sollen, Max.«

Dieser ging zu der Bank, auf der eben noch Joel gesessen hatte, und ließ sich darauf nieder. Er stützte die Ellenbogen auf den Knien ab und vergrub das Gesicht in seinen Händen.

Amelia folgte ihm, setzte sich dazu und lehnte sich an ihren Bruder. »Du wolltest mein Telefon holen, oder?«

Er nickte. »Ja. Es war dir so wichtig, Dad Bescheid zu geben. Ich wollte dir helfen. Ich wollte das für dich tun. Unbedingt.«

»Ich weiß. Und es ist lieb von dir. Aber du sollst dich nicht für mich in Gefahr bringen, hörst du?« Sie richtete ihn behutsam auf und legte ihre Hände an seine Wangen. »Dein Leben ist kostbar, du darfst es nicht so leichtfertig aufs Spiel setzen.«

»Ich dachte, wenn ich erst bei Pater David bin, würde es schon klappen.«

Eine Weile schwiegen sie gemeinsam und starrten in die Flammen der Fackel, die neben der Bank stand und den Platz erhellte.

»Hast du es denn?«, fragte Amelia in die Stille hinein.

»Hmmm?«

»Mein Handy? Hast du es?« Sie knibbelte an ihren Fingernägeln.

»Nein. Pater David war in der Pension, um es zu holen. Aber Olivia hat deine Sachen schon aus dem Zimmer geräumt, weil du tagelang nicht dort warst.«

Ihr wurde augenblicklich schlecht. »Wo sind denn meine Sachen jetzt?«

»Alles zusammengepackt im Schuppen der Pension. Pater David hat Olivia erzählt, du hättest einen Unfall gehabt und seist deshalb nicht wieder aufgetaucht. Sie hat ihm zugesagt, die Sachen für dich abholbereit bereitzustellen.«

»Oh. Das ist gut.« Amelia nickte gedankenverloren. »Und mein Auto? Hast du es genommen?«

»Nein. Ich bin zu Fuß zum Pfarrhaus gelaufen. Dann ist Pater David gefahren. Auf dem Parkplatz am Buxted Manor stand kein Auto.« Max legte eine Hand auf ihr Knie und lächelte sie hoffnungsvoll an. »Dann musst du wohl hierbleiben.«

Neunundzwanzig

»Hier bist du. Ich habe dich schon gesucht.« Jonathan blieb in dem Eingang seiner gemütlich eingerichteten Nische in der Lagerscheune stehen.

Amelia hatte sich nach dem Gespräch mit Max hierher verzogen. In einer Patchworkdecke eingewickelt war sie auf einem der Sessel eingenickt. Verschlafen rappelte sie sich auf und rieb sich über die Augen. »Oh, ich bin wohl eingeschlafen«, sagte sie gähnend und streckte sich. So gemütlich die Adirondack-Stühle auch waren, zum Schlafen eigneten sie sich überhaupt nicht. Gegen das Licht anblinzelnd strich sie sich über den schmerzenden Nacken.

»Sieht so aus.« Jonathan ließ sich auf dem zweiten Sessel nieder. Seine grünen Augen wirkten in dem spärlichen Licht wie die satten Weiden Howbournes, wenn das Abendrot sie streifte. Dunkelgrün und leuchtend.

»Habt ihr Joel rausgebracht?«

»Ja. Ich habe ihn zusammen mit Tony und Pater David noch nach Buxted begleitet. Joel wird wohl seine Tankstelle verkaufen und in die Nähe seiner Schwester ziehen. Sie wohnt in Cornwall. Er denkt, eine räumliche Veränderung wird ihm guttun. Pater David wird sich morgen mit seinem Kollegen in der Gemeinde kurzschließen, damit Joel Hilfe bekommt.«

»Das ist gut. Hoffentlich hilft es ihm, mit dem Verlust seiner Familie klarzukommen. Und deine Wunde?« Amelia deutete auf Jonathans Bauch.

»Ging schon. Tony hat mir geholfen.«

»Und das hast du zugelassen?« Verwundert sah sie ihn an. Sie hatte Jonathan eher als jemanden eingeschätzt, der erst dann Hilfe annähme, wenn die Hölle zufrieren würde.

»Mir blieb ja nichts anderes übrig«, knurrte Jonathan kleinlaut.

Amelia lächelte. Sie streckte sich und gähnte noch einmal herzhaft. »Hast du vielleicht etwas zu trinken?«

»Klar, soll ich uns einen Kaffee machen?« Er erhob sich und ging zu dem kunstvoll verzierten Schränkchen hinüber.

»O ja, unbedingt. Ein Kaffee wäre jetzt genau richtig.« Sie lehnte sich zurück und beobachtete Jonathan. Er kramte einen Espressokocher und eine Metalldose aus dem Schrank. Geübt schraubte er den Espressokocher auseinander, füllte Wasser aus einem Krug in den unteren Teil und Kaffeepulver in das Sieb, bevor er alles wieder zusammensetzte. Dann schnappte sich Jonathan Zündhölzer und machte sich an einer mit Steinen ausgelegten Feuerstelle zu schaffen.

»Jonathan?« Erschrocken rutschte Amelia auf ihrem Sessel weiter nach vorn.

»Hmm?«

»Wir sind hier in einer Scheune.« Sie bekam große Augen.

»Ach, echt?« Amüsiert blickte er auf.

»Offenes Feuer in einer Scheune? Willst du mich verarschen?«

Er lachte auf und musterte sie. Er hätte keine Streichhölzer benötigt, aus seinen Augen sprühten ausreichend Funken, um eine ganze Stadt in Brand zu setzen. Auf jeden Fall aber genug, um Amelia einen heißen, ungestümen Schauer durch den Körper zu jagen.

»Keine Sorge, Amelia. Ich habe hier schon tausendmal Feuer gemacht.« Er riss das Zündholz über die raue Seite der Packung und die Flamme entzündete sich augenblicklich. »Ich verspreche dir hoch und heilig, ich werde dich nicht verbrennen lassen«, sagte er augenzwinkernd. Achtsam steckte er das brennende Hölzchen in die aufgeschichteten Äste der Feuerstelle. Dann stellte er den Espressokocher auf einen der großen Steine, die die Flammen daran hinderten, sich auszubreiten.

»Das beruhigt mich nicht wirklich. Feuer und Stroh ist eine üble Kombi.« Unbehaglich rutschte Amelia an der Kante ihres Stuhls hin und her. »Warum hast du denn hier keinen Ofen?«

»Jetzt sei nicht so ein Weichei. Ich habe hier doch auch einen Ruf zu verlieren. Bad Boy und so, erinnerst du dich?« Sein Augenzwinkern ließ Amelia schmunzeln.

»Okay, okay. Dann will ich dir mal vertrauen.«

Das Blubbern im Espressokocher lenkte die Aufmerksamkeit beider auf sich. »Kaffee ist fertig.« Jonathan holte zwei Emaille-Becher aus dem Schrank. »Milch und Zucker?«

»Nur Milch, bitte.«

Er goss Milch in einen der Becher, bevor er den fertigen Kaffee hinzugab, und reichte ihn Amelia. Dann schenkte er sich selbst ein und prostete ihr zu. Eine Weile nippten sie schweigend an ihren Getränken.

»Geht es dir denn wieder gut? Ich meine, du warst schon wieder draußen. Bist du okay?«

»Klar, alles gut.« Jonathan legte eine Hand auf seinen Bauch. »Aber ich denke, ich mache mal ein, zwei Nächte Pause und gehe nicht raus.«

Sie nickte. »Vielleicht besser.«

»Weißt du schon, was du tun wirst? Ich meine, wie lange willst du noch in Howbourne bleiben?« Er nahm einen Schluck Kaffee und beobachtete Amelia über den Rand seines Bechers hinweg.

»Ich habe keine Ahnung. Ehrlich nicht. Max sagt, meine Sachen wurden in der Pension bereits zusammengeräumt. Ich müsste sie nur abholen. Meine Verletzung wird mir wohl keine großen Probleme mehr machen. Ich könnte also morgen wieder fahren. Ich weiß allerdings nicht, wo mein Auto geblieben ist. Max hat es jedenfalls nicht genommen.«

»Joel hat es abgeschleppt. Es steht an seiner Tankstelle, aber das ist sowieso hinüber.«

Wieder erfüllte Schweigen die Luft. Nur das knisternde Feuer unterbrach die Stille. Beide starrten in die tanzenden Flammen in der Mitte des Raums.

»Möchtest du denn gehen?« Er flüsterte die Worte, aber in ihrem Kopf hallten sie laut wider.

Langsam hob sie ihren Blick und fand Jonathans, der auf ihr ruhte. »Ich weiß es nicht«, sagte sie leise und meinte in seinen Augen Enttäuschung auszumachen. »Aber in diesem Moment möchte ich nirgendwo sonst sein.«

»Ich auch nicht.« Jonathan stellte seinen Becher ab und war nach wenigen Sekunden bei ihr. Er nahm ihre Hand und zog sie von dem Sessel. Sie standen dicht beieinander.

Amelias schneller werdender Atem ließ ihre Brust rasch auf und ab sinken. Bei jedem Atemzug stießen die Spitzen ihrer Brüste zart gegen Jonathans Brustkorb. Sein süßlich herber Zimtduft stieg in Amelias Nase. Sie schmiegte ihren Kopf an seinen Körper. Er passte so perfekt in die Kuhle zwischen Hals und Schulter. Jonathans Hände wanderten über ihren Rücken. Kaum merklich wiegten sie sich im Takt einer unhörbaren Melodie. Wärme durchströmte ihren Körper und sammelte sich in ihrer Mitte. Sie hob den Kopf. Jonathans Gesicht war dicht vor ihrem. Sein warmer Atem strich wie eine zarte Berührung über ihr Gesicht. Er hob seine Hand an ihre Wange. Sein Daumen folgte der Linie ihres Wangenknochens und setzte ihre Haut in Brand. Ihre Blicke verbanden sich, sie tauchten ein in die Tiefen des anderen und quälend langsam näherten sich ihre Lippen, bis sie sich endlich zu einem Kuss vereinten.

Beinahe schüchtern berührten sich ihre Lippen. Zart und federleicht wie Schmetterlingsflügel. Dann allmählich fordernder und schließlich küssten sie sich wie Hungernde, die nach Tagen ohne Nahrung wieder aßen.

Jonathan hob Amelia auf seine Arme und setzte sich mit ihr auf einen der Sessel. Sie rutschte rittlings auf seinen Schoß, ohne ihren Kuss zu unterbrechen. Mit der Zungenspitze fuhr sie über seine Lippen. Drang zwischen sie. Jonathans Zungenspitze empfing sie zu einem Tanz. Seine Hände glitten sachte unter den Saum ihres Shirts. Die Haut seiner Fingerspitzen hinterließ brennende Spuren des Verlangens auf ihrem nackten Rücken.

Amelias Hände vergruben sich in Jonathans Haaren, krallten sich an ihnen fest, während ihr Kuss noch fordernder, noch tiefer wurde. Ihre Lippen bewegten sich im perfekten Rhythmus miteinander. Laute der Lust entfuhren ihnen und pulsierten in ihrem Körper wie Stromschläge. Amelia strich Jonathans Jacke von seinen Schultern. Sie spürte eine kleine Explosion zwischen ihren Schenkeln, als sich ihre Finger unter seinen Pullover schoben. Seine warme, feste Haut fühlte sich so verheißungsvoll an. Sie verließ seinen Mund und wanderte mit der Zunge an seinem Unterkiefer entlang. Sie bedeckte seinen Hals mit Küssen, bis sie am Ansatz seines Schlüsselbeins auf Stoff stieß. Langsam schob sie den Pullover über seinen Kopf und ließ ihn zu Boden sinken. Amelia richtete sich etwas auf und betrachtete Jonathans nackten Oberkörper. Nicht übertrieben trainiert, aber fein definierte Muskeln unter heller Haut. Jeder Quadratzentimeter schrie danach, von ihrer Zungenspitze erforscht zu werden.

Jonathan beugte sich vor, seine Hände umfassten ihre Wangen. Sein Blick haftete an ihrem Gesicht, das vom warmen Feuerschein erleuchtet wurde. »Gott, du bist so wunderschön«, flüsterte er, bevor er sie an sich zog und mit der Zunge zwischen ihre Lippen glitt. Seine Hände wanderten an ihrem Rücken hinunter, umfassten ihre Backen. Sie stöhnte voll Verlangen in seinen Mund. Als seine Finger wieder unter ihrem Shirt verschwanden, es hochschoben, wollte Amelia vor Lust verbrennen. Sie wollte ihn spüren. Ganz und überall.

Jonathan ließ ihr Shirt fallen. Er stand so mühelos mit ihr auf seinen Armen auf, als wäre sie eine Feder. Amelia schlang ihre Beine fest um seine Hüften, während er sich langsam auf den Teppich kniete und ihren Oberkörper behutsam auf dem Boden ablegte. Seine Hände strichen durch ihr langes blondes Haar, das sich wie ein Fächer auf dem Boden ausbreitete. Jonathans Gewicht drängte sich auf sie und ihre Münder verbanden sich wieder im perfekten Rhythmus miteinander. Durch den Stoff ihrer beider Jeans spürte Amelia seine Härte an ihrem Schenkel. Sie griff mit der Hand zwischen ihre Körper und ließ ihre Finger unter den Saum seiner Hose wandern. Er atmete keuchend aus, als sie seine Erektion berührte.

Er rutschte von Amelia und stützte sich seitlich neben ihr ab. Mit den Fingerspitzen fuhr er Bahnen um ihren Bauchnabel, dann entlang am Saum ihrer Jeans. Immer wieder ließ er seine Finger darunter verschwinden. Amelias Atem ging schneller. Ihre Brüste hoben und senkten sich stürmisch. Behutsam und ohne Eile glitt Jonathans Hand an ihrem Oberkörper empor. Langsam schob er die Finger unter den Stoff ihres BHs und fand ihre harte Brustwarze, die unter seiner Berührung noch härter wurde. Amelias

Hände wanderten unruhig über den Teppich, fanden schließlich Halt in den Fransen, in denen sie sich festkrallte.

Ein leises Wimmern entfuhr ihr, als sich Jonathan über ihre Brust senkte und ihren Nippel zwischen die Lippen nahm. Sie drückte ihren Rücken leicht durch und hob sich ihm so entgegen. Mit der Zungenspitze umspielte er die empfindliche Haut ihrer Spitze, nahm sie zwischen die Zähne und knabberte an ihr. Er öffnete ihren BH, streifte ihn ab. Mit entblößtem Oberkörper lag Amelia nun vor ihm und brannte innerlich.

Jonathan kniete sich über sie und knöpfte ihre Jeans auf. Wie in Zeitlupe schob er ihr den schweren Denimstoff über die Beine. Er streichelte über den seidigen Stoff ihres Slips. Amelia stöhnte auf, als er über ihre empfindlichste Stelle strich, die nur noch von einem Hauch Stoff bedeckt war. Er senkte seinen Mund an ihren Hals. Ließ seine Zunge über ihre Haut gleiten. Knabberte an ihrem Schlüsselbein und streichelte behutsam ihre Mitte.

Amelias Körper zog sich zusammen. So lange hatte sie nach Nähe gedürstet und wollte nun alles gierig in sich aufnehmen. Wollte Jonathan in sich aufnehmen. Etwas in ihr geriet außer Kontrolle, als seine Hand unter den zarten Stoff ihres Slips glitt und über ihre feuchte, heiße Haut fuhr. Wie eine Lawine löste sich die Lust in ihr, trug sie mit sich einen Abhang hinunter. Sie fiel und landete auf weichen Wolken, als er mit dem Finger in sie eindrang. Sie stöhnte auf, wimmerte vor Lust, als er in ihr auf und ab fuhr. »Ich will dich, Jonathan. Ich will dich so unbedingt.«

Er beugte sich zu ihr hinab. Seine Lippen auf ihren. Seine Zungenspitze an ihrer. »Wir haben Zeit«, murmelte er an ihrem Mund, während er sie mit den Fingern stieß, bis sie schrie.

Jonathan erhob sich und knöpfte seine Hose auf. Amelia betrachtete seinen schönen schlanken Körper, als er nur noch in Boxershorts über ihr stand. Er nahm ein knisterndes Päckchen aus dem Regal und ließ sich wieder auf dem Teppich nieder. Amelia zog ihn an sich, ihre Hände schob sie unter den Stoff seiner Boxershorts. Das feste Fleisch seines Hinterns in ihren Händen nahm ihr einen Moment den Atem. Ihre Beine schlang sie um seine Hüften. Seine Härte drängte sich gegen ihre empfindliche, geschwollene Mitte. Sein Mund fand ihren. Mit fordernder Entschlossenheit drang seine Zunge in ihren Mund. Härter als zuvor. Seine Hände schoben sich unter ihren Hintern und pressten ihre Körpermitten noch enger zusammen. Amelia stöhnte vor Verlangen in seinen Mund. Zu viel Stoff war noch zwischen ihnen. Sie löste sich aus der Umklammerung ihrer Körper, drehte Jonathan auf den Rücken. Behutsam schob sie seine Boxershorts über seine Beine nach unten. Amelia schnappte nach Luft, als sie seine erigierte Männlichkeit unbedeckt vor sich sah. Sie umschloss ihn mit ihrer Hand. Bewegte sie langsam auf und ab, ließ ihre Zunge immer wieder über seine Spitze gleiten, bis sich Jonathan aufbäumte.

»Oh.«

Stöhnen.

»Gott.«

Stöhnen.

»Amelia!«

Stöhnen.

Seine Finger krallten sich beinahe schmerzhaft in Amelias Oberschenkel. Sein schnelles, geräuschvolles Ausatmen erfüllte den Raum.

Jonathans Hand löste sich von ihrem Körper und tastete nach dem Päckchen, das er vorher aus dem Regal genommen hatte. Amelia nahm es ihm ab. Sie öffnete es und rollte ihm behutsam das Kondom über. Dann kniete sie sich auf ihn und nahm Jonathan in sich auf. Umfing ihn mit ihrer feuchten, heißen Weichheit. Tief ließ sie ihn in sich gleiten. Erst bewegte sie sich langsam, dann etwas schneller.

Amelia beugte sich keuchend zu ihm hinunter. Ihre langen Haare fielen wie ein Vorhang um sie herum und schirmten sie vom Rest der Welt ab. Ihre Hände verschränkten sich miteinander, als wären sie nur dafür geschaffen worden.

Jonathan stieß in sie. Ihre Körper klatschten wild aneinander. Ihre Schreie hallten durch die Scheune. Sie kamen beinahe gleichzeitig und ließen sich von den Wellen ihrer Orgasmen davontragen.

Schwer atmend ließ sich Amelia auf Jonathans Brust sinken und inhalierte seinen Duft.

Dreißig

Dicht aneinander lagen sie auf dem Boden der Scheune. Mit Decken und Kissen hatten sie sich ein gemütliches Lager gebaut. Die kleine Nische war erfüllt von der Wärme der friedlich glimmenden Glut. Amelia lag an Jonathans Seite gekuschelt. Mit ihren Fingerkuppen zeichnete sie feine Linien auf die weiche Haut seines Oberkörpers. Achtsam sparte sie die Stelle um die Stichwunde an seinem Bauch aus, auch wenn diese bereits aussah, als wäre sie einige Wochen alt und nicht nur wenige Tage.

»Willst du Sue von deinem Gespräch mit Audrey erzählen? Ich meine, vielleicht hilft es ihr. Damit sie endgültig abschließen kann.«

»Es führt wohl kein Weg daran vorbei, auch wenn sie jetzt weiß, was mit Audrey passiert ist. Hatte ich dir von Pater Davids Kontakt bei der Polizei erzählt?«

Amelia schüttelte den Kopf an Jonathans Schulter.

»Er hat einen Kontaktmann bei Scotland Yard in London, der ihn über … na ja … unbekannte Tote informiert, die irgendwo aufgefunden werden und die niemand zu vermissen scheint.« Er strich sanft über ihren Arm.

»Warum denn das?«

»Es könnte jemand von uns sein. Einer, der nicht rechtzeitig zurückgekommen ist.«

»Aber vermisst ihr denn so oft jemanden?« Amelia stützte sich auf und sah ihn forschend an.

»Nein, Blödsinn. Aber es gibt mehr Orte wie Howbourne.«

»Ach ja, Sue hatte so was erwähnt.«

Jonathan nickte und erzählte weiter. »Jedenfalls wurde die Leiche einer jungen Frau in Eastbourne gefunden, die niemand als vermisst gemeldet hat. Sie hatte keine Ausweispapiere oder so was. Zeugen sagten, sie saß am Strand und weinte, als die Sonne aufging. Dann kippte sie einfach um. Man versuchte, sie zu reanimieren. Ohne Erfolg.«

»Das war Audrey.« Was wie eine Frage klingen sollte, kam als Aussage über Amelias Lippen.

»Ja. War sie. Pater David hat mir ein Foto der Toten gezeigt.« In seinen Augenwinkeln sammelten sich Tränen.

Amelia legte ihre Hand tröstend an seine Wange.

Er schmiegte sein Gesicht an sie. »Ich hatte irgendwie gehofft, sie würde noch leben. Durch irgendeine Begebenheit, was weiß ich. In meiner Vorstellung tanzte sie barfuß am Strand. Die nackten Füße in den Wellen und wollte sich ausschütten vor Lachen.«

Mit dem Daumen strich Amelia sanft eine Träne von Jonathans Wange. »Es tut mir leid«, flüsterte sie.

»Ja, mir auch.« Er zog sie fest in seine Arme. Sie presste sich an seinen Körper. Versonnen streichelte Jonathan über Amelias langes Haar, das sich um sie herum ergoss. In das wohlige Schweigen sagte er: »Ich wünschte, wir könnten ewig so liegen bleiben. Einfach unsere Welten verbinden und alles um uns herum würde verschwinden.«

Von Amelia war ein mattes, zustimmendes Murmeln zu hören.

»Morgen wird Howbourne nicht mehr hier sein«, sagte Jonathan an Amelias Haar.

Die Worte drangen wie durch Nebel zu ihr durch. Aber der Schlaf hatte bereits Besitz von ihr ergriffen.

Schnelles, aufgeregtes Hecheln weckte Amelia. Sie öffnete verschlafen die Augen und blinzelte gegen das helle Tageslicht, das durch die Ritzen zwischen den Holzbrettern der Wand in die Scheune fiel. Sie setzte sich auf und blickte sich in der gemütlichen Nische um. Bo tänzelte fröhlich näher und leckte ausgiebig ihr Gesicht. »Bo, lass das!« Energisch schob sie den Hund beiseite.

»Hey, guten Morgen!« Jonathan kam mit einem Bündel in der einen und einer Milchkanne in der anderen Hand um die Ecke. »Bo, ich habe dir gesagt, du sollst sie nicht wecken.«

Sie betrachtete den hübschen Hund und streichelte seinen Kopf. »Ich habe ihn gestern gar nicht mehr gesehen. Das ist mir gar nicht aufgefallen.«

»Er war drüben auf der Farm im Schafstall. Da verkriecht er sich manchmal. Deshalb riecht er auch so … pikant.« Er stellte seine Sachen auf dem Schränkchen ab.

»Ich war eben bei Sue. Sie hat mir zur Milch noch Rosinenbrötchen mitgegeben. Hast du Hunger?« Er machte sich erst an der Feuerstelle, dann am Espressokocher zu schaffen.

»Und wie! Ich bin am Verhungern!«

Jonathan reichte Amelia ein Brötchen, das andere steckte er sich selbst in den Mund und hielt es mit den Zähnen fest. Dann schälte er sich aus seiner Jeans und schlüpfte zu ihr unter die Decke. »Hi«, flüsterte er sanft an ihrem Ohr. Seine Hand streichelte langsam über ihren Oberkörper, bis er mit den Fingerspitzen ihre unterste Rippe entlangfuhr.

Amelia brach in schallendes Gelächter aus, drehte sich quietschend zur Seite und strampelte mit den Beinen. »Nein!«, schrie sie. »Nicht kitzeln!«

Jonathan hielt in der Bewegung inne. »Letzte Nacht warst du aber noch nicht kitzelig?« Er legte seine Stirn in Falten und verzog gespielt dramatisch seinen Mund.

»Doch.« Amelia drehte sich zu ihm zurück und küsste ihn. »Aber da überwog eine andere Stimmung.«

»Ach so?« Er schob seinen Arm unter ihren Nacken und zog sie dicht an sich heran, um sie wieder zu küssen.

Das laute, quietschende Geräusch der sich öffnenden Scheunentür unterbrach den Kuss. »Fuck. Ich brauche dringend ein Schloss für das Ding«, schimpfte Jonathan.

Bo sprang auf und huschte schwanzwedelnd aus der Nische, um augenblicklich neben Max zurückzukommen.

»Entschuldigt, ich will euch nicht stören …«, sagte Max mit einer Hand vor den Augen.

»… und trotzdem bist du hier«, vollendete Jonathan den Satz auf seine Weise.

»Es gibt eine Versammlung im Bürgerhaus. Alle sollen kommen.« Max wandte sich zum Gehen. »Ich glaube, es ist wichtig.«

Über Jonathans Gesicht huschte etwas Dunkles und legte sich über seine Augen. Wie der Schatten einer Wolke, der das helle Grün einer Sommerwiese so viel dunkler erschienen ließ.

»Alles in Ordnung?« Amelia legte den Kopf schief und musterte ihn.

Er nickte. Seine Arme schlossen sich um ihren Oberkörper. Er drückte sie fest an sich und küsste sie auf die Stirn. »Ja«, sagte er. »Alles in Ordnung.«

Ganz Howbourne schien an diesem Morgen unterwegs zu sein. Die Dorfbewohner strömten sich laut unterhaltend zum Bürgerhaus. Amelia erkannte einige ihr inzwischen vertraute Gesichter und grüßte diese mit einem »Guten Morgen« oder einem zaghaften Lächeln.

Neben dem Eingang zum Bürgerhaus entdeckte sie Sue, die sich mit Max unterhielt. Die beiden hielten sich schüchtern an der Hand und himmelten sich gegenseitig an.

»Guck mal, wie süß«, flüsterte Amelia Jonathan zu und deutete auf das Pärchen. Aber er reagierte nur mit einem kurzen Nicken. Sie griff nach seiner Hand und brachte ihn zum Anhalten. »Was ist los? Seid Max da war, bist du merkwürdig.«

Er schüttelte den Kopf. »Es ist nichts. Komm, lass uns reingehen.«

»Warte mal, du weißt, was es mit dieser Versammlung auf sich hat. Habe ich recht? Und es nichts Gutes, stimmt's?«

Jonathan nahm ihre Hände in seine und betrachtete sie eine Weile. »Warten wir ab, was Hugh zu sagen hat.« Er seufzte.

Die Bänke in dem Versammlungsraum füllten sich rasch. Die Luft war erfüllt von dem angespannten Gemurmel der Menschen und dem Duft nach Erika. Ein unbestimmtes, nervöses Gefühl hatte Besitz von Amelia ergriffen. Sie knetete ihre Finger in ihrem Schoß. Eines ihrer Knie kippelte unablässig auf und ab.

Sue ließ sich neben ihr auf die Bank fallen. »Wenn du so weitermachst, bricht das ganze Haus von den Schwingungen zusammen.« Sie legte beruhigend eine Hand auf Amelias hüpfendes Knie. »Was ist denn heute los mit dir? Ich hätte gedacht, du wärst nach der Nacht ganz entspannt.« Sie zwinkerte ihr zu.

»Was? Welche Nacht!?« Sie lief knallrot an. Um Sues neugierigen Fragen zu entgehen, wechselte sie rasch das Thema. »Nein, ich weiß auch nicht. Irgendwas stimmt nicht.« Amelias Blick heftete sich an Jonathan fest. Er stand mit dem Rücken zu ihr gedreht bei Hugh. Seine gesamte Körpersprache verriet seine Anspannung.

Was ist da bloß los? Er weiß definitiv mehr, als er sagt. Aber was ist es?

Hugh räusperte sich und trat an das Rednerpult. Im Raum wurde es augenblicklich still. Alle Augen waren auf ihn gerichtet. Nur Amelias Blick ruhte auf Jonathan, der sich nun umgedreht hatte und mit verschränkten Armen neben Hugh stand. Er erwiderte Amelias Blick. In ihm erkannte sie etwas, das Übelkeit in ihr aufsteigen ließ. Ihr Magen verkrampfte sich und sie musste sich anstrengen, um nicht würgen zu müssen. In seinen Augen las sie überdeutlich eine bestimmte Empfindung: Hoffnungslosigkeit.

»Liebe Freunde«, begann Hugh. »Es ist schön, euch alle hier zu sehen. Normalerweise treffen wir uns am Tag nach unserem Herbstfest, um gemeinsam aufzuräumen und die Reste des köstlichen Essens zu verspeisen. Heute aber stehen wir noch unter dem Eindruck der Geschehnisse vergangener Nacht.« Hugh ließ seinen Blick durch den Raum wandern. Amelia bemerkte das Zittern seiner Hände.

»Ich möchte keine großen Umschweife machen. Wir wurden entdeckt. Etwas, das wir immer verhindern wollten. Aber wir waren zu unvorsichtig in der letzten Zeit. Zu viele von uns haben Howbourne regelmäßig verlassen …«

»Oder haben Fremde hierhergebracht!«, wurde Hugh von Thomas unterbrochen. Er erntete dafür ein tadelndes »Ach, halt doch die Klappe, Dad!« von Sue.

»Ja, Thomas. Du hast recht. Auch das hat Aufmerksamkeit erregt, die wir um jeden Preis verhindern wollten. Aber Schuldzuweisungen bringen uns nicht weiter.« Hugh umfasste die Kanten des Pults so fest, dass seine Knöchel weiß hervortraten. »Liebe Freunde, wir haben an diesem Punkt genau zwei Optionen. Darüber haben wir bei unserer letzten Abstimmung bereits diskutiert. Die erste wäre, alles so zu belassen, wie es jetzt ist. Wir leben unser Leben weiter und hoffen darauf, von solchen Überraschungen wie in der vergangenen Nacht verschont zu bleiben. Oder …« Er holte tief Luft. »Wir wenden den uralten Zauberspruch von Nan Tuck an, die unser geliebtes Howbourne einst hier gegründet hat. Mit diesem Spruch wird das Dorf, so wie es ist, mit all seinen Bewohnern an einen anderen Ort verschoben. So ist zumindest die Theorie. Es wurde noch nie ausprobiert, wie ihr alle wisst. Aber wenn es klappt, werden wir wieder in Sicherheit sein. Wenn nicht …« Hugh ließ seine Worte verklingen und löste sich vom Pult. Nachdenklich ließ er seinen Blick über seine Nachbarn gleiten. »Denkt einen Moment darüber nach, was ihr tun wollt, und dann stimmen wir ab.«

Jonathan und Max verteilten Zettel und einige Stifte, die durch die Reihen gegeben wurden. Lautes Gemurmel schwoll an, während die Bewohner ihre Stimmen abgaben.

»Welche Abstimmung?«, flüsterte Amelia in Sues Ohr. »Gab es schon einmal so eine Situation?«

Sue nickte. »Ja, so etwas in der Art. Nicht ganz so schlimm … Audrey und Jonathan haben Mutproben gemacht und waren viel zu lange draußen. Eines Tages wurden sie von einem Typen erwischt, der wegen der Legende dort im Wald war. Solche Leute treiben sich immer wieder bei Buxted Manor herum. Jedenfalls sind sie dann vor ihm weggelaufen. Sie konnten ihn nicht abschütteln, er hat sie bis zum Mal verfolgt. Am nächsten Abend, als die beiden wieder rausgingen, wartete er bereits auf sie.« Sue schüttelte den Kopf, während sie erzählte. »Niemand weiß so genau, was dann passiert ist. Audrey kam allein zurück. Dad hielt Wache an dem Abend und hat alle zusammengetrommelt. Als dann plötzlich Jonathan wieder zurückkam, sagte er nur, die Sache sei jetzt erledigt.«

»Was soll das bedeuten, *die Sache sei erledigt?*« Amelia hatte ein flaues Gefühl im Bauch und hoffte auf eine einfache Erklärung.

Sue zuckte nur mit den Schultern. »Weiß ich nicht. Jedenfalls gab es da schon einmal so eine Abstimmung.«

In diesem Moment räusperte sich Hugh, der wieder an das Pult getreten war. »Gut, gut. Wohlan. Die Entscheidung ist getroffen.« Angespanntes Schweigen legte sich über den Saal. Niemand wagte auch nur zu atmen. Alle starrten Hugh durchdringend an. Er strich sich einige Male mit einem Tuch über die Stirn. Bevor er weitersprach, ließ er ein tiefes Seufzen hören. »Es ist entschieden. Wir werden heute Mittag die Zauberformel anwenden.«

Ein Raunen ging durch die Menge, augenblicklich brandete aufgeregtes Gemurmel auf. Einige Bewohner applaudierten, andere schüttelten missmutig die Köpfe.

»Was bedeutet das jetzt?«, wandte sich Amelia an Sue, die mit ausdruckslosem Blick auf ihre Hände starrte.

Langsam drehte sie ihren Kopf. Ihre Augen waren mit Tränen gefüllt. »Das bedeutet, Howbourne wird umgesiedelt. Niemand weiß wohin. Und niemand weiß, ob es wirklich funktioniert.« Sie stand auf und schlüpfte aus der hölzernen Bank. Sie ging Max entgegen, der während der Versammlung weiter vorn gestanden hatte.

Amelia beobachtete die beiden. Sorgenfalten hatten sich in Max' Stirn gegraben. Er fasste Sue an den Schultern,

murmelte etwas, das sie nicht verstand, und zog Sue in eine feste Umarmung.

Amelia löste den Blick von den beiden und suchte den Raum nach Jonathan ab. Als sie ihn entdeckte, lehnte er an der Wand. Den Blick starr auf den Boden gerichtet, die Arme fest und abweisend vor der Brust verschränkt. Ein kalter Stich durchfuhr ihr Herz, als sie ihn dort stehen sah. Jede Leichtigkeit der letzten Nacht war aus ihm gewichen. Der Mann, der dort stand, war wieder derselbe, der er bei ihrer Ankunft hier gewesen war, und nicht der, dem sie in den letzten Tagen so viel nähergekommen war.

Sie erhob sich und hatte dabei die Befürchtung, ihre Beine würden nachgeben. Einen Moment lang presste sie ihre Hand gegen die Banklehne neben ihr. Dann huschte sie auf den Gang. Max griff nach ihrem Arm und zog sie dichter an sich. »Schwesterchen, ich –«

Amelia riss ihren Arm los. Mit belegter Stimme sagte sie: »Nicht jetzt. Ich komme gleich zu dir, Max. Ich muss erst mit Jonathan reden.«

Ihr Bruder nickte nur und ließ sie gehen.

Amelia schob sich an einigen Menschen vorbei, die in kleinen Grüppchen zusammenstanden und wild diskutierten. Eine merkwürdige Stimmung herrschte im Bürgerhaus. Eine Mischung aus Euphorie und stummem Entsetzen. Ihr wurde eiskalt. Sie spürte ihre Füße kaum noch. Es war, als hätte sie Eisblöcke an ihren Beinen, die langsam mit eisigen Fingern über ihren gesamten Körper strichen. Als sie bei Jonathan ankam, war ihre Kehle bereits wie gefroren. Sie hatte nicht das Gefühl, auch nur ein Wort herausbringen zu können. »Jonathan?«, flüsterte sie.

Als wäre nicht nur sie, sondern auch die Zeit eingefroren, streckte Amelia die Hand nach ihm aus. Unendlich langsam. Als sie ihn berührte, zuckte er zusammen. Einen Moment lang starrte er sie mit seinen grünen Augen an. Sie versuchte, eine Empfindung darin zu erkennen, irgendetwas in ihnen lesen zu können. Doch sie waren vollkommen leer.

»Du musst gehen«, brachte Jonathan rau hervor. Dann stieß er sich von der Wand ab und verschwand aus dem Bürgerhaus, ohne sich noch einmal umzudrehen.

Amelia fiel. Der Abgrund schien kilometertief zu sein und trotzdem raste sie auf den Boden zu. Der Aufprall raubte ihr den Atem, ihr Herz krampfte sich zusammen.

Warum lässt er mich hier stehen? Was habe ich getan, dass er mich von sich stößt?

Sie lehnte die Stirn an die hölzerne Verkleidung der Wand und versuchte, wieder Luft in ihre Lungen zu pumpen. Alles in ihr schmerzte.

Eine Hand auf ihrer Schulter ließ sie zusammenfahren. Schnell presste sie die Handballen gegen ihre Augen, bevor sie sich umdrehte. Max und Sue standen vor ihr.

»Amelia, ist alles in Ordnung?« Sue nahm ihre Hand und drückte sie fest.

Amelia versuchte, souverän zu wirken. Sie schluckte einige Male hart und trocken gegen den Kloß in ihrem Hals an, bevor sie nickte.

»Gut«, sagte Sue wenig überzeugt. Dann blickte sie Max an. »Ich lass euch beide mal allein.« Mit einem Seufzen

gelang ihr ein schiefes Lächeln, das sie Amelia schenkte. Dann verließ sie den Saal.

»Was ist mit Jonathan?«, fragte Max.

Amelia zuckte mit den Schultern. »Keine Ahnung. Er hat gesagt, ich müsse gehen und hat mich hier stehen lassen.« Sie spürte das verräterische Brennen in ihren Augen. Schnell blinzelte sie dagegen an. Doch als Max sie in die Arme nahm und an sich drückte, quollen die Tränen unter den geschlossenen Lidern hervor und bahnten sich einen Weg über ihre Wangen.

»Das tut mir leid, Schwesterchen.« Max strich über ihren Rücken. »Er kann manchmal ein Arschloch sein. Ich rede mit ihm, wenn du möchtest.«

Amelia löste sich aus seiner Umarmung. Rasch wischte sie sich mit dem Ärmel über die Augen und schüttelte den Kopf. »Nein, schon gut. Das muss ich selbst erledigen.«

Ihr Lächeln geriet verkrampft, aber Max nickte und sagte: »Alles klar. Sag Bescheid, wenn du mich brauchst.« Er legte einen Arm um die Schultern seiner Schwester. »Aber ich muss dir noch etwas sagen. Ich weiß nicht, ob dir klar ist –«

Hugh kam zu den beiden und unterbrach Max. »Gut, dass ich euch beide zusammen sehe. Max, wir haben noch einige Vorbereitungen zu treffen, bevor wir die Formel anwenden können. Ich benötige dabei deine Hilfe. Wo ist Jonathan? Ihn brauche ich auch.« Hugh blickte Amelia aus seinen gütigen Augen an.

Sie war sich nicht sicher, ob er von ihr eine Antwort erwartete. Also zuckte sie nur mit den Schultern.

»Hugh, mein Lieber. Wir müssen jetzt mit den Vorbereitungen beginnen, wenn es heute sein soll.« Maggie war hinzugekommen und hakte sich bei ihrem Mann unter. Die schlanke, alte Frau wirkte kleiner und älter als sonst. Ihr Rücken schien gebeugter zu sein und in ihrem Gesicht erkannte Amelia mehr Falten. »Amelia, Liebes. Komm du doch schon einmal mit mir. Du musst jetzt leider deine Sachen zusammenpacken.« Maggie griff nach Amelias Hand.

»Ich muss meine Sachen packen? Wieso denn? Eigentlich wollte ich noch etwas hierbleiben.« Ein unangenehmer Geschmack machte sich in ihrem Mund breit.

Zumindest, bis ich mit Jonathan geredet habe und wir da weitermachen können, wo wir vor dieser blöden Versammlung aufgehört haben.

»Liebes. Du kannst nicht bleiben. Die Formel bezieht nur Howbourne und seine Bewohner mit ein. Niemanden sonst. Du musst uns jetzt verlassen.«

Auf Maggies und Hughs Gesichtern lag Bedauern. Ihre Augen schimmerten feucht.

Amelias Blick huschte ungläubig zwischen den beiden hin und her. Sie schüttelte den Kopf. »Nein. Nein. Ich will noch nicht gehen. Ich möchte hierbleiben. Hier fühle ich mich zu Hause.«

Max trat zu ihr und nahm sie fest in den Arm. Sie schluchzte und vergrub ihr Gesicht an der Schulter ihres Bruders. »Ich will dich nicht verlassen, Max«, flüsterte sie. Ihre Schultern bebten.

»Ich weiß.« Auch Max' Stimme war tränenerstickt. »Ich will auch nicht, dass du gehst.« Er richtete sich leicht auf und schaute Hugh an. »Gibt es nicht irgendeine Möglichkeit? Kann Amelia nicht hierbleiben? Irgendwie …? Es muss doch eine Möglichkeit geben. Es gibt immer eine Möglichkeit!« Seine Stimme überschlug sich.

Hugh schüttelte mit traurigen, tränenverschleierten Augen den Kopf. »Nein, mein Junge. Es gibt keine andere Möglichkeit. Die Zauberformel dient dem Zweck, Howbourne vor der Außenwelt zu schützen, und Amelia ist Teil dieser Außenwelt. Ich glaube nicht, dass es eine Möglichkeit gibt, die deine Schwester einschließt. Und ich möchte kein Risiko eingehen. Wer weiß, ob die Formel überhaupt funktioniert, wenn jemand von außen dabei ist.« Hugh seufzte schwer und sagte dann: »Es tut mir unendlich leid, aber Amelia muss gehen.«

Einunddreißig

Ihre wenigen Sachen hatte Amelia schnell zusammengesammelt und in ihren Rucksack gestopft. Als sie ihre Mascara in die Seitentasche packte, trafen ihre Finger auf etwas Metallisches. Sie umfasste es und zog den Gegenstand heraus. In ihrer Hand lag der Autoschlüssel. Amelia runzelte die Stirn. Wann hatte Jonathan den zurück in ihren Rucksack getan?

Sie dachte an die Autofahrt mit Jonathan zurück, es war das erste Mal gewesen, dass sie sich richtig mit ihm unterhalten hatte. Und diese Fahrt hatte das Ende Howbournes besiegelt. Es war einzig und allein ihre Schuld gewesen, dass dieser magische Ort nun weichen musste. Sie fühlte sich elend bei dem Gedanken. Es war nie ihre Absicht gewesen, jemandem zu schaden. Sie hatte ein Phantom gejagt und dabei eine Familie gefunden. Nur um diese nun wieder zu verlieren.

Sie stand in der Mitte des Raumes, der ihr inzwischen so vertraut geworden war. Sie blickte sich wehmütig um und versuchte, alles in sich aufzunehmen. Das bequeme Bett mit der weißen Decke und den kuscheligen Kissen. Der Waschtisch und die kleine Nische, in der sie ihre Kleidung aufbewahrt hatte. Sie hatte nur wenige Tage in Howbourne verbracht. Ihr Magen war wie zugeschnürt. In ihrem Herzen aber fühlte es sich nach viel mehr an. Sie hatte hier ihren Bruder gefunden, eine Freundin und mit Maggie und Hugh auch so etwas wie Großeltern. Und Jonathan …

»Bist du so weit?« Max stand im Türrahmen. Seine Augen waren gerötet, seine Stimme klang belegt.

Amelia drehte sich zu ihm und schüttelte den Kopf. »Nein. Bin ich nicht.« Sie schaute wieder aus dem Fenster. »Es tut mir so leid, Max.«

»Was denn?«

»Es ist alles meine Schuld. Wäre ich nicht hierhergekommen, müsstet ihr nun nicht fort von hier. Ich habe Joel erst so richtig auf Howbourne aufmerksam gemacht und damit alles nur verschlimmert.« Ihre Stimme brach. Amelia schlug sich die Hand vor den Mund, um ihr Schluchzen zu ersticken.

»Ach, Schwesterchen.« Max kam zu ihr und legte von hinten einen Arm um sie. »Das stimmt doch gar nicht. Du hast Joel doch gehört. Er hat den toten Baum schon länger beobachtet. Es ist nicht deine Schuld.« Max tupfte einen federleichten Kuss auf Amelias Haar. »Nur weil du nach mir gesucht hast, haben wir uns getroffen und das bereue ich keine einzige Sekunde. Dich zu kennen ist die Umsiedlung wert. Dich zu kennen ist alles wert.« Max legte seine Stirn an Amelias Hinterkopf. Sie versuchte, sich alles an ihm einzuprägen.

Nach einer Weile gingen sie Hand in Hand die Treppe hinunter. In der Küche warteten bereits Maggie und Hugh.

»Amelia. Es tut mir wirklich leid. Wir würden dich alle gern bei uns behalten. Nur leider ist das nicht möglich.« Hugh kam zu ihr und reichte ihr einen Brief. »Würdest du den bitte meinem Bruder David geben? Sag ihm bitte, ich hätte mich gern persönlich verabschiedet.« Dann umarmte der alte Mann sie und drückte sie fest an sich. »Pass gut auf dich auf.«

Amelia ging zu Maggie, die sie wortlos in die Arme schloss. Die großmütterliche Wärme, die sie ausstrahlte, durchflutete ihren Körper. Tränen bahnten sich wieder den Weg ans Tageslicht, doch sie presste die Augenlider fest zusammen und drängte sie zurück.

»Es war eine Freude, dich hier zu haben, mein Liebes.« Maggie löste die Umarmung und hielt Amelia auf Armeslänge von sich entfernt. Dann drückte die alte Frau ihr einen Kuss auf die Wange. In ihren Augen schimmerten Tränen und sie drehte sich weg, damit vermutlich niemand diese sah.

Amelia schaute sich suchend in der Küche um. Sie hatte gehofft, Jonathan zu sehen, doch er war nicht hier.

Will er sich denn nicht mal von mir verabschieden?

»Max, bringst du Amelia bitte zum Mal?«, fragte Hugh an Max gerichtet. Der nickte und nahm Amelias Rucksack, den sie auf dem Boden abgestellt hatte, auf die Schultern.

»Aber wir haben doch noch Zeit, oder nicht? Ich möchte mich noch von Sue verabschieden und von Jonathan.« In Amelia breitete sich Angst aus. Sie konnte Howbourne nicht verlassen, ohne sich zu verabschieden. Jonathan mochte das in Erwägung ziehen, sie aber nicht!

Hugh schaute auf die Taschenuhr, die er an einer silbernen Kette an seiner Weste trug. »Gut. Das verstehe ich natürlich. In einer halben Stunde müssen wir beginnen.«

»Mehr Zeit haben wir nicht?«

Der alte Mann schüttelte den Kopf. »Leider nicht. Das Ritual muss pünktlich um zwölf Uhr am Mittag beginnen.«

Amelia nickte stumm. Sie griff nach Max' Hand und die Geschwister verließen gemeinsam das Haus. Auf der Veranda blieb sie stehen und starrte die Straße hinab. Das kleine Mädchen mit der Zahnlücke rannte zum gegenüberliegenden Haus. Heute hatte es kein Lächeln für Amelia übrig. Anthony eilte an der Veranda vorbei. Sein betrübter Blick streifte sie und er stoppte kurz. »Es ist schade, dass wir uns auf diese Art und Weise kennenlernen mussten, Amelia Forster.«

»Boah, Tony. Du bist schrecklich! Hast du nichts Besseres zu tun?« Max verdrehte genervt die Augen.

Tony zuckte mit den Schultern. »Was soll ich denn machen, Max? Entweder alles kommt wie es jetzt ist an einer anderen Stelle wieder raus oder wir krepieren alle. So oder so kann ich doch nichts ändern. Ob ich nun meine Veranda fege, oder nicht.« Er deutete mit dem Kopf zu Helen, die energisch den Staub von der Veranda ihres Hauses entfernte.

Amelia musste lachen. Tonys Einstellung war im Grunde

die einzig richtige. Ohne darüber nachzudenken, umarmte sie ihn fest.

Dieser Ort ist so besonders und ich hätte ihn beinahe zerstört.

Hufgetrappel ertönte und Sue kam auf Mulder angeritten. Scully führte sie gesattelt am Zügel neben sich her. Als sie an der Veranda ankam, stoppte sie die Pferde und sprang aus dem Sattel. »Hier, nimm Scully und reite zur Lagerscheune. Mit dem Pferd bist du schneller«, rief sie.

»Danke!« Amelia umarmte Sue und nahm die Zügel der Stute entgegen.

»Es war schön, wieder eine Freundin zu haben.« Sue lächelte traurig und drückte sie noch einmal an sich.

»Vielleicht können wir ja irgendwie in Kontakt bleiben?« Amelia sah Sue und Max hoffnungsvoll an.

»Ja, vielleicht«, antworteten beide wie aus einem Munde. Und beide sahen dabei sehr traurig aus.

Amelia verstand, dass sie es nur sagten, um den Abschied erträglicher zu machen. Wer wusste schon, ob sie sich jemals wiedersehen würden?

Sue setzte rasch ein Lächeln auf. »So, nun beeil dich.« Mit diesen Worten gab sie Scully einen Klaps auf die Kuppe.

Amelia trieb das Pferd in den Galopp und preschte an einigen Bewohnern des Dorfes vorbei, die sie mit ihren Blicken verfolgten. Sie ritt am prächtigen Farbenspiel der roten Ahornblätter vor dem blauen Oktoberhimmel entlang. Amelia genoss es, noch einmal an den Feldern und Wiesen vorbeizukommen, und sog den würzigen Duft nach feuchtem Gras, Heidekraut und Wald ein. Sie erreichte die Lagerscheune und sprang vom Pferd. Bo kam ihr schwanzwedelnd entgegengelaufen und leckte zur Begrüßung freudig ihre Hände. Er schien der Einzige zu sein, der nicht traurig war.

Amelia streichelte über das seidige Fell. »Hey, mein Junge. Ist dein Herrchen auch hier?« Sie richtete sich auf und sah zur halb geöffneten Scheunentür.

Da stand er. Die blauen Jeans über den Boots gekrempelt. Die Ärmel des weißen Henley-Shirts hatte er bis zu den Ellenbogen hochgeschoben. Amelia erkannte das Muskelspiel seiner verschränkten Arme. Das schulterlange braune Haar hatte er zu einem Man Bun hochgebunden. Er nickte Amelia zu, dann drehte er sich um und verschwand in der Scheune. Sie folgte ihm in die Nische.

»Warum hast du mich einfach stehen lassen?« Ihre Stimme klang wütend. Zorn brannte in ihrem Magen und ließ den Geschmack von Galle in ihren Mund wabern.

Jonathan zuckte mit den Schultern und lehnte sich wortlos an die Scheunenwand. Die Arme abweisend vor der Brust verschränkt. Seine Augen blickten sie kühl an.

»Ist das alles? Wirklich?« Amelia ballte die Hände zu Fäusten. Ihr Magen krampfte sich zusammen. Ein übles Brennen erfasste jede Faser ihres Körpers. »Was soll diese Scheiße, Jonathan!? Ist das deine Masche? Gehst du immer so mit den Frauen um, mit denen du im Bett warst? Du blödes Arschloch. Und ich dachte, wir könnten uns wenigstens vernünftig voneinander verabschieden. Scheiße!« Ihre gebrüllten Worte hallten noch nach, doch Amelia drehte sich zum Gehen. Ihr Blick fiel auf den kleinen Tisch, der über und über mit Papier bedeckt war. Sie hielt in ihrer

Bewegung inne, stutzte, als sie die Zeichnungen darauf sah. »Wann hast du die gemacht?«, fragte sie leise. Jede der Zeichnungen zeigte ihr Gesicht. Lachend, schlafend, weinend. Jonathan hatte ihre Emotionen eingefangen und zu Papier gebracht.

»Nach der Versammlung.«

Amelia erschrak, sie hatte nicht bemerkt, dass er näher gekommen war. Er stand nun dicht hinter ihr. Er beugte sich vor, seine Lippen berührten beinahe ihr Ohr. »Ich möchte mich an dich erinnern.«

Seine raue Stimme jagte einen Schauer über ihren Rücken. »Aber warum hast du mich stehen lassen? Wir hätten noch ein paar Stunden zusammen gehabt. Jetzt sind es nur noch ein paar Minuten.«

»Und was hätte das geändert?« Er trat einen Schritt von Amelia zurück. »Nichts hätte es geändert. Sicher, wir hätten noch eine schnelle Nummer schieben können. Vielleicht auch zwei. Aber jetzt wäre es so oder so vorbei.«

»Du hättest uns diese Zeit geben können –«

»Es gibt kein uns, Amelia. Verstehst du das denn nicht? Du kannst nicht mitkommen. Du musst Howbourne verlassen. Wir …«, er zeigte auf Amelia und dann auf sich, »haben keine Chance. Die hatten wir nie. Es war ein Fehler. Es tut mir leid, ich hätte dich nicht so nah an mich heranlassen dürfen.«

Sie starrte ihn fassungslos an. Der Boden unter ihren Füßen begann zu zittern, als würde er sich auftun wollen, um sie zu verschlingen. »Okay, wie du willst. Dann bis irgendwann einmal.« Amelia beeilte sich, zum Scheunentor zu kommen. Auf dem Weg zu ihrem Pferd stolperte sie über Bo, der ausgestreckt in der Sonne lag. Sie landete unsanft auf dem Kiesboden. »Scheiße!« Bo sprang winselnd auf, um sich ein paar Meter weiter geräuschvoll fallen zu lassen. Amelia setzte sich auf und betrachtete ihre Handflächen. In den blutigen, aufgeschürften Stellen sah sie kleine Kieselsteine und Sand. Es brannte wie verrückt. Resigniert zog sie die Knie an, umschlang sie mit den Armen und vergrub ihren Kopf.

Ich will Howbourne nicht verlassen. Ich habe mich seit Moms Tod nirgendwo mehr so heimisch gefühlt wie hier. Ich werde nachher Dad anrufen und ihm sagen, was passiert ist und wo ich war. Jess rufe ich auch an. Und dann werde ich zurückgehen!

Amelia rappelte sich vom Boden auf. Sie klopfte ihre Kleidung ab und ging zurück zur Scheune. »Ich lass mich nicht einfach von dir wegstoßen, Jonathan! Das zwischen uns ist echt und das weißt du auch. Und nur weil Howbourne umgesiedelt wird, heißt das doch nicht, dass wir uns nie wiedersehen. Ich möchte hier sein. Bei dir! Du rufst mich einfach an, wenn ihr angekommen seid, und dann fahre ich dorthin. Wo auch immer du sein magst. Und dann können wir wieder zusammen sein. Und ich weiß, dass du das auch willst. Sonst hättest du diese Zeichnungen von mir nicht gemacht. Wir können zusammen sein!«

Wie durch einen Nebel aus Tränen sah Amelia Jonathan zu sich kommen. Seine Augen waren jetzt nicht mehr kühl. Voller Wärme sah er sie an, ein trauriges Lächeln umspielte seine schönen vollen Lippen. Er nahm ihre Hände in seine, führte sie an seinen Mund und küsste sie sanft.

»Das wäre schön. Aber du verstehst es nicht, Amelia. Diese Formel … Niemand weiß, ob sie funktioniert, wie sie funktioniert. Wir wissen nicht, ob wir diese Umsiedlung überhaupt überleben. Und mal ehrlich, wie groß ist die Wahrscheinlichkeit, dass man ein ganzes Dorf mit all seinen Bewohnern einfach so an einem neuen Ort unverändert wiederfindet? Ich glaube nicht, dass die Formel funktioniert. Im Gegenteil, ich bin mir ziemlich sicher, dass wir alle draufgehen werden.«

»Was? Aber Hugh hat doch gesagt –«

»Er hat genau das gesagt. Vielleicht nicht so direkt und es wollte sowieso niemand hören. Also –«

»Das heißt, wir werden uns vielleicht nie wiedersehen?« Amelia schluckte tapfer gegen ihre Tränen an.

»Genau das heißt es.« Jonathans Blick glitt über ihr Gesicht und blieb an ihren Lippen hängen. »Es tut mir leid. Ich habe unseren Abschied vermasselt«, sagte er. Dann legte er seine Hände an ihre Wangen und zog sie an sich. Seine Lippen pressten sich verzweifelt auf ihre, als wollte er sie verschlingen. Seine Tränen verbanden sich mit ihren und tropften herab auf ihre Arme.

Der Boden um sie herum vibrierte. Doch nicht nur der Boden. Auch die Scheune begann zu zittern. Alles um sie herum fing an, sich zu drehen wie ein gigantischer Strudel. Und dann ganz plötzlich stand Amelia allein im Wald.

Hektisch blickte sie sich um. Das Sonnenlicht tanzte durch die kahlen Äste. Ein paar letzte Blätter segelten in der sanften Brise des Windes gen Boden. Auf ihren Lippen spürte Amelia noch immer Jonathans Kuss, doch er war verschwunden. Und mit ihm ganz Howbourne. Sie stand nicht mehr in der Nische der Scheune, die Jonathan so gemütlich eingerichtet hatte. Und in der sie die letzte Nacht gemeinsam verbracht hatten.

Doch nun war er fort. Nur die feuchten Spuren seiner Tränen auf ihren Armen waren ihr noch geblieben.

Zweiunddreißig

Mit zitternden Fingern griff Amelia nach dem Messingring des Türklopfers. Das Pochen hallte überlaut in ihren Ohren. Sie hatte keine Erinnerung daran, wie sie aus dem Wald zum Pfarrhaus in Buxted gekommen war. Sie war einfach gelaufen. Meter um Meter.

Pater David öffnete die schwere Tür aus Eichenholz und schaute vorsichtig über den Rand seiner Brille durch den schmalen Türspalt. Als er Amelia erkannte, riss er die Tür auf. »Komm rein, Amelia.« Er zog sie ins Haus und schob sie vorbei an seinem Büro in den Wohnbereich. In seinem Wohnzimmer drückte er sie sanft auf die gemütliche Couch und betrachtete seinen Gast eine Weile. »Sie sind also fort«, sagte er dann und seufzte. »Ich hatte gestern Abend mit meinem Bruder die Möglichkeiten und die jeweiligen Risiken diskutiert. Nun hat er sich also entschieden.« Schwerfällig ließ er sich auf einen Sessel nieder, der neben dem offenen Kamin stand, in dem ein gemütliches Feuer prasselte. Pater David legte die Stirn in Falten und kniff sich mit Daumen und Zeigefinger in die Nasenwurzel. Ein leises Schniefen war von ihm zu hören. Dann strich er einige Male über seine Oberschenkel, als wollte er den Stoff seiner Hose glätten. »Nun, dann ist es entschieden«, wiederholte David kopfschüttelnd und stand auf. »Ich mache uns jetzt erst einmal Tee. Du siehst so aus, als könntest du einen gebrauchen.«

Amelia nickte kaum merklich. Als Pater David gegangen war, ließ sie ihren Blick über die Einrichtung wandern. Er blieb an dem großen Flatscreen hängen, der wie ein Fremdkörper in der altmodischen Einrichtung wirkte. Hier also hatte Jonathan gesessen und Serien auf Netflix geschaut. Hier hatte er Stunden verbracht und sich nach einem Leben gesehnt, das er nie würde führen können.

Wie paradox ... Er sehnt sich nach dem Leben, das ich führe, und ich mich nach seinem.

Pater David kam zurück und stellte ein Tablett mit einer großen Teekanne, zwei Tassen und einem Teller voller Scones auf dem Couchtisch ab.

»Gieß uns doch bitte schon Tee ein, Amelia. Ich hole noch eben die Clotted Cream und Marmelade. Möchtest du Erdbeermarmelade? Ich hätte auch Pflaumen- oder Orangenmarmelade.«

»Erdbeermarmelade ist perfekt, danke.«

»Ja.« Der Pater lächelte. »Das finde ich auch.«

»Dann erzähl mal«, sagte Pater David, während er die sahnige Creme großzügig auf seinem Scone verteilte. »Was ist in Howbourne passiert?«

Amelia starrte eine Weile in die Flammen, die sie so sehr an die vergangene Nacht erinnerten. Ihre neue Welt, die sie so schnell verzaubert hatte, war vor wenigen Stunden noch in Ordnung gewesen und nun war ihr nichts mehr von Howbourne geblieben. Jetzt hatte sie nicht mal mehr ihr Herz. »Es gab heute Morgen eine Versammlung. Hugh hat den Bewohnern die Möglichkeiten aufgezeigt und dann wurde abgestimmt. Und jetzt sind sie alle weg. Ende der Geschichte«, berichtete Amelia und nahm einen Schluck des starken Tees.

»Ja. Ende der Geschichte. Möglicherweise zumindest.« Der Pater biss herzhaft von seinem Gebäck ab und kaute genüsslich.

»Was meinst du mit ›möglicherweise zumindest‹?« Amelia spürte einen kleinen Hoffnungsschimmer in sich aufkeimen. Vielleicht wusste Pater David mehr, als er sagte. Hatte er in den Aufzeichnungen einen Hinweis auf einen anderen Standort gefunden? »Weißt du, wo Howbourne jetzt sein könnte?« Sie rutschte auf die Kante des Sofas, den Blick aufmerksam auf David gerichtet.

Doch er seufzte nur kopfschüttelnd. »Nein. Nein, Kind. Das weiß ich leider nicht. Auch nicht, ob es Howbourne überhaupt noch gibt.« Er wurde blass und versteifte sich. »Um Himmels willen. Das weißt du hoffentlich, oder? Ich meine, du weißt um die Möglichkeit, dass sie beim Anwenden der Zauberformel gestorben sein könnten?«

Amelia nickte stumm. »Oh, warte mal. Das habe ich ganz vergessen. Hugh hat mir noch einen Brief für dich gegeben.« Sie stand auf und ging zur Diele, in der sie ihren

Rucksack abgelegt hatte. Sie zögerte einen Moment, den Brief an Pater David zu geben, doch sie hatte es Hugh versprochen. Trotzdem war es der einzige Beweis, den sie hatte. Der einzige Gegenstand, den sie aus Howbourne hatte mitnehmen können.

Aber das Versprechen wog schwerer.

»Danke.« Er nahm das Papier an sich und steckte es in die Hosentasche. »Ich werde ihn später lesen. Was hast du jetzt vor, Amelia?«

»Ich weiß es nicht«, sagte sie leise.

»Ich mache dir einen Vorschlag. Du rufst jetzt bei deinem Vater an. Er wird sich Sorgen machen. Dann machst du es dir in meinem Gästezimmer gemütlich und schläfst dich aus. Und morgen früh holen wir deine Sachen aus der Pension und dann fährst du in aller Ruhe nach Hause. Wie klingt das?«

Amelia nickte und lächelte den Pastor dankbar an. »Das ist sehr nett von dir. Danke.«

»Aber natürlich, gern geschehen. Am besten nutzt du das Telefon vorn im Büro.« Er stand auf und zeigte ihr den altmodischen Apparat im Kirchenbüro.

Zögernd folgte sie ihm. Ihre Hände wurden feucht von kaltem Schweiß. Sie trat an den Schreibtisch, auf dem das Telefon stand, und nahm den Hörer in die Hand.

»Möchtest du, dass ich bleibe?«

»Nein danke. Das muss ich allein machen.«

Der Pater nickte und verließ das Büro.

Mit dem Telefonhörer in der Hand stand Amelia an den Schreibtisch gelehnt da und starrte auf die Drehscheibe.

Tagelang wollte ich Dad unbedingt anrufen und jetzt traue ich mich nicht.

In ihrem Magen lag ein ganzer Haufen zentnerschwerer Ziegelsteine. Das Atmen fiel ihr schwer. Ihre eiskalten Finger zitterten.

Zögernd begann sie, die Nummer ihres Vaters zu wählen. Quälend langsam drehte sich die Scheibe zurück in ihre Ausgangsposition, damit Amelia die nächste Ziffer eingeben konnte. Als sie alle Ziffern gewählt hatte, nahm sie den schweren Hörer ans Ohr. Ihre Finger nestelten nervös an der gedrehten Telefonschnur herum. Sie hörte das Knacken des Verbindungsaufbaus und dann ein Freizeichen. Sie versuchte krampfhaft, ihre Anspannung herunterzuschlucken, doch es gelang ihr nicht. Es tutete wieder und wieder. Amelia wollte schon den Hörer auflegen, da wurde das Gespräch angenommen.

»Forster.«

Amelia hörte die Stimme ihres Vaters und fühlte sich wie ein kleines Mädchen. Sie erinnerte sich daran, als ihr Vater sie im Nebel wiederfand. An ihre zarten Kinderfinger in seiner starken, schützenden Hand. Sie wollte ihm alles sagen. Wollte ihm sagen, wie sehr sie ihn liebte. Doch ihre Kehle war wie zugeschnürt.

»Amelia? Bist du das?« Seine Stimme klang besorgt.

Amelia holte Luft, um zu antworten. Doch bevor ein Wort über ihre Lippen kam, ließ sie den Hörer auf die Gabel fallen.

»Was hat er gesagt? Dein Vater war doch sicher froh, von dir zu hören.« Pater David schaute von seinem Buch auf, als Amelia zurück ins Wohnzimmer kam.

»Er … Es war nur das Band«, brachte sie hervor und hatte sofort ein schlechtes Gewissen. Pater David war so nett zu ihr und hatte es nicht verdient, angelogen zu werden.

»Das ist aber schade«, sagte er. »Nun, dann wird er sich morgen umso mehr freuen, wenn du nach Hause kommst. Nicht wahr?« Er stand auf und legte einige Holzscheite in den Kamin, die schnell Feuer fingen. »Soll ich uns etwas kochen?« Er strich sich mit beiden Händen über den runden Bauch. »Also ich könnte schon wieder etwas vertragen. Ich koche natürlich nicht so gut wie Maggie. Aber ein anständiges Curry bekomme ich hin.«

»Das ist nett, aber ich bin noch pappsatt von den Scones. Und ich bin furchtbar müde. Ist es in Ordnung, wenn ich mich schon hinlege?«

»O ja, natürlich.« Ein Anflug von Enttäuschung lag auf Pater Davids Gesicht.

Wie unfreundlich von mir. Auch er hat heute seinen Bruder verloren. Er ist jetzt wahrscheinlich ganz allein auf der Welt.

Amelia sah sich unschlüssig um. Lächelnd legte sie dann ihren Kopf schief und blickte David versöhnlich an. »Ein wenig Curry kann sicherlich nicht schaden.«

An diesem Abend weinte sich Amelia in den Schlaf. Ihre Gedanken kreisten um Max, Sue, Hugh und Maggie. Sie dachte an ihre Eltern und an Jonathan. An ihn am allermeisten. Immer wieder durchlebte sie in Gedanken die vergangene Nacht. Spürte seine Hände auf ihrem Körper, seine Lippen auf ihren und dann die Vibration ihres Körpers. Nicht weil er in sie eindrang, sondern weil der Boden um sie herum zu schwanken begann und schließlich alles verschwand.

Als die Schmerzen in ihrem Kopf und ihrer Brust vom vielen Schluchzen schier unerträglich wurden, schlief sie irgendwann erschöpft ein.

Amelia stand in der Mitte einer Gruppe aus namenlosen schattenhaften Gestalten. Ihre Münder waren zu Fratzen verzogen. Sie kamen ihr bedrohlich nahe. Dann sprachen sie.

»Du bist schuld.«

»Du hast uns getötet!«

»Ohne dich wäre das nie passiert!«

Die Worte hallten in ihrem Kopf wider. Wie ein Echo wiederholten sie sich, vermischten sich zu einem wabernden Gesang.

Eine Hand schob sich in ihre. »Komm. Ich bring dich hier weg.« Jonathan zog sie mit sich fort.

Und Amelia hatte das Gefühl zu schweben. Er nahm sie in seine Arme, küsste ihre Stirn, ihre geschlossenen Augen und schließlich ihre Lippen. Sie legte ihre Hände an sein Gesicht und spürte sofort, wie er sich unter ihren Fingerspitzen auflöste. Sie öffnete die Augen und Jonathan rann ihr durch die Finger wie Sand. Sein entsetzter Blick traf sie wie ein Faustschlag in die Magengrube. »Was hast du getan?«, flüsterte er, bevor er zu Staub zerfiel.

Vollkommen durchgeschwitzt und außer Atem wachte Amelia auf. Es dauerte einen Moment, bis sie sich orientiert und realisiert hatte, dass sie einen Traum gehabt hatte.

Sie schwang die Beine aus dem Bett und vergrub die Füße in dem dichten Hochflorteppich, der auf dem Boden lag.

Ihr Herz schlug heftig gegen ihre Rippen. Sie hatte das Gefühl, sie würden dem Druck jeden Moment nachgeben. Mit tiefen Atemzügen versuchte sie, ihren rasenden Puls zu beruhigen. Aber es gelang ihr nicht. Sie erhob sich langsam. Draußen vor ihrem Fenster lag schwarz die Nacht. Sie schaute zum Himmel, doch sie machte nicht einen Stern aus. Seufzend schlurfte Amelia zum Badezimmer, das sich an das Gästezimmer anschloss. Sie spritzte sich eiskaltes Wasser ins Gesicht und ließ es über ihre Handgelenke laufen. Ganz allmählich normalisierte sich ihr Herzschlag.

Amelia zog wahllos ein Buch aus dem gut bestückten Regal an der Wand und setzte sich mit einer Wolldecke auf die breite Fensterbank. Sie wollte nicht wieder einschlafen. Noch einen Albtraum konnte sie nicht ertragen.

»Guten Morgen«, begrüßte Pater David seinen Gast herzlich, als Amelia frisch geduscht in die Küche kam. »Möchtest du Kaffee oder lieber einen Tee?«

»Kaffee wäre großartig«, antwortete Amelia und setzte sich zu dem Pastor an den kleinen Küchentisch.

»Du hast nicht besonders gut geschlafen, oder?« Er sah sie besorgt an, während er ihr Kaffee eingoss. Auf ihren fragenden Blick fügte er hinzu: »Oh, ich konnte selbst nicht schlafen und das alte Gemäuer ist sehr hellhörig.«

»Ach so. Tut mir leid. Ich wollte dich nicht stören.« Wieder keimte das schlechte Gewissen in Amelia auf.

»Das hast du nicht. Hattest du Albträume?«

Sie nickte stumm. Der Traum der vergangenen Nacht war so real gewesen. Sie hatte tatsächlich das Gefühl gehabt, Jonathan zu berühren. Und ihn zu verlieren. Schon wieder.

»Solche Träume können beängstigend sein. Das weiß ich«, begann Pater David, »aber sie helfen uns auch dabei, schreckliche Erlebnisse zu verarbeiten. Du hast in den letzten Tagen einiges durchgemacht. Es ist kein Wunder, wenn deine Seele nun Ruhe braucht.«

Amelia hatte keine Lust, über ihre Träume oder die Erlebnisse der letzten Tage zu reden. Sie wollte nur noch in ihre eigene Wohnung und sich verkriechen.

»Kannst du mich gleich zu Olivias Bed and Breakfast bringen? Ich möchte gern meine Sachen abholen.«

»Oh. Ja, aber natürlich.«

»Da sind Sie ja wieder.« Olivia stützte sich mit den Unterarmen auf dem kleinen Empfangstresen ab und musterte Amelia neugierig. »Ich habe Ihr Zimmer geräumt. Ich wusste ja nicht, wo Sie abgeblieben sind.«

»Ja, das tut mir leid. Ich hatte mir den Aufenthalt hier auch etwas anders vorgestellt.« Amelia hatte kein großes Bedürfnis, sich mit der Inhaberin der Pension auseinanderzusetzen.

»Nun, einen Unfall plant man ja auch selten«, zwitscherte diese mit einem zuckersüßen Lächeln. »Polly bringt Sie in die Garage. Dort habe ich alles deponiert.« Sie drehte sich um und rief nach ihrer Tochter. Dann taxierte sie wieder Amelia.

»Danke für Ihre Hilfe. Ich warte dann draußen auf Polly«, sagte Amelia. Froh darüber, keine weitere Unterhaltung mit Olivia führen zu müssen.

»Nun, bezahlen müssen Sie für das Zimmer schon noch. Unfall hin oder her.« Olivia kräuselte die Lippen und zog die Augenbrauen hoch.

Kleinlaut fummelte Amelia ihr Portemonnaie aus dem Rucksack und zahlte den offenen Betrag.

»Ah, da bist du ja wieder. Na, hat Nan Tuck dich also doch erwischt?« Polly lehnte an dem Türrahmen hinter dem Empfangstresen.

Olivia schenkte ihrer Tochter einen missbilligenden Blick und bedeutete ihr mit einer Geste, Amelia zu begleiten. »Hör bloß mit diesem Schauermärchen auf, Polly.« Sie beäugte Amelia mit neugieriger Miene und fuhr fort: »Unser Gast hatte einen Unfall. Du weißt doch, was Pater David erzählt hat. Und nun begleite Miss Forster doch bitte zur Garage.« Olivia bedachte Amelia mit einem süßlichen Lächeln, das in jede Zahnpastawerbung gepasst hätte. Dann reichte sie ihr die Rechnung, die der Drucker eben schnarrend ausgespuckt hatte. »Auf Wiedersehen, Miss Forster.«

Amelia nickte Olivia knapp zu und verließ das Cottage. Hatte es bei ihrer Ankunft anheimelnd und einladend gewirkt, spürte Amelia nun einen beklemmenden Druck in der Brust. Sie wollte nur noch weg von hier.

Sie folgte Polly über die Auffahrt zu einem Schuppen, der offensichtlich als Garage und Lagerraum diente. Neben einem glänzenden BMW waren hier einige Fahrräder untergestellt. An den Wänden standen lange Regale mit etlichen Kisten darin. Polly ging zielstrebig auf eines der Regale zu und hievte einen Karton vom Brett. »Hier«, sagte sie und drückte Amelia den Kasten in die Hände. »Das sollte alles sein.«

Sie stellte den Karton auf den Boden und öffnete ihn. Er war voll mit ihren Sachen. Pullover, Shirts, Kulturbeutel. Sie schob die Kleidung hin und her und fand ihr Handy zwischen zwei Shirts. Amelia kramte es hervor. Sie drückte auf den seitlichen Knopf, um es einzuschalten. Doch das Display blieb schwarz.

Mist! Blöder Akku!

»Alles da?« Polly stand an das Regal gelehnt und beobachtete Amelia aus wachen Augen.

»Sieht so aus. Danke, Polly.« Amelia richtete sich auf und klemmte sich den Karton unter den Arm. »Auf Wiedersehen.« Sie wandte sich zum Gehen.

Nur weg ...

»Hast du gefunden, wonach du gesucht hast?« Polly folgte ihr. »Ich meine deine Geistersuche. Warst du erfolgreich?«

Amelia hielt inne. Pollys Neugier ärgerte sie. Sie spürte nicht einen Funken Interesse, sich mit dieser aufdringlichen Person zu unterhalten. Als Antwort auf Pollys Frage zuckte sie lapidar mit den Schultern.

»Es ist alles nur ein wenig merkwürdig«, sagte Polly und schob sich an ihr vorbei, sodass sie ihr den Ausgang versperrte. »Du tauchst hier auf, stellst deine ganzen Fragen und dann, ganz plötzlich, verschwindest du. Bist wie vom Erdboden verschluckt. Angeblich hattest du einen Unfall, schon klar. Aber dein Wagen parkte am Wald. Und ganz plötzlich ist er vollkommen ramponiert. Und das, obwohl du ja im Krankenhaus warst.« Polly malte mit den Fingern Anführungsstriche in die Luft. »Was mich am allermeisten wundert ...« Sie kam einen Schritt auf Amelia zu. »Kaum tauchst du wieder auf, kippt der tote Baum im Wald um. Seit der Sache mit Nan Tuck stand er dort unverändert, trotzte jedem Sturm. Er wurde nie gefällt, weil er zur Legende gehörte, die dem Ort ein paar Touristen bescherte. Und jetzt fällt er um. Einfach so. Obwohl nicht mal Sturm war. Und der alte Joel. Auch so eine komische Sache.« Polly musterte Amelia aus ihren schwarz umrandeten Augen. »Ein paar Zufälle zu viel, findest du nicht?«, zischte sie und presste Amelia einen Finger auf das Brustbein. »Ich bin mir sicher, du weißt mehr, als du sagst.«

»Amelia?« An der geöffneten Garagentür tauchte Pater David auf. Angestrengt blinzelte er in das Halbdunkel des Lagerraums. »Ah, da bist du ja. Soll ich dir mit dem Karton helfen?« Er kam zu den beiden Frauen und nahm in ihr ab. »Einen schönen Tag noch, Polly. Grüß bitte deine Mutter von mir«, sagte er.

Amelia beeilte sich, ihm zum Wagen zu folgen. Die ganze Zeit über spürte sie Pollys bohrenden Blick in ihrem Rücken.

»Ist alles in Ordnung?«, fragte Pater David besorgt, als sie im Auto saßen und über den knirschenden Kies der Auffahrt fuhren.

»Ich denke schon. Aber Polly ahnt wohl etwas über Howbourne.« Amelia drehte sich auf dem Beifahrersitz um. Sie sah Polly am Garagentor stehen, den Blick noch immer auf sie gerichtet.

»Nun, das mag wohl sein. Polly hat eine morbide Faszination für den Tod, für Geister und alles, was damit zu tun hat. Aber letzten Endes spielt das keine Rolle mehr. Selbst wenn sie etwas über Howbourne wusste oder wenigstens ahnte. Es ist nun fort.« Pater David blickte Amelia an. Seine Augen waren voller Trauer, seine Lippen verzog ein freudloses Lächeln.

»Ja«, Amelia nickte, »es ist fort.«

»So, da wären wir.« Holpernd rumpelte der alte Rover auf den Vorplatz der Tankstelle. Pater David deutete auf den lädierten roten Ford, der neben dem Tankstellenshop geparkt war. »Bist du sicher, dass du damit nach Kingston fahren willst?« Die Stirn des alten Pastors war noch faltiger als sonst.

Amelia schaute aus dem Fenster der Beifahrertür auf den Wagen ihrer Stiefmutter. »Das muss ich wohl. Das Auto gehört mir nicht. Ich muss es endlich zurückgeben.«

Zögernd öffnete sie die Tür und stieg aus.

Pater David holte ihr Gepäck aus dem Kofferraum seines Autos und trug es Amelia hinterher.

Mit zitternden Fingern rüttelte sie an der Fahrertür, die sich nur widerwillig öffnen ließ. Sie seufzte erleichtert, als

das Metall endlich nachgab. Amelia ließ sich auf den Sitz gleiten. Augenblicklich blitzten Erinnerungen vor ihrem inneren Auge auf. Zuletzt hatte sie mit Jonathan in dem Wagen gesessen. An dem Abend waren sie sich das erste Mal nähergekommen. Sie schluckte gegen die aufsteigenden Tränen an.

Als Pater David die Sachen auf der Rückbank verstaut hatte, beugte er sich zu ihr und reichte ihr eine braune Papiertüte. »Hier sind ein paar Sandwiches für die Fahrt.«

Amelia musste lächeln. »Bist du wirklich Hughs Bruder? Ich sehe eher Ähnlichkeiten mit Maggie«, scherzte sie.

Pater David nickte traurig.

»Entschuldige bitte!« Sie nahm seine runzelige Hand. »Es tut mir leid. Ich wollte dich nicht traurig machen.«

O Gott, wie kann man nur so unsensibel sein. Warum vergesse ich immer, dass auch er trauert!?

»Ist schon gut, Amelia. Mein Bruder wird sich hoffentlich irgendwann bei mir melden, da bin ich sicher. Und wenn ich mich irren sollte … Nun ja, für die Welt ist er schon lange tot. Dann muss ich mich wohl einfach damit abfinden, dass er es ab sofort auch für mich ist.« Sein Blick verschleierte sich und er wischte sich mit dem Handrücken über die Augen. »Komm gut nach Hause. Ich würde mich freuen, wenn wir in Kontakt bleiben könnten.« Hoffnungsvoll schaute er sie an.

Sie schenkte ihm ein aufrichtiges Lächeln. »Ja, das wäre schön.« Dann steckte sie den Zündschlüssel in das Schloss und drehte ihn um. Der Wagen gab ein paar traurige Laute von sich.

O Scheiße!

Noch einmal drehte Amelia den Schlüssel. »Komm schon!« Das Auto schüttelte sich ein paarmal unwillig und ließ aus dem Motorraum ein Knirschen hören. Dann quoll Qualm unter der Motorhaube empor. »Nein! Komm schon, komm schon! Komm! Schon!« Sie schlug mit den flachen Händen gegen das Lenkrad. Noch einmal drehte sie den Schlüssel im Zündschloss, doch es tat sich nichts. Nur ein beißender Gestank breitete sich im Innenraum des Fahrzeugs aus.

»Du solltest lieber aussteigen«, sagte Pater David und trat vorsorglich einige Schritte vom Wagen zurück.

Resigniert schüttelte sie den Kopf. Es hatte keinen Sinn. Der Wagen würde sie nirgendwo mehr hinbringen. Sie schälte sich aus dem Auto und nahm ihre Sachen. Mit hängenden Schultern ließ sie sich auf der Stufe am Eingang der Tankstelle nieder. Sie vergrub ihr Gesicht in den Händen.

So eine Scheiße. Ich will doch nur nach Hause. »Kannst du mich zum Bahnhof bringen?«, murmelte sie zerknirscht, ohne den Kopf hochzunehmen.

»Das könnte ich tun«, sagte der Pater und verschränkte die Arme. »Aber ich glaube, ich habe eine bessere Idee. Ich muss nur schnell ein paar Sachen aus dem Pfarrhaus holen und dann bringe ich dich nach Hause.«

Amelia sah auf. Pater David räumte mit einem entschlossenen Gesichtsausdruck ihre Sachen zurück in seinen Wagen. »Na komm schon. Hopp, hopp«, sagte er und klatschte in die Hände.

»Aber du kannst doch nicht den weiten Weg einfach so –«, setzte Amelia an, aber Pater David schnitt ihr resolut das Wort ab.

»Ich werde meinen Brieffreund in Schottland besuchen. Das habe ich schon viel zu lange nicht mehr getan. Und ein wenig Ablenkung und Abwechslung wird auch mir nicht schaden.«

Dreiunddreißig

»Bist du sicher? Ich kann dich auch zu deinem Vater fahren.« Pater David hatte den Wagen vor Amelias Wohnhaus geparkt. Jetzt schaute er sie skeptisch an.

»Nein … Also, ja. Ich bin mir sicher. Ich möchte erst in meine Wohnung und mich umziehen und duschen. Außerdem«, Amelia blickte auf die Uhr, die neben dem Autoradio eingelassen war, »ist es schon ziemlich spät.« Sie spielte mit den Ringen an ihrem Finger.

Oder soll ich doch direkt zu Dad fahren? Aber was, wenn er sauer ist? Was, wenn er mir nicht glaubt?

Unsicher lächelte sie Pater David an. »Danke, David. Für alles.« Sie beugte sich hinüber und umarmte den alten Mann. Dann drückte sie ihm einen Kuss auf die Wange.

Pater David griff nach ihrer Hand und blickte sie forschend an. »Ich danke dir. Du hast mein Leben gerettet. Ohne dich wäre ich da draußen im Wald wahrscheinlich umgekommen.«

Amelia schnalzte mit der Zunge und schüttelte den Kopf. »Nein, wärst du nicht. Ohne mich wärst du gar nicht in diese Situation gekommen.« Sie senkte den Blick. »Es tut mir leid. Deine Familie ist wegen mir weg.«

Pater David drückte ihre Hand fester. »Ach, Kind. Gib dir nicht die Schuld dafür. Du konntest Joels Verhalten weder vorhersehen noch beeinflussen. Niemand ist schuld daran. Außerdem glaube ich fest daran, meinen Bruder eines Tages wiederzusehen. Howbourne steht zwar jetzt an einem anderen Ort, aber es steht irgendwo. Sie sind nicht tot.« Er lächelte hoffnungsvoll.

»Hoffentlich hast du recht.« Amelia stieg aus und nahm ihre Sachen von der Rückbank. »David?«

»Ja?«

»Gibst du mir Bescheid, wenn du etwas von ihm hörst?«

Pater David nickte. »Als allererstes.«

Dann winkte er ihr kurz zu, startete den Motor und fuhr los. Sie blickte dem klapprigen Auto nach, bis es an der nächsten Kreuzung abbog und aus ihrem Sichtfeld verschwand.

Vom Fluss her wehte ein kalter Wind, der Amelia frösteln ließ. Nichts war von der goldenen Herbststimmung geblieben, die in Howbourne geherrscht hatte. Amelia schlang die Arme um ihre Mitte, um sich vor der Kälte zu schützen. Sie blickte an der Fassade ihres Wohnhauses empor und blieb an den dunklen Fenstern ihrer Wohnung hängen. Alles hier erschien ihr plötzlich so finster und bedrückend.

Sie blies ihre Wangen auf und ließ die Luft langsam entweichen. Vor ihrem Mund bildete sich eine Atemwolke, die sich in dem kalten Wind rasch verflüchtigte. Amelia klaubte ihre Sachen zusammen, wühlte ihren Schlüssel hervor und öffnete die Haustür. Das dunkle Treppenhaus empfing sie mit dem gewohnt muffigen Geruch. Es hatte sie nie wirklich gestört, in einem renovierungsbedürftigen Haus zu leben. Doch jetzt sehnte sie sich nach sonnendurchfluteten Räumen und heimeligen Düften. Mit der freien Hand tastete sie nach dem Lichtschalter an der Wand. Sekunden später wurde die hölzerne Stiege vom kalten Licht einer einzelnen Glühlampe erhellt. Amelia stieg die Treppe empor, die unter ihrem Gewicht knarrte.

An ihrer Wohnungstür angekommen hielt sie inne. Sollte sie nicht doch direkt zu ihrem Vater fahren? Sie schüttelte den Kopf und sperrte ihre Tür auf. Sie betrat ihre Wohnung, die ihr immer als Rückzugsort gedient hatte. Vom letzten Tageslicht wurde sie in ein graues Licht getaucht. Amelia fröstelte. Sie nahm sich einen dicken Schal von der Garderobe und wickelte ihn sich um die Schultern. Dann angelte sie ihr Handy aus dem Karton. Sie stöpselte das Ladekabel ein und sofort erwachte das Gerät zum Leben. Erleichtert atmete sie aus. Sie entsperrte die SIM-Karte und ihr wurden achtzehn verpasste Anrufe angezeigt. Amelias Daumen schwebte zögernd über dem Telefon-Icon. Dann drückte sie drauf. Sechzehn Anrufe von ihrem Vater, zwei von Jess. Nachrichten hatten sie nicht hinterlassen können, da Amelias Mailbox nicht aktiviert war. Sie lehnte sich gegen die Wand, schloss die Augen und atmete ein paarmal tief ein und wieder aus.

Ich sollte Dad anrufen und ihm sagen, dass ich wieder zu Hause bin. Oder ich fahre direkt rüber. Ich muss Beatrice erzählen, wo ihr Auto ist. Und ich muss Dad von Max erzählen. Er wird dann nicht mehr sauer sein, oder doch?

Amelia starrte auf das Smartphone in ihrer Hand. Dann drückte sie ohne weitere Überlegungen auf Rückruf.

»Lia!« Jess' Stimme ertönte überrascht am anderen Ende der Leitung. »Mensch, wo hast du denn gesteckt? Ich habe versucht, dich zu erreichen.«

»Kannst du bitte vorbeikommen?« Amelias Worte klangen brüchig und leise. Die Stimme ihrer Freundin zu hören vermittelte ihr ein warmes Gefühl. Ihre Augen füllten sich mit Tränen. »Jess? Bist du noch da?«, fragte Amelia, als sie nach einer Weile keine Antwort erhalten hatte.

»Ja. Ja, ich bin noch da. Bist du wieder zu Hause?«

Amelia nickte.

»Ich kann nicht hören, wenn du nickst, Lia«, sagte sie.

Amelia lachte auf. »Ich bin in meiner Wohnung.«

»Gut. Ich bin in zehn Minuten bei dir.«

»Ach komm, Lia. Das kann doch nicht sein.« Jess saß im Schneidersitz auf dem grünen Sofa und hatte Amelias Erzählung aufmerksam zugehört. Jedoch waren ihre Gesichtszüge und auch die Körperhaltung immer abweisender geworden, je mehr Amelia von ihren Erlebnissen erzählt hatte. Sie erhob sich und ging zur kleinen Küchenzeile. »Ich glaube, du brauchst ganz dringend einen Drink.« Jess öffnete einen der Schränke, kramte zwei Gläser heraus und nahm dann eine Flasche Weißwein aus dem Kühlschrank.

Amelia schüttelte den Kopf. »Nein, ich brauche keinen

Drink. Es ist nur … Es ist genauso passiert, wie ich es dir eben erzählt habe.«

Jess ließ sich wieder auf dem Sofa nieder und schenkte beide Gläser voll. »Hier, trink das.« Mit diesen Worten drückte sie ihrer Freundin eines der Gläser in die Hand. Sie schaute Amelia lange und prüfend an. Sanft legte sie ihre Hand auf ihr Knie. »Weißt du, Lia. Ich bin mir sicher, dass du glaubst, alles wäre so passiert. Und das verstehe ich auch. Aber soll ich dir sagen, was ich glaube?«

Amelia sah ihre Freundin an. Ihre Augen brannten. In ihrem Magen krampfte sich etwas zusammen, Enttäuschung breitete sich in ihrem ganzen Körper aus. Eine Reaktion dieser Art hatte sie von ihrem Vater erwartet. Aber nicht von ihrer besten Freundin.

»Ich glaube«, begann Jess und tätschelte Amelias Knie, »du hast das alles geträumt. Ich meine, im Ernst, Lia. Hörst du dir selbst zu? Eine was? Eine Zwischenwelt, in der dein toter Bruder am Leben ist?« Jess lachte auf. »Also beim besten Willen, das kann doch gar nicht wahr sein. Und dann dein Jonathan, der zuerst ein furchtbares Arschloch zu dir ist und dann ganz plötzlich mit dir in die Kiste hüpft?« Sie nahm noch einen Schluck Wein und lachte wieder. »Ich meine, da war wohl eher der Wunsch der Vater des Gedankens.«

Amelia ballte die Hände zornig zu Fäusten und verbarg sie in ihrem Schoß. Vehement schüttelte sie den Kopf: »Nein, das stimmt nicht. Ich habe mir das alles nicht eingebildet, Jess! Es war genau so! Auch wenn es sich nach einer Fantasie oder einem Traum anhört. Es gibt Howbourne wirklich! Gab … Es gab Howbourne wirklich.«

Jessica legte den Kopf schief und lächelte mitleidig. »Ach, Süße. Ich glaube dir doch. Nur dass sich deine Geschichte eben ausschließlich in deinem Kopf abgespielt hat. Wahrscheinlich hast du da ewig lange im Wald gelegen und in der Zeit hat sich dein Kopf diese Geschichte überlegt. Und dann bist du irgendwann wieder aufgewacht und – *peng* – hältst alles für real. So eine Art Überlebenstrick, oder so. So was gibt es. Habe ich mal eine Doku drüber gesehen.«

Amelia senkte den Blick und beobachtete die helle Flüssigkeit in ihrem Glas. Langsam nickte sie. »Vielleicht hast du recht«, flüsterte Amelia schließlich.

Jess beugte sich vor und zog ihre Freundin an sich heran. »Natürlich habe ich das.«

Sie schmiegte sich an Jess. Sie meinte es nur gut und um fair zu sein, ihre Geschichte klang wirklich nicht besonders realistisch. »Kannst du vielleicht heute Nacht hier schlafen? Ich möchte einfach nicht allein sein.«

Jess richtete sich steif auf. Ein bedauernder Ausdruck lag auf ihrem Gesicht. »Nein, das geht leider nicht. Marcus und ich sind heute Abend im Pub verabredet. Tut mir leid.«

»Kannst du das nicht vielleicht verschieben, oder so? Ich hätte dich wirklich gern hier heute. Bitte.« Amelia dachte an den Traum in der vergangenen Nacht. Sie hatte Angst davor, ihn noch einmal zu träumen und dann allein in ihrer Wohnung aufzuwachen.

»Nein, Lia.« Jess wand sich wie ein Aal. »Das geht nicht. Wir treffen uns mit Marcus' besten Freunden«, sagte sie und hob entschuldigend die Hände.

Jess' Worte trafen Amelia wie eine Kugel mitten ins Herz. Sie hatte gedacht, ihre Freundin würde für sie da sein. Eigentlich hatte sie erwartet, Jess würde sie noch immer vorziehen, wenn es ihr schlecht ginge. Aber da hatte sie sich wohl getäuscht. »Ach so«, Amelia nickte langsam, »Marcus' beste Freunde. Alles klar. Das geht natürlich vor.« Ihre Stimme war leise, aber schneidend.

»Okay, Lia. Sei jetzt bitte nicht beleidigt«, sagte Jess entschuldigend. »Ich muss dann auch los.« Sie umarmte Amelia flüchtig, stand auf und verließ die kleine Wohnung.

Einige Minuten blieb Amelia unbeweglich auf dem grünen Sofa sitzen und starrte ihrer Freundin nach.

Na toll! Das ist ja super gelaufen. Warum glaubt sie mir nicht? Warum ist sie nicht für mich da, wenn ich sie brauche? Früher waren wir doch auch unzertrennlich. Ob Sue mich auch für einen Mann versetzen würde?

Amelias Gedanken drängten zurück nach Howbourne. Sie sehnte sich nach Jonathans Berührung, nach seinen Lippen auf ihren.

Tränen verschleierten ihren Blick, als sie aus dem Fenster zum Friedhof auf der anderen Seite der Straße blickte. Mit dem Zeigefinger strich sie über den Bezug und schrieb unsichtbare Linien darauf.

Wenn Jess so anders reagiert, als ich es erwartet habe, vielleicht reagiert Dad dann auch ganz anders?

Seufzend beugte sich Amelia vor und nahm ihr Glas. Der Wein war inzwischen viel zu warm, schmeckte unangenehm süß und kratzte im Hals. Sie spuckte angewidert die Flüssigkeit zurück in das Glas und brachte es mit schweren

Schritten in die Küche. Sie kam sich vor wie ein Zombie, der auf der Suche nach brauchbaren Gehirnen umherschlurfte.

Amelias Handy machte mit einem *Ping* auf sich aufmerksam. Sie nahm es an sich und schleppte sich zurück zum Sofa. Die Nachricht war von Jess:

Jess: Tut mir leid, Lia. Sei nicht sauer.
Ich ruf dich an. Kuss

»Ja, mir tut's auch leid«, murmelte Amelia und ließ das Handy neben sich aufs Sofa fallen. Sie nahm die Fernbedienung und schaltete den Fernseher an. Trash TV, Trash TV und noch mehr Trash TV. Genervt schaltete sie Netflix an, fand aber auch dort nichts, was sie interessierte.

Ihr Blick fiel wieder auf ihr Handy. Sie schaltete es an und rief die entgangenen Anrufe auf. Sechzehn Anrufe von Dad. Amelia sprang vom Sofa auf. Es war nicht fair, ihn noch länger im Ungewissen zu lassen. Entgegen ihren Erwartungen hatte sich Roger Sorgen um sie gemacht. Und nun war sie es ihm schuldig, die Wahrheit über seinen Sohn zu berichten.

Sie machte sich im Badezimmer frisch und zog sich neue Klamotten an. Dann schlüpfte sie in ihren dicken blauen Parka und verließ die Wohnung.

Vierunddreißig

Aus dem Küchenfenster neben der Haustür floss warmes goldenes Licht in den gepflegten Vorgarten. Die Lampe an der Haustür beleuchtete das verschnörkelte handgemachte »Willkommen«-Schild unter der Klingel. Amelia zögerte, die Glocke zu betätigen. Ihre Finger waren mit kaltem Schweiß überzogen. Sie nestelte an den beiden Ringen und trat unruhig von einem Fuß auf den anderen. Ihr Herz bollerte wie verrückt. Das Schlucken fiel ihr schwer, sie hatte das Gefühl, eine Sandwüste in ihrem Mund zu haben.

Sie dachte an die Stimme ihres Vaters gestern am Telefon. Er hatte ihren Namen gesagt und klang dabei so besorgt. Oder war er doch verärgert? Sie hatten nur noch so wenig Kontakt, es war Amelia kaum möglich, die Emotionen ihres Vaters zu benennen. Wenn er denn überhaupt welche zeigte.

Sie streckte die Hand nach der Klingel aus. Ihr Zeigefinger schwebte über dem Knopf. Es fehlten nur noch wenige Zentimeter. Nur ein klitzekleiner Impuls und sie würde die

Klingel betätigen. Aber Amelia zog ihre Hand zurück. Sie vergrub sie tief in der Jackentasche und drehte sich zum Gehen.

Sie nahm ihr Fahrrad, schwang sich darauf und wollte nach Hause fahren. Da fiel ihr Blick auf den Baum an der Grundstücksgrenze. Eine Kastanie. Amelia hatte diesen Baum als Kind geliebt. Ihr Vater hatte eine Schaukel für sie aufgehängt. Sie war in die Krone geklettert und hatte auf einem der dicken Äste gesessen und gelesen. Im Herbst hatte sie die Kastanien gesammelt und damit Figuren gebastelt. Sie hatte mit einem stibitzten Taschenmesser ihren Namen in die Baumrinde geritzt. Und nicht nur ihren eigenen. Auch den ihres Vaters. Amelia ließ das Fahrrad auf das feuchte Gras des Vorgartens fallen und ging zum Baumstamm. Ihre Finger glitten suchend über den Stamm. Dann fand sie es: *»Ames + Daddy«* umgeben von einem Herzen. Verewigt in der Rinde des Baumes. Sie spürte die Linien auf dem Baumstamm mit den Fingerkuppen nach. Ihre Augen brannten von den sich in der Tiefe anbahnenden Tränen.

»Ames und Daddy«, flüsterte sie tonlos. Dann drehte sie sich um. An der Haustür angekommen atmete sie tief durch und drückte den Klingelknopf. Als sich die Tür öffnete, trat sie einen Schritt zurück. Ihr Vater stand vor ihr. Sein Gesicht hellte sich ein wenig auf, als er sie sah.

»Dad. Hallo«, begann Amelia und plötzlich war ihr Mund nicht mehr trocken. Im Gegenteil. Sie hatte das Gefühl, einen Springbrunnen im Mund zu haben. Ständig musste sie schlucken. »Das Auto … Ähm … Tut mir leid … Ich hätte mich melden sollen … Aber, na ja, es geht mir gut …

Nur, der Wagen … Du bist bestimmt sauer … Beatrice' Auto ist kaputt und du wolltest ihn mir sowieso nicht geben … und das wäre wohl auch besser gewesen …«

Roger trat aus der Tür ins Freie und kam auf seine Tochter zu. Er nahm sie wortlos in den Arm und drückte sie so fest an sich, dass ihr die Luft wegblieb. Überrascht von seiner Umarmung versteifte sie sich. Dann ließ sie sich von seiner Wärme überfluten und schlang seine Arme um ihn.

»Ames, Kleines. Da bist du ja wieder.«

»Ich habe Max gefunden, Dad.« Amelia saß auf dem Sofa, das zusammen mit Beatrice eingezogen war. Ihr gegenüber im Wohnzimmer hatten ihr Vater und ihre Stiefmutter Platz genommen. Beatrice schaute fragend zwischen ihrem Mann und Amelia hin und her.

»Was meinst du damit? Du hast Max gefunden?« Rogers Stimme klang sanft, viel sanfter als sonst.

Amelia ließ sich tiefer in die weichen Kissen des Sofas sinken. »Die Kiste von Mom. Sie hat mich zu ihm geführt.« Mit den Fingern drehte sie an beiden Ringen. Dann hielt sie die Hand hoch und deutete auf die Schmuckstücke. »Du weißt schon, Dad. Max. Mein Zwillingsbruder.«

Sämtliche Farbe wich augenblicklich aus Rogers Gesicht. Er öffnete den Mund, um etwas zu sagen, schloss ihn aber wieder und presste die Kiefer aufeinander. Seine Pupillen huschten über die Einrichtung des Raumes, ohne irgendwo Halt zu finden, sein Atem ging flach und immer schneller.

Beatrice griff nach seiner Hand. »Atme, mein Lieber.« Sie lächelte ihn an und sein Atem normalisierte sich wieder.

»Aber, dein Bruder ist tot, Amelia. Er ist kurz vor der Geburt gestorben.« Kopfschüttelnd rieb er sich mit der flachen Hand über den Hinterkopf. »Wie kannst du ihn gefunden haben?«

Amelia rutschte wieder auf die Sofakante und fixierte ihren Vater. »Ich weiß, es klingt total verrückt. Und ich verstehe, wenn du mir nicht glauben willst. Aber es gibt eine … Keine Ahnung, wie ich das nennen soll. Eine Art Zwischenwelt. Ein Ort, an dem die Menschen leben können, die nie ein Leben hatten.« Ihr Blick wanderte zwischen Beatrice und ihrem Vater hin und her.

Roger schüttelte den Kopf. »Das ist doch nicht möglich«, sagte er tonlos. »Wie meinst du das überhaupt? Ein Ort, an dem die Menschen leben, die nie ein Leben hatten?«

»Ich würde es dir so gern richtig erklären«, sagte Amelia, »aber ich weiß nur, dass in Howbourne die Leute zu Hause sind, die während ihrer Geburt oder kurz davor gestorben sind. So wie Max.« Sie sah ihren Vater flehend an.

Bitte glaube mir!

»Dann hat sie doch nicht fantasiert«, flüsterte Roger und erstarrte. »Valerie. Mom … Sie hat ihn gesehen, oder? Max? Sie hat versucht, es mir zu sagen …« Er kniff sich mit Daumen und Zeigefinger in die Nasenwurzel und schniefte vernehmlich. »Aber ich habe es nicht geglaubt. Stattdessen habe ich es auf die Medikamente und auf den verfluchten Krebs geschoben. Ich war mir sicher, sie würde fantasieren. Sie sieht Gespenster, habe ich gedacht. Dabei hat sie es gewusst! Sie hat es gewusst, oder nicht?« Er schaute Amelia tränenverschleiert an.

Sie nickte und flüsterte: »Ja.«

Rogers Schultern bebten. »Ich bin so ein sturer Idiot.« Er umfasste mit den großen Händen seine Kniescheiben.

Amelia befürchtete, sie würden unter dem Druck zerbersten, so stark traten die Knöchel seiner Hände hervor. »Mein Sohn lebt irgendwo und ich kenne ihn nicht!« Er schüttelte ungläubig den Kopf. »Kannst du mich zu ihm bringen, Amelia? Ich möchte ihn so gern kennenlernen. Wie sieht er aus? Wie ist er so? Max … Den Namen habe ich ausgesucht. Wusstest du das?« Er wischte sich mit dem Ärmel über die Augen.

In Amelias Magen bildete sich ein dicker Kloß.

Warum habe ich mein Scheißhandy in der Pension gelassen? Hätte ich es im Auto gehabt, hätte ich Dad anrufen können. Er hätte mir geglaubt und nichts von alledem wäre passiert. Howbourne wäre noch da und alles wäre gut.

Ihre Augen füllten sich mit Tränen. In ihren Gedanken sah sie Max und Roger, die sich umarmten. Sich darüber freuten, sich kennenzulernen. Amelia rieb nervös die Handflächen über ihre Oberschenkel. Sie starrte angestrengt auf einen winzigen Wasserfleck auf der Tischplatte. Dann sagte sie langsam: »Dad, Howbourne gibt es nicht mehr. Ich weiß nicht, wo Max jetzt ist. Ob er überhaupt noch irgendwo ist. Ich habe alles kaputtgemacht.«

Roger sah auf und blickte seine Tochter prüfend an: »Wie meinst du das?«

Dann begann Amelia zu erzählen. Von Max und von Howbourne. Von Hugh und Maggie, die wie Eltern für

Max waren, und von Jonathan. Und Amelia berichtete, warum Howbourne umgesiedelt werden musste und welche Gefahren diese Umsiedlung barg.

Beatrice und Roger folgten ihrem Bericht aufmerksam. Als sie endete, nahm sie den Blickkontakt zu beiden auf, den sie vorher stoisch vermieden hatte.

Beatrice' Gesicht war leichenblass und tränenüberströmt. Sie hatte eine Hand vor den Mund geschlagen und starrte Amelia aus aufgerissenen Augen an.

Rogers Blick ruhte auf seiner Tochter, er war weich und voller Wärme. Er erhob sich schwerfällig. Dann ließ er sich neben Amelia auf dem Sofa nieder und legte seinen kräftigen Arm um ihre zierlichen Schultern. »Es tut mir so leid«, sagte er und küsste ihren Scheitel. »Du musst vollkommen fertig sein.« Er wiegte sie hin und her, so wie er es getan hatte, als sie noch ein kleines Mädchen gewesen war.

Amelia fing Beatrice' Blick auf und löste sich aus der Umarmung ihres Vaters. »Dein Auto, Beatrice. Es tut mir so leid, aber es ist hinüber.«

Ihre Miene hellte sich auf, die Anspannung wich aus ihrem Körper. Sie setzte zu einem zaghaften Lachen an, das rasch herzhafter wurde, dann winkte sie ab. »Mach dir um die alte Rostlaube keine Sorgen. Ich wollte schon lange ein neues Auto haben.«

»Dann lasse ich euch wieder allein«, sagte Amelia, nachdem sie die Fragen zu Howbourne beantwortet hatte, so gut sie es eben vermochte. Jetzt war sie hundemüde. Das emotionale Gespräch mit ihrem Vater hatte sie viel Kraft gekostet und sie wahnsinnig aufgewühlt. Müde erhob sie sich vom Sofa und unterdrückte ein Gähnen.

»Wo willst du denn jetzt hin?« Roger sah seine Tochter fragend an.

»Nach Hause.«

»Amelia, das hier ist dein Zuhause. Du solltest jetzt nicht allein sein. Schlaf bitte in unserem Gästezimmer.«

Amelia wusste nicht recht, was sie darauf sagen sollte. In den letzten Jahren hatte sie ihren Vater und seine Frau so weit aus ihrem Leben gedrängt, wie es nur möglich war. Sie hatte Jess als ihre Familie bezeichnet und jetzt wankte alles, woran sie sich festgehalten hatte. Jess stieß sie weg und ihr Vater wollte sie bei sich haben.

»Wenn das für dich auch in Ordnung ist, Beatrice?«, fragte Amelia ihre Stiefmutter zögernd.

»Aber natürlich ist das in Ordnung für mich, Amelia!« Sie stand auf. In nur wenigen Schritten hatte sie die Distanz zu ihr überbrückt und ging vor ihr in die Hocke. »Du bist uns hier immer herzlich willkommen«, sagte sie. Sie nahm Amelias Hand in ihre. Das warme Lächeln in ihrem Gesicht ließ keinen Zweifel an ihrer Ernsthaftigkeit.

»Danke«, flüsterte Amelia.

Beatrice nickte und erhob sich wieder. »Ich werde dir schnell das Gästezimmer vorbereiten.« Mit diesen Worten huschte sie zur Treppe und verschwand im ersten Stock.

»Dad?«

»Ja?«

»Danke, dass du mir glaubst.« Amelia legte ihren Kopf an seine Schulter und schloss die Augen. Der herbe Duft ihres Vaters stieg ihr in die Nase. Derselbe Duft, der ihr schon als Kind immer Sicherheit gegeben hatte.

Das Gästezimmer war klein und gemütlich. Früher war es das Arbeitszimmer ihrer Mutter gewesen. Amelia lehnte sich mit dem Rücken an die Fensterbank. Hier hatte der Schreibtisch gestanden. Wenn ihre Mutter Unterricht vorbereitet oder Klassenarbeiten korrigiert hatte, hatte sie genau an dieser Stelle gesessen.

Jetzt stand ein zierlicher Sessel am Fenster. Unter der Dachschräge, wo früher die Materialschränkchen ihrer Mutter standen, war nun das Bett.

Es war ein merkwürdiges Gefühl, in diesem Raum zu sein, der nun so anders war. Aber es fühlte sich nach diesem Abend anders an. Sie zuckte zusammen, als es an der Tür klopfte. Sie nickte Roger zu, der am Türrahmen stand, und bedeutete ihm hereinzukommen.

»Hast du alles, was du brauchst?« Etwas verlegen stand der große Mann in der Mitte des kleinen Zimmers und ließ es noch winziger erscheinen. »Eine frische Zahnbürste und Handtücher sind im Badezimmer. Du kannst natürlich auch duschen, wenn du möchtest.« Er reichte ihr ein weißes T-Shirt. »Das ist ganz neu, keine Sorge. Ich habe es noch nie getragen. Ich dachte, du möchtest vielleicht nachts etwas anderes anziehen.« Ein schüchternes Lächeln umspielte seine Lippen.

»Das ist lieb. Danke, Dad.« Amelia nahm das Shirt entgegen und legte es auf das Bett. »Beatrice hat den Raum hübsch eingerichtet«, sagte sie.

Roger nickte. »Ja, so etwas liegt ihr.«

»Sie ist nett. Es tut mir leid … Ich habe ihr nie eine Chance gegeben.«

Er winkte ab. »Das hat Beatrice verstanden. Sie nimmt dir nichts übel und ich auch nicht. Habe ich dir mal erzählt, wo ich sie kennengelernt habe?«

»Nein, hast du nicht. Aber können wir das auf morgen verschieben? Ich bin einfach so müde.«

»Natürlich.« Roger drehte sich zur Tür, um zu gehen. Am Türrahmen blieb er stehen und wandte sich noch einmal zu seiner Tochter um. »Es ist schön, dich hier zu haben. Gute Nacht, Ames … oh. Entschuldige. Gute Nacht, Amelia.«

»Ist schon gut, Dad. Ames ist in Ordnung.« Sie lächelte ihren Vater an und er lächelte zurück. Tränen schimmerten in seinen Augen.

»Dad?«

»Ja?«

»Danke, dass du mir glaubst.«

Rogers Mundwinkel hoben sich noch ein kleines Stück. Er nickte seiner Tochter zu. »Natürlich, meine Süße.« Mit den Worten zog er die Tür hinter sich ins Schloss.

Amelia blieb allein in dem kleinen Zimmer zurück. Sie ließ sich matt auf das Bett sinken und starrte an die Decke. Es war vollkommen verrückt. Roger reagierte verständnisvoll und war froh, sie wohlbehalten zurückzuhaben. Und Jess, von der Amelia genau diese Reaktion erwartet hatte, war einfach nur genervt.

Womöglich habe ich Dad all die Jahre unrecht getan.

»Pancakes?«

Amelia stand in der Küche und schaute mit großen Augen auf den Berg an Pfannkuchen, der auf dem Esstisch stand.

»Die mochtest du doch immer so?« Rogers Blick huschte unsicher zwischen den Pancakes und seiner Tochter hin und her.

Sie musste lachen. Ihr Vater gab ein herzerweichendes Bild ab. Er trug Beatrice' Schürze, hatte Teig im Gesicht und eigentlich überall. Entschuldigend hob er die Hände, als er den Blick seiner Tochter bemerkte. »Ich habe ewig keine Pancakes mehr gemacht. Bin wohl etwas aus der Übung.« Er deutete auf die fertigen Gebäcke. »Also, magst du sie noch?«

»Soll das ein Scherz sein? Natürlich!« Amelia ließ sich auf einen der Stühle plumpsen. Sie schnappte sich einen Pancake, verzierte ihn mit Obst und Sahne. Sie strahlte über das ganze Gesicht, als sie sich an ihre Kindheit erinnerte. Jeden Sonntag hatte ihr Vater Pancakes für das Familienfrühstück gemacht. Und regelmäßig artete es in ein wahres Pfannkuchen-Gelage aus. Nach dem Frühstück waren sie kaum noch in der Lage gewesen, sich zu rühren.

»Was hast du denn heute noch vor?« Roger räumte das benutzte Geschirr in die Spülmaschine.

»Ich muss sehen, was ich letzte Woche an der Uni verpasst habe, und alles nachholen.« Amelia wischte den Tisch mit einem feuchten Tuch ab. »Und ich muss herausfinden, ob ich noch einen Job habe. Ich habe ein paar Schichten verpasst.«

Roger musterte seine Tochter. »Wenn du Probleme bekommst, sagst du Bescheid, ja? Ich kann dir helfen.«

»Danke, Dad. Aber ich kann selbst für mich sorgen.«

Na ja, so ganz richtig ist das nicht. Wenn ich meinen Job nicht mehr habe, kann ich meine Wohnung nicht mehr zahlen. Aber so weit ist es noch nicht.

»Gut, gut. Ich muss jetzt noch ein wenig Papierkram für die Buchhaltung machen. Du kannst aber noch bleiben, wenn du möchtest.«

»Nein, ich muss los.« Amelia zögerte und sah sich in der Küche um. Schlagartig wurde ihr bewusst, dass Beatrice nicht da war. Sie hatte ihre Stiefmutter den ganzen Vormittag noch nicht gesehen. »Wo ist eigentlich Beatrice?«

»Oh, sie hat sonntags immer eine Trauergruppe.«

»Eine Trauergruppe?« Amelia schaute ihren Vater überrascht an.

»Ja. Die hat sie vor Jahren ins Leben gerufen. Dort haben wir uns damals auch kennengelernt.«

»Oh … ich dachte …«

Sie hatte immer angenommen, ihr Vater hätte Beatrice in einer Bar oder einem Pub kennengelernt. Ihr war nicht einmal bewusst gewesen, dass er überhaupt eine Trauer-

gruppe besucht hatte. Ihr Magen krampfte sich zusammen. Sie hatten so furchtbar viel Zeit verloren. Und nur, weil sie beide zu stur gewesen waren, um miteinander zu reden.

»Ich weiß, Ames.« Roger kam auf seine Tochter zu. Mit den Händen auf ihren Schultern gab er ihr einen flüchtigen Kuss auf die Stirn. »Pass auf dich auf, Kleines.«

Kurz darauf zog sie die Haustür hinter sich ins Schloss. Es war ein schönes Gefühl, sich wieder mit ihrem Vater zu verstehen.

Sie war sich nicht sicher, ob es nur der kalte Fahrtwind war, der ihr auf dem Weg zu ihrer Wohnung immer wieder Tränen in die Augen trieb. Vielleicht war es auch die Erleichterung und Freude darüber, nicht ganz allein in dieser Welt zu sein.

Als sie die Haustür aufschloss, wurde Amelia das Herz wieder schwer. Sie nahm sich eine Kuscheldecke und ließ sich auf dem Sofa nieder. Ob sie Pater David anrufen sollte? Er hatte ihr seine Handynummer schließlich gegeben. Nur für alle Fälle hatte er gesagt.

Ja. Nur für alle Fälle. Vielleicht hat er schon etwas von Hugh gehört? Wenn Howbourne an einem anderen Ort seinen Platz gefunden hat, dann würde Hugh doch alles daransetzen, seinem Bruder eine Nachricht zu schicken. Aber ein Brief würde Pater David im Moment überhaupt nicht erreichen, solange er seinen Freund in Schottland besucht.

Amelia seufzte schwer und schnappte sich ihr Smartphone. Auf dem Display herrschte gähnende Leere. Nur die Uhrzeit leuchtete ihr vor einem Selfie von Jess und ihr entgegen. Keine Nachricht, kein irgendetwas. Sie rief ihre

Kontakte auf und scrollte, bis sie bei Pater Davids Nummer angelangt war. Einen Moment zögerte sie, er konnte doch noch gar nichts gehört haben. Oder doch?

Ihr Daumen drückte wie von selbst das kleine grüne Hörersymbol neben seinem Namen. Es tutete und tutete. Amelia wollte schon auflegen, als sie die atemlose Stimme des Pastors hörte.

»Amelia? Bist du das? Gibt es Neuigkeiten?« Der alte Mann klang aufgeregt und erfreut.

Sie ließ die Schultern sinken. Sie hätte nicht anrufen sollen. »Nein, keine Neuigkeiten. Ich dachte, du hättest vielleicht …«, sagte sie leise.

Sie vernahm das schwere Ausatmen am anderen Ende der Leitung. »Nein. Nichts. Leider.«

Die beiden beendeten das Gespräch und Amelia starrte aus dem Fenster. Die zentnerschweren Steine in ihrem Bauch machten ihr das Atmen schwer und sie fror erbärmlich. Fest schlang sie die dicke Decke um ihren Körper, doch es half nicht. Ihre Zähne begannen, aufeinanderzuschlagen, und sie zitterte am ganzen Körper.

Hoffentlich geht es ihnen gut. Hoffentlich geht es IHM gut. Ich möchte ihn so gern wiedersehen. Bitte lebe noch!

Amelia wischte sich die Tränen von den Wangen. Um sich abzulenken, griff sie nach ihrem Handy und schrieb eine Nachricht in die WhatsApp-Gruppe, die sie mit einigen Kommilitonen hatte.

Amelia: Hallo zusammen.
Was habe ich letzte Woche verpasst?

Es dauerte nicht lange, bis die Antworten eintrudelten und Amelia wusste, was sie nachzuholen hatte. Sie beantwortete noch einige Nachrichten aus der Gruppe, bedankte sich und holte ihre Fachbücher aus dem Regal.

Sie starrte die Texte auf den Seiten an, doch die Buchstaben wollten sich einfach nicht zu Wörtern und schon gar nicht zu einem sinnvollen Inhalt zusammenfügen. Seufzend klappte sie das Buch zu und schob die Unterlagen zur Seite.

Scheiß drauf, melde ich mich morgen eben krank.

Unruhig trommelte sie mit den Fingern auf ihrem Knie. Dann fiel ihr Blick wieder auf ihr Smartphone, das auf dem Tisch lag. Sie musste unbedingt im Restaurant anrufen und herausfinden, ob sie noch einen Job hatte.

Mit klopfendem Herzen ließ sie den Daumen auf die Nummer des Restaurants sinken und atmete tief durch.

»Two Rivers Restaurant. Sie sprechen mit Claire. Was kann ich für Sie tun?« Die zuckersüße Stimme ihrer Chefin flötete in ihr Ohr.

Amelia seufzte kaum hörbar. »Claire, hi! Hier ist Amelia.« Sie machte eine Pause und wartete auf Claires Reaktion.

»Amelia Forster. Du gibst dir also doch noch die Ehre? Wie schön?« Die Stimme der Chefin klang nun nicht mehr freundlich, sondern eiskalt. Das war aber keine Besonderheit. Claire war zu ihren Gästen zuckersüß, während ihre Angestellten sie ausschließlich als Biest kannten.

»Ja, es tut mir so leid. Ich war furchtbar krank letzte Woche.«

»Aha. Und da hast du nicht Bescheid sagen können? Ich musste für dich einspringen, Amelia. Ich!« Sie seufzte theatralisch. »Meinst du, unsere Gäste erwarten eine kellnernde Restaurantleitung? Wohl kaum!«

Du hast dir dabei sicher keinen Zacken aus der Krone gebrochen.

»Es tut mir wirklich leid, Claire. Ich würde es wirklich gern wiedergutmachen.« Amelia hasste es, sich so anzubiedern. Aber ohne den Job wäre sie aufgeschmissen.

»Gut. Du hast Glück. Wir sind heute unterbesetzt, deshalb kann ich dich heute gebrauchen. Aber du wirst dein Trinkgeld heute mit allen anderen teilen. Verstanden? Sei um siebzehn Uhr hier. Pünktlich! Sonst brauchst du dich auch nie wieder melden.«

Zähneknirschend antwortete Amelia: »Natürlich, Claire. Vielen Dank.«

Doch ihre Chefin hörte die Antwort gar nicht mehr. Das Gespräch war bereits beendet.

»Blöde Kuh«, zischte Amelia.

Eine Weile starrte sie auf das Telefon in ihrer Hand. Dann nahm sie sich noch einmal die Studienunterlagen vor. Doch sosehr sie es versuchte, sie konnte sich nicht auf den Inhalt der Bücher konzentrieren. Ihre Gedanken schwammen in einem Fluss aus Erinnerungen an die vergangene Woche. An die Menschen, die ihr so nahegekommen waren. Und an Jonathan. Sie lehnte sich auf dem Sofa zurück und kuschelte sich mit einem Kissen an den Bauch gepresst in die Ecke. In ihrem Kopf ging sie jedes Gespräch und jede Berührung mit ihm noch einmal durch.

»Bitte sei noch am Leben!«, flehte sie stumm wie ein Mantra vor sich hin.

Irgendwann fiel ihr Blick auf die grün leuchtende Digitaluhr an der Mikrowelle in der Küche. *15:52 Uhr.*

Es wurde Zeit, sich für die Arbeit fertig zu machen. Amelia begab sich lustlos ins Badezimmer, streifte ihre Kleidung ab und stellte sich in die kleine Duschnische. Sie ließ warmes Wasser auf sich hinab prasseln. Mit geschlossenen Augen genoss sie es, wie sich ihre Muskeln in der Wärme entspannten. Sie hätte hier stundenlang stehen können und sich vom warmen Wasser verwöhnen lassen. Aber in dem alten Haus ließ der Boiler es leider nicht zu.

»Scheiße!« Amelia schrie spitz auf.

Daran hatte sie überhaupt nicht mehr gedacht! Nach ungefähr sieben Minuten wurde das Wasser eiskalt.

Missmutig wickelte sie sich in ein großes Duschtuch und stellte sich vor den Spiegel. Ihr Blick heftete sich auf die Narbe an ihrem Hals. Mit den Fingern fuhr sie über die dicke rote Linie.

In Howbourne kam sie mir gar nicht mehr so schlimm vor. Hätte Dad sie gesehen, hätte er sich sicher noch mehr Sorgen und Vorwürfe gemacht. Gut, dass ich meinen Hoodie übergezogen hatte.

Amelia schnappte sich eine dunkle Jeans, die sie immer zur Arbeit trug, und ein schlichtes weißes Shirt. Dann nahm sie sich ein elegantes graues Tuch und wickelte es sich um den Hals. Daran würde Claire sicher nichts auszusetzen haben. Die langen blonden Haare steckte sie sich zu einem ordentlichen Knoten am Hinterkopf zusammen. Noch etwas Puder, Mascara und fertig.

»Amelia!« Claire konnte den spöttischen Unterton in ihrer Stimme nicht verbergen. »Du bist spät dran.« Demonstrativ schaute die Restaurantchefin auf ihre Armbanduhr.

»Es ist fünf Minuten vor fünf, Claire«, erwiderte Amelia. Sie bemühte sich, nicht allzu genervt zu klingen. Dieser Versuch ging daneben.

Claire zog die Augenbrauen in die Höhe. »Richtig. Aber du bist vollkommen abgehetzt. So …« Sie wedelte mit der Hand vor ihr herum, »lasse ich dich nicht unsere Gäste bedienen.« Sie kräuselte ihre Lippen. »Bring bitte das Vogelnest auf deinem Kopf in Ordnung.«

Amelia schnaubte. Im Personalraum schaute sie in den Spiegel und fingerte an ihrer Frisur herum. Durch den Fahrtwind auf dem Fahrrad hatten sich einige Strähnen aus dem Knoten gelöst. Resigniert ließ sie die Hände sinken. Die feuchte Herbstluft machte ihre Haare unzähmbar.

»Hey, Lia!« Steve, ein anderer Kellner, kam in den Raum und verstaute seine Tasche in einem Schrank. »Geht's dir wieder besser?«

Er war ein netter Kerl, der die Arbeit im Two Rivers erträglich machte. Er hatte immer ein paar nette oder aufmunternde Worte parat. Und er war der Einzige, der Claire die Stirn bot. Dafür bewunderte Amelia ihn.

»Ich habe euch letzte Woche hängen lassen, tut mir leid.« Sie machte ein bedauerndes Gesicht.

Steve winkte ab. »Halb so wild. Claire war nur sauer, weil sie einspringen musste. Bibi hat nämlich gekündigt.« Er formte einen Kussmund und hauchte zwei Küsse in die Luft. »Sie zieht nach London zu Gary.«

»Ehrlich? Wie schön für sie! Das hat aber lange gedauert.« Amelia musste über Steve lachen, der sich selbst umarmte und zu tanzen begann.

Die Tür flog auf und Claire betrat den fensterlosen Raum. »Es ist bereits nach siebzehn Uhr. Wo bleibt ihr?«, fauchte sie. Ihr Blick streifte Amelia. Ihre Augen verengten sich und sie deutete mit ihrem dünnen, spinnenhaften Zeigefinger auf ihr Halstuch. »Was ist DAS?«

Amelia legte in einem Reflex die Hand an ihren Hals. »Das ist ein Halstuch«, stammelte sie.

»Das sehe ich auch. Nimm es ab. Ich möchte es nicht auf dem Teller eines Gastes wiederfinden.« Sie seufzte und fasste sich theatralisch an die Stirn. »Man sollte doch meinen, die Regeln für die Dienstkleidung seien nicht so schwer zu begreifen. Aber einige sind ganz offensichtlich sogar dafür zu beschränkt.« Claire rauschte an ihnen vorbei und verließ den Personalraum.

Steve hob die Augenbrauen und schüttelte den Kopf. »Alte Hexe«, zischte er durch zusammengepresste Zähne.

Amelia löste seufzend das Halstuch und legte es zu ihren Sachen in ihren Schrank. Als sie sich wieder umdrehte, wollte Steve noch etwas sagen, doch er erstarrte. Sein Mund öffnete sich und schloss sich direkt wieder.

Amelia legte sich ihre Hand schützend auf den Hals.

»Lia! Um Gottes willen! Was ist passiert?«

»Nichts. Nicht der Rede wert.« Es war ihr unangenehm. Ohne das Tuch fühlte sie sich nackt und angreifbar.

Steve kam dichter und löste sanft ihre Hand. Seine Augen glitten über die Narbe, die von Joels Messer zurückgeblieben war. »Du warst krank, ja?« Er schüttelte den Kopf. »Das sieht aber nach etwas anderem aus. Kann ich dir irgendwie helfen? Hast du … Probleme?«

Amelia schloss die Augen und atmete einige Male tief durch. »Ach Quatsch. Es ist nichts. Nur eine kleine Schramme.«

Steve musterte sie von Kopf bis Fuß und blieb dann wieder an der Narbe am Hals hängen. Als Claires schrille Stimme auf der anderen Seite der Tür ertönte, sagte er: »Na gut, wie du meinst. Sag mir aber bitte Bescheid, wenn ich jemanden verprügeln soll. Das meine ich ernst!« Er zwinkerte ihr zu und verließ den kleinen Raum.

Amelia folgte ihm in den Gastraum. Sie kontrollierte schnell das Buch mit den Reservierungen. Zum Glück waren nur wenige Tische vorbestellt und alle Reservierungen waren relativ früh. Sie nahm sich die Schildchen mit der Aufschrift »*Reserviert*« und begann, sie gemäß Plan auf den Tischen zu verteilen.

»Amelia!« Claires unterkühlte Stimme peitschte durch den Raum. »So kannst du hier nicht arbeiten!« Angewidert blickte sie auf die Narbe und verzog den Mund.

»Deshalb hatte ich das Tuch um den Hals, Claire.« Amelia zischte die Worte durch zusammengepresste Zähne.

»Du hättest mir sagen können, wie entstellt du darunter bist.«

Entstellt!? Diese alte Hexe hat ja keine Ahnung. Ich habe keine Lust mehr, mich von ihr wie Dreck behandeln zu lassen. Das habe ich nicht nötig!

Amelia schloss die Augen und atmete langsam aus. »Weißt du was, Claire? Du kannst mich mal. Ich kündige.

Auf Wiedersehen.« Sie löste die Schleife ihrer Schürze und schleuderte sie auf den Tisch neben sich.

Fünfunddreißig

Mit einem lauten Seufzer ließ sich Amelia auf ihr Sofa sinken. Ihr Blick wanderte durch ihre Wohnung. Sie strich sich über den Kopf und löste den Knoten im Nacken, der viel zu stramm saß und an den Haaren zog.

Den Job im Two Rivers zu kündigen, hatte sich gut angefühlt. Sie wollte sich niemals wieder von jemandem so unfreundlich und abscheulich behandeln lassen, kein Geld der Welt war es das wert. Amelia dachte an die Bewohner Howbournes, die sich ohne Eigennutz oder Hintergedanken für ihre Freunde einsetzten. Natürlich war es nur ein kleiner Ort, der von der realen Welt abgeschnitten war. Dennoch nahm sie sich vor, einen Teil Howbournes in ihre Realität zu bringen. Wertschätzung und Freundlichkeit, damit würde sie beginnen. Wenn sie schon sonst nichts hatte mitnehmen können, so doch wenigstens das. Allerdings konnte sie davon keine Rechnungen bezahlen und ohne den Verdienst würde sie bald auf der Straße sitzen.

Darüber mache ich mir morgen Gedanken. Zur Not kann ich doch Dad fragen, aber einen Monat kann ich mir die Miete noch so leisten.

Amelia schlüpfte unter die Wolldecke und rollte sich auf dem Sofa zusammen. Wie viel einfacher das Leben in Howbourne war. Niemand musste sich über Geld Gedanken machen. Das war der Preis der Freiheit, den sie zahlte. Sie konnte ihr Leben frei gestalten. Konnte sich einen Beruf aussuchen, alles werden. Ihre Träume verwirklichen und tun und lassen, was sie wollte. Dafür war sie darauf angewiesen, Geld zu verdienen, um ihr Leben zu finanzieren. Sie konnte Jonathan verstehen, aber Grenzen gab es auch in ihrem Leben, nur waren sie von anderer Natur.

Amelia schnappte sich die Fernbedienung und startete Netflix. Sie schmunzelte bei dem Gedanken an Jonathan, der sein Image als Bad Boy pflegte, obgleich er die ganze Zeit im Pfarrhaus fernsah.

Der Gedanke versetzte ihrem Herzen einen schmerzhaften Stich. Wie konnte es so fürchterlich wehtun? Sie kannte Jonathan erst wenige Tage und dennoch sehnte sie sich so unendlich nach ihm. Ihr Herz wollte zurück zu ihm.

Ihr kam eine Idee und sie drückte den Mute-Knopf auf der Fernbedienung. Amelia richtete sich auf und schnappte sich das Tablet vom Couchtisch. Sie trommelte mit den Fingernägeln auf dem Gehäuse herum. Wie sollte sie anfangen? Welche Suchanfrage würde Sinn ergeben?

Amelia fing an zu tippen.

»Ungewöhnliche Vorkommnisse«

Die Suche ergab 325.000 Ergebnisse.

Na toll! Wie soll ich so jemals herausfinden, ob irgendwo ein Hinweis auf Howbourne zu finden ist?

Sie ergänzte das Datum von vorgestern zu ihrer Suche. Noch immer über 20.000 Treffer. Grummelnd sank Amelia in ihre Kissen und ließ das Tablet neben sich auf die Couch fallen.

Sie stellte den Ton des Fernsehers wieder an. Ein paar Minuten folgte sie der Serie. Ein leises Rumpeln ließ sie aufhorchen.

Amelia richtete sich auf und lauschte. Nichts war zu hören, mit Ausnahme des seichten Dialogs auf dem Bildschirm. Sie blies die Wangen auf, dann ließ sie sich zurück in die Kissen plumpsen. Da war es wieder. Ein leises Pochen. Beinahe zaghaft. Das kam nicht aus dem Fernseher. Das Geräusch kam von ihrer Tür. Amelia sprang vom Sofa. Ihr Herz hämmerte plötzlich wild in ihrer Brust. Sie hörte das Blut in ihren Ohren rauschen.

Nein. Jetzt sei nicht albern. Es ist sicher nur Steve, der nach mir sehen will. Wer sollte es auch sonst sein!?

Amelia versuchte, ihren Atem und den Herzschlag zu beruhigen. Ein paar Atemzüge lang konzentrierte sie sich nur auf die Luft, die sie in ihre Lungen hinein- und wieder hinausströmen ließ. Dann hörte sie das zaghafte Pochen an der Tür. Mit zitternden Fingern drehte sie den Schlüssel im Schloss. Der dunkle Hausflur wurde nur vom Licht erhellt, das aus ihrem Türspalt fiel. Sie blinzelte in die Dunkelheit und machte den Umriss einer Gestalt aus. Noch bevor sich diese aus dem Schatten löste, um ins Licht zu treten, nahm Amelia den Duft wahr: Herb und süß zugleich mit einem Hauch von Zimt.

Jonathan.

Amelia hatte das Gefühl, der Boden unter ihren Füßen würde nachgeben. Sie schlug die Hand vor den Mund. Ihr Herz raste noch schneller als zuvor. Als würde es aus ihrer Brust springen wollen, um noch dichter zu ihm zu kommen.

Jonathan lächelte breit. »Muss ich jetzt die ganze Nacht auf dem Flur stehen bleiben, oder lässt du mich endlich rein?«

Amelia starrte ihn an und stieß wortlos die Wohnungstür auf.

Er trat in den kleinen Flur der Wohnung, kickte die Tür mit dem Fuß zu. Er stand dicht vor Amelia, ihre Atemzüge verbanden sich zu einem. Die Zeit schien stillzustehen. Dann fielen sie sich in die Arme und hielten einander so fest, als würde ihr Leben davon abhängen.

»Was machst du hier? Wie kommst du hierher? Es ist kein Vollmond? Was … Ich …« Amelia flüsterte ihre Fragen an Jonathans Ohr. Nicht fähig zu begreifen, was passierte.

Er nahm eine Strähne ihres blonden Haars in die Hand und ließ sie durch seine Finger gleiten. »Es ist ganz hier in der Nähe, Amelia. Wirklich. Ich bin nur zwei Stunden oder so gelaufen.« Er verzog seine Lippen zu einem breiten, ansteckenden Grinsen.

»Das ist …« Amelia atmete aus. Sie hatte das Gefühl, den Atem stundenlang angehalten zu haben. »… großartig. Geht es allen gut? Ist Howbourne wie vorher?«

Jonathan nickte. »Ja, es ist alles wie vorher. Nur wenn man rausgeht, merkt man den Unterschied. Schon verrückt.« Er hielt Amelia auf Armeslänge von sich entfernt.

»Wie geht es dir? Was hat dein Vater gesagt?« Sein Blick war so weich. In seinen grünen Augen schimmerten Tränen. »Gott, es ist so schön, dich wiederzusehen!« Seine Hand glitt in ihren Nacken. Er zog sie dichter an sich. Seine Lippen berührten ihren Mund. Schüchtern und sanft, als wäre es ihr erster Kuss. Seine Finger verschränkten sich mit ihren und ließen kribbelnde Stromstöße über ihre Haut fahren.

Als sie sich voneinander lösten, sah Amelia etwas in seinen Augen, das sie verloren geglaubt hatte: Heimat.

Sie zog sein Gesicht dicht an ihres. »Ich habe gedacht, ich würde dich nie wiedersehen«, flüsterte sie an seinen Lippen. Dann legte sie ihren Mund auf seinen. Schmeckte das Salz ihrer beider Tränen.

Jonathan hob sie hoch und sie schlang ihre Beine um seine Hüften. Behutsam trug er sie durch den Raum und legte sie auf dem weichen Bett ab. Er kniete sich über ihre Beine. Amelia sah in seine Augen und wollte in den Tiefen seiner Seele versinken.

Er beugte sich vor. Sein Atem strich zart und luftig über ihr Gesicht. Wie eine in Brand gesteckte Lunte wanderte ein Funke durch ihren Körper, drängte auf ihre Mitte zu. Amelia öffnete ihre Lippen, als Jonathans Zungenspitze über ihren Mund fuhr. Sie ließ ihn ein und empfing ihn mit ihrer Zunge.

Seine Hände wanderten über ihren Körper. Schoben behutsam das weiße Shirt nach oben. Seine Haut auf ihrer hinterließ Spuren aus Feuer. Sie stöhnte in seinen Mund, als seine Finger unter den zarten Stoff ihres BHs glitten und ihre Brüste umfassten.

Er ließ sich Zeit. Seine Bewegungen waren ruhig, beinahe quälend langsam strichen seine Finger über Amelias Körper. Zeichneten ihre Schlüsselbeine nach, folgten den Wölbungen ihrer Brüste. Wanderten sanft und federleicht über die Linien ihrer Rippen. Amelia zitterte unter seinen Berührungen. Sie wollte mehr. Sie wollte ihn für sich. Ganz und gar. Sie wollte ihn nie wieder verlieren.

Sie wölbte sich ihm entgegen. Flehte um seine Berührungen. Mit seinem Gewicht drückte er sie auf die Matratze zurück. Unterbrach den Kuss und forschte in ihren Augen.

Amelia spürte seine Härte an ihrem Oberschenkel. Sie ließ ihre Finger über Jonathans Rücken gleiten. Fuhr mit den Fingerspitzen den Bund seiner Jeans entlang. Schob die Hand sachte zwischen ihre Körper. Doch er griff nach ihrem Handgelenk und schob ihren Arm wieder nach oben.

»Nein«, flüsterte er an ihrem Ohr. »Erst du.« Seine Zunge glitt über ihr Ohrläppchen, über die empfindliche Stelle an ihrem Hals. Amelia atmete laut ein. Ihre Finger krallten sich über ihrem Kopf in das Kissen. Jonathan schob mit seinen Händen das Shirt über ihren Kopf und warf es zu Boden. Ihr BH nahm denselben Weg.

Sie ließ sich in die Kissen sinken. Jonathan kniete auf ihren Beinen und beobachtete sie. Ihr Brustkorb hob und senkte sich schnell, ihre Brustwarzen wurden unter seinen Blicken noch praller und reckten sich ihm entgegen. Amelia schloss die Augen, als seine Fingerspitzen brennende Linien auf ihrem Hals, ihren Brüsten, ihrem Bauch hinterließen. Schließlich erreichten sie ihr Ziel und tauchten unter Amelias Hosenbund. Sie biss sich auf die Lippe, um nicht aufzuschreien.

Wie in Zeitlupe öffnete Jonathan Knopf um Knopf ihre Jeans. Hob ihre Hüften an, um den Stoff über ihre Beine zu schieben. Er öffnete ihre Knie, strich über die weichen Innenseiten ihrer Schenkel und ließ sich zwischen ihren Beinen nieder.

Im Schimmer des Lichts erkannte Amelia seine schlanken Muskeln unter der schönen Haut.

Mit dem Daumen strich Jonathan sanft über den seidigen Stoff ihres Slips. Amelia spürte, wie sie brannte. Immer mehr Hitze sammelte sich in ihrem Schoß. Sie schrie auf, als er einen warmen Stoß Atemluft gegen ihre Mitte hauchte. Bereitwillig hob sie ihr Becken an, um ihm zu helfen, sich des Slips zu entledigen. Sie erbebte, als er sich hinunterbeugte, um mit der Zungenspitze ihre empfindliche Knospe zu umspielen. Sie zitterte vor Lust, als Jonathan an ihr leckte und mit der Zunge achtsam in sie eindrang. Sie wand sich vor Begierde, schlug die Finger tief in die Kissen. Als Jonathan noch einmal mit der Zunge hart gegen sie stieß, explodierte die Hitze als Schauer reinster Lust in ihrer Mitte.

Matt und schwer atmend ließ sich Amelia in die Kissen sinken. Ihr schweißnasser Körper bebte unter den brandenden Wogen, die ihn durchliefen.

Lächelnd löste sich Jonathan von ihr. Ließ seine Zunge in kreisenden Bewegungen über ihren Körper nach oben steigen. Bis er an ihrem Mund anlangte, in den sie ihn einließ und ihre Zungenspitzen miteinander tanzten.

Amelia ließ ihre Hände an seinem Rücken hinunterwandern, glitt unter seinen Pullover. Er stöhnte leise auf, als sie

mit den Fingerspitzen seine Haut berührte. Immer weiter nach oben schob sie den Pullover und entblößte Quadratzentimeter um Quadratzentimeter seiner makellosen Haut. Jonathans Oberteil nahm denselben Weg wie Amelias zuvor. Er ließ sich auf das Bett zurückfallen. Ihre Hände wanderten über seine muskulöse Brust. Die Muskeln in seinem Kiefer spannten sich an, als sie mit der Zunge über seinen Hals fuhr. Sie genoss es, sein Verlangen zu entfachen, wenn sie mit den Fingerspitzen über seinen Körper strich. Feine Linien über seinen Bauch zeichnete. Wohlige Schauer durchfuhren sie, wenn Jonathan bei ihren Berührungen aufstöhnte.

Sie zog ihm seine Hose und die Boxershorts aus. Einen Moment lang betrachtete sie seine Härte. Beugte sich zu ihrem Nachttisch.

Hoffentlich ist noch eins da!

Ihre Finger ertasteten ein kleines Päckchen und sie jubilierte innerlich. Sie rollte das Kondom über Jonathans Erektion. Dann setzte sie sich rittlings auf ihn, nahm ihn in die Hand und zeigte ihm den Weg. Er hielt die Luft an, ließ sie in einem dumpfen Knurren entweichen.

Langsam ließ sie ihn in sich ein. Behutsam bewegte sie sich auf ihm. Jonathans Hände gruben sich in ihren Oberschenkel.

Allmählich steigerte sie das Tempo. Amelia stöhnte auf, als Jonathan seine Hüfte anhob und sich anspannte. Sie ließ ihn tiefer und tiefer in sich ein, bis er sie komplett ausfüllte. Ihre Hüften bewegten sich im perfekten Einklang der Körper. Als wären sie zwei Teile eines Ganzen.

Jonathan sog scharf die Luft ein. Jeder Muskel seines Körpers spannte sich bis zum Zerreißen an. Amelia sah seine Sehnen deutlich hervortreten. In ihrer Mitte zog sich alles zusammen. Wie der Sog eines Schiffes, der erst das Wasser von der Küste abzog, um es dann in hohen, ungestümen Wogen zurückzuschmeißen. So brandete der Orgasmus über sie hinweg. Erfasste jeden noch so kleinen Muskel. Ließ sie erzittern und schließlich schwer atmend auf Jonathan zusammensinken.

Er umfasste sie und zog sie dicht an sich. Sie blieben erschöpft liegen. Ihre nackten Brüste an seine Brust gepresst.

Seufzend rutschte Amelia von Jonathan herunter. Sie kuschelte sich an seine Seite. »Ich bin so froh.« Auf ihrem Gesicht breitete sich ein strahlendes Lächeln aus. Er streichelte sacht über ihren Rücken. »Das bin ich auch«, sagte er und drückte ihr einen Kuss auf die Stirn. Er lächelte, aber irgendwas stimmte nicht.

»Erzählst du mir von deiner Familie?«, fragte Amelia in die entstandene Stille hinein.

»Die kennst du doch. Maggie, Hugh und Max sind meine Familie.«

»Nein, die meine ich nicht. Ich meine die Familie, in die du hineingeboren worden wärst.« Amelia richtete sich auf und taxierte Jonathans Gesicht.

Seine Züge wurden für einen Bruchteil hart. »Wieso? Ich habe dir doch gesagt, wie es war. Meine Mutter hat mir nicht geglaubt. Sie hat mich weggeschickt«, er seufzte, »Ende der Geschichte.«

»Aber ... wie war das für dich. Du warst doch bestimmt noch sehr jung«, bohrte sie nach.

»Wie soll das schon gewesen sein? Scheiße war es.« Er setzte sich im Bett auf. Mit verschränkten Armen sah er Amelia an und verdrehte die Augen. »Du gibst ja doch keine Ruhe, oder?«

Sie lächelte. »Nein, werde ich nicht.«

»Okay.« Er seufzte erneut. »Ich war damals sechzehn Jahre alt. An dem Tag durfte ich Howbourne das erste Mal verlassen. Pater David hatte mir erzählt, wo ich meine Familie finden würde. Familie meint in diesem Fall nur Mutter. Mein Vater ist wohl unbekannt, keine Ahnung.« Er zuckte mit den Schultern. »Ich bin dann jedenfalls zu der Adresse, die David mir gegeben hatte. Es war ein schäbiges, altes Haus irgendwo bei Crawley. Also gar nicht weit weg von Buxted. Und ich hatte diese naive Vorstellung, wir könnten uns regelmäßig sehen.«

»Aber das war nicht so?«, flüsterte Amelia.

Jonathan schüttelte mit traurigem Ausdruck in seinen schönen grünen Augen den Kopf. »Nein, das war nicht so.« Sein Lachen klang freudlos. »Ich habe ewig vor ihrem Haus gewartet. Habe mich zu überreden versucht, an ihre Tür zu klopfen.« Er atmete geräuschvoll aus. »Und dann habe ich mich irgendwann getraut. Mit zitternden Händen habe ich geklopft. Ich fühlte mich wie ein … keine Ahnung … kleines Kind am ersten Schultag. Als sie öffnete, war ich so enttäuscht. Ich hatte sie mir ganz anders vorgestellt. Ich dachte sie wäre … irgendwie wie Maggie, nur jünger. Meine Mutter war spindeldürr und ausgezehrt. Sie stank nach billigem Fusel und kaltem Zigarettenrauch. Die Frau, die meine Mutter sein sollte, musterte mich von oben bis unten aus ihren beinahe toten Augen. Ihr Lachen gab den Blick auf ein paar verfaulte Zähne frei und sie meinte zu mir, ich sei zu jung …«

Sein trauriges Lachen schickte einen kalten Schauer über Amelias Rückgrat. »Wofür zu jung?«, fragte sie tonlos.

»Wofür wohl!? Sie würde es nicht mit Kindern machen, sie sei ja schließlich nicht pervers.« Jonathans trauriger Blick heftete sich an der Zimmerdecke fest. »Na ja, dann habe ich ihr erzählt, wer ich bin. Ich habe es zumindest versucht. Mein Stammeln muss sich furchtbar angehört haben.«

»Was hat sie gesagt?«

»Gar nichts. Gesagt hat sie nichts. Gelacht hat sie. Tief und rasselnd. Dann hat sie mich beschimpft. Ich solle in das Loch zurückkriechen, aus dem ich gekommen sei.«

Sie nahm seine Hand und verschränkte ihre Finger mit seinen.

Er schluckte schwer und sprach weiter. Seine raue Stimme klang noch rauer. Beinahe, als wäre seine Kehle mit Sandpapier überzogen. »Ich wollte gehen. Ich wollte umkehren und zurück nach Howbourne. Doch ich konnte nicht. Meine Füße waren wie festgewurzelt. Sie hörte auf zu lachen und baute ihre verhärmte Gestalt vor mir auf. Den Gestank ihres fauligen Atems habe ich noch heute manchmal in der Nase.«

»Was hat sie zu dir gesagt?« Amelia drückte seine Hand fest.

»Sie sagte mir, ich hätte ihr Leben ruiniert und sie keinen Tag bereut, mich mit einem Kleiderbügel aus sich rausgezerrt zu haben.«

Amelia presste ihre Hand auf den Mund. »O Gott, Jonathan. Das ist ja fürchterlich.«

Er lag vollkommen reglos neben ihr. Sie legte ihre Hand auf seine Brust. Seine Haut war kühl, seine Augen ausdruckslos.

»Wie kann man nur so herzlos sein?« Amelia erschauderte.

Er seufzte laut und zog sie dichter an sich. »Ja, na ja. Das ist lange her.« Er wischte sich mit dem Arm über die Augen. »Viel wichtiger ist, was jetzt ist«, sagte er und drückte Amelia einen Kuss auf den Scheitel.

Sie atmete tief ein. Es war furchtbar, was ihm zugestoßen war. Sie hatte immer geglaubt, man würde ein tot geborenes Kind betrauern. Nie hatte sie sich vorstellen können, eine Mutter könnte so hart zu ihrem eigenen Kind sein. Ihre Mutter hatte Max sofort erkannt und ihn in die Arme geschlossen. Wie sehr hat dies Jonathan schmerzen müssen?

»Amelia, ich muss dir noch etwas sagen.«

Sie stützte sich auf. In seinem Blick lag noch immer Traurigkeit. Oder lag sie dort wieder? »Was ist los?« Ihr wurde kalt und ein Kloß drückte ihr die Kehle zu.

»Ich … ich werde Howbourne nicht wieder verlassen.« Jonathans Stimme klang ernst. Sein Gesichtsausdruck war es ebenfalls. Nichts deutete darauf hin, er würde vielleicht nur einen Scherz machen.

»Was? Wie meinst du das?« Amelia spürte, wie ihr das Blut aus dem Gesicht wich.

»Erinnerst du dich, was Joel gesagt hat?«

Sie nickte stumm. Sie erinnerte sich an jede Sekunde des Abends, an dem Joel nach Howbourne gekommen war.

»Ich habe ihn auf Howbourne aufmerksam gemacht. Ich war das, verstehst du?«

»Ja, ich erinnere mich, und nein, ich verstehe es nicht. Ich meine, Joel ist nicht mehr da, oder? Außerdem war ich es, die ihn zu euch geführt hat. Und hier an diesem neuen Ort gibt es keinen einzigen Hinweis, oder? Ich meine, warum solltest du Howbourne nicht mehr verlassen wollen? Warum willst du wählen? Du kannst beides haben. Dein Leben in Howbourne und mich!«

Jonathan nahm Amelias Gesicht in seine Hände und legte seine Lippen auf ihre. »Ich will kein Leben mehr zwischen beiden Welten führen, Amelia. Ich habe keine Lust und keine Kraft mehr, hinter etwas hinterherzujagen, was ich doch niemals haben kann. Ich kann das nicht mehr, verstehst du? Ich möchte endlich ankommen … Ich möchte irgendwo zu Hause sein.« Er sah in ihre Augen. Sein Blick war nun warm und voller Liebe. »Du kannst mein Zuhause sein, Amelia.«

Ihr Herz setzte einen Schlag aus und hämmerte dann umso schneller in ihrer Brust. »D-Du möchtest mit mir leben?«

»Kommst du mit mir nach Howbourne?« Er lächelte sie nervös an.

»Ja, das würde ich gern. Aber …« Sie dachte an ihren Vater, an ihre Versöhnung mit ihm. Daran, wie schön es war, wieder bei ihm zu sein. »Ich kann jetzt nicht einfach gehen, Jonathan. Ich habe mich eben erst mit meinem

Vater und mit Beatrice versöhnt. Ich habe hier meine Familie …« Sie stockte, als sie bemerkte, wie er sich versteifte. »Nein, das war falsch ausgedrückt. So meine ich das nicht. Max ist auch meine Familie und du … Du bist es auch.«

»… und trotzdem willst du nicht mit mir kommen.«

»Doch! Genau das möchte ich. Ich möchte bei dir sein! Aber ich kann es nicht. Nicht jetzt!«

Jonathan nickte langsam und zog Amelia in seine Arme. »Ich verstehe dich, wirklich.« Er küsste ihr blondes Haar. »Aber trotzdem darf ich traurig darüber sein.«

»Ja, das bin ich auch.« Ihr Blick streifte die Uhr der Mikrowelle und sie erstarrte. »Jonathan, es ist schon gleich halb sechs. Du musst los. Du hast nicht mehr viel Zeit, bis die Sonne aufgeht.«

»Ja«, sagte er langsam. »Du hast recht.« Er verstärkte die Umarmung. Voller Sehnsucht raunte er an ihrem Ohr: »Ich bin verliebt in dich, Amelia.« Dann schlüpfte er aus dem Bett und zog sich an.

Amelia starrte ihn an.

Er ist verliebt in mich. Das hat er eben gesagt, oder nicht? Ja, er ist verliebt in mich.

Eine Million kleine Schmetterlinge flogen in ihrem Magen hin und her. Schlugen Loopings und kitzelten sie von innen.

Hand in Hand durchquerten sie das Treppenhaus und gingen die hölzerne Stiege hinab. Amelia zögerte, die Haustür aufzustoßen. Sie wünschte bei allen Göttern, er könnte bei ihr bleiben.

Draußen empfing sie beißend kalte Nachtluft. Der Wind wehte stürmisch vom Fluss herauf und trieb einige Wolkenfetzen am Himmel vor sich her.

Sterne blitzten auf und schickten ihr fahles Licht zu ihnen. Jonathan legte seine Hände um ihre Taille. Sanft zog er sie an sich.

»Ich habe dir aufgeschrieben, wo du mich finden kannst, Amelia. Ich werde jede Nacht um Mitternacht nach draußen kommen und auf dich warten.« Ihre Lippen trafen sich und die Welt um sie herum versank in einem dichten Nebel. Für diesen Moment gehörten sie nur einander. Und dann zerbrach er in Tausend Teile.

Sechsunddreißig

»Hi! Hier ist Jess. Ihr wisst, was nach dem Piep zu tun ist.«

Amelia starrte aus müden Augen auf das Display. Sie hatte bereits zehnmal versucht, Jess zu erreichen, und war immer nach einigen Freizeichen auf der Mailbox gelandet.

Mit flinken Fingern tippte sie eine Nachricht:

Amelia: Ruf mich bitte an. Es ist wichtig.
Jess: Geht grad nicht, Lia. Ich bin im Hörsaal.
Wo steckst du schon wieder?
Amelia: Zu Hause. Kannst du kommen? Bitte!
Jess: Später, hab Vorlesung.
Amelia: Bitte! Mir geht's nicht gut.
Jess: Lia, mach jetzt nicht so'n Drama.
Ich komme nachher vorbei.

Amelia feuerte das Smartphone in die Ecke. Es polterte zu Boden. »Scheiße!«, schrie sie.

Wütend trommelte sie mit den Fingerspitzen auf ihren

Oberschenkeln herum. Sie musste dringend mit jemandem über Jonathan reden. Darüber, was er in der letzten Nacht gesagt hatte. Er lebte und er war in sie verliebt. Amelia hätte überglücklich sein sollen. Dennoch zerriss es ihr Herz, dass sie nicht bei ihm sein konnte. Sie brauchte unbedingt ein offenes Ohr. Und wer würde sich da besser eignen als die beste Freundin?

Die Bilder der vergangenen Nacht flackerten in Amelias Gedanken auf. Jonathan hatte ihr seine Liebe gestanden und sie hatte nicht mit ihm gehen können. Dabei flatterten die Schmetterlinge pausenlos Loopings in ihrem Bauch, wenn sie nur an ihn dachte. Aber ihr Leben war hier. Ihr Studium, ihre Zukunft. Wie würde diese in Howbourne aussehen? Sie wäre bei dem Mann, den sie liebte, aber was, wenn die Liebe irgendwann verginge? Würde sie sich dann noch in Howbourne heimisch fühlen? Würde sie jemals von den anderen Bewohnern akzeptiert? Und würde es ihr reichen, an diesem friedlichen Ort zu leben, ohne eine Möglichkeit zu haben, ihre eigentliche Lebensplanung durchzusetzen?

Amelia blinzelte die Tränen weg und rieb sich die Augen. Sie konnte diese Entscheidung nicht allein treffen.

»Amelia! Du siehst ja furchtbar aus. Was ist passiert? Komm doch bitte rein.« Beatrice zog Amelia an der Hand ins Haus. Sie sah besorgt an ihrer Stieftochter herunter. Amelia trug weite, ausgebeulte Jogginghosen und ein viel zu großes graues Sweatshirt. Ihre Augen waren geschwollen und rot. Die Haare hingen ihr wirr und strähnig ins Gesicht. »Ist mein Dad da?« Sie schniefte.

»Nein, Liebes. Leider nicht. Er arbeitet. Ich rufe ihn gleich an.« Beatrice griff nach dem Telefon, das auf einem kleinen Tischchen im Flur stand.

»Danke. Ich warte dann draußen auf ihn.« Sie drehte sich um.

»Jetzt sei nicht albern. Komm mit rein. Du siehst aus, als könntest du eine heiße Schokolade brauchen!«

Beatrice war nett. Wirklich. Vielleicht hatte Amelia ihr all die Jahre über unrecht getan. Für sie war diese Frau einfach nur ein Eindringling gewesen. Ein Störenfried, der sich zwischen sie und ihren Vater gedrängt hatte. Jemand, der ihre Mutter ersetzen wollte. Aber dies war nur ihre Sicht gewesen. Vielleicht war Beatrice gar nicht die Hexe, zu der Amelia sie immer hatte machen wollen.

Beatrice stellte einen großen Becher mit heißer, dampfender Schokolade vor sie auf den Tisch. Daneben arrangierte sie einen Teller mit Shortbread-Fingers. Unschlüssig stand Beatrice am Tisch und rieb mit der Hand über ihren Unterarm. »Darf ich mich zu dir setzen?«, fragte sie schließlich.

»Natürlich.« Amelia deutete auf den freien Platz gegenüber. Sie kam sich komisch vor, Beatrice in ihrem eigenen Zuhause einen Sitzplatz anzubieten. Verlegen lächelte sie Beatrice an. Zwischen beiden Frauen entstand ein unangenehmes Schweigen, welches in jede Pore von Amelias Körper drang. Unbehaglich drehte sie an den beiden silbernen Ringen an ihrem Finger.

»Schmeckt es dir?« Beatrice deutete auf den Becher, der auf dem Tisch stand. Das Schweigen schien sie ebenso zu stören wie Amelia.

»Sehr lecker«, sagte sie einsilbig.

Wieder entstand ein unerträgliches Schweigen.

Das ist meine Schuld. Wir könnten ein viel besseres Verhältnis haben, wenn ich nicht so stur gewesen wäre.

Amelia fasste sich ein Herz. »Dad hat mir erzählt, ihr seid euch in einer Trauergruppe begegnet. Weswegen warst du da?«

Oh, herzlichen Glückwunsch, Amelia! Wenn das kein toller Gesprächseinstieg ist, dann weiß ich auch nicht mehr ...

Beatrice sah auf. Ihre Stirn kräuselte sich und die Augenbrauen schnellten in die Höhe. »Das ist richtig. Dort haben wir uns kennengelernt.« Ein Lächeln huschte über ihren schmalen Mund. »Ich habe die Gruppe vor vielen Jahren gegründet und dein Vater kam nach Valeries Tod dazu.« Beatrice nahm sich ein Shortbread vom Teller und biss hinein. Gedankenverloren sagte sie: »Meine Tochter starb. Deshalb habe ich die Gruppe ins Leben gerufen. Es ist schon lange her. Fast zwanzig Jahre. Damals gab es noch nicht so viele Selbsthilfegruppen oder etwas Ähnliches. Man hat diese Art Dinge eher mit sich selbst ausgemacht. Aber das war noch nie meine Art.«

»Deine Tochter? Oh, Beatrice, das tut mir so leid. Ich wusste nichts davon.«

»Woher solltest du es wissen? Wir haben schließlich nie über sie gesprochen.«

»Darf ich fragen, was ihr passiert ist?«

Beatrice' Augen waren wie ein offenes Buch. In ihnen standen deutlich erkennbar Trauer, Verzweiflung und Schmerz. Sie atmete tief ein. »Weißt du, Amelia, es ist wirklich lange her. Und ich habe schon so oft darüber gesprochen. Trotzdem kann ich nicht über meine Kleine sprechen, ohne um sie zu weinen.« Eine Träne rann über ihre Wange. »Ich möchte dich vorwarnen. Es könnte dir vielleicht unangenehm sein, wenn ich vor dir anfange zu heulen?«

Amelia beugte sich über den Tisch und legte ihre Hand auf die von Beatrice. »Das macht nichts, Beatrice. Wenn du möchtest, erzähl mir ruhig von ihr. Ich weiß doch genau, wie sehr Trauer schmerzen kann.«

Beatrice nickte und tupfte mit einem Taschentuch über ihre Wange. »Natürlich weißt du das.« Sie lächelte Amelia an. Dann begann sie, die schmerzhafteste Geschichte ihres Lebens zu erzählen: »Meine Kleine war ein absolutes Wunschkind. Mein damaliger Mann und ich haben es lange versucht und dann wurde ich irgendwann endlich schwanger. Du kannst dir vorstellen, wie sehr wir uns darüber freuten. Alle meine Freundinnen hatten bereits Kinder und nun würde ich auch ein Baby haben. Die Schwangerschaft lief ganz wunderbar. Die Kleine war gesund und mir ging es blendend. Dann, eines Tages, es war ungefähr drei Wochen vor dem Stichtag, spürte ich keine Bewegungen mehr von ihr. Erst dachte ich mir nichts dabei. Sie würde wohl schlafen, sagte ich mir. Aber als ich tags darauf noch immer nichts spürte, bin ich zu meiner Ärztin gegangen. Sie konnte keinen Herzschlag mehr finden. Auf dem Ultraschall sah man dann die Nabelschnur um ihren kleinen Hals liegen.« Beatrice' Blick war auf den Becher mit der heißen Schokolade gerichtet. Tränen liefen ihr über das Gesicht und verwischten ihr sorgfältig aufgetragenes Make-up. Ihre Stimme klang brüchig und unendlich traurig, als sie weitersprach. »Ich habe meine Kleine ein paar Stunden später tot zur Welt gebracht.« Sie verbarg ihr Gesicht in den Händen. Ihre Schultern zitterten.

Sie hat den gleichen Verlust erlitten wie Mom. Nur hatte meine Mutter noch mich. Und Beatrice hatte niemanden.

Amelia stand auf. Zögernd und langsam ging sie zu ihr hinüber und nahm ihre Stiefmutter in den Arm. Die schniefte und putzte sich die Nase.

»Es tut mir leid. Du bist hergekommen, weil du etwas auf dem Herzen hast, und nun heul ich dir etwas vor.«

»Nanu, was ist denn hier los?« Roger kam in die Küche und betrachtete die beiden Frauen mit einer Mischung aus Erstaunen, Verwunderung und Freude. »Ich hoffe, ihr weint nicht, weil ihr euch gegenseitig verprügelt habt?«

Amelia und Beatrice lachten gemeinsam auf und wischten sich die Tränen aus den Augen.

Roger sah seiner Tochter fest in die Augen und atmete geräuschvoll aus. »Deine Mutter und ich haben lange gebraucht, bis wir ein festes Paar wurden. Wir waren jung und ich war noch nicht bereit, mich zu binden. Ich wollte lieber mit meinen Jungs durch die Pubs ziehen, Fußball

spielen, na ja ... solche Sachen eben.« Er nahm Amelias Hände in seine. »Ich bereue jeden Tag, mich nicht früher auf die Beziehung mit deiner Mutter eingelassen zu haben. Wir hätten viel mehr Zeit zusammen haben können.« Er kratzte sich am Kinn. »Was ich damit sagen will, ist, du kannst nicht alles planen, Ames. Manchmal hat das Leben eben andere Pläne für dich parat. Und du kannst diese Pläne vorher nicht kennen. Was nützt es dir, hierzubleiben und dein Studium fortzuführen, wenn du dabei unglücklich bist?«

»Aber was, wenn es nicht funktioniert?«

»Dann kommst du zurück. Ames, ich weiß nicht, was es da noch nachzudenken gibt. Dieser Junge sagt, er ist verliebt in dich. Und ich sehe dir an der Nasenspitze an, dass du in ihn verliebt bist. Verschwende keine Zeit an deinen alten Vater. Geh hin zu ihm.« Roger stand auf und umarmte seine Tochter. »Geh zu ihm und werde glücklich. Du hast dir ein bisschen Glück so sehr verdient.«

»Dad, wir haben uns doch eben erst wieder. Willst du nicht –«

Roger machte eine wegwerfende Handbewegung und unterbrach Amelia damit. »Ames, schiebe deinen alten Vater nicht als Ausrede vor. Egal, wo du sein wirst. Ich liebe dich. Das habe ich immer getan und das werde ich auch immer tun. Folge einfach deinem Herzen.«

Verzweifelt blinzelte Amelia gegen die Tränen an, die als brennende Tropfen über ihre Lider quollen. »Ich habe Angst, Dad. Ich habe Angst, die falsche Entscheidung zu treffen.«

»Natürlich hast du das. Das ganze Leben kann furchtbar beängstigend sein. Und wir haben alle keine Ahnung, was wir eigentlich tun, um gut hindurchzukommen. Wichtig ist nur, dass wir glücklich sind mit dem, was wir tun.«

»Seit wann bist du eigentlich so weise, Dad? Das war doch eher Moms Ding.«

Roger zog seine Tochter dichter an sich heran und küsste ihren Scheitel. »Sagen wir einfach, ich hatte eine gute Lehrerin.«

Roger und Beatrice brachten Amelia im Wagen zu ihrer Wohnung. Mit einer merkwürdigen Mischung aus Euphorie und Panik ging Amelia die hölzerne Stiege zum ersten Stock empor. Ihr war gleichzeitig heiß und kalt. Schmetterlinge wirbelten in ihrem Bauch umher, während sie gleichzeitig das Gefühl hatte, tonnenschwere Steine im Magen zu haben.

In ihrer Wohnung packte sie die wichtigsten Gegenstände zusammen. Pullover, Unterwäsche und Hosen flogen in ihre Reisetasche. Ein paar Bücher und einen neuen Skizzenblock mit Stiften für Jonathan verstaute sie im Rucksack.

Roger und Beatrice hatten ihr angeboten, die Wohnung eine Weile weiterzuzahlen, damit Amelia einen Rückzugsort hatte. Falls sie ihn denn bräuchte.

Das Gespräch mit ihrem Vater hallte in ihr nach. *»Wichtig ist nur, dass wir glücklich sind ...«*

Amelia nahm den Zettel von Jonathan. Er hatte ihn auf den Nachttisch gelegt und mit seiner schnörkellosen Handschrift eine Wegbeschreibung darauf geschrieben. Es war wirklich nicht weit bis zum neuen Übergang. Amelias Finger zeichneten versonnen die Linien der Wörter nach:

Jede Nacht zur Mitternacht werde ich
auf dich warten.

Ihr Blick fiel auf ihr Smartphone, das noch immer auf dem Boden lag. Dort, wo es nach dem letzten Chat mit Jess gelandet war. Sie hob es auf. Ein dicker Riss zog sich über das Display.

»Mist«, murmelte Amelia. Sie drückte auf den seitlichen Knopf und wartete auf ein Lebenszeichen, doch es blieb schwarz.

Es klopfte an der Tür und Roger trat in die Wohnung seiner Tochter. »Bist du so weit?«

»Gleich«, antwortete sie. »Hast du dein Handy dabei?«

»Sicher doch.« Roger nickte und gab Amelia ein altmodisches Mobiltelefon.

Sie nahm es zögernd in die Hand. Auf ihrer Stirn hatte sich eine Falte gebildet. »Echt jetzt, Dad? Das ist dein Handy?«

»Was ist daran bitte auszusetzen? Diesen ganzen modernen Schnickschnack brauche ich nicht.« Er deutete auf den Leichnam von Amelias Smartphone. »Außerdem sind die alten Dinger wesentlich robuster.«

Da mochte er recht haben.

Zum Glück hatte Jess seit Jahren keine neue Handynummer bekommen und Amelia kannte sie inzwischen besser als ihre eigene.

Amelia: Ich gehe wieder nach Howbourne.
Du glaubst nicht dran, aber ich tue es.
Ich melde mich, wenn ich kann. Hab dich lieb.

Dann drückte sie auf *Senden.*

»Fertig?« Roger nahm die Reisetasche und schulterte sie.

Amelia nickte. Sie drehte sich in ihrem Wohnzimmer um ihre eigene Achse. Einen Moment lang heftete sich ihr Blick an dem grünen Sofa fest. Gänsehaut krabbelte über ihre Arme. »Ich gehe jetzt zu Max, Mom. Mach's gut, ich habe dich lieb wie verrückt.«

Mit ihrem Rucksack auf der Schulter sperrte sie die Wohnungstür ab und folgte ihrem Vater hinaus aus dem renovierungsbedürftigen Haus, das ein Jahr lang ihr zu Hause gewesen war. Auch wenn es sich nie so echt angefühlt hatte, wie Howbourne es nach so kurzer Zeit tat.

Amelia gab ihrem Vater die Wegbeschreibung. »Das ist wirklich nicht weit«, sagte er. »Wir werden lange warten müssen.«

»Oh, ihr müsst nicht warten. Es ist kalt und … ich kann allein auf ihn warten.« Amelia drehte an den silbernen Ringen an ihrem Finger.

»Sei nicht albern, Amelia. Natürlich warten wir mit dir«, sagte Beatrice.

Roger fügte leise hinzu: »Ich hatte gehofft, ich könnte Max kennenlernen?« Der Satz klang wie eine Frage und hallte in Amelias Kopf wider.

Natürlich! Ich Idiotin. Daran habe ich überhaupt nicht mehr gedacht. Ich war so damit beschäftigt, über Jonathan und mich zu grübeln. Da habe ich vollkommen vergessen, dass auch Dad einen guten Grund hat, Howbourne zu besuchen.

»Okay, dann warten wir gemeinsam.« Amelia war schon erleichtert, nicht allein zu sein. Sie hatte Angst davor, mitten im Nirgendwo zu stehen und auf Jonathan zu warten. Was, wenn er es sich anders überlegt hatte? Dann wäre sie die Idiotin, die mit ihrem Gepäck auf einer gottverlassenen Lichtung stehen würde.

Sie folgten dem Fluss Hull, der zu seiner Mündung ins Meer hin immer breiter wurde und eher einer Förde glich. Amelia war diesen Weg schon oft mit dem Fahrrad gefahren. Sie schaute gern den Schiffen und Booten zu. Sie fragte sich dabei ständig, welche Schicksale die Menschen an Bord wohl hatten. Jetzt folgte sie den beleuchteten Schiffen auf dem Wasser mit den Augen, bis Roger in einen schmalen Weg einbog und der Fluss außer Sichtweite geriet.

Der Pick-up rumpelte über den unbefestigten Weg, der sonst offenkundig nur von Traktoren genutzt wurde.

»Wenn es nicht schon kaputt wäre, hätte mein Auto spätestens jetzt aufgegeben«, scherzte Beatrice.

Endlich kamen sie am Ende des Weges an.

Roger drehte sich zu seiner Tochter um: »Bist du ganz sicher?«

»Ja«, sagte sie und öffnete die Autotür. Im Schein der Innenbeleuchtung sah sie noch einmal auf Jonathans Zettel. »Okay, wir müssen hier entlang.« Amelia deutete in eine Richtung und stapfte, gefolgt von Beatrice und Roger, los.

In ihrem Kopf rasten die Gedanken hin und her. Sie war sich einer Sache noch nie so sicher gewesen und gleichzeitig hatte sie noch nie so viel Angst gehabt. Sie hörte das Blut in ihren Ohren rauschen und spürte ihren Herzschlag bis in die Zehen.

»Und nun?«, fragte Roger, als sie an dem kleinen, lichten Hain am Ende eines Feldes angekommen waren.

Amelia ließ den Lichtkegel ihrer Taschenlampe suchend über die Baumstämme gleiten. »Keine Ahnung. Hier muss irgendwo ein toter Baum stehen.« Sie sah sich ratlos um.

»Bist du sicher? Die Bäume sehen alle ziemlich lebendig aus.« Auch Roger blickte sich suchend um. »Sind wir auch ganz sicher richtig?«

»Ich weiß es nicht, Dad!«, fauchte Amelia. »Ich habe wirklich keine Ahnung«, setzte sie etwas versöhnlicher hinzu. Sie zwang sich, ruhig zu bleiben. Es gelang ihr nur bedingt. Sie begann zu zittern. Ihr Atem wurde schneller.

Beatrice legte beruhigend eine Hand auf Amelias Schulter und zog sanft den Zettel mit der Wegbeschreibung aus ihrer Hand. Mit der Taschenlampe beleuchtete sie ihn. Ihre Gesichtszüge, zunächst ausdruckslos, hellten sich auf und die Lippen verzogen sich zu einem Lächeln. »Hier steht es doch«, sagte sie und konnte ihre Freude kaum verbergen. »Es ist kein Baum. Es ist ein Megalith. Und der …«, sie ließ ihre Taschenlampe in die entgegengesetzte Richtung aufblitzen, »steht dort.« Im Lichtkegel erschien ein ungefähr zwei Meter hoher, aufrecht stehender Felsbrocken. Und ein Stein dieser Größe fiel Amelia in diesem Augenblick vom Herzen. Wortlos ging sie zur strahlenden Beatrice und umarmte sie stürmisch.

»Wie gut, dass hier wenigstens eine Person besonnen

handelt«, feixte Roger. Liebevoll legte er seinen Arm um Beatrice und hauchte ihr einen Kuss auf die Stirn.

Gemeinsam ließen sie sich an dem großen Stein nieder. Sie wickelten sich in Decken ein und warteten. Eine nervöse Anspannung lag in der Luft.

Ob es Hugh überhaupt recht ist, dass Dad und Beatrice nun auch von Howbourne wissen?

Sie beobachteten den sternenklaren Himmel und dachten sich neue Sternenbilder aus, weil keiner von ihnen die tatsächlichen Formationen kannte. Es war eine gute Möglichkeit, sich die Zeit zu vertreiben.

»Ach so, bevor ich es vergesse.« Amelia kramte ein schlichtes weißes Kuvert aus ihrem Rucksack und reichte es ihrem Vater. »Kannst du bitte diesen Brief hier abschicken? Er ist für Pater David. Ich bin mir sicher, Hugh wird ihm Bescheid geben. Aber ich habe ihm versprochen zu berichten, sobald ich etwas weiß.«

Roger nahm den Brief an sich und verstaute ihn in der Innentasche seiner Jacke. »Ich habe auch noch etwas für dich«, sagte er leise. Sein Blick huschte unsicher zu Beatrice. Sie erwiderte seinen Blick aufmunternd und reichte ihm ein Päckchen aus ihrer Handtasche. Roger zögerte einen Moment lang, das Geschenk an Amelia zu geben. Er wog es in den Händen, als wäre es ein kostbarer Schatz. »Es ist nichts Besonderes. Nur eine Kleinigkeit«, sagte er schließlich und drückte es Amelia in die Hand.

Ihre Finger zitterten. Halb vor Kälte, halb vor Aufregung. Vorsichtig öffnete sie die Schleife und das Klebeband. Zum Vorschein kam eine gerahmte Fotografie. Ihr stiegen

Tränen in die Augen. Das Foto zeigte ihren Vater und sie an der Kastanie im Vorgarten. Amelia war damals ungefähr fünf Jahre alt gewesen. Sie saß auf der Schaukel. Roger stand hinter ihr und gab ihr Anschwung. Beide schütteten sich aus vor Lachen. »Das hatte ich immer auf meinem Schreibtisch stehen. Aber vielleicht möchtest du es jetzt haben …? Als Erinnerung an mich?« Roger sah Amelia nervös an. Sie war sich nicht sicher, aber sie meinte, Tränen in seinen Augen schimmern zu sehen.

»Danke, Dad. Das möchte ich sehr gern.«

Amelia umarmte ihren Vater und krallte sich ganz fest an ihn.

Wir hatten uns überhaupt nicht verloren. Wir hatten nur verlernt, uns zu sehen.

Dann sah sie auf ihre Uhr. *23:57 Uhr.*

Ihr wurde trotz der dicken Wolldecke und ihres Parkas kalt. Sie zitterte am ganzen Körper und hatte Mühe, nicht die Zähne aufeinanderzuschlagen. Sie war zu nervös, um noch länger still sitzen zu bleiben.

Auch Roger und Beatrice erhoben sich und stellten sich links und rechts neben sie. »Es wird schon gut gehen«, raunte Beatrice aufmunternd. »Er wird kommen.«

Roger blickte auf seine Armbanduhr. »Sonst wartet man ja eigentlich nur an Silvester auf Mitternacht. Aber da hat man wenigstens etwas zu trinken.« Dann piepte seine Uhr, wie sie es früher schon tat, wenn eine neue Stunde anbrach.

Mitternacht.

Jede Nacht zur Mitternacht …

Alle drei starrten wie gebannt auf den Megalithen vor ihnen. Nichts geschah.

»Gibt es vielleicht eine Art Zauberspruch, oder so etwas in der Art?«, fragte Roger und strich sich ratlos mit der flachen Hand über den Hinterkopf.

»Zum Reinkommen, ja. Aber der funktioniert nur bei den Bewohnern.«

Amelias Magen rebellierte. Sie schwamm auf einem Strom widersprüchlicher Gefühle, der sie immer weiter auf einen Abgrund zutrieb. Die kribbelige Vorfreude, die sie in den letzten Stunden immer stärker gefühlt hatte, schlug in reine Enttäuschung um.

Er wird kommen! Er wird kommen! Er wird ... Nein. Er wird nicht kommen.

»Lass uns gehen. Er kommt nicht!«, sagte sie von einer inneren Unruhe befallen, die sie selbst nicht erklären konnte. Und trotzdem gelang es ihr nicht, sich vom Fleck zu bewegen. Es kostete sie all ihre Willenskraft, nicht auf der Stelle wie ein Häufchen Elend zusammenzusinken.

»Gib ihm doch noch etwas Zeit. Er wird kommen.« Beatrice nahm Amelias Hand und drückte sie aufmunternd. »Er wurde sicher nur aufgehalten.«

»Nein, wird er nicht.« Sie schüttelte den Kopf. »Lasst uns gehen. Es ist … Es war nur ein Traum.« Sie starrte auf den großen Stein, der sich vor ihr erhob.

»Bist du dir wirklich sicher?«, fragte Roger. »Wir haben doch jede Menge Zeit, Ames. Wir können noch warten.«

Aber Amelia griff bereits nach ihrer Tasche und lief in Richtung Auto. Im Augenwinkel nahm sie den ratlosen

Blick wahr, den Beatrice Roger zuwarf. Nein, es hatte keinen Zweck zu warten. Sie hatte einen Narren aus sich gemacht mit der Hoffnung, es würde einen Platz in Howbourne für sie geben. Sie sollte in ihrem Leben bleiben und an der Beziehung zu ihrem Vater arbeiten. Denn das war immerhin real.

Ein Knacken ließ Amelia innehalten. Langsam drehte sie sich um. Da stand er vor dem großen Stein. Jonathan! Seine Augen weiteten sich, als er Amelia entdeckte. Einen Moment wirkte er wie erstarrt. Dann ging er breit grinsend auf sie zu und blieb kurz vor ihr stehen. »Ich wusste, du würdest es nicht lange ohne mich aushalten.« Er legte seinen Kopf leicht schief und verschränkte die Arme vor der Brust. »Aber am ersten Abend hatte ich noch nicht mit dir gerechnet.« Sein Grinsen wurde immer breiter. »Du machst es mir verdammt leicht, Amelia Forster.«

»Ich dachte, du kommst nicht.« Ihr war nicht zum Spaßen zumute. Ihre Gefühle fuhren Achterbahn und ihr Magen fühlte sich an wie ein riesiges schwarzes Loch.

Das schelmische Grinsen verschwand aus seinem Gesicht. »Machst du Witze? Ich habe doch gesagt, ich werde jede Nacht rauskommen und auf dich warten.«

Amelia schüttelte den Kopf. Sie hatte keine Chance mehr, die Tränen zurückzuhalten. In dicken Rinnsalen flossen sie über ihre Wangen. »Aber, wie konnte ich mir sicher sein?«

Jonathan nahm ihre Hände in seine und lächelte. »Wie du dir sicher sein konntest? Weißt du das immer noch nicht?« Sein Blick ruhte fest und klar in ihrem, als er weitersprach: »Amelia, du bist mein Licht. Meine Sonne bei

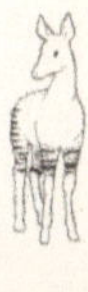

Tag, mein Sternenlicht in der Nacht. Mein Glühwürmchen, wenn alles andere in der Dunkelheit versinkt.« Er legte seine Hand an ihre Wange und sie schmiegte sich an ihn. »Du bist mein verdammtes Glühwürmchen, Amelia.«

Jonathan zog Amelia an sich und küsste sie.

»Ich bin dein verdammtes Glühwürmchen«, murmelte sie und ergab sich in seinen Kuss.

Epilog

»Du siehst wunderschön aus.« Roger stand im Türrahmen und hatte sichtliche Schwierigkeiten, die Fassung zu wahren.

»Mach sofort die Tür zu!«, herrschte Beatrice ihn an und eilte wild mit den Händen fuchtelnd auf ihn zu. »Wir wollen doch nicht, dass Jonathan sie sieht.«

Roger schloss die Tür hinter sich und kam auf Amelia zu. Sie lächelte ihn breit an und hatte große Mühe, ihre Tränen im Zaum zu halten.

»Findest du?« Sie betrachtete sich im Spiegel. Ihr weißes Kleid im Boho-Stil reichte bis zum Fußboden und fiel weit um ihre Füße. Ihre noch leicht gebräunte, sommerliche Haut bildete einen schönen Kontrast zu dem hellen Kleid. Die blonden Haare waren zu einem dicken Zopf geflochten, auf ihrem Kopf trug sie einen Kranz aus Heidekraut.

»Du siehst aus wie deine Mutter«, flüsterte Roger in ihr Ohr und zog seine Tochter in eine feste Umarmung. »Ich wünschte, sie könnte diesen Tag mit uns feiern.« Er blinzelte verstohlen ein paar Tränen weg.

»Das tut sie doch, Dad.« Amelia lächelte und nahm die Hand ihres Vaters. »Sind wir so weit?«, fragte sie in die Runde.

Maggie, Sue und Beatrice zwitscherten zustimmend und alle setzten sich in Bewegung.

Die weißen Häuserfassaden Howbournes strahlten mit der goldenen Herbstsonne um die Wette, als die kleine Prozession auf die Straße trat.

Der Ort hatte sich wie immer für das große Herbstfest herausgeputzt, doch in diesem Jahr sollte noch ein weiteres Fest begangen werden.

Sue, Maggie und Beatrice schritten in ihren violetten Kleidern hintereinander auf das Bürgerhaus zu. Als Big Mac sie kommen sah, begann er auf seiner Gitarre »Everlong« von den Foo Fighters in einer langsamen Version zu spielen.

Die Menge, die vor dem Bürgerhaus stand, teilte sich, als sie die ersten Akkorde vernahm. Sie gaben so den Blick auf Hugh und David frei, die zusammen mit Max und Anthony am Eingang des Bürgerhauses standen. Und auf Jonathan. Er war blass und wirkte nervös. Sein Gesicht hellte sich aber zu seinem typisch ansteckenden Lächeln auf, als er Amelia sah.

Sie schritt an Rogers Arm auf Jonathan zu und ihre Wangen schmerzten bereits. Aber sie konnte einfach nicht aufhören zu lächeln.

Ihr Glück war nun vollkommen. Sie hatte sich für ein

Leben in Howbourne entschieden. Für ein Leben mit Jonathan. Auch wenn sie inzwischen seit zwei Jahren dort lebte, kam es ihr noch immer vor wie ein wundervoller Traum.

»Amelia Forster.« Jonathan beugte sich vor, als sie ihn erreicht hatte, und flüsterte in ihr Ohr: »Du raubst mir den Atem.« Er zog seine Braut unter Pater Davids Protest an sich und küsste sie.

»Jonathan«, ermahnte ihn David. »So weit sind wir noch nicht.«

»Ich weiß, Pater. Aber schau sie dir doch an. Wie soll ich da warten können, bis du mit deiner Predigt fertig bist? Alle hier wissen, wie gern du redest.«

Ein Lachen ging durch die Menge und Pater David fasste sich kurz, bis endlich die Feier losgehen konnte.

Nach stundenlangem Essen und Tanzen, Lachen und Singen machten sich Amelia und Jonathan Hand in Hand auf den Weg nach Hause.

Als sie die umgebaute Scheune erreichten, drehte sich Jonathan zu Amelia und zog ein kleines Päckchen aus seiner Hosentasche. »Hier, meine Liebste. Das ist für dich«, flüsterte er mit vom Feiern rauer Stimme.

Amelia nahm das kleine Geschenk in die Hand und wickelte es achtsam aus. Zum Vorschein kam eine dunkelblaue Samtschatulle. »Ich möchte dich nicht enttäuschen.« Sie schmunzelte. »Aber den Ring schenkt man eigentlich bei der Verlobung und nicht nach der Hochzeit.«

»Nun mach schon auf«, drängelte Jonathan und knuffte Amelia liebevoll in die Seite.

Sie öffnete die Schatulle und schnappte nach Luft. In dem mit Samt gepolsterten Kästchen lag ein Armband mit einem kleinen Anhänger daran, der die Form eines Glühwürmchens hatte.

»Alles Gute zum Hochzeitstag, mein Glühwürmchen.« Jonathan küsste Amelia auf die Stirn.

»Alles Gute zum Hochzeitstag, Jonathan«, erwiderte sie und sah in seine smaragdgrünen Augen. »Ich liebe dich wie verrückt.«

Blueberry Pie

Für den Teig:

300g Weizenmehl
140g Butter
1 Ei
4 Esslöffel kaltes Wasser
30g Zucker
1 Prise Salz

Für die Füllung:

600g frische Blaubeeren
125g Zucker
1 Päckchen Vanillezucker
1 Teelöffel Zimtpulver
50g Speisestärke
4-5 Esslöffel Wasser
Saft einer Zitrone

Sonstiges:

1 Ei (verquirlt)

1. Alle Zutaten für den Teig in einer Schüssel mit der Hand oder den Knethaken eines Rührgeräts bzw. Küchenmaschine zu einem geschmeidigen Teig verarbeiten. Anschließend eine Kugel formen und für ungefähr eine Stunde im Kühlschrank ruhen lassen.

2. Die Blaubeeren mit dem Zucker, Vanillezucker, Zimt und Zitronensaft in einem Topf aufkochen lassen. Unterdessen die Speisestärke mit dem Wasser glatt rühren. Zu den kochenden Früchten hinzugeben und aufkochen lassen. Anschließend vom Herd nehmen und abkühlen lassen.

3. ¼ vom Teig abnehmen. Den restlichen Teig noch einmal kurz durchkneten und auf einer bemehlten Arbeitsfläche ausrollen. Anschließend in eine gefettete Pie-Form geben.

4. Das Blaubeerkompott darauf verteilen.

5. Den übrigen Teig ausrollen, in Streifen schneiden und nach Belieben dekorativ auf dem Pie verteilen. Teigstreifen mit dem verquirlten Ei bestreichen.

Ca. *45-50 Minuten* im Ofen
bei *190 Grad* Ober-/Unterhitze (150 Grad Umluft)
goldbraun backen lassen.
Etwas abkühlen lassen und noch warm genießen.

Danksagung

Danke allen Leser:innen, die Amelia auf ihrer Reise nach Howbourne begleitet haben. Ich hoffe, ich konnte eure Herzen berühren.

Dieses Buch ist etwas Besonderes für mich. Ich möchte mit der Geschichte um Howbourne Trost spenden. All jenen, die etwas verloren haben, was sie noch gar nicht wirklich hatten. All jenen, denen ein Stück ihres Herzens fehlt, weil sie es jemandem schenkten, der nie das Licht unserer Welt erblickte. Ich teile euren Schmerz.

Einer Person möchte ich besonders danken: meiner Mutter. Bei all den schrecklichen Erfahrungen, die du machen musstest, bist du der positivste und lebensbejahendste Mensch, den ich kenne. Du bist bemerkenswert!

Jetzt wird es weniger sentimental, versprochen ;) Ich danke von ganzem Herzen dem Team vom Bookapiverlag.

Jay für das Vertrauen.

Jacky für die wunderbare Hilfe an meiner Geschichte.

Nina für das traumhafte Cover.

Das Buch wäre nicht, was es ist, ohne diesen herzlichen Verlag und die klugen und kreativen Köpfe dahinter.

Janina, dir danke ich ganz besonders. Für deine lieben Worte und deinen Glauben daran, dass Howbourne in unsere Welt gehört! Es ist wunderbar, dass es dich gibt.

Und natürlich gilt ein ganz spezieller Dank meinem Mann. Ohne dich würde es diese Geschichte aus vielerlei Gründen überhaupt gar nicht geben. Danke, dass du immer an meiner Seite bist und meine Hand hältst, wenn ich es brauche. Du bist mein Fels!

Playlist

Love will tear us apart – Joy Division

Where is my mind? – Pixies

My Hero – Foo Fighters

Photograph – Ed Sheran

Save your Tears – The Weeknd

Summertime Sadness – Lana Del Ray

Speeding Cars – Walking on Cars

Running up that Hill – Placebo

Skin – Rag'n'Bone Man

White Flag – Dido

Everlong (Acoustic Version) – Foo Fighters